# 马未都
# 讲宋词

I

马未都 著

千里江山图（局部） 宋 王希孟

千里江山图（局部）宋 王希孟

# 总序

　　文学是人类最早的精神追求之一，诗歌是文学最初的表达形式。我猜想诗歌一定出现在文字之前，先是口头的情感表达，情至而生，感随而发；当后来文字出现，并且其数量积累到足够表达文学含义之时，诗歌就被记录了下来，成为文学之始。先秦的《诗经》不仅是"六经"之一，还是纯文学的启蒙。时隔两千多年，当我们读到"关关雎鸠，在河之洲。窈窕淑女，君子好逑"时，仍有跨越时空的向往，仍有莫名的激动。

　　诗歌经过一千多年的磨砺，终于来到了大唐王朝。唐朝人以其张扬的个性、细腻的心性修整古诗，择方得法——制格入律、平仄粘连、声调依韵、用典对仗，让诗歌焕发青春，戴着镣铐跳舞，匹配大唐这个恢宏时代。

　　于是，这近三百年的诗歌被后世统称为唐诗。唐诗之全面，囊括了整个时代的全部情感，包含了整个时代的丰富生活，成为一部唐代的百科全书。此后的一千多年时间里，每每回首仰望，唐诗已成为不可逾越的高峰，让人顶礼膜拜。

唐之后的宋朝，士人虽仍喜作诗且存诗量是唐朝的数倍，但仍无法与之比肩，其高其深其宽其广均稍逊一筹。于是，收敛的大宋另辟蹊径，改齐整的律绝为参差的长短句，注重声韵，依谱填词，唱先吟后，仅词牌的数量就逾千，不能随心所欲之时，还可自度作曲赋词。因此词之形式变得丰富起来，表达情感如意，记录故事应手。而这些词作，被后世泛称为宋词。

唐诗宋词总共延续了近六个世纪，成为中国文学史上的双璧，雕镂琢磨，熠熠生辉。此后的日子里，文学形态无论发生何种变化，散曲、杂剧、传奇、小说，其受众广至贩夫走卒，其领域深至乡间里舍，都无法与唐诗宋词的伟大成就相提并论。唐诗宋词永远是雨过天晴时的彩虹，高悬天空。

唐诗宋词为中华民族提供了最佳的文学营养，让我们这个古老的民族变得生动、健康、圆融，继而丰富多彩。无法想象没有唐诗宋词的中国会是什么样子，更无法想象没有唐诗宋词滋养的中国文学又会多么干瘪。

然而，诗词毕竟是文学中的文学，需要适度做一些解释，以期更多读者能加深了解。这套书将唐诗宋词产生的时代背景、诗人词人的身世，以及文学技术性分析融合起来，三位一体，让读者事半功倍地去了解唐诗宋词。此种解读方式，恕我孤陋寡闻，未见有同类书。于是经过两年辛劳，将新作呈献给读者。

我年轻时以文学为生，文学曾是我的挚爱，又自认为对文学有敏感的判断，所以当新冠疫情给了我充足时间时，决定动笔写这部想了半辈子的书，即我个人对唐诗宋词的解读。

这套书为两卷五册（唐三宋二），由唐及宋，共写了六十八位诗人、四十四位词人，计一百一十篇，一般读者熟知的诗人词人都囊括在其中。读完这套书，能较全面地了解唐诗宋词及其创作背景，学习事半功倍，乐趣享受一生。

是为总序，唐诗宋词皆同。另各附后记。

马未都

辛丑重阳

2021 年 10 月 14 日

# 目 录

001 欧阳炯(jiǒng)
满衣犹自染檀红

013 和凝
竹里风生月上门

027 冯延巳(sì)
庭院深深深几许

047 李煜(yù)
问君能有几多愁

063 林逋(bū)
疏影横斜水清浅

079 柳永
便纵有千种风情

099 范仲淹
浊酒一杯家万里

121 张先
无数杨花过无影

137 晏殊
无可奈何花落去

153 宋祁(qí)
红杏枝头春意闹

169 梅尧臣
　　独有庾(yǔ)郎年最少

183 欧阳修
　　此恨不关风与月

205 司马光
　　我以著书为职业

221 王安石
　　兴亡只在笑谈中

239 苏轼
　　一蓑烟雨任平生

283 晏几道
　　琵琶弦上说相思

299 黄庭坚
　　付与时人冷眼看

317 蔡京
　　似听无弦一弄中

331 秦观
　　两情若是久长时

351 米芾(fú)
　　不学宋玉解悲愁

369 贺铸
　　试问闲愁都几许

387 晁(cháo)补之
　　自悔儒冠误

春山暖翠图（局部） 清 恽(yùn)寿平

# 欧阳炯

(约896—971年)

满衣犹自染檀红

《献衷心·见好花颜色》
《清平乐·春来街砌》

欧阳炯（约896—971年）生于唐，卒于宋，跨五代。寿数七十有五，算是高寿之人。他年轻时先在前蜀做事。前蜀共有王建、王衍二帝，计十八年。欧阳炯事王衍。王衍性荒淫，爱奢侈，做事无德，在位仅七年就将江山拱手奉送给了后唐，自己也死在乞降途中。随后，欧阳炯归顺后唐，去秦州（今甘肃天水）做事。

后唐派西川节度使孟知祥坐镇成都，他想起了欧阳炯，就召他回蜀。后来孟知祥渐生独立之心，又赶上后唐统治力渐弱，便起兵。应顺元年（934年）正式建国称帝，史称"后蜀"。因为欧阳炯确实学问大，逐渐官升门下侍郎，兼户部尚书、同平章事，监修国史。

成为后蜀皇帝的孟知祥开国当年就去世了，没享上福。三子孟昶（chǎng）即位，执政三十一年。孟昶运气极佳，执政期间中原多事，后蜀得以偏安一隅（yú），所以他以奢侈为乐，整日歌舞宴饮，连他的溺器都以七宝装饰。据司马光《涑(sù)水记闻》载："太祖平蜀，孟昶宫中物有宝装溺器，遽(jù)命碎之。曰：'自奉如此，欲求无亡得乎？'见诸侯大臣侈靡之物，皆遣焚之。"

司马光的这段记载，以其治学态度来看，应该是非常可信的。所讲的道理也比较简单：作为一个统治者，平日生活过于奢靡，没有不亡国的道理。历史上这类事情不胜枚举。所以待宋太祖赵匡胤(yìn)下诏伐后蜀时，孟昶只有投降的份儿。

这一年是乾德三年（965年），据说孟昶降宋，从成都押送至北宋京城汴(biàn)梁途中，百姓沿途哭送达数百里，场面感人。欧阳炯见君主如此命运，心生悲叹，又无能为力，只好随之入宋，历翰林学士、左散骑常侍。入宋约六年后，欧阳炯卒。

欧阳炯生命中最有价值的日子就是跟随孟昶的日子。孟昶喜文偃(yǎn)武，好大喜功，所以仅仅一代就将国土拱手让出。后蜀广政二十七年（964年）春节，孟昶命人拿来桃符，他亲笔写上："新年纳余庆，嘉节号长春。"这就是中国有案可稽的第一副春联，足见其文学功底。

早在广政四年（941年），孟昶二十二岁时就写下了《官箴(zhēn)》一文，告诫上下官员防微杜渐。此文二十四句九十六字，字字珠玑，为后世长期效法。宋代黄庭坚奉朝廷之命书写过一则十六字碑文"尔俸尔禄，民膏民脂。下民易虐，上天难欺"，就是出自孟昶的《官箴》。只可惜孟昶自己没有做到。

欧阳炯跟着这样有文采的君主，个人文学能力自然也不可能低。在欧阳炯创作的大量诗词中，可以看出他不凡的文学功底。例如《献衷心·见好花颜色》：

见好花颜色，争笑东风。
双脸上，晚妆同。
闭小楼深阁，春景重重。
三五夜，偏有恨，月明中。

情未已，信曾通，满衣犹自染檀红。
恨不如双燕，飞舞帘栊。
春欲暮，残絮尽，柳条空。

《献衷心》，词牌名，唐教坊曲有《献忠心》，双调六十四字或六十九字，平韵。这是欧阳炯的代表作，上承温飞卿（温庭筠），下启柳三变（柳永）。欧阳炯的词

设色山水册之惟此桃柳中（局部） 清 萧云从

写男女之情的有半数以上,表达情感细腻感人。

起句以花比人:"见好花颜色,争笑东风。双脸上,晚妆同。"以男子口吻说,看见花卉的好颜色,想起女子的双颊,化了妆后宛如盛开的花卉。唐至五代,女子妆容极重,鲜艳夸张,类似今天的戏妆。"双脸"即双颊。"争笑东风"一句是动态描写,"争"是态势,"笑"是感觉,"东风"是诱因。作者以动带静,开篇即妩媚妖娆。

接下去写景:"闭小楼深阁,春景重重。"可此刻好景不能见,闭于深阁中,任凭春色重重叠叠。作者想象,因为不能相见,两人一定都痛苦。于是点出事由:"三五夜,偏有恨,月明中。""三五夜",三五十五,即月圆之夜;"偏有恨",力度加大,"偏"有埋怨之意,有为什么单单让我赶上之意,近在咫(zhǐ)尺却不能相见,此"恨"非怨恨,乃心焦;"月明中",一轮明月高悬,照得见我,照不见你,"有恨"便在其中。

下阕是男子想象中的幸福,还有回忆:"情未已,信曾通,满衣犹自染檀红。"情节到此多了内涵,"情未已"说明曾经有情,那为何今日你我要分开?"信曾通",曾经的信件包含着双方的爱恋,为何今日不再记得?"满衣犹自染檀红",由情节到细节,上两句是情节,这一句就是细节了。"檀红","檀"(jiàng)是浅绛色,是唐代流行的口红色。张祜《黄蜀葵花》："直疑檀口印中心"；韩偓《余作探使以缭绫手帛子寄贺因而有诗》："檀口消来薄薄红"；秦韬玉《吹笙歌》："檀唇呼吸宫商改"；苏轼《江城子》："腻红匀脸衬檀唇"……可见"檀红"在唐宋人心目中的印象。欧阳炯没有直接写"檀红"，而是间接地表达了女子的"檀红"和男子之间的微妙关系。女子口红印在男子衣上，多么温馨的回忆，多么肆情的放纵。

词写到此，加入情绪："恨不如双燕，飞舞帘栊。""帘栊"，窗帘与窗牖，此指闺阁；"双燕"，比翼齐飞。古人认为燕子忠贞，双宿双飞。卢照邻《长安古意》："双燕双飞绕画梁，罗帷翠被郁金香。"李白《双燕离》："双燕复双燕，双飞令人羡。"白居易《燕诗示刘叟》："梁上有双燕，翩翩雄与雌。"欧阳修《阮郎归》："秋千慵困解罗衣，画梁双燕归。"作者通过"双燕"的意象，以"飞舞帘栊"增加气氛，让下阕在此刻达到高潮，然后戛然而止："春欲暮，残絮尽，柳条空。"

结尾九字过于惆怅。作者既没有像张籍一样尽情表白："还君明珠双泪垂，何不相逢未嫁时。"也没有似白居易深深地叹息："天长地久有时尽，此恨绵绵无绝期。"既没有李商隐那样为爱情留一条出路："蓬山此去无多路，青鸟殷勤为探看。"又没有张泌那般的冷静："多情只有

牡丹仕女图 明 唐寅

春庭月，犹为离人照落花。"而是完全依赖固有的文化意象，让"残絮""柳条"担责，说明主旨。"春欲暮"，时态；"残絮尽"，心态；"柳条空"，状态。三态合一，构成一幅静中有思、思中有动的画面，让《献衷心·见好花颜色》定格。

了解这些之后再去读这首词，就会在作者的写作技巧中捕捉到他隐藏的情绪，这情绪的重点是藏而不露、收而不放。把焦急的心理写得收敛，有赖于作者的写作技巧，显然作者懂得层层递进，由表相向心相渗入，又由心相拽回表相，最后完成主旨叙述。

欧阳炯是文字高手，也是花间派的重要词人。身世沉沉浮浮，见过世面也多。无论官场如何腥风血雨，他在词作中也只关注花前月下。他的《清平乐·春来街砌》写得俏皮轻松，同样为爱情，表达却有不同：

chūn lái jiē qì　　chūn yǔ rú sī xì
春来街砌，春雨如丝细。
chūn dì mǎn piāo hóng xìng dì　　chūn yàn wǔ suí fēng shì
春地满飘红杏蒂，春燕舞随风势。

chūn fān xì lǚ chūn zēng　　chūn guī yī diǎn chūn dēng
春幡细缕春缯，春闺一点春灯。
zì shì chūn xīn liáo luàn　　fēi gān chūn mèng wú píng
自是春心撩乱，非干春梦无凭。

《清平乐》，词牌名，原为唐教坊曲名，又名《清平乐令》《醉东风》《忆萝月》。正体双调八句，四十六字，上阕四仄韵，下阕三平韵。这首词每句都带有"春"字，显然是作者有意为之。

作者由景入情，开篇先写景："春来街砌。""砌"本义为台阶，雕栏玉砌，后引申为堆砌，层层叠加，如张孝祥词句："想一年好处，砌红堆绿。"下句补充上句："春雨如丝细。"形象地把春意用单一景象表达了出来。

然后镜头摇动："春地满飘红杏蒂，春燕舞随风势。""红杏蒂"，杏花花蒂。杏花一般早于梨花、桃花开，代表早春。满地飘红，随风起舞，春燕当空，春天景象充满生机。上阕表达单纯，就盯住春天的客观表现，由雨到花，由花及燕。

下阕作者透露意图，这不是单纯写春天的词，而是有所寄托："春幡细缕春缯，春闺一点春灯。"写得有一点费解。"春幡"，古时立春日悬挂春幡，表明春天已至；"春缯"，春天的衣服，"缯"本义为丝织物的总称；"春闺"，闺房；"春灯"，闺房之灯。到处是春之景象，挂春幡，穿春衣，春闺中亮着一盏春灯。词境由物象向人逐步推进，一直到进入女子亮灯的闺房。

作者最后揭开主题："自是春心撩乱，非干春梦无凭。""无凭",没有凭据;"春心",男女相慕的情怀。李白诗:"忆昔娇小姿,春心亦自持。"李商隐诗:"庄生晓梦迷蝴蝶,望帝春心托杜鹃。""春心撩乱"本是看不见的情绪,只有本人知道,所以欧阳炯说,与春梦不相干。实际上是相干,作者正话反说。

以一个"春"字扩展成一首词,八句十"春"字,读之并不觉累赘,反倒趣味盎然,让人不由得寻春而去。春天之"春"逐渐演变为春心之"春",由景向人,再入内心,欧阳炯靠一首四十六字的《清平乐·春来街砌》载入词史。这首词写得不伤悲,不低沉,带几分灵动和俏皮。作者深知爱与情之间的玄妙,不动声色,尽得风流。

欧阳炯一生亲历了五个朝代:唐、前蜀、后唐、后蜀、宋。不论官场环境如何变幻,他始终如一,保留一颗纯洁之心,喜爱诗词,并全身心地投入。他还擅吹长笛,音乐修养也高,这些都对他的创作有极大的益处。后蜀赵崇祚(zuò)编集《花间集》时,请欧阳炯为其作序,可见其文化地位和对花间派的影响之深。

仿古山水册之大痴沙碛图（局部） 清 恽寿平

# 和凝

(898—955年)

竹里风生月上门

《江城子·初夜含娇入洞房》
《江城子·竹里风生月上门》
《江城子·斗转星移玉漏频》
《江城子·迎得郎来入绣闱》
《江城子·帐里鸳鸯交颈情》

和凝（898—955年），郓(yùn)州须昌（今山东东平）人。生于唐朝末年，九岁就进入五代时期，梁唐晋汉周一朝未落，看时代风起云涌，历江山依次更迭。和凝幼时聪敏过人，十七岁时即赴京师参加明经科考试，后梁贞明三年（917年）十九岁登进士第。

古代天下四行，士农工商，士排第一。"学而优则仕"，想做人上人，一般要通过科举，发奋努力方可成才。在唐代，明经拼的是记忆力，进士则注重理解力，没有人生经历与阅历，考进士科很难，所以才有"三十老明经，五十少进士"一说。和凝年纪轻轻，连过两关，足见其才智非凡。

后梁宣义军节度使贺瑰，少时英勇善战，多诡善谋。他知道和凝是同乡后，便聘他到府中做事。和凝满心欢喜地去了郓州，结果没多久就赶上了大事。贞明四年

（918年），贺瑰率军在胡柳陂（今河南濮(pú)阳）与后晋军交战，先胜后败。和凝当时年轻力盛，随贺瑰出征，数次冲出重围。最后只剩下他紧跟贺瑰，还在交战时射中敌兵，救了贺瑰一命，两人得以逃脱。次年，贺瑰病危，遂将女儿许配给了和凝。从此事能看出和凝忠肝义胆，完全不是个只会写艳词的书生。

到了后唐同光元年（923年），晋王李存勖(xù)即皇帝位，是为后唐庄宗。后唐明宗天成年间（926—930年），和凝曾担任过刑部员外郎，这段工作经历促使他后来与其子共同编撰《疑狱集》。这部书在中国司法史上极其重要，是后来宋慈《洗冤集录》的范本。

后晋取代了后唐，天福二年（937年），和凝改任礼部侍郎，依前充职。次年底改任户部侍郎。到了天福五年（940年），和凝被任命为中书侍郎、同平章事。第二年，胡人安从进起兵谋反，和凝不负众望，设计巧平谋乱。《旧五代史·和凝传》记载此事为："（安）从进出于不意，甚讶其神速，以至于败，由凝之力也。"可见和凝智谋过人。

但是和凝的重心还是在诗词上。他的著作很多，多数今已散佚，现存有《宫词》百首。和凝的《宫词》整整写了一百首七言绝句，只比王建的少两首，也算是这类题材中少有的。和凝的词作流传很广，其中存世的《江城子》有五首，系联章而成：

初夜含娇入洞房。理残妆，柳眉长。
翡翠屏中，亲爇玉炉香。
整顿金钿呼小玉，排红烛，待潘郎。

竹里风生月上门。理秦筝，对云屏。
轻拨朱弦，恐乱马嘶声。
含恨含娇独自语，今夜约，太迟生。

斗转星移玉漏频。已三更，对栖莺。
历历花间，似有马蹄声。
含笑整衣开绣户，斜敛手，下阶迎。

迎得郎来入绣闱。语相思，连理枝。
鬓乱钗垂，梳堕印山眉。
姹妊含情娇不语，纤玉手，抚郎衣。

zhàng lǐ yuān yāng jiāo jǐng qíng　　hèn jī shēng　tiān yǐ míng
帐里鸳鸯交颈情。恨鸡声，天已明。
chóu jiàn jiē qián　　hái shì shuō guī chéng
愁见街前，还是说归程。
lín shàng mǎ shí qī hòu huì　　dài méi zhàn　yuè chū shēng
临上马时期后会，待梅绽，月初生。

因这五首《江城子》系和凝一次性创作而成，理解它们需要顺势连贯而下，缺一不可。词牌名《江城子》，又名《村意远》《江神子》《水晶帘》，兴于晚唐，最早由韦庄依调而作，均为单调，直至北宋苏轼才改为双调。单调三十五字为常，双调七十字，上下阕各五平韵。

和凝这五首词为单调，一层一层推进。从第一首"排红烛，待潘郎"，到第五首"恨鸡声，天已明"，作者把一位年轻女子娇之急、急之恨、恨之喜、喜之羞、羞之憾如剥笋般层层刻画出来，让心态与形态尽情展现，完整写出了一次男女约会的过程。

第一首开篇："初夜含娇入洞房。理残妆，柳眉长。"和凝用了"初夜"和"洞房"两个词，这与今天理解的"洞房花烛夜"不同。这里的"初夜"是夜初之意，唐代李商隐诗："独敲初夜磬，闲倚一枝藤。"唐代卢纶诗："鸣雁飞初夜，羌胡正晚秋。"后代这一意象也有沿用。宋代朱敦儒词："炎昼永，初夜月侵床。"宋代陆游诗："初夜多幽兴，危阑偶独凭。"这些"初夜"都指前半夜。

此"洞房"乃深闺之意,唐代岑参诗:"洞房昨夜春风起,故人尚隔湘江水。"唐代白居易诗:"寒月沉沉洞房静,真珠帘外梧桐影。"同样,这些诗词句中的"洞房"与新婚之房无涉。作者还在"初夜"和"洞房"之间用了"含娇"一词,准确生动。"理残妆"的"残"字用得巧,说明白天已经辛苦许久了,趁这会儿把略被破坏的妆容再整理一下。

然后"翡翠屏中,亲爇玉炉香"。"翡翠屏",说明家境好。这里所说的"翡翠",不是清代才开始流行的玉石翡翠,而是用翠鸟毛色装饰的屏风。"爇",《说文解字》释:烧也。"整顿金钿呼小玉",女子亲手点燃一炉香,又整理了一下头上的首饰——金钿,然后叫"小玉"来帮忙。"小玉",在此的身份是侍女。唐代元稹诗:"栖乌满树声声绝,小玉上床铺夜衾。"末句"排红烛,待潘郎","潘郎",即西晋潘岳,因潘岳长相俊美,故后以"潘郎"代指被女子爱慕的男子。

这五首词一次写就,古时称"联章"。第一首是故事的开头,可以看成序幕。女子心急又不能表现,急在内心,表面还要不断掩饰,理妆爇香、呼女排烛都是在遮掩内心的焦虑。作者在序幕中只着重描述了女子之急,其他放在了后面。

内人双陆图(局部) 唐 周昉(fǎng)

第二首起句:"竹里风生月上门。理秦筝,对云屏。""竹里风生",是在写感觉,心中有事就会觉得竹叶因风而响,人一着急就会对声音敏感;"月上门",也是同样觉得时间过得又快又慢,心中充满了矛盾;"秦筝",筝源于秦国;"云屏",置于筝前拢音。"轻拨朱弦,恐乱马嘶声",想安抚自己焦乱的心情,弹一支曲子吧,又担心掩盖了潘郎来时的马嘶声。"恐乱马嘶声"一句写得精彩传神,所有担忧引发的情绪无非就是盼潘郎早点儿到来,可是这情绪只能隐藏内心说不出口。

"含恨含娇独自语",左右都不是,只好独自语:"今

夜约,太迟生。"今晚的约会真应该早一点,实在太迟了。这一首流露出由着急引发的怨恨,这恨是假恨,不是真恨。作者漫不经意地用了"轻拨""恐乱""含恨""独自"等字眼,细致入微地刻画出痴情女子心焦怨恨的一刻。

第三首开篇有些埋怨情绪了:"斗转星移玉漏频。已三更,对栖莺。""玉漏",古人夜晚用漏计时;"三更"是午夜,连鸟都睡了。"历历花间,似有马蹄声。"这句描写的不确定性最传神到位,似乎听见马蹄声又不敢确认。作者用"似有"一词,将女子的担心、急切、埋怨一起展现。

终于能够确定是潘郎来了,于是"含笑整衣开绣户,斜敛手,下阶迎"。女子情绪的转变乃人之常态。每个人都有过"伪装情绪",这个"含笑整衣"就是为爱伪装的部分,先把自己收拾好了,再开门敛手,下阶迎接。这里有个细节,敛手而不是放手,按今日常态,理应张开手臂前去拥抱,但受礼教的限制,只能敛手而迎。诗人为了弥补等待情绪中的亏欠,着重写出了女子的主动,下台阶相迎,漫不经心地展现出了喜态。

紧接着就是第四首:"迎得郎来入绣闱。语相思,连理枝。"好不容易等到潘郎来了,晚归晚,但还是来了。女子急着说,我很想你。"连理枝"代表夫妻,"在天愿作比翼鸟,在地愿为连理枝"。此时此刻由于慌乱,"鬓乱钗垂,梳堕印山眉"。唐玄宗幸蜀时,命画工绘制《十眉图》,五花八门的眉形。"山眉"乃其中的"小眉山",顾名思义,其眉中部有一凸起,如小山之峰。当潘郎进屋后,女子乱了方寸,梳好的头发散了,斜插的头钗也落了下来,发髻上的梳子一下子滑到眉前。诗人多角度地描绘了女子的慌乱,让女子的娇羞充分展现。

"娅姹含情娇不语,纤玉手,抚郎衣。""娅姹",美丽的姿态。含情却突然不说话了,诗人开始抓住这一细节渲染,从语多到不语是心态的转变,掩饰内心慌乱的最有效的办法就是"不语"。然后"纤玉手，抚郎衣"，这"抚"不是简单的抚摸，而是替郎君宽衣的意思。

最后一首是联章词的高潮，铺垫了四首词之后，终于进入实质："帐里鸳鸯交颈情。恨鸡声，天已明。"这是第二次"恨"，第一次是"含恨含娇独自语"，这一次则是干干脆脆"恨鸡声，天已明"。

第五首开篇没有过渡，直接进入实质描写。如果此篇抛开前面四首而独立存在，似乎有艳淫之嫌，但前面已有四首铺垫，如此强烈的描述完全可以接受。"鸳鸯"，匹鸟，爱情的象征。卢照邻诗："得成比目何辞死，愿作鸳鸯不羡仙。"杜甫诗："合昏尚知时，鸳鸯不独宿。""交颈"，表示爱之程度。李郢(yīng)诗："鸳鸯交颈期千岁，琴瑟谐和愿百年。"牛峤(qiáo)词："不是鸟中偏爱尔，为缘交颈睡南塘。"

和凝用"鸳鸯交颈"的文学意象，将男女相会描绘得热烈得当。然后大笔一收："愁见街前，还是说归程。"这十分扫兴，但好像又没有办法。"临上马时期后会"，等潘郎临行上马那一刻，才脱口说出："待梅绽，月初生。"佳人才子做了下一次约定，意犹未尽，文韵悠长。

和凝的五首《江城子》一气呵成，没有任何前因后果，匆匆而来，又匆匆而去。这五支单曲合成一支整曲，

花鸟图册之八 清 余穉(zhi)

将故事的片段分别截取，只呈现情感的美好。

联章五首，极好地诠释了诗与词之间的关系。诗注重情节中的细节，易于表达情绪中的感觉；词则注重故事里的情节，容易抓住片段里的情景。二者之间的差别微妙，相互亦有交融。简单地说，词的画面感常常会多于诗。举例说明，李商隐的"春蚕到死丝方尽，蜡炬成灰泪始干""身无彩凤双飞翼，心有灵犀一点通"，都是细节中的情绪表达，很难呈现强烈的画面感。

和凝一生作品数量理应不少，可他对其早年的创作不满意，许多作品自己销毁了，目前存词仅二十几首，还多是"艳词"。幸亏有他的百首《宫词》，得以让人看见他的功力。

和凝活得精彩，不管身边发生什么，都有自己的一定之规，按照自己的思路走下去。五代十四君五十三年，风云际会，枭(xiāo)雄迭出。但在和凝眼中，这都不过是烟之一缕，来就来了，走就走了，来了不惊讶，走了不惋惜。我觉得正是这样强大的心态，让和凝成了五代名士，名垂青史。

桃花渔艇图（局部） 清 王翚

# 冯延巳

(903 — 960年)

庭院深深深几许

《谒金门·风乍起》
《南乡子·细雨湿流光》
《鹊踏枝·庭院深深深几许》

冯延巳(903—960年),字正中,五代时期广陵(今江苏扬州)人。五代十国时期天下纷乱,藩镇各自为政。南唐开国时,开国皇帝徐知诰恢复李姓,改名为昪(biàn),自称是唐宪宗之子建王李恪(kè)的四世孙,故国号为唐,史称"南唐"。

南唐存在时间极短,只有三十八年,传三世,历一帝二主,即李昪、李璟(jīng)、李煜。南唐存世虽短,但其版图却是十国中最大的,最盛时幅员三十五州,经济、文化非常繁荣。文化成就除去词,还有绘画,顾闳(hóng)中著名的《韩熙载夜宴图》(xī)就是南唐文化结出的硕果。

冯延巳侍奉了南唐一帝一主,三度入相,官终太子太傅。最终以五十七岁之龄寿终,这一年正巧是宋太祖建隆元年(960年)。

冯延巳的负面评价多说他是佞(nìng)臣,善拍马屁,最会哄主子高兴。有一则记录在《南唐书》中。一次，李璟取笑冯延巳说："吹皱一池春水，干卿何事？"冯延巳并没有正面回答主子，随口说："未若陛下'小楼吹彻玉笙寒'之句！"听闻这回答，李璟十分高兴，对其倍加宠信。后来，冯延巳当上了宰相，但不擅长处理国家大事，对外一再失利，大臣们联名弹劾他。李璟迫不得已，将其贬至外地。但冯延巳一走，李璟就倍感凄凉，因为再没有人能与他唱和了。结果没过多久，李璟又将冯延巳召了回来，置于左右。

冯延巳生性幽默，这是一个很重要的品质。南唐处士史虚白之孙宋代人史温，借一个称"钓矶闲客"的"叟"之口眼，集南唐一帝二主杂事一百二十余则，撰成《钓矶立谈》。此书作为考证南唐史的重要著作，历来为学者所重。这部书记载冯延巳："辩说纵横，如倾悬河暴雨，而听之不觉膝席之屡前，使人忘寝与食。"

后来陆游奉诏写《南唐书·冯延巳传》时也记载过孙忌对他的评价："鸿笔藻丽，十生不及君；诙谐歌酒，百生不及君；谄媚险诈，累劫不及君。"这话说得一点不留情，但仍能客观地看出冯延巳生性幽默。这种幽默也可以从他的作品中看出来：

韩熙载夜宴图（局部） 南唐 顾闳中

风乍起，吹皱一池春水。
闲引鸳鸯香径里，手挼红杏蕊。

斗鸭阑干独倚，碧玉搔头斜坠。
终日望君君不至，举头闻鹊喜。

冯延巳《谒金门·风乍起》的首二句，充满了人生的幽默与智慧，一千多年来，这句词已变成了生活中调侃的隐语，表示此事与你何干。

《谒金门》，词牌名，又名《空相忆》《花自落》等，原来亦为唐教坊曲。以韦庄《谒金门·空相忆》为正体，双调四十五字，上下阕各四句，四仄韵。冯延巳开篇一句取景平常，但文学效果强烈："风乍起，吹皱一池春水。"这是一首闺怨词，少妇无聊，行至水塘边，小风吹过，未兴起大的波澜，只是水面皱了。这最为常见的场景到了冯延巳的笔下变成了一语双关，表面上写的是景，实际上写的是情，少妇的确有情。通过普普通通的一风一水一组文字，和盘托出，天衣无缝。

紧接着，作者的视线开始移动，跟着无聊少妇"闲引鸳鸯香径里，手挼红杏蕊"。"闲引"表示无聊；"鸳鸯"

桃潭浴鸭图 清 华嵒(yán)

代表爱情;"香径"是一种诱惑,爱情理应的去处。这句是少妇眼中之景,心中之愿。下一句主观视角变成了客观视角,"手挼红杏蕊"。"挼"字本义为摧,有破坏之意,后解释为搓揉,"手挼"即在手中反复揉搓,"红杏蕊"极其娇嫩,根本经不住揉搓。作者利用这样一个细节,表达了少妇内心的愁闷与无聊。

下阕与上阕情绪衔接并不太紧密,上阕在说少妇伤感思念,下阕开始有些埋怨之情:"斗鸭阑干独倚,碧玉搔头斜坠。""斗鸭"是一种古代民间习俗,相传起源于汉代。《西京杂记》记载:"鲁恭王好斗鸡鸭及鹅雁。"斗鸭要准备的条件比斗鸡要求高,故史上斗鸭大大少于斗鸡。唐代李邕(yōng)写过《斗鸭赋》,生动逼真,文采飞扬。

冯延巳的这句"斗鸭"并非真正意义上的斗鸭,而是雕刻在水边石栏上的斗鸭纹饰。从诗意上讲,刚刚离开了鸳鸯悠游,马上又来看斗鸭,属于诗歌大忌,情景物象冲突。所以此"斗鸭"仅仅为栏板的装饰。譬如,唐代张说诗:"水苔共绕留乌石,花鸟争开斗鸭栏。"韩翃(hóng)诗:"池畔花深斗鸭栏,桥边雨洗藏鸦柳。"宋代也有大量的同类诗词沿用这一意象。比如梅尧臣诗:"不见分香妾,空余斗鸭阑。"毛滂词:"斗鸭玉阑傍,扑兽金炉畔。"张孝祥词："斗鸭阑干春诘曲。"陈允平词："斗鸭阑干燕子飞。""独倚"，少妇独自倚栏，无所事事，一副慵懒之态。"碧玉搔头斜坠"，连头发上的碧玉簪也要掉下来了。

冯延巳把气氛烘托至顶，落在结尾："终日望君君不至，举头闻鹊喜。"从早到晚的盼望，天天都以失望告终，忽然天上传来喜鹊的叫声，"喜鹊叫，客人到"，是不是郎君此刻要回来了？作者把最后的想象空间全部留给了读者，没有结局，正是本首词的结局。到此再回头想一想那被风吹皱了的一池春水，体会一下"风乍起"的瞬间，人生感受会变得立体。

冯延巳那样一个在官场混得风生水起的人，专注于写这类"娱宾遣兴"的词，内容还多是男女情爱、相思闲愁一类，在爱与愁、思之苦上面增加了生命忧患意识，感叹人生不易。我觉得这正是他的人生哲学，字软心强。其《南乡子·细雨湿流光》即为另一个例证：

细雨湿流光，芳草年年与恨长。
烟锁凤楼无限事，茫茫。
鸾镜鸳衾两断肠。

魂梦任悠扬，睡起杨花满绣床。
　　薄悻不来门半掩，斜阳。
　　负你残春泪几行。

　　《南乡子》，词牌名，又名《好离乡》《蕉叶怨》，原为唐教坊曲名。初为单调，始自欧阳炯，冯延巳那时改为双调五十六字，上下阕各四平韵，一韵到底。"细雨湿流光"，冯延巳开篇把物象与时光结合表述，"流光"指草叶湿润的光彩，又代表看不见的时间。紧跟着将芳草拟人化，"芳草年年与恨长"，人先恨之，芳草亦恨之。

　　"烟锁凤楼无限事，茫茫。""凤楼"典出"吹箫引凤"的故事。传说秦穆公为女儿弄玉筑凤台居之，弄玉与萧史一同吹箫，引来凤凰，双双成仙飞去。这里"凤楼"特指女子妆楼。作者用"茫茫"两字干脆利索地交代了恨之无限，"烟锁"一词也用得得体，云山雾罩，朦胧不清。

　　上阕最后一句"鸾镜鸳衾两断肠"说得凄苦。"鸾镜"即铜镜，唐镜中背面饰鸾鸟的很多。传说铜镜照见鸾鸟时，鸾鸟见影便会翩翩起舞。"鸳衾"指绣着鸳鸯的被子，古人结婚必备；"断肠"指思念程度；"两断肠"双倍加深思念程度。上阕在恨与念中结束。

下阕开始进入梦幻："魂梦任悠扬,睡起杨花满绣床。"古人认为人有三魂七魄,魂魄不安定时,人会睡卧不宁,从而多梦,所以说"魂梦任悠扬"。可睡醒之后什么也没有,记忆中都是漫天杨花,撒在床上如同绣花。梦中虚,醒后实,这虚虚实实之间都不见意中郎君的身影,心中充满幽怨。

这时词的主调来了,"薄悻不来门半掩,斜阳"。"薄悻",指负心的情人;"门半掩"暗示女子抱有最后的幻想,所以留半门;最后"斜阳"二字,暗示时间不多了。诗人没有完全断其路,还是留有一种渺茫的可能。

作者到底充满了诗人气,最后写下了掏心窝的话:"负你残春泪几行。"看似简单的一句感慨,实际是高手的无招胜有招,作者没指责负心人,而是突然对春光发难,这就是冯延巳超出常人的时间忧患和人生意识。"泪几行",不确定的表达,表明悲伤程度的不确定,矜持委婉、平和冷静地道出心中的惆怅。

所以后人评价《南乡子·细雨湿流光》时都不吝赞美。宋代张端义在《贵耳集》中引宋代周文璞(pú)语:"《花间集》只有五字绝佳:'细雨湿流光',景意俱微妙。"王国维在《人间词话》中说:"人知和靖(林逋)《点绛唇》、圣俞(梅尧臣)《苏幕遮》、永叔(欧阳修)《少年游》三阕为咏春草绝调，不知先有正中（冯延巳）'细雨湿流光'五字，皆能摄春草之魂者也。"俞陛云在《唐五代两宋词选释》中说："起二句情景并美。下阕梦与杨花迷离一片，结句何幽怨乃尔。"

还有一首知名的词《鹊踏枝·庭院深深深几许》，写得精彩唯美，其中名句"泪眼问花花不语，乱红飞过秋千去"被王国维誉为"有我之境也"（《人间词话》）。可大部分诗词集都视这首词为欧阳修之作，连《宋词三百首》都将其列在欧阳修名下，词牌为《蝶恋花》。欧阳修是冯延巳的拥趸，喜欢并模仿过冯延巳写作。

细读这首《鹊踏枝·庭院深深深几许》，可以领略一下词风与谁更相近：

庭院深深深几许，
杨柳堆烟，帘幕无重数。
玉勒雕鞍游冶处，楼高不见章台路。

雨横风狂三月暮，
门掩黄昏，无计留春住。
泪眼问花花不语，乱红飞过秋千去。

《鹊踏枝》亦称《蝶恋花》，原为唐教坊曲，后用作词牌，亦名《黄金缕》《卷珠帘》《凤栖梧》等。正体双调六十字，上下阕各五句，四仄韵。

这是一首闺怨词，与常见的闺怨题材诗词作品不同，作者将"怨"的情绪藏得深晦，留下无尽的空间让读者自己体味。"庭院深深深几许"句一字三叠，让"深"不见底。就是这个"深"字，让人感动，这"深"不仅是物理之深，还是精神之深。明代李廷机在《草堂诗余评林》中说："首句叠用三个'深'字最新奇。"清代陈廷焯（zhuō）的《云韶集》也说："连用三'深'字，妙甚。"历代文人对这样一句朴素的发问不吝赞许，显然是因为此句能打动人。"几许"，多少。似问非问，需答勿答，在问与答之间，显示出作者驾驭文字的非凡功力。一个"深几许"的不确定句式，让这首词开篇就引人入胜，耐人寻味，诗词也一举成名。

紧接着的客观描绘旨在加深这种感觉："杨柳堆烟，帘幕无重数。""堆烟"一词用得好，让杨柳以雾相隔，解释了"帘幕无重数"的意象，为下一句做铺垫。"玉勒雕鞍游冶处，楼高不见章台路。""勒"指马衔，是衔于马嘴内控马的马具；"玉勒"，显示出主人的富贵；"雕鞍"，精致华美的马鞍；"游冶处"，寻欢作乐的歌舞妓院；"章台

桃花杨柳图 清 关槐

路"，原为汉代长安街名，唐代时这里妓馆林立，后隐喻声色场所。

下阕一改上阕的情调，借景说情："雨横风狂三月暮，门掩黄昏，无计留春住。""雨横风狂"，又急又猛的风雨；"门掩黄昏"，句式倒装，黄昏时节掩上门扉，农历三月已是暮春，谁也没有办法将春天留住。

此时此刻，女主人只好悄声自问，但文字写出来却是："泪眼问花花不语，乱红飞过秋千去。""乱红"，散落的花瓣；"秋千"，以其荡来荡去的特性，在诗词中常常与年轻女子的心态绑在一起。李商隐诗："十五泣春风，背面秋千下。"韦庄诗："好是隔帘花树动，女郎撩乱送秋千。"后世词人也多用这一意象。柳永词："是处丽质盈盈，巧笑嬉嬉，争簇秋千架。"李清照词："蹴（cù）罢秋千，起来慵整纤纤手。"作者此时引入秋千，将其文化意象放在从属地位，让纷乱的落英被风吹过秋千，将女主人纷杂又渴望的心态展露无遗。作者用足了与青春女子紧密相关的意象，让其情感有三分悲凉，三分伤感，三分怨恨，一分无奈。

冯延巳的这首《鹊踏枝·庭院深深深几许》写得情景交融，物我两近。时间由早到晚，空间由内及外，情感由盼生怨，意境由幽变明。写闺怨不见闺怨，可全篇又一步不离宗旨，故被王国维誉为"有我之境"。

冯延巳词的风格清丽雅致，推陈出新。他思路开阔，又有着时间与忧患的双重意识。他把闲情写得不闲，把忧愁写得更忧，正是这种艺术天赋，让他一个政界口碑不好的佞臣，仍保留了极高的艺术地位，以至于提到五代词无法绕过冯延巳。而欧阳修则是一代名臣，其词的创作风格曲婉媚丽，承袭南唐遗风。二人词风有相近之处，加之历史上的各种误会，让这首著名词作的归属一直在二人之间游走。

冯延巳生于晚唐天复三年（903年），卒于北宋建隆元年（960年），生命横贯五代时期；欧阳修生于北宋景德四年（1007年），卒于熙宁五年（1072年）。他们二人相差百余岁，并无交集，但欧阳修对冯延巳的词深爱不已。清代刘熙载在《艺概》里说："冯延巳词，晏同叔（晏殊）得其俊，欧阳永叔（欧阳修）得其深。"此言一语中的。欧阳修早期词作中多见冯延巳词风，显然受其影响至深。

这首《鹊踏枝·庭院深深深几许》被误认为是欧阳修之作，或与李清照的说法有关。李清照《临江仙·庭院深深深几许》中有序曰："欧阳公作《蝶恋花》，有'深深深几许'之句，予酷爱之，用其语作'庭院深深'数阕，其声即旧《临江仙》也。"

花鸟图册之九 清 余穉

冯延巳

按说李清照的生活时代去欧阳修不远，其创作年代距欧阳修谢世不过半个世纪，理应知道冯延巳与欧阳修的作品。但宋代出版检索不甚发达，不排除欧阳修作品集中录有冯延巳旧作，被李清照误认为是欧阳修之作；又由于欧阳修在宋代的文学地位，李清照顶礼膜拜不加怀疑亦属自然。

我更愿意相信《鹊踏枝·庭院深深深几许》为冯延巳之作，不去强调各类出版证据与记载，仅以词风而言，此词更近冯延巳而不近欧阳修，内容亦然。虽冯延巳与欧阳修同为朝廷执宰，学富五车，但冯延巳身处南唐，文风柔靡。而欧阳修为一代大儒，文学成就斐然，尤其是他的散文成就，后人更是难以比肩。其词作与晏殊同行同路，虽有革新，亦守传统。加之多以余力而作，后期作品较前期作品更为深沉开阔，又追求语言朴素，尽可能地接近百姓的审美。以二人的身世与创作相比较，"庭院深深深几许"，无论立意还是内容，词风还是语感，明显更像冯延巳的作品。

冯延巳四度官至宰相，虽为佞臣，但谁整他都整不动。因为李璟喜爱词，冯延巳能写能对，上有所好，下必甚焉。论五代词人，冯延巳不可或缺。一言以蔽之，他循旧不守旧，出新不出格。此乃做人、作词的高招。

山亭高会图（局部） 宋 刘松年

# 李煜

（937－978年）

问君能有几多愁

《虞美人·春花秋月何时了》
《相见欢·无言独上西楼》
《木兰花·晚妆初了明肌雪》

"春花秋月何时了,往事知多少。小楼昨夜又东风,故国不堪回首月明中。"写下如此优美的词句,不仅仅要有文学功底,还要有一颗细腻的心,更要有一段别人没有的经历。

李煜(937—978年),南唐后主,极富艺术天赋,却生不逢时。其父李璟死于建隆二年(961年),他即位时,南唐已是个烂摊子。他只好写了《即位上宋太祖表》,表示自己并无做一国之君的愿望,也没有治国的能力,祖业留给他,他也只能从命,并表示愿意去掉君主的称号,不谋求名分,遵守臣子的礼节,尊大宋为天朝。李煜派特使冯延鲁(冯延巳的异母弟)将《即位上宋太祖表》呈送宋朝,以期用岁贡保平安。

李煜上表中的这番话当时至少感动了一下宋太祖赵匡胤,赵匡胤回赐了诏书,还派了特使前往南唐吊祭李璟，贺李煜袭位。后来南唐就如期向宋纳贡，这样委屈的日子战战兢(jīng)兢地过了十几年。

李煜热爱艺术，善诗文，工书画，尤爱作词。他的词可分为两部分，以亡国降宋为界：前期词主要写男欢女爱、宫廷生活，风格上更接近花间派的绮丽柔靡；后期词则侧重亡国之痛，凄凉哀婉。李煜词的主要成就大部分在后面，其中有的写得一字一泪，一泪一血：

春花秋月何时了，往事知多少？
小楼昨夜又东风，
故国不堪回首月明中。

雕阑玉砌应犹在，只是朱颜改。
问君能有几多愁，
恰似一江春水向东流。

《虞美人》，词牌名，又名《一江春水》《玉壶水》《巫山十二峰》等。李煜此词为正体，双调五十六字，上下阕各四句，两仄韵，两平韵。《虞美人·春花秋月何时了》是李煜最知名的一首词，我认为可以进入宋词的前十名。

船人形图 明 仇英

某种意义上,这首词改变了唐以来词作小家碧玉的格调,让词这种艺术形式不再限于花前月下的卿卿我我,而是有了开拓视野、扩大格局的可能。

开篇李煜便发问:"春花秋月何时了,往事知多少?""春花"与"秋月"都是诗人常叹的景象。经过漫长寒冷的冬季,"春花"作为春的象征渐次盛开,来去匆匆,生命短暂。贺知章诗:"南陌青楼十二重,春风桃李为谁容。"王维诗:"雨中草色绿堪染,水上桃花红欲然。"贾至诗:"草色青青柳色黄,桃花历乱李花香。"李商隐诗:"日日春光斗日光,山城斜路杏花香。"大诗人们都对"春花"极尽赞美,但李煜由于所处环境,感受大有不同,他看"春花"如秋叶,一片肃杀景象。

"秋月"的文化内涵大多为思乡,张若虚诗:"江天一色无纤尘,皎皎空中孤月轮。"王昌龄诗:"撩乱边愁听不尽,高高秋月照长城。"杜甫诗:"老吟秋月下,病起暮江滨。"白居易诗:"东船西舫悄无言,唯见江心秋月白。"

李煜首句用"春花""秋月"两个对比强烈的文化意象,向苍天发问,这一问问得大气绵长:"何时了?"春思秋念,春去秋来,春华秋实,春兰秋菊,"春""秋"二字在汉语中含义丰富。

李煜这句"春花秋月何时了",实际上是一个根本无法回答的问题,所以自己迅速作答:"往事知多少。"这一句似答非答,包含的内容是李煜几近一生的阅历:从幼小的储君,到患难时的一国之君,到降君为臣受尽屈辱的国主,再到被宋廷软禁的后主。

李煜的确"往事知多少",一个普通人都受不了如此起伏的人生,何况一代国君。写这首《虞美人·春花秋月何时了》时,李煜已被宋廷软禁近三年了。三年的醉生梦死,三年的胆战心惊,三年看尽了自己的一生,这三年仿佛就是佛教所说的三生:前生、今生、来生。

李煜开篇内心恸(tòng)哭,但不动声色;看似漫不经心的一问一答,实际上字字血泪,如杜鹃泣血,空谷回荡不绝。此问无解无答,如同天问。

下面李煜开始想象加回忆:"小楼昨夜又东风,故国不堪回首月明中。"昨天夜里又刮来了春风,在这美好的日子里,住在小楼的我都无法也不敢回忆南唐美好的日子。上阕由虚向实,再由实向虚,在问答、现实、回忆之间连成一条金线,将自己拴住,同悲同怨,没有间隙可以喘息。

紧接着下阕,李煜开始将回忆具体化:"雕阑玉砌应犹在,只是朱颜改。""雕阑",宫廷雕花的围栏;"玉砌",汉白玉的台阶;"雕阑玉砌"代指南唐旧宫;"朱颜",红润美好的容颜;"改",指衰老。远在南方的金陵旧宫,那些辉煌的建筑应该尚在,只是那些漂亮的宫人都老了。此句叹息包含的内容丰富,有遗憾,有惋惜,有同情,有惦念,当年有权在身的时候他并没在意过这些。李煜此句充满了自责和自省,也知道了当权者的不易。

最后一句再次自问自答:"问君能有几多愁,恰似一江春水向东流。""问君",问自己;"几多",不太确定。如果问我心中到底有多少哀愁呢,我也无法说清楚,如同那长江之水奔流不息地向东方而去。该词作起句终句皆问,设计奇巧而不生硬,布局精心却仍自然,显示了其高超的文学技巧。

全词用了五十六个字,无一生僻字,不引经据典,语言平实无华,明净洗练,意味深长;运用了设问、比拟、对比等多种文学手法,如高山落瀑,一气呵成。尤其是最后一句的问答,说出了许多人的疑惑。

正是这首词,引来了李煜的杀身之祸。太平兴国三年(978年),七月初七是七夕节,李煜四十一岁生日,此时他已被宋廷软禁了近三年,"日夕以泪洗面",与后妃们相聚,感慨油然而生,按捺不住自己的心情,写下了千古传诵的《虞美人·春花秋月何时了》。但这首词深深地刺痛了宋太宗,他认为李煜复国之心不死,宋太祖那句名言

汉宫秋月图 清 袁耀

"卧榻之侧，岂容他人鼾(hān)睡"又在耳边响起，于是命人用牵机毒鸩(zhèn)杀了李煜。

李煜早年日子过得舒适惬意，直到其父李璟去世之时，他都养尊处优。宋朝的崛起，结束了五代十国以来分裂争乱的局面，南唐作为曾经的南方霸主，自然躲不过这一劫。李煜接手父辈遗产之时，已二十四岁。他曾试图挽救南唐，但无奈大势已去。

其父李璟慑于后周武力，早已俯首称臣，改称国主，史称"南唐中主"。李煜接手江山时进退两难，进无力，退有心，有心无力的李煜治理不了国家。《新五代史》评价他："煜性骄侈，好声色，又喜浮图，为高谈，不恤政事。""浮图"即浮屠，指佛事。不过，即便在如此不利的条件下，李煜先呈《即位上宋太祖表》，使南唐得以暂时保全。之后十几年时间里，李煜尊宋纳贡，稳定旧臣，选拔人才，减免赋税，免除徭役，与民生息，这一系列措施也让"江南国"与大宋国相安无事。

但无奈大宋容不得江南国主李煜，于是起兵动武。尽管李煜下令应战，但弱难敌强，最终李煜奉表投降，被俘押解大宋京师开封。这一年，李煜三十八岁。

李煜在风光旖旎(yǐ nǐ)的江南生活了近四十年，养尊处优惯了，猛然间来到了中原开封，生理、心理上多有不

适。一代君王被软禁,即便是宫廷伺候,好吃好待遇,还有嫔妃相随,精神仍倍受创伤。于是他写下了《相见欢·无言独上西楼》:

无言独上西楼,月如钩。
寂寞梧桐深院锁清秋。

剪不断,理还乱,是离愁。
别是一般滋味在心头。

《相见欢》,词牌名,又名《乌夜啼》《忆真妃》等。正体双调三十六字,上阕三句三平韵,下阕四句两仄韵两平韵。起句调子沉郁压抑,有动作无声音:"无言独上西楼,月如钩。"李煜一人静静地走上西楼,仰望夜空,满天星斗似乎看不见,只看见如钩的月。"月如钩"可以是新月,亦可以是残月,多为乡愁之文化意象,比如温庭筠诗:"晴江如镜月如钩,泛滟苍茫送客愁。"又比如韦庄诗:"一曲单于暮烽起,扶苏城上月如钩。"显然李煜同样也是以心愁开篇,但没有直接表现愁绪。

下句才强化气氛:"寂寞梧桐深院锁清秋。"此句力图将愁说透,"寂寞""深院""清秋",每一个词都在增加愁的气氛,李煜用了一个"锁"字,将愁定格,让深秋残月、寂寞梧桐作为心中之景,替他分担内心的悲凉。

李煜在想什么,在回忆哪一段日子,谁也不知,知道的只是"剪不断,理还乱,是离愁"。这几句词后来成为弄不清头绪时使用频率极高的名句。"剪不断,理还乱"说明内心世界的纷杂,多种情绪纠缠在一起,但李煜说"是离愁"。离开温馨的江南鱼米之乡久了,离开奢靡华丽的故国宫阙也久了,这里的一切不仅陌生,还隐藏着不安与杀机,所以李煜最终说:"别是一般滋味在心头。"

这个"滋味"是过去从来没有的,说不清道不明,只有自己清楚,别人无法感同身受。写到此,李煜戛然而止。句式三短一长,三字一顿,九字一扬,两仄韵,两平韵,从音调上也加强了内容的感染力,余音绕梁,和盘托出了作者的全部情感。

李煜的这两首词,《相见欢·无言独上西楼》在前,《虞美人·春花秋月何时了》在后,都写于他被俘入宋的日子里。李煜词的格局反倒是在他被羁押的日子里变得开阔,他不再写纸醉金迷的生活,词中也没有了奢靡艳丽的场景。相比而言,他在故国宫廷歌舞宴乐时写的《木兰花·晚妆初了明肌雪》就有一股绮丽香艳之气:

仕女图（局部） 明 杜堇

晚妆初了明肌雪，春殿嫔娥鱼贯列。
笙箫吹断水云间，重按霓裳歌遍彻。
临春谁更飘香屑，醉拍阑干情味切。
归时休放烛光红，待踏马蹄清夜月。

《木兰花》，原唐教坊曲名，词牌平仄字数要求有不同。双调五十六字，上下阕各三仄韵，宋以后多遵用。另外有《减字木兰花》四十四字，《偷声木兰花》五十字，等等。五十六字的《木兰花》虽与七言格律诗字数相同，但平仄要求有异，故以此区别。

肌肤如雪的妃嫔鱼贯而入，各种乐器响彻夜空，歌舞彩衣令人目不暇接，喝醉的人们拍打着栏杆，红烛接天，马蹄声碎，满月当空。如果没有国家之变故，李煜一辈子都会泡在这样的花丛中，写下的词都是艳词，但世间之路不是个人可以选择的，遇见变故就要面对。

李煜被俘入宋，其屈辱可想而知。在大宋两朝君王宋太祖、宋太宗的高压之下，李煜仍保留了一颗纯真的心，写下了导致杀身之祸的词。如锥穿心，如刀割肉，在高压无奈之下，李煜仍自然流露，不遮不掩，让词之韵调深沉厚重，突然告别了过去近乎花间派的风格，在词史上独树一帜。

王国维对此有一精绝评论:"温飞卿(温庭筠)之词,句秀也;韦端己(韦庄)之词,骨秀也;李重光(李煜)之词,神秀也。"大师就是大师,一语中的。所谓句秀,指词之辞藻;所谓骨秀,指词之风格;所谓神秀,指词之主旨。所以王国维继续说:"词至李后主而眼界始大,感慨遂深,遂变伶工之词而为士大夫之词。"

在李煜之前,词都在强调技巧,注意辞藻华丽,意象浮靡,在立意上无法与诗抗衡;到了亡国之君李煜这里,世道变数,人生大劫,令其词作倏(shū)然别开生面。词肩负的责任自此重了起来,使得词这一文学形式不再是怡情小调,开始成为广宏的动人乐章。

墨梅图（局部） 清 钱载

# 林逋

（967—1028年）

疏影横斜水清浅

《山园小梅》
《长相思·吴山青》
《点绛唇·金谷年年》

林逋（967—1028年），字君复，"和靖先生"是宋仁宗赐予他的谥号，意思为平和安定，由此可见他的秉性。林逋是北宋历史上有名的隐士，一生不仕，孤傲自恃，喜欢恬淡的生活。

据其家谱记载，林逋祖上世居福建长乐（今福建福州），到他父亲时才定居大里（今浙江宁波）黄贤村。林逋自幼好古力学，通晓经史百家，也许是他较早地领悟到了社会的纷杂，所以拒绝走常规的入仕之路。他不参加科举，只结交朋友，常年隐居在杭州西湖孤山，种梅养鹤，一生未娶，"以梅为妻，以鹤为子"，故世人称"梅妻鹤子"。

林逋喜欢与高僧诗友交往，常年在西湖驾一小舟。他的生活范围一直就在方圆几十里的地方，一身布衣，一双芒鞋，活得十分潇洒。他与当地的官员与名士们有

设色山水册之春永共寻欢 清 萧云从

诗歌唱和，其中有个叫王随的人。

王随年幼家贫，后经努力登进士甲科，官职一路攀升。仁宗明道年间（1032—1033年），出任宰相一职，足见其能力，且《宋史》有传，显然不是等闲之人。王随在钱塘为官时，与林逋多有清谈，两人都心慕佛学，机语契合。有时王随去林逋家探望，林逋不在，门童便放鹤高飞，以示欢迎。林逋见鹤飞，便知有客，棹(zhào)舟归来。

大文人范仲淹、宋庠(xiáng)、梅尧臣、徐复、高僧释智圆都与林逋唱和，或互赠诗文。范仲淹羡慕林逋的生活状态，诗云："早晚功名外，孤云可得亲。"（《寄赠林逋处士》）宋庠也有诗云："白首江湖传散人，天弢(tāo)解尽有天真。"（《和梵才寄林逋处士》）

凡与林逋相处过的人都能感到他那一份天真，有的官员甚至愿意出俸银帮他建新宅。比如杭州知州薛映，这个人《宋史》也有传，评价很高，他就曾为林逋出资建宅。

大中祥符五年（1012年），宋真宗听说了林逋大名，也知道他安贫乐道，遂赐粟帛给他，还诏告地方官要善待林逋。林逋心存感激，但并不觉得这有什么可得意的。当时许多人认为林逋学问大，不为官可惜了，因而有人劝他入仕，林逋总是婉拒说："然吾志之所适，非室家也，非功名富贵也,只觉青山绿水与我情相宜。"由此可见,人各有志,追求不同。

林逋喜欢梅花,传说宅旁种梅数百株,可近来又有学者考证他孤山老宅只有梅花一株。无论多寡,林逋喜欢梅花是事实,他的《山园小梅》是千年来的咏梅杰作:

众芳摇落独暄妍,占尽风情向小园。
疏影横斜水清浅,暗香浮动月黄昏。
霜禽欲下先偷眼,粉蝶如知合断魂。
幸有微吟可相狎,不须檀板共金樽。

梅花因为开花最早,先天下而春,甚至冒雪开放,深得历代文人喜爱。先秦《诗经》就有"山有嘉卉,侯栗侯梅"之句;北魏陆凯诗"折梅逢驿使,寄与陇头人。江南无所有,聊赠一枝春"流传甚广;唐太宗李世民也写过"送寒余雪尽,迎岁早梅新"这样温情的诗句;唐代齐己和尚的"前村深雪里,昨夜一枝开"构思巧妙,一举成名;唐代杜甫、白居易、杜牧、李商隐等诗人都写过梅花;宋代的诗词大家也几乎人人都写过梅花。严格地说,咏梅文化在宋代之后成为传统文化中的一朵奇葩,影响元明清直至今天。

此诗起句宋味十足:"众芳摇落独暄妍,占尽风情向小园。""众芳",所有的花卉;"暄妍",景物明媚,这里指梅花。百花凋零,唯有梅花独自开放,显得如此明媚,它聚集了所有的风情,占尽了山园的风光。

颔联乃千古名句,此诗也因此句而闻名:"疏影横斜水清浅,暗香浮动月黄昏。""疏影",梅姿绰约;"横斜",姿向不正;"暗香",隐约可闻;"黄昏",非确指,泛指前半夜。此联有桩公案,南唐诗人江为,《唐才子传》里说他是建安(今福建建瓯ōu)人,举进士不第,工诗。《全唐诗》存诗八首,残句二。林逋借用点化的颔联就是江为的残句:"竹影横斜水清浅,桂香浮动月黄昏。"两者只是首字更换,仔细一品会发现,江为的"竹""桂"为确指物象,两种植物常见;而林逋的点化句替换为"疏""暗",非确指物,而是形容词,用于修饰后面的具体物。在主观意图中,竹还是竹,"梅"替代了"桂",让秋意滑动到冬意,由清凉加深至寒冷。这些潜在的深刻变化,让颔联价值跃升,如"丹头在手,瓦砾皆金"。"疏影"说出了竹影的状态,这个状态与"横斜"构成一幅唯美之图,接"水清浅"后让物与影相辅相成;"暗香"强调梅花的香味,似有似无,若隐若现,接"月黄昏"

的目的是让景致开阔,气味越发迷离不定。"疏"是一句之本,"暗"乃一句之眼,疏影暗香,横斜浮动,水月相映,清浅黄昏……所有这些构成了诗中画、画中诗。

颈联写得如同童话:"霜禽欲下先偷眼,粉蝶如知合断魂。""霜禽",本指白羽之鸟,以林逋"梅妻鹤子"的背景,可以理解为仙鹤;"偷眼",悄悄看一眼;"合",此处作应该讲;"断魂",神往。仙鹤也爱梅花,等不及时先偷偷地看一眼;粉蝶也一样,如果知道梅花开放,它也会心驰神往。梅花在雪日开花,仙鹤有可能与它相遇,但粉蝶断没有遇见梅花开放的可能。所以颈联营造了一种虚幻气氛,虚构了粉蝶与梅相处的场景,让雪日绽放的梅花显得不那么孤单。

尾联换了角度,与前面的场景拉开了距离,庆幸一番:"幸有微吟可相狎,不须檀板共金樽。""狎",亲近赏玩;"檀板",紫檀拍板,演奏音乐时,用来控制节奏的乐器,在此泛指乐器;"金樽",酒杯,代指饮酒。幸亏我可以一边吟诵一边欣赏梅花,没必要打着响板、端着酒杯。

《山园小梅》林逋写了两首,这是第一首。作者以梅花自比,展示了文人对梅花高洁品格的一贯追求,尤其是颔联的点化,将梅这一文化意象拔高,为宋人咏梅定了调子。古人欣赏梅有客观标准,南宋范成大写过《范村梅谱》："梅以韵胜，以格高，故以横斜疏瘦与老枝怪奇者为贵。"所以宋之后对梅花的评赏标准就是这四字：横斜疏瘦。赏梅标准，贵疏不贵密，贵老不贵嫩，贵瘦不贵肥，贵含不贵开。含就是含苞欲放，赏梅不喜看盛开貌。显然范成大的《范村梅谱》受这首诗的影响，成就了一门学问。

林逋也是作诗大大多于作词的诗人，宋朝的诗人好像总要写几首词证明自己生活在宋朝。林逋的《长相思·吴山青》就是一首：

吴山青，越山青，两岸青山相送迎。
谁知离别情？

君泪盈，妾泪盈，罗带同心结未成。
江头潮已平。

《长相思》，词牌名，又名《吴山青》《山渐青》《相思令》等。以白居易《长相思·汴水流》为正体，双调三十六字，上下阕各四句，三平韵一叠韵。林逋拟一女子与情人分别的情景，一唱三叹，将情感充分表达出来。

上阕起兴运用民歌调性,点明离别主题;下阕写情,仍强调民歌节奏,寄托离恨。"吴山青,越山青,两岸青山相送迎。""吴山",钱塘江北群山,古属吴国领地;"越山",钱塘江南群山,古属越国领地。两岸青山夹着川流不息的舟船,诗人替山川发问:"谁知离别情?"

下阕将上阕词意截住,注重描写情感细节,调子转悲:"君泪盈,妾泪盈,罗带同心结未成。""罗带",丝带;"同心结",爱情的象征。女子站在自己角度说,你哭了,我也哭了,我们俩情投意合却无法相守。为什么"结未成",作者不做交代,读者尽可想象。其实此时原因已经不再重要,重要的是二人必须分手了,因为"江边潮已平"。"潮已平"预示着可以起航了,作者的收笔写得含蓄且精彩,一句顶多句,尽在不言中,让这首《长相思·吴山青》呈现开放式结尾,留有足够的想象空间。

林逋这首词写得情真意切,不排除他早年有过这样的经历,导致他终身不娶。他在世人面前表现出的清心寡欲、不食人间烟火,可能是年轻时情感受挫的结果。这首词很难凭空创作,再说凭空创作这样一首爱情悲词,也不符合林逋的隐居状态。人总是有另一面,或藏得深,或离得久,不为世人所知而已。

咏物诗词题材广泛,植物中咏花咏树的常见,咏草虽也有不少佳作，但总是不如其他物象来得神气。林逋的《点绛唇·金谷年年》在咏草佳作中占有一席。景德四年（1007年），林逋送别友人，见满目春草，遂借题发挥，抒写了离愁别绪。

金谷年年，乱生春色谁为主。
余花落处，满地和烟雨。

又是离歌，一阕长亭暮。
王孙去，萋萋无数，南北东西路。

《点绛唇》，又名《点樱桃》《十八香》《南浦月》《沙头雨》《寻瑶草》等。以冯延巳《点绛唇·荫绿围红》为正体，双调四十一字，上阕四句三仄韵，下阕五句四仄韵，另有变体数种。

开篇用典。"金谷"即金谷园，西晋富豪石崇在洛阳兴建的豪华别墅。因征西将军祭酒王诩回长安，石崇在金谷为之饯行，"金谷"被后世视为送别饯行的代称，其中还暗含生死相伴的情谊。杜牧写过《金谷园》："繁华事散逐香尘，流水无情草自春。日暮东风怨啼鸟，落花犹似坠楼人。"杜牧的诗是凭吊，林逋的词是惜别，角度

长亭送别图（局部） 清 萧云从

不同，感受有异。显然，开篇"金谷年年，乱生春色谁为主"之句依杜牧诗意而来，林逋使用了一个"乱"字，将心境、时态、景色三者融为一体，又加上不确定的反诘句"谁为主"，迅速将人带入思考。

紧接着，主观变客观："余花落处，满地和烟雨。"满地落下的花瓣与细雨朦朦胧胧融为一体，似乎是一个必然的悲剧。作者在小词上阕一问一答，答非所问，只是将心中所想、眼中所见交叉交代，不做过度的评判，任读者感受。

下阕与上阕不同，上阕虚，下阕实，越写越具体。"又是离歌，一阕长亭暮。""离歌"，分别时唱的歌，借以宣泄情绪。唐代许浑诗："西湖清宴不知回，一曲离歌酒一杯。"韦庄诗："一曲离歌两行泪，更知何地再逢君。"宋代欧阳修词："离歌且莫翻新阕，一曲能教肠寸结。"晏几道词："离歌自古最消魂，闻歌更在魂消处。"古人常在长亭设宴饯行。人生分别，每每都是在长亭喝酒到日落时分。

最后作者点明主题："王孙去，萋萋无数，南北东西路。""王孙"，最初是对贵族公子的称谓，后代指朋友或远行之人；"萋萋"，草茂盛状。这句显然套用了白居易《赋得古原草送别》中的"又送王孙去，萋萋满别情"一句，只不过作者加上了"南北东西路"这一无法确指的前途，让小词有了百般无奈、千般思绪、万般不舍。"南北东西路"呈十字交叉，某种意义上讲，不仅是分别时，人生什么时候都会站在十字路口。

林逋写的《点绛唇·金谷年年》这首词以微观视角起，无主豪园衰败，小草年年乱生；又以茂盛之草终，四方之路哪边都能走通。作者既不是写小草，也不是写离情，而是在写人生。诗词的高明之处往往都是曲写，委婉含蓄。细读林逋的这首词，再想想他独特的人生，理解词意后会有茅塞顿开之悟。

林逋大隐于市，也有赖于杭州的山水与城市融为一体。他善绘画，工书法，长为诗，古人常称诗书画为"三绝"，这"三绝"可伴随一个人愉快的一生。

林逋很会享受生活，种梅养鹤。可以想见，当他驾舟在西湖上垂钓之时，看见自家的仙鹤一飞冲天，就知道有贵客上门，心中是何等惬意；还可以想见，冬天飘雪之时，小园的梅花悄悄绽放，不时闻见隐隐的幽香，内心的惊喜与恬静又是何等令人满足。

人生有多条路可走：清贫或富贵，隐居或为官。选择前者，就要安贫乐道；选择后者，就要宦海浮沉。如果林逋当年选择了后者，还会有这般高洁的名声吗？福祸相倚，焉知结局？

山水图（局部） 明 仇英

柳永（约987—约1053年）是个情种，崇安（今福建武夷山）人，原名柳三变，排行第七，人称"柳七"。柳永多情，情乃真情，中国古代儒家文化要求用情专一，否则属于滥情；按这一要求，柳永算是浪荡公子，但他自称"白衣卿相"，反其意而用之。

其实柳永的确是出身官宦人家，祖父、父亲都是朝廷命官，虽官职不大，但家室平安。柳永出生于沂州费县（今山东临沂费县），即他父亲的任所，从小一直随父读书，天资颇厚。

宋真宗咸平五年（1002年），柳永计划赴京师参加礼部考试，经过杭州时，先是被山水吸引，后又迷恋声色场所。由于词写得好，受到各类人士追捧，他有点飘飘然，在苏杭一待就是五年。

这五年生活，柳永肆意放荡，把正事耽误了。到了大中祥符元年（1008年），柳永才进入汴京。那年月正是北宋蒸蒸日上之时，处处承平气象、繁华盛貌。次年，柳永踌(chóu)躇(chú)满志，自信能考中登第。由于年轻气盛，加之多年混迹于风月场所，其辞藻华丽有加，行文持重不足。结果宋真宗诏示，凡属辞浮靡者皆不取。

柳永初试落第，心怀不满，作词《鹤冲天·黄金榜上》，发泄不满。到了大中祥符八年（1015年），柳永第二次应试落第。天禧(xǐ)二年（1018年），其长兄柳三复进士及第，但柳永第三次落第，这对他打击不小。时间又过了六年，柳永第四次应考，再一次落第，加之与情人出现感情裂痕，他写下了名作《雨霖铃·寒蝉凄切》。此后由水路南下，愤然离开京城。从此之后，他浪迹江湖，填词为生。

寒蝉凄切，对长亭晚，骤雨初歇。
都门帐饮无绪，留恋处，兰舟催发。
执手相看泪眼，竟无语凝噎。
念去去，千里烟波，暮霭沉沉楚天阔。

多情自古伤离别，
更那堪，冷落清秋节？

今宵酒醒何处？杨柳岸，晓风残月。
此去经年，应是良辰好景虚设。
便纵有千种风情，更与何人说？

《雨霖铃》亦作《雨淋铃》，唐教坊曲。此曲用典，典出唐代郑处诲《明皇杂录》："明皇既幸蜀，西南行，初入斜谷，属霖雨涉旬，于栈道雨中闻铃，音与山相应，上既悼念贵妃，采其声为《雨霖铃》曲，以寄恨焉。"后人将此曲演化为词牌，双调一百零三字，仄韵。柳永选用此词牌，应是刻意为之。

柳永仕途失意，马上要离开让他心灰意冷的京城。本来踌躇满志的他，没想到在京城一待就是十六年。四次落第，对自恃天赋极高的柳永打击不小。

离开让他伤心的京城，会有要对情人说的话。起句调子沉郁："寒蝉凄切，对长亭晚，骤雨初歇。""寒蝉"，秋天的蝉，鸣声不再高亢。李白诗："寒蝉聒梧桐，日夕长鸣悲。"常建诗："萧条愁杀人，蝉鸣白杨树。"杜甫诗："抱叶寒蝉静，归来独鸟迟。"许浑诗："鸟下绿芜秦苑夕，蝉鸣黄叶汉宫秋。"开篇用"寒蝉"的意象，给这首词定下了基调。作者唯恐不够，直接贴上"凄切"一词，将主观意图表达清楚；然后再交代地点时间："对长亭晚"。

明皇幸蜀图　明　吴彬

长亭是古代驿站的歇脚之处，官道常规十里设一座。长亭送别的习惯，在几千年间留下了许多动人故事。今天我们之所以很少送别，是因为分别后信息不断；而过去不行，大家一旦分手就音讯渺茫，只能凭书信往来。所以送人必须有一个特定地点，这个地点就是"长亭"。此时，天色已晚，一场暴雨刚刚过去。

"都门帐饮无绪，留恋处，兰舟催发。"前一句交代了时间地点，情景声音构成凄婉的离别序曲；这一句给予情感缓冲。"都门"，国都之门，汴京交通的起止点；"帐饮"，因为郊外无房，临时搭帐，在此歇饮；"无绪"，心绪不宁，没有心思。两个人正在做最后的告别，说不完的离别语，表不完的思念情，行船已在催促出发。

这是一幕生活中常见的情景，分别的人难舍难分，行驶车船急不可待，柳永抓住这一刻，由情节推至细节："执手相看泪眼，竟无语凝噎。"执手相望，泪眼婆娑(suō)，欲说无言，抽噎难耐。

送人千里，终有一别："念去去，千里烟波，暮霭沉沉楚天阔。"上阕最后落入现实：船行人走，相望告别；"千里烟波"之外，是将要抵达的南方。此时此地，空中飘着湿重的雾气，仿佛压在二人心头，只有期盼楚地的好天气了。

上阕浓墨重彩地将告别之景绘出，极具画面感，有声有色，有情有爱，还有浓雾烟波；下阕开始，作者突然宕开一笔，站在第三者的身份上评论："多情自古伤离别，更那堪，冷落清秋节？"柳永多情，且情真意切，否则写不出如此真挚的名篇。情感一事，因人而异，柳永便是天生情种，留下了许多传说。"清秋节"，即重阳节，农历九月初九。这带有评论色彩的一句，实际上也是柳永的大声宣泄。自古以来别离悲伤皆如此，又赶上这登高念亲的重阳节，这叠加的思念谁能承受？

作者有些承受不了，自问自答："今宵酒醒何处？杨柳岸，晓风残月。"今天晚上喝醉了还不知何时能醒，也不知醒来人在何处，只知道到我常去的杨柳岸边，吹着早晨的凉风，看着天边的残月。

写到这里，作者换了语境："此去经年，应是良辰好景虚设。"这一走不知要多少年才能回来，良辰美景都成了虚设。作者传达出一种惋惜之情，让此句与前面几句步步紧逼，环环相扣。最后留下了一个大大的遗憾："便纵有千种风情，更与何人说？"纵然有满腔柔情，又能向谁诉说呢？

这首《雨霖铃·寒蝉凄切》，柳永做足了铺垫，不疾不徐，张弛有度。从送别、惜别，写到分手、想象，为

潇湘八景图册之二（局部） 明 张复

读者留下了非常大的想象空间。他把个人的情感融入作品，有缱绻(qiǎnquǎn)缠绵的爱恋表达，有分手瞬间的难舍难分，还有独自一人的郁闷排遣，更有甩给读者的"千种风情，更与何人说"。

柳永的《雨霖铃·寒蝉凄切》可以称得上是宋金时期的"十大金曲"之一，传播很广，后世许多作品中送别分手的场景都有柳永这首词的影子。明代李攀龙在《草堂诗余隽》中说："'千里烟波'，惜别之情已骋；'千种风情'，相期之愿又赊。真所谓善传神者。"

送别惜别是唐诗宋词中的常见题材，细读之下，二者的表达还是有区别的：唐诗注重情绪，宋词留意细节。唐诗有"平生不下泪，于此泣无穷"之情，宋词有"执手相看泪眼，竟无语凝噎"之意。细心对比，即可从细部体会到唐宋之不同。

柳永始终怀有仕途梦想。大中祥符二年（1009年）首次落第时他才二十几岁，此后连续三次落第。直到宋仁宗景祐元年（1034年），仁宗亲政，特开恩科加试，尤其对历届考生中未中的士子放宽尺度，柳永闻讯由鄂(è)州（今湖北武昌）赶赴京城。

这一年春闱，柳永与其仲兄柳三接同登进士榜，此时柳永已近五十岁了，算是大器晚成。这样柳家三兄弟，长兄柳三复,仲兄柳三接,柳永柳三变,三人同为进士,光宗耀祖。

由于三人皆擅长诗文,时称"柳氏三绝"。柳永回想第一次应试,弹指一挥间,时间已过去二十五年。首次落第时,柳永心存不甘,心中有怨气,急急中写下这首《鹤冲天·黄金榜上》:

黄金榜上,偶失龙头望。
明代暂遗贤,如何向?
未遂风云便,争不恣狂荡。
何须论得丧?
才子词人,自是白衣卿相。

烟花巷陌,依约丹青屏障。
幸有意中人,堪寻访。
且恁偎红倚翠,风流事、平生畅。
青春都一饷。
忍把浮名,换了浅斟低唱。

《鹤冲天》，词牌名，始见柳永，双调八十四字，仄韵。鹤在古代为仙鸟，不飞则已，一飞冲天；不鸣则已，一鸣惊人。故柳永以鹤命名此词牌，亦有这层意思。

柳永正值年轻自负之时，本来就自命不凡，但一试落第，心有不甘、不满、不愿，遂写下："黄金榜上，偶失龙头望。"一开始不认命，认为金榜未题名，只是偶然的失误。"龙头望"乃状元别称，柳永认为自己失去的不仅仅是进士，而是状元。

接着埋怨了一句："明代暂遗贤，如何向？"即便政治清明的时代，君王也会错失贤良，那我今后该怎么办呢？"未遂风云便，争不恣狂荡。何须论得丧？"柳永说得轻松狂妄，既然如此，我何不随心所欲到处闲逛，就没有必要在此患得患失了。上阕到此，柳永交代了自己的态度："才子词人，自是白衣卿相。"我这么有才可以轻松填词的人，吉人自有天相，即便身为平民，也终将为卿相。

上阕柳永以疾风骤雨式的语言，将内心的不满一泻而出。恃才傲物、放荡不羁的个人特质呼之欲出。进入下阕，场景完全换了，烟花柳巷，本是才子浪人的去处："烟花巷陌，依约丹青屏障。幸有意中人，堪寻访。"柳永将愤懑(mèn)泄于"烟花巷陌"，那么在装饰漂亮的屏风之

百鹿图（局部） 清 艾启蒙

间,完全可以找到意中之人,完全可以随心所欲到处走走看看。

"且恁偎红倚翠,风流事、平生畅。青春都一饷。"柳永似乎彻底放开,在青楼偎红倚翠,左拥右抱,从来没有如此畅快过。青春短暂,不荒唐枉自年轻一场。

柳永像玩疯了的孩子一样,放浪形骸,无所顾忌,发泄心中的苦闷与不安,最终似乎有些清醒了,便扪心自问:"忍把浮名,换了浅斟低唱。"此句之"忍"乃不忍,不忍才是柳永的心声,这与韩愈诗"肯将衰朽惜残年"是一样的,反向表达会更加有力度。我怎么忍心将仕途功名就荒废在喝酒吟唱中呢?

最后这句的意思非常费解,一般会认为是柳永愿意把浮名(仕途)换了偎红倚翠的快乐。其实不然,仔细品味柳永的语意,感受字里行间的放纵假象,他那虚张声势的文字背后,所有负面的情绪,都深深藏在最后一句的一个"忍"字上。"忍"字是全词的精髓。一飞冲天,一鸣惊人,其前提也都在一个"忍"字之上,没有"忍"就不会有后来的成功。

换句话说,这首词如果没有最后一句隐晦地拔高,就不会在后世有如此的影响力。"忍把浮名,换了浅斟低唱"成了后世士子不得意时的借口,并保留了文人内心的尊严。

柳永终于在临近知天命之年进士及第，释褐为官。后来，他大部分时间都在江南，踏踏实实做一个清官。他曾到苏州拜谒过范仲淹，深受教诲。皇祐二年（1050年），已逾花甲之年的柳永致仕，定居润州（今江苏镇江）。三年以后，柳永与世长辞，家徒四壁，贫穷得无法下葬，也无亲人前来祭奠。

他过去在烟花柳巷中"偎红倚翠"结交的女子们，念其才学与痴情，凑钱安葬了他。那之后每到清明时节，歌伎们会聚在一起凭吊柳永，称之为"吊柳七"或"吊柳会"。这一习俗持续了近百年，直至宋室南渡才逐渐消失，可见柳永的艺术天赋与人格魅力。

有人认为，柳永对词的贡献在于扩大了词境，从城市风光写到四时景物，从咏史咏物写到平民妇女。他使用了大量俚俗的词汇，开辟了金元词更加大众化的美学路径。他的词由于大量被歌伎舞女传唱，对当时以及后世影响巨大。南宋叶梦得说："凡有井水处，即能歌柳词。"足见柳永当时的影响力。

柳永的身世，决定了他的创作。由于靠写词混迹江湖，他以风格多变的词作维持生计。北宋汴梁的歌舞伎场，歌伎靠卖唱招揽客人，除去个人演唱技艺，还时常

百花图（局部） 清 恽寿平

要有新词内容。歌伎们为了吸引客人，就会主动向词人乞词，这是一举两利之事。

　　柳永人缘极好，又勤奋，为众多乐工和歌伎填词，这样又从歌伎手中获得了经济帮助。在风月场所，柳永听到的故事、见过的人物太多了，丰富的社会阅历为他的创作提供了无穷无尽的营养。

在柳永之前,唐五代时期,词多以小令为主,慢词不多,这种局面一直延续到宋初。柳永是北宋第一个大量创作慢词的人。慢词是由慢曲子来的,依曲填上"调长拍缓"的词。小令适宜用比兴象征手法,长于抒情;慢词由于字数多,内容变得更丰富,可以铺陈,具有更强的叙事潜力,比如《雨霖铃·寒蝉凄切》,基本上可以从中窥见一个完整的故事。由于慢词的出现，大量的俚语、口语入词，让宋词变得生动起来。

在柳永的词中，佳句频出，许多已脱离了词的本身，变成社会文化财富，例如：

衣带渐宽终不悔，为伊消得人憔悴。
——《蝶恋花·伫倚危楼风细细》

薄衾小枕凉天气，乍觉别离滋味。
——《忆帝京·薄衾小枕凉天气》

泪流琼脸，梨花一枝春带雨。
——《倾杯·离宴殷勤》

一日不思量，也攒眉千度。
——《昼夜乐·洞房记得初相遇》

而今渐行渐远，渐觉虽悔难追。
——《驻马听·凤枕鸾帷》

佳人应怪我，别后寡信轻诺。
——《尾犯·夜雨滴空阶》

  柳词之句，可贵之处在于它能捕捉生活中的真实，不遮不掩，不拔高不贬低，充满了共情的力量。人性的光辉不在于居高临下时冲动的救助，而在于怀有一颗悲天悯人的平常心。柳永即是这样，无论是年轻气盛时的花前月下，还是年老体弱后的冷霜残阳，他都能保持一颗不变的心，对人对事，对己对情，"系我一生心，负你千行泪"。

  柳永混迹风月场的日子里，结识了许多女子，为她们作词，与她们谈情说爱。他曾遇见一位叫"虫娘"的歌伎，并与她真心相爱，至少为她写下了三首词。其中，《集贤宾·小楼深巷狂游遍》里他向虫娘表白："就中堪人属意，最是虫虫。"最让我一见倾心的就是虫娘。柳永用尽了赞美的言辞，海誓山盟地告诉虫娘，等到我来娶你之时，你才会相信爱情有始有终。柳永的真挚，千百年来打动了许多人。柳永看淡自己，却看重歌伎。我以为，千年之前，柳永的这种平权思想，正是他的不朽价值所在。

山水楼阁图册之九（局部） 清 陈枚

# 范仲淹

(989—1052年)

浊酒一杯家万里

《渔家傲·秋思》
《苏幕遮·怀旧》
《剔银灯·与欧阳公席上分题》

"先天下之忧而忧,后天下之乐而乐。"这是范仲淹(989—1052年)在《岳阳楼记》中的名句,脍炙人口,影响深远。欧阳修在范仲淹死后奉旨撰写墓志曰:"公少有大节,于富贵、贫贱、毁誉、欢戚不一动其心,而慨然有志于天下。"南宋末学者吕中说:"先儒论宋朝人物,以范仲淹为第一。"

范仲淹祖籍邠州(今陕西彬州),出生不久移居吴县(今江苏苏州)。幼年失怙,母亲改嫁,后随继父生活,改姓朱,名说。他从小志向高远,发奋读书。大中祥符四年(1011年),范仲淹得知自己身世,感伤难过,毅然辞别母亲,前往应天府(今河南商丘)求学。数年寒窗,初衷未改,"断齑画粥"的故事激励了一代又一代人。

在那些清苦的日子里,范仲淹从不叫苦,也不以为苦。终于在大中祥符八年(1015年),二十六岁的他进士及第，由此踏上了仕途。

他的第一个官职是广德军（今安徽广德）司理参军，从九品，掌管讼狱、审讯之事。这一年，范仲淹为报母恩，把母亲接到身边赡养。天禧元年（1017年），他被提拔为集庆军节度推官，并给皇帝上折《改姓表》，说明身世，请求皇帝批准他恢复范姓，改名仲淹，字希文。

其实范仲淹出身显贵，先祖范履冰是唐朝宰相，五代时，曾祖和祖父均仕吴越。父亲范墉追随吴越王钱俶(yōng)归降大宋，后任武宁军节度掌书记，只是其父在其一岁时就卒于任所。

范仲淹一生为官清廉，刚正不阿，三落三起都是因为直言进谏。第一次是在天圣七年（1029年）冬天，已在朝廷任职的范仲淹，不满朝中军政大事全由六十岁的刘太后一手把持，而仁宗皇帝已年满十九仍未掌握实权，于是他借刘太后让仁宗率百官叩礼庆寿之事上疏，提出家礼与国礼不能相混淆。在没有得到任何答复后，他又上疏请刘太后归还朝政大权，也没有得到答复。于是范仲淹自请离京，被任为河中府（今山西运城永济一带）通判。明道二年（1033年），刘太后死了，宋仁宗才将范仲淹召回。范仲淹被任命为右司谏，成为朝廷谏官。

这一年，全国大旱，闹蝗灾，江淮及京东一带尤为严重，仁宗派范仲淹赈灾。回来之后，他携灾民充饥之草禀报朝廷。仁宗欲废皇后，并明令禁止百官参议此事。但范仲淹深知皇帝家事与国事盘根错节，定有阴谋掺入，于是与孔道辅一起率谏官、御史至垂拱殿欲向仁宗进言而不得。次日清晨，范仲淹再次被贬睦(mù)州（今浙江建德一带）。

一年之后，范仲淹移官苏州。因在苏州治水有功，先被授予礼部员外郎、天章阁待制，调回京城，判国子监；后又很快迁升吏部员外郎，同时掌管开封府。景祐三年（1036年），范仲淹看到宰相吕夷简结党营私，遂向仁宗呈献《百官图》，对宋廷用人制度的弊端提出了尖锐批评。宰相吕夷简老谋深算，污蔑范仲淹勾结朋党、离间君臣。范仲淹在辩驳时言辞过于激烈，于是被贬饶州（今江西鄱阳）。

当时欧阳修、余靖、尹洙(zhū)等人为范仲淹鸣不平，也统统被贬远地。范仲淹在饶州的日子里，妻子去世。在附近做县令的梅尧臣出于好心，寄了一首《灵乌赋》劝他，只希望他锁住嘴，其他可以随心所欲。范仲淹马上回了一篇《灵乌赋》，其中的名句"宁鸣而死，不默而生"成为历代文人的行为箴言。

宝元元年（1038年），西北党项首领元昊宣布建立大

花鸟图(局部) 清 王武

夏国，史称"西夏"。次年率军进犯宋境，这对几十年不打仗的宋朝威胁不小。康定元年（1040年），战事吃紧，宋仁宗与吕夷简商议，派夏竦(sǒng)做主帅，韩琦、范仲淹为副帅，前往前线抵御。

时年五十一岁的范仲淹，亲临前线，发现了宋军的各种弊端，主张先做好战略防御，但韩琦认为不必过于谨慎。结果庆历元年（1041年）二月，韩琦出兵大败，死伤过万，面对死亡将士家属，韩琦掩面而泣，痛悔不已。

次年，范仲淹欲在敌人腹地筑城，好与西夏抗衡。他预料敌人肯定会来争夺此地，便密令长子与番将先去占领，自己带军跟随。十天左右便把城墙筑好了。这就是大顺城，它楔(xiē)入宋夏之间，与大宋的疆土构成了完整的防御体系，使之免于被西夏侵扰。这一年范仲淹已五十三岁了，满头白发随朔风飘动，他望着天空中南飞的大雁，写下了著名的《渔家傲·秋思》：

塞下秋来风景异，衡阳雁去无留意。

四面边声连角起，

千嶂里，长烟落日孤城闭。

浊酒一杯家万里，燕然未勒归无计。

qiāng guǎn yōu yōu shuāng mǎn dì
**羌管悠悠霜满地，**
rén bù mèi　　jiāng jūn bái fà zhēng fū lèi
**人不寐，将军白发征夫泪。**

　　《渔家傲》，词牌名，又名《渔歌子》《渔父词》。正体双调六十二字，上下阕各五句，五仄韵。范仲淹开篇大气："塞下秋来风景异，衡阳雁去无留意。"习惯了内地生活的范仲淹感受到了边塞秋色与家乡的不同，眼看着一行行大雁南飞，没有丝毫留下来的意思。"塞"字本义为阻隔、堵住，借指关隘。"塞上""塞下"本义指塞外和塞内。但诗词中的使用并非如此严格，多数以"塞"泛指边塞地区。"衡阳"，古代传说北雁飞至湖南衡阳回雁峰止，不再南去。起句饱含思乡情绪，但保持着坚守边疆的决心。

　　"四面边声连角起，千嶂里，长烟落日孤城闭。""边声"，边疆特有的声音，羌笛声、马啸声、北风呼号声等，连着军中的号角声一起响起，悲壮之极。崇山峻岭中，升起的烟柱与落日构成了极美的景色，那座孤零零的大顺城的城门紧紧关闭着，以御外敌。

　　下阕抒情，首句感人肺腑："浊酒一杯家万里，燕然未勒归无计。"在这样秋风瑟瑟的边塞，烫上一壶酒，想念家乡与亲人。"燕然未勒"典出《后汉书·窦宪传》，

山水人物册之一 明 唐寅

东汉大将窦宪追击匈奴三千里，至燕然山刻石记功，史称"燕然勒功"。范仲淹说，比起窦宪来，我还没有到记功而返的时候，那只好饮酒以寄托情思。

"羌管悠悠霜满地，人不寐，将军白发征夫泪。""羌管"，羌笛；"悠悠"，笛声悠远。此时已经到了秋寒时节，下霜了，范仲淹想到自己霜白的鬓角和将士们因思乡流下的泪水，难以入眠。以羌笛配秋色，让人越发感到悲凉，也越发感到责任重大，所以官兵同仇敌忾。

范仲淹本是一介穷书生，最终成为宋代顶级的大文豪；又能镇守西北边陲(chuí)，使其重现和平，可谓文韬武略。他治理军务纪明纲严，爱兵如子，身先士卒地为国担纲，且谋略过人，深谙用兵之道，以至西夏人称他"腹中有数万甲兵"。一首《渔家傲·秋思》，不仅是他个人的秋思，更是全体大宋将士的心声。

范仲淹在西北边陲主持防御西夏，羁旅乡思每天缠绕着他的拳拳报国之心。他思念家乡，写下了《苏幕遮·怀旧》：

<small>bì yún tiān　　huáng yè dì</small>
碧云天，黄叶地。
<small>qiū sè lián bō　　bō shàng hán yān cuì</small>
秋色连波，波上寒烟翠。

　　　　shān yìng xié yáng tiān jiē shuǐ
　　　　山 映 斜 阳 天 接 水，
　　　　fāng cǎo wú qíng　　gèng zài xié yáng wài
　　　　芳 草 无 情， 更 在 斜 阳 外。

　　　　àn xiāng hún　　zhuī lǚ sī
　　　　黯 乡 魂， 追 旅 思。
　　　　yè yè chú fēi　　hǎo mèng liú rén shuì
　　　　夜 夜 除 非， 好 梦 留 人 睡。
　　　　míng yuè lóu gāo xiū dú yǐ
　　　　明 月 楼 高 休 独 倚，
　　　　jiǔ rù chóu cháng　　huà zuò xiāng sī lèi
　　　　酒 入 愁 肠， 化 作 相 思 泪。

　　《苏幕遮》，词牌名，唐教坊曲名，来自西域；双调六十二字，上下阕各七句，四仄韵。范仲淹以景开篇，写得秋高气爽："碧云天，黄叶地。秋色连波，波上寒烟翠。"秋季天高云淡，落叶铺满地，晴好时水上无雾气，天水一色。前四句作者描绘出了广阔辽远的秋色，写静态之美。

　　紧跟着接上："山映斜阳天接水，芳草无情，更在斜阳外。"全是景色描写，但似乎与前句不接。"芳草"在这里不是实景描述，而是故乡的隐喻，与黄叶相对的芳草，寄托着作者的双重情感：一是拳拳报国心，二是悠悠思乡情。"斜阳"在这里也是双重表征：一个是眼见的实体，一个是内心的虚构。

秋山无尽图（局部） 宋 赵伯驹

下阕一改上阕的基调:"黯乡魂,追旅思。夜夜除非,好梦留人睡。"思乡太苦,作者黯然神伤。"旅思"即漂泊在外思乡的痛苦;"追"有纠缠不舍的意思。紧接的这句是正话反说,"除非",其实是不可能夜夜有好梦。边塞生活清苦,范仲淹本可以养尊处优,但他没有,而是为国分忧,心甘情愿到边陲枕戈待旦,报效国家。

"明月楼高休独倚,酒入愁肠,化作相思泪。""独倚"是诗词中表示思念的文化意象,范仲淹正话反说:"休独倚",不要一人独自思念,一起喝酒吧,再心烦再发愁,喝酒后都会变得轻松,大不了哭一场。

《苏幕遮·怀旧》作为羁旅思乡之作,表达的内容也脱离不了离愁别恨。但范仲淹的格局要大很多,他心胸宽广,从大处着墨,把抒情和写景统一表达,入心入骨。这首词对后世影响很大,元曲大家王实甫在《西厢记》的"长亭送别"一折中直接化用了此词首句,将"叶"改为"花",衍为曲子:"碧云天,黄花地。"近代弘一法师的《送别》,也受到这首词的影响,写得情景交融。

范仲淹一生写诗多,写词少。他现存的诗有三百余首,词虽数量少,但首首精良,为后世所传诵。尤其是他的边塞词,上承唐代边塞诗之风,开创了边塞词之先河。他的词完全摆脱了柔美艳丽的情调,表现出浓厚的家国情怀，直接促进了豪放派宋词的出现，这一点极为重要。正是范仲淹宽广的胸襟，让宋词在他之后不再局限于"芳草斜阳"，而是向"大江东去"开拓。

庆历三年（1043年），西夏提出与大宋议和，宋仁宗召范仲淹回京，授枢密副使。六月，以欧阳修为首的谏官联名上书仁宗，说范仲淹有宰辅之才，仁宗欲提范仲淹为参知政事，范仲淹推辞不就，这出乎所有人意料。

八月，仁宗罢免了参知政事王举正，让范仲淹担任此职。范仲淹虽接受此职，但认为朝廷积弊已久，非大动不能改变。九月，在宋仁宗的多次催促下，范仲淹总结了一生三落三起的宦海生涯，写就《答手诏条陈十事》面呈皇上，提出了新政纲领十条。

仁宗与朝廷其他命官商议后，表示赞同可行，便以诏令颁布全国。北宋历史上轰动一时的"庆历新政"在范仲淹领导下开始实施。可中国历史上的变法、新政多以失败而告终，只要触动了利益集团，便会谣言四起、污水扑面。边事再起，范仲淹顺势请命再赴边塞。

庆历五年（1045年）正月，范仲淹请求出知邠州（今陕西咸阳彬州），仁宗也顺势准奏，罢免了范仲淹的参知政事一职。至此，实行了一年多的"庆历新政"宣告失败。

溪山秋霭图（局部） 明 卞文瑜

范仲淹与欧阳修同为朝廷命官，范仲淹年长欧阳修十八岁，寿六十三，欧阳修寿六十五。二人个性相通，耿介不阿，都怀有一颗报国之心，所以惺惺相惜。在请求出知邠州前的一次宴席后，范仲淹写下了《剔银灯·与欧阳公席上分题》：

昨夜因看蜀志，笑曹操、孙权、刘备。
用尽机关，徒劳心力，只得三分天地。
屈指细寻思，争如共、刘伶一醉？

rén shì dōu wú bǎi suì　　shào chī ái　　lǎo chéng kuāng cuì
人 世 都 无 百 岁。 少 痴 骏、 老 成 尪 悴。
zhǐ yǒu zhōng jiān　　xiē zǐ shào nián　　rěn bǎ fú míng qiān xì
只 有 中 间， 些 子 少 年， 忍 把 浮 名 牵 系。
yī pǐn yǔ qiān jīn　　wèn bái fà　　rú hé huí bì
一 品 与 千 金， 问 白 发、 如 何 回 避？

　　《剔银灯》，词牌名，又名《剔银灯引》，以柳永《剔银灯·仙吕调》为正体，双调七十五字，上下阕各七句、五仄韵，另有变体数种。这首词与前两首明显不同，全篇采用口语化写法。表里不一，表面放诞，实则苦闷，这在范仲淹的作品中并不多见。

开篇完全是白话:"昨夜因看蜀志,笑曹操、孙权、刘备。"这通俗得几乎不似词了。其实词发展到宋代,其演变历程本身就是一个流俗的过程,可以读,可以唱,喜闻乐见最重要。范仲淹以口语白话写就,本有戏谑之意,所以说得轻松。昨天晚上又看了《蜀志》,曹操、孙权、刘备三位真是有些可笑,"用尽机关,徒劳心力,只得三分天地"。费这么大气力,值不值呢?

"屈指细寻思,争如共、刘伶一醉?""争如",怎如;刘伶是竹林七贤之一,主张无为而治,作有《酒德颂》。南朝宋刘义庆《世说新语·任诞》中有"天生刘伶,以酒为名"之句。掰着手指头想想,与其如此费劲,还不如向刘伶学习,大醉一场。

新政落败,即将外任,与好友分别。范仲淹与欧阳修席上分题,貌似无奈颓唐,实则痛心疾首。上阕读史咏史,对照自己的遭遇,心有不甘,满纸凄怨言。

下阕笔锋陡转,从三国历史中跳出,只说人生与功名,让人有点措手不及。"人生都无百岁。"人生苦短。"少痴騃、老成尪悴。只有中间,些子少年,忍把浮名牵系。""騃",傻,呆;"尪悴"(léi),衰老羸弱。年轻时不谙世事,老了心有余而力不足。只有中间这点日子,还有点年轻人追求功名的样子,想想真是可悲。即便"一品与千金,问白发、如何回避",走功名之路,即使当上一品大员,日进斗金,谁又能躲过满头白发、老之将至?

范仲淹写过:"居庙堂之高则忧其民,处江湖之远则忧其君。"一个忧国忧民的大儒,何以写下如此文字?可见庆历新政的失败对他的精神打击之大。这首词显现出范仲淹与欧阳修的情谊,二人君子之交,心如明镜。一首戏作之词,将千年前的那个美好与不美好共存的夜晚记录下来,为后世留下一笔精神财富。

从庆历六年(1046年)起,范仲淹先后在邓州(今属河南)、杭州、青州(今属山东)度过了人生的不同时光。皇祐四年(1052年)扶疾赴颍(yíng)州(今安徽阜阳)上任,于是年夏季在徐州病逝,享年六十三岁。宋仁宗惋惜不已,亲书其墓碑碑额为"褒贤之碑",命欧阳修撰写碑文,并加赠兵部尚书,谥号"文正"。后又累赠太师、中书令兼尚书令,追封楚国公。宋仁宗的加赠追封给了范仲淹极大的荣誉。

范仲淹去世前只提了一个要求,即葬在河南伊川。他说,他本北人,北人淳厚。范仲淹一生人品淳厚,他有一句名言实际上是他一生的座右铭:"不以物喜,不以己悲。"这也是我最喜欢的人生格言。

## 岳阳楼记

庆历四年春,滕子京谪守巴陵郡。越明年,政通人和,百废具兴,乃重修岳阳楼,增其旧制,刻唐贤今人诗赋于其上,属予作文以记之。

予观夫巴陵胜状,在洞庭一湖。衔远山,吞长江,浩浩汤汤,横无际涯,朝晖夕阴,气象万千。此则岳阳楼之大观也,前人之述备矣。然则北通巫峡,南极潇湘,迁客骚人,多会于此,览物之情,得无异乎?

若夫淫雨霏霏,连月不开,阴风怒号,浊浪排空,日星隐曜,山岳潜形,商旅不行,樯倾楫摧,薄暮冥冥,虎啸猿啼。登斯楼也,则有去国怀乡,忧谗

畏讥，满目萧然，感极而悲者矣。

至若春和景明，波澜不惊，上下天光，一碧万顷，沙鸥翔集，锦鳞游泳，岸芷汀兰，郁郁青青。而或长烟一空，皓月千里，浮光跃金，静影沉璧，渔歌互答，此乐何极！登斯楼也，则有心旷神怡，宠辱偕忘，把酒临风，其喜洋洋者矣。

嗟夫！予尝求古仁人之心，或异二者之为，何哉？不以物喜，不以己悲，居庙堂之高则忧其民，处江湖之远则忧其君。是进亦忧，退亦忧。然则何时而乐耶？其必曰"先天下之忧而忧，后天下之乐而乐"乎！噫！微斯人，吾谁与归？

时六年九月十五日。

云溪草堂图(局部) 清 王翚

# 张先

（990—1078年）

无数杨花过无影

《木兰花·乙卯吴兴寒食》
《望江南·青楼宴》
《系裙腰·惜霜蟾照夜云天》
《千秋岁·数声鶗鴂》

张先（990—1078年）一生只对两件事感兴趣，一是女人，二是作词。至于仕途，他兴趣并不大，大概觉得这只是结交文人和官员的途径。张先与苏轼、蔡襄、梅尧臣、赵抃(biàn)、郑獬(xiè)、王安石、李常、欧阳修、晏殊、宋祁等人都有过交集，唱酬宴饮颇多，其间产生了许多作品。

张先在宋代是少有的长寿之人，年过米寿八十八岁。八十五岁那年，他又纳了一个年轻的小妾，这小妾也不含糊，后来还为他生了儿女。

据说张先娶妾，照例设宴招待大家，并得意地赋诗一首："我年八十卿十八，卿是红颜我白发。与卿颠倒本同庚，只隔中间一花甲。"席上，苏轼即兴附和："二八佳人九九郎，萧萧白发伴红妆。扶鸠笑入鸳帐里，一树梨花压海棠。"

张先这首诗，书里是找不到记录的。但苏轼这首诗流传很广，其中的名句"一树梨花压海棠"以出奇出新的文学意象常常被引用。"梨花"，喻白发；"海棠"，喻红颜。大俗之事说成了大雅。这首诗最早出现在清代刘廷玑写的《在园杂志》中，说苏轼路遇盛开的梨花与海棠，想起老人纳妾，不禁失笑，遂写此诗。这则故事不足为信，应该是后人借两位名人之口取乐罢了。但张先晚年娶妾，还生了儿女，这都是真事，张先去世后，小妾哭得死去活来，没几年也郁郁而终了。

张先是乌程（今浙江湖州）人，字子野，绰号"张三影"。《古今诗话》记载，有人对张先听说，世人称您为"张三中"，就是"心中事，眼中泪，意中人"（《行香子·舞雪歌云》）。张先却说，还不如叫我"张三影"呢！"云破月来花弄影"（《天仙子·水调数声持酒听》）、"娇柔懒起，帘幕卷花影（一作'帘押残花影'）"（《归朝欢·声转辘轳闻露井》）、"柳径无人，坠风絮无影"（《剪牡丹·舟中闻双琵琶》），这三句都是我最得意之作。从此以后，人们就称张先为"张三影"。

张先自幼好读书，听父亲张维吟诵诗词，受其影响很大。张维因家贫，不能卒业，只好放弃学业，躬耕为养，把全部心血都放在子女身上。儿子张先不负所望，学有所成，光宗耀祖。

张先于宋仁宗天圣八年（1030年）中进士，踏上仕途。两年后在宿州（今属安徽）做属官，又八年后到吴江县（今江苏苏州）任职，次年又去了嘉禾（今浙江嘉兴），再后来又去了渝州（今重庆）、虢(guó)州（今河南灵宝）。宋英宗治平元年（1064年），张先结束了他三十多年的官场生涯，以尚书都官郎中致仕，因曾知安陆（今湖北孝感），故世称"张安陆"。

退休之后，张先常往来于杭州、吴兴（今浙江湖州）之间，以诗词会友，养花垂钓，安养晚年。宋神宗熙宁八年（1075年），八十五岁的张先已进入耄耋(mào dié)之年，妻妾成群，子孙满堂。这一年春天的寒食节，张先走出家门，看着踏青的人们，心血来潮，作了一首《木兰花·乙卯吴兴寒食》：

龙头舴艋吴儿竞。笋柱秋千游女并。
芳洲拾翠暮忘归，秀野踏青来不定。

行云去后遥山暝。已放笙歌池院静。
中庭月色正清明，无数杨花过无影。

作者开篇即大全景叙事："龙头舴艋吴儿竞。笋柱秋千游女并。""舴艋"，宽度可以坐一人的翘头小船；"龙头舴艋"是专门为龙舟竞渡打造的船。张志和诗："钓台渔父褐为裘，两两三三舴艋舟。"杜牧诗："织蓬眠舴艋，惊梦起鸳鸯。"杜安世词："系长江舴艋，拂深院秋千。"李清照词："只恐双溪舴艋舟，载不动、许多愁。"

"笋柱"，秋千两侧的柱子，下粗上细，形同竹笋，故称"笋柱"；"秋千"起源于先秦，本字"鞦韆(qiū qiān)"，《艺文类聚》引《古今艺术图》的解释："北方山戎，寒食日用秋千为戏。"杜甫诗："十年蹴鞠(jū)将雏远，万里秋千习俗同。"刘禹锡诗："秋千争次第，牵拽彩绳斜。"

荡秋千在唐宋多为宫中和闺中女子的游戏。唐代高无际在《汉武帝后庭秋千赋》中说："秋千者，千秋也。汉武祈千秋之寿，故后宫多秋千之乐。"宋代以后，出现了水秋千，这首《木兰花·乙卯吴兴寒食》写的应该就是水秋千。水秋千立于大船之首，表演者晃来荡去，在高点时可以撒手，做动作翻入水中。上句说"龙舟"，下句接水秋千顺理成章。

"芳洲拾翠暮忘归，秀野踏青来不定。"这两句是说踏青游玩的男女高兴得忘记回家，也不知该去哪里。"拾翠"，踏青；"秀野"，玩耍。上阕张先以一个老者的身份

十二月月令图之五月（局部）清院本

静静地远观这热闹的游春场面，不去参与。

下阕，寒食日的氛围渐渐静下来，络绎不绝的人群慢慢消散了，一切恰到好处："行云去后遥山暝。已放笙歌池院静。""暝"，本义是天色昏暗，引申为黄昏日落；"笙歌"，合笙之歌，演唱。王维诗："上路笙歌满，春城漏刻长。"白居易诗："笙歌归院落，灯火下楼台。"这两句让上阕的白天热闹景象先凉了下来，夜深人静，变成了另一个天地。

作者坐在庭院中，欣赏着漫长人生中的这一时刻："中庭月色正清明，无数杨花过无影。""清明"，清新明亮，此时此刻所见；空中飘着的杨花柳絮虽看得见，却没有留下一丝影踪。作者将安谧寂静描述出了一种仙境的感觉，符合八十五岁高龄的张先心中所愿。所以这句"无数杨花过无影"，有人认为可以列入"三影"之后的第四影。

《木兰花·乙卯吴兴寒食》系作者高龄时期的创作，透着老者的淡定和通达，完全一副身处世外的心态。

作者一生致力词的创作，曾为许多官伎作词。有一位名叫龙靓的官伎，因张先没给她填词，就写了一首诗索词："天与群芳千样（一作'十样'）葩，独无颜色不堪夸。牡丹芍药人题遍，自分身如鼓子花。"张先见诗一

蓮花冠子道人衣日侍君王宴
紫微花檻不知人已去年闌徐
興未徘
蜀後主每於宮中裹小巾命宮妓
衣道衣冠蓮花冠日尋花柳以
侍酣宴蜀之謠已溢耳矣而主之
不挹注之竟至漁艦徘後想搖
頸之令不無拒賒唐寅

王蜀宮伎圖 明 唐寅

乐，作词《望江南·青楼宴》回赠龙靓：

青楼宴，靓女荐瑶杯。
一曲白云江月满，际天拖练夜潮来。
人物误瑶台。

醺醺酒，拂拂上双腮。
媚脸已非朱淡粉，香红全胜雪笼梅。
标格外尘埃。

从词来看，张先是个老手，自己的脸面与龙靓的情绪都照顾到了。宋代官伎中有许多女子非常有名，也有文采。有一位叫周韶的官伎，在招待苏颂的宴会上请求苏颂帮她脱籍。苏颂指着笼中的白鹦鹉对她说，你若能就它吟一首好诗，我就替你向陈襄太守求情。周韶提笔写道："陇上巢空岁月惊，忍看回首自梳翎。开笼若放雪衣女，长念《观音般若经》。"诗一出，举座皆惊。周韶临走时，"同辈皆有诗送之，二人（胡楚、龙靓）者最善"。此事记录在苏轼的《杭州营籍帖》中，翔实可靠。

张先属于婉约派词人，最有代表性的作品是《系裙腰·惜霜蟾照夜云天》，写得朦胧如画：

惜霜蟾照夜云天。朦胧影、画勾阑。
人情纵似长情月，算一年年，
又能得、几番圆？

欲寄西江题叶字，流不到、五亭前。
东池始有荷新绿，尚小如钱。
问何日藕、几时莲？

《系裙腰》，词牌名，又名《芳草渡》《系云腰》。以张先这首为正体，双调六十一字，平韵。这首词不难懂，上阕写景寄情。秋霜铺地，云开月出，朦胧之中依稀可见雕栏画栋。人的感情纵然像月亮一样长久，一年又一年，又能有几番圆呢？

下阕开始用典，典出唐代顾况《红叶题诗》："花落深宫莺亦悲，上阳宫女断肠时。帝城不禁东流水，叶上题诗欲寄谁。"这个故事记录在唐代孟棨（qǐ）的《本事诗》中，顾况与诗友在宫苑游玩，见从宫墙内顺水流出一片

仕女册之二（局部） 清 范雪仪

红叶，上面有诗："一入深宫里，年年不见春。聊题一片叶，寄与有情人。"红叶题诗故事的版本很多，基本是宫女苦闷、寻求感情寄托的。张先运用典故，说明爱情的愿望与现实之间相差很远，往往达不到目标。荷塘滋生新绿，最后看着如铜钱大小的荷叶问了一句："何日藕、几时莲？""藕断丝连"是一解，"藕"与"偶"、"莲"与"恋"的谐音又是一解，无论哪一解，都与爱情有关。但这爱情离得太远，因为荷塘新绿"尚小如钱"，从某种意义上讲，开花结果还早着呢！

张先是情感高手。人类的情感一半为真，一半为装，只不过有时更真一些，有时更假一些。装饰虽不是装假，但一定有假的成分。张先现存的词，擅长写情感中的悲欢离合，《千秋岁·数声鶗鴂》即为其中的精彩之作，收录于《宋词三百首》：

数声鶗鴂。又报芳菲歇。
惜春更把残红折。
雨轻风色暴，梅子青时节。
永丰柳，无人尽日飞花雪。

莫把幺弦拨，怨极弦能说。
天不老，情难绝。
心似双丝网，中有千千结。
夜过也，东窗未白凝残月。

《千秋岁》，词牌名，又名《千秋节》《千秋万岁》。以秦观《千秋岁·水边沙外》为正体，双调七十一字，上下阕各八句，六仄韵。另有变体若干。张先的这首《千秋岁·数声鶗鴂》属于变体，多一字，少一句。

作者开篇引入声音与图像："数声鶗鴂，又报芳菲歇。""鶗鴂"，杜鹃鸟，又名子规、杜宇。"鶗鴂"二字稍显生僻，主要是出于押韵的需要，屈原《离骚》："恐鶗鴂之先鸣兮，使夫百草为之不芳。"唐诗宋词中多有使用"鶗鴂"者，陈子昂诗："众芳委时晦，鶗鴂鸣悲耳。"李商隐诗："不辞鶗鴂妒年芳，但惜流尘暗烛房。"李清照词："魂梦不堪幽怨，更一声啼鶗鴂。"

文学史上认为张先的词与柳永齐名，他们经历虽有不同，但在喜欢女人这一点上有相近之处。张先擅小令，也写慢词，讲究含蓄工巧，细致入微。张先词在两宋婉约词中影响巨大，词评家们对他的评价都比较正面中肯。

清代陈廷焯说他"才不大而情有余",这缘于他一生富贵,诗酒风流,颇多佳话。

尤其是他对女子的态度,娶妻纳妾,狎妓御女,是他一生的爱好。以丰富的爱情经历为题材作词,张先也算"敬业"。我看他"张三影"的绰号真不如"张三中"的绰号扎实贴切,那就是他《行香子·舞雪歌云》中的"心中事,眼中泪,意中人"。

小艇沿溪興
欹篙南枝去
偃屋柘逶迤
旖旎仍襄陽
吾何必攪尋
踏雪勞

# 晏殊

（991—1055年）

无可奈何花落去

《浣溪沙·一曲新词酒一杯》
《采桑子·时光只解催人老》
《无题》

北宋词坛有"二晏"闻名，"大晏"就是晏殊（991—1055年），"小晏"是晏几道，晏殊的第七个儿子。

父子二人境遇大不相同。"大晏"晏殊五岁时便有神童之称，十四岁即参加殿试，赐同进士出身，深得宋真宗欣赏。宰相寇准提醒皇帝说，晏殊是外地人。言外之意是说临川（今江西抚州）是穷山恶水，难出人才。皇帝回了他一句，难道张九龄不是外地人吗？张九龄是韶州曲江（今广东韶关西南）人，唐时属南蛮之地。但张九龄是唐开元名相，官至中书令，当时被誉为"岭南第一人"。后来晏殊亦官拜宰相，经略天下。

"小晏"晏几道与其父完全不走一个路子。晏几道出生时，其父已四十七岁，属于老来得子，所以格外宠爱这个最小的儿子。

晏殊去世时，晏几道尚未满十八岁，大树一倒，他立即感到世态炎凉。加之后来因诗获罪下狱,虽然宋神宗开恩释放了他,但他就此一蹶(jué)不振,混迹于各类声色场所。尽管他几次试图靠近官场,但性格使然,未能如愿。最终晏几道放弃了政治抱负,用词支撑起自己的精神世界。

大中祥符元年(1008年),晏殊任光禄寺丞。这一年其父过世,他回老家丁忧。服丧期未满,皇帝就召他回宫,安置在左右。没多久,晏殊母亲又去世,他再次请求回乡丁忧,真宗不允,调他为太常寺丞,官职一升再升。晏殊做事精到,每次都把给皇帝的建议清晰地写在纸条上呈进,真宗对他的严谨非常欣赏。

但好景不长,真宗去世后,年仅十二岁的仁宗继位。主少臣老的时代多是多事的时代,晏殊提出由刘太后"垂帘听政",刘太后及大臣们纷纷同意;但没过多久,晏殊因违背刘太后旨意,且被御史弹劾,被贬宣州(今安徽宣城),后改知应天府(今河南商丘)。他一到任,便大力发展书院,力邀范仲淹这样的大学者来讲学。由于晏殊、范仲淹等人的加入,应天府书院影响力大增。它的前身是睢(suī)阳书院,与白鹿洞书院、石鼓书院、岳麓(lù)书院并称"宋初四大书院"。晏殊开创了宋代书院教育的先河。这就是历史上有名的"庆历兴学"。

晏殊能诗善词，据传他一生写了上万首诗词，可惜保存至今的只有四百多首。他的词最著名，故他有"宰相词人"之称。他的创作风格婉丽，颇受南唐冯延巳的影响，后世称他为"倚声家之初祖"。

"倚声家"即依照曲谱填词的词人。晏殊的作品集《珠玉词》，计一百三十余首，令词居多，其中许多首脍炙人口，例如《浣溪沙·一曲新词酒一杯》：

一曲新词酒一杯，去年天气旧亭台。
夕阳西下几时回？

无可奈何花落去，似曾相识燕归来。
小园香径独徘徊。

《浣溪沙》，词牌名，原为唐教坊曲名。正体双调四十二字，变体数种。此调音节明快，句式齐整，婉约派与豪放派皆喜用。晏殊喜用此词牌，存世有十三首，此为其中一首。

此词伤春惜时，开篇起调颇高："一曲新词酒一杯，去年天气旧亭台。"唱新词，饮新酒，思去年，想天气。

桃花柳燕图 清 李鱓

然后急促发问:"夕阳西下几时回?"此句发问是明知故问,是作者惜时伤感的表达。

下阕开头两句是千古名句:"无可奈何花落去,似曾相识燕归来。"鲜花无论多么好看,终有凋谢的一天,自然规律使然。开花是植物生命周期中最绚烂、最辉煌的一刻,以"花落去"解释"无可奈何",的确高人一筹。

下句的"似曾相识"属于不肯定判断,不肯定的不是燕子是否归来,而是回来的是否为同一只燕子。晏殊此句的"似曾相识"在欣慰中夹杂着淡淡的惆怅,与上句"无可奈何"配成天衣无缝的对句,读之畅快,有韵律、有节奏,极富哲理,后衍成成语绝非偶然。

最后一句"小园香径独徘徊"语境宕开,与前句似乎无任何关联,像一个局外人在一旁漠不关心。可恰恰是这种"漠不关心"造成了上一句强烈的艺术效果。"无可奈何"与"似曾相识",好像都可有可无,又不能可有可无,加上"花落去"与"燕归来",形成对偶句式,这运用在词中很罕见。

晏殊的词大都以细腻见长,少有愤懑怨怼(duì),这和他的身世有关。他少年成名,一生仕途平坦,因此他填词都是随性而为,不为了应酬,重在抒发个人情感。填词就是他生活的一部分,也是他情感世界的组成部分。《采桑子·时光只解催人老》就是一例：

时光只解催人老，
不信多情，长恨离亭。
泪滴春衫酒易醒。

梧桐昨夜西风急，
淡月胧明，好梦频惊。
何处高楼雁一声。

《采桑子》，词牌名，又名《丑奴儿令》《丑奴儿》《罗敷媚歌》《罗敷媚》等。以和凝《采桑子·蝤蛴领上诃梨子》为正体，双调四十四字，上下阕各四句三平韵，另有变体。《采桑子》多写春愁与离情，宋人极爱用之。欧阳修晚年退居颍州（今属安徽阜阳）时写过十首《采桑子·颍州西湖十景》，辛弃疾的《丑奴儿·书博山道中壁》亦脍炙人口。晏殊此篇亦为名篇。

首句单刀直入："时光只解催人老。""只解"，只知道。人生易老，青春难留，时光如白驹过隙，转瞬即逝。紧接着加重叙述："不信多情，长恨离亭。泪滴春衫酒易

wǎng
辋川十景图（局部） 明 仇英

醒。""不信",不相信,不理解;"离亭",古人送别分手都会在驿站或长亭;"春衫",本指春天穿的衣服,这里代指少年。唐代张籍诗:"皎皎白纻(zhù)白且鲜,将作春衫称少年。"如果时光不理解人间多情离恨,那就看看泪洒长亭的少年,分别之苦乃人生悲欢离合的一课。

上阕寥寥二十二字,层层递进,将人生易老天难老的意思不经意地托出。在"多情"与"长恨"之间,让过来人与少年一同洒泪,体会情之感人、恨之动人。

上阕似乎是个大外景,下阕则是室内景,坐内观外。"梧桐昨夜西风急","梧桐"的意象多在写秋景的词中出现,此时因离恨,让"梧桐"有了落叶之意;"昨夜",黑夜比白天更显萧凉,再加上西风,让离别更加凄苦。"淡月胧明,好梦频惊。"好梦不断地被惊扰,窗外月色朦胧,恰巧此时,不知哪里传来一声雁叫:"何处高楼雁一声。"此句化用了唐代韩偓的诗句:"空楼雁一声,远屏灯半灭。"

晏殊的这首词,写情能把控情绪,写意能极尽渲染,人生虽有离恨之苦,但这是必经的情感历程。在结尾时大雁高亢一声。这一声极具穿透力,在秋夜空中传得很远,定格于历史的一瞬。

晏殊作为北宋最杰出的词人之一,也写过诗。诗词本不分家，只是各有长短。诗，尤其是格律诗，因其句式、音韵的限制，在表现情节时受限，所以唐代的近体诗中许多场景内容需要去"猜"。比如李商隐的无题诗，当年李商隐写的究竟是什么，寄托了谁的情感，至今还是个谜。

词牌有多样化的选择，加之词多为长短句，灵活多变，所以比诗更擅长表现情节，甚至细节，这让词解释起来相对容易。很多词几乎可以让当时的情景再现，例如和凝的五首《江城子》、李煜的《相见欢·无言独上西楼》、柳永的《雨霖铃·寒蝉凄切》、苏轼的《江城子·乙卯正月二十日夜记梦》、李清照的《点绛唇·蹴罢秋千》、辛弃疾的《青玉案·元夕》等等。

仔细想想，这些著名的词中都有非常具体的情节和细节，可以还原为清晰可见的画面。这就是词与诗表达的不同之处：诗虚词实。诗情词意，诗擅抽象，词喜具象；诗注重情感细节，词强调故事情节。中国的诗、词两大艺术表现形式各有千秋，千秋并存。

晏殊有一首叫《无题》的诗，又名《寓意》。从题目到内容都可以看出他向李商隐致敬的意图。他使用了极为含蓄的手法，表现自己难言的伤别情绪，把思想隐藏其后：

梨花夜月图 清 邹一桂

油壁香车不再逢,峡云无迹任西东。
梨花院落溶溶月,柳絮池塘淡淡风。
几日寂寥伤酒后,一番萧索禁烟中。
鱼书欲寄何由达,水远山长处处同。

七律在晏殊的创作中不多见,但他出手不凡,写得通达流畅。首联起句大气:"油壁香车",女子乘用的油漆彩车,此车香艳奢华,表明女主角的身份;"峡云",巫山云雨,暗指男女之情,爱情的具体表达,古人婉转地称之为"一番云雨",但这番云雨在分手后已没了痕迹。

颔联温情,应该算是回忆过去:"梨花院落溶溶月,柳絮池塘淡淡风。"这种意象的描述,诗多于词。院中的梨花盛开,月光如水,微风吹过池塘,柳絮飞舞。此地此时发生过什么,只有作者知道。正是这种神秘,让诗的想象空间往往比词广阔。

颈联伤感,与颔联形成强烈的反差:"几日寂寥伤酒后,一番萧索禁烟中。""几日",不确定;"寂寥",孤独一人;"伤酒",喝醉了。不确定自己喝醉几次了,内心的孤独尚未排解。"萧索",外部压力;"禁烟",寒食节,表明是春季,与颔联梨花、柳絮相吻合。这些日子从精神到肉体都十分不适，自己全部默默忍受了。颈联的记录比颔联的描述具体，颈联是事带出情，颔联则是景表达意。

尾联作者有点儿幻想："鱼书欲寄何由达，水远山长处处同。""鱼书"，指书信，典出古乐府诗："客从远方来，遗我双鲤鱼。呼儿烹鲤鱼，中有尺素书。""何由达"，怎么寄达；"水远山长"，形容层层阻碍。想寄书信给情人，可隔着千山万水，怎样才能寄到她手中呢？

晏殊的这首七律写得隐晦含蓄，似乎心中有话不能直说。或许他当时有一份说不出的情感，或者有一位无法言明的红颜知己。作者用"香车""峡云""梨花""柳絮""鱼书"等多种意象，传达出藏在心底的一段真挚情感，这在晏殊的诗词中显得别具一格。

晏殊官至宰相，常侍皇帝左右。仁宗对晏殊高看一眼，让他为自己讲经释义。晏殊晚年病了，仁宗想去看他，他还让手下捎信给皇帝，说自己病重，不能做事了，不值得让皇帝担心。没过多久，晏殊病逝，仁宗亲自登门哀悼，特地两天不上朝，以表哀思。赐谥号"元献"，并为其题写了碑额"旧学之碑"四字，对晏殊生平成就给予了最大肯定。

晏殊德高望重，平易近人。范仲淹、王安石、孔道辅皆出其门下，富弼（bì）、欧阳修、韩琦都经他引荐得以重用。富弼为晏殊女婿，但晏殊举贤不避亲，举亲不避嫌，办事无挟私心，在朝野有口皆碑。

王国维有一句总结十分精辟："古今之成大事业、大学问者，必经过三种之境界：'昨夜西风凋碧树，独上高楼，望尽天涯路'，此第一境也。'衣带渐宽终不悔，为伊消得人憔悴'，此第二境也。'众里寻他千百度，蓦然回首，那人却在，灯火阑珊处'，此第三境也。此等语皆非大词人不能道。"

第一境出自晏殊的《蝶恋花·槛菊愁烟兰泣露》，第二境出自柳永的《蝶恋花·伫倚危楼风细细》，第三境出自辛弃疾的《青玉案·元夕》。三大家无一等闲之辈，三句皆为千古名句。

不學梅欺雪輕紅照碧池小桃新謝後雙燕卻來時香屬登龍客煙籠宿蝶枝臨軒頻貌取風雨易離披

杏花詩作者甚多唯此篇為警拔 子書

# 宋祁

(998—1061年)

红杏枝头春意闹

《鹧鸪天·画毂雕鞍狭路逢》
《浪淘沙近·少年不管》
《玉楼春·春景》

宋祁（998—1061年）有个亲哥哥叫宋庠（996—1066年），大他两岁。宋仁宗天圣二年（1024年），兄弟二人一同赴京赶考。礼部本拟定宋祁第一，哥哥宋庠第三。这事在当时看来也算罕见，刘太后就插了手，以兄友弟恭为由，将宋庠擢(zhuó)升第一，而把宋祁放到了第十名。

中国科举史上连中解元、会元、状元的仅十七人，这下宋庠还因此成了有史以来罕见的"连中三元"的士子之一。宋祁屈居其兄之后，但仍被认为有状元之才。老家雍丘（今河南开封杞县）的人们很高兴，觉得一试双状元皆出自乡里，光宗耀祖，遂造双塔以示纪念。此双塔就叫"双状元塔"，塔高二十米，并肩矗立，可惜均毁于现代。

哥哥宋庠官至宰相，弟弟宋祁官至尚书，兄弟俩同朝为官。二人都取得了相当高的文学成就：宋庠校定《国语》，著有文集四十四卷；宋祁与欧阳修等人合撰《新唐书》。二宋学问皆大，行事风格却不同。哥哥内敛，拒绝声色；弟弟张扬，喜好声色。二人时称"大宋""小宋"。

史上有一关于宋祁的故事，最初记载于宋代黄昇编辑的《花庵词选》。一天，宋祁在回家路上迎面遇见了宫廷车队，车内忽然有人看见了他，脱口而出：小宋！宋祁循声望去，只见车帘掀起，一个年轻女子对他一笑而过。这美人一笑把宋祁搞得六神无主。他回家夜不能寐，伏案写下了一首《鹧鸪天·画毂雕鞍狭路逢》。他在其中化用了李商隐的名句"身无彩凤双飞翼，心有灵犀一点通"，表明自己与那位宫女心心相印。词虽写了，但人不能相见，宋祁怅然若失。

谁知宋祁的新词及其故事迅速传开了，一直传到宋仁宗耳里，皇帝就让人去寻找。结果那个宫女自己站了出来，解释说：我们侍宴，看见翰林学士们，有大臣说这是小宋，我在车里偶然看到，情不自禁地叫了一声。宋仁宗择机宣宋祁上朝，问及此事，宋祁诚惶诚恐，不知所措。皇帝打趣他说，蓬山并不远哪！随即就将宫女赏赐给了他。此事结局美好，皆大欢喜。

宋祁这首《鹧鸪天·画毂雕鞍狭路逢》的写法属于典

型的"诗词点化"。"点化"一词本出自道教和佛教,意为悟道升格。

诗词自宋开始流行点化,借前人诗句或词句,或改或直接用,形成新意。宋代葛立方在《韵语阳秋》中说:"诗家有换骨法,谓用古人意而点化之,使加工也。"黄庭坚也说过点化"如灵丹一粒,点铁成金也"。《鹧鸪天·画毂雕鞍狭路逢》的点化自然精彩:

画毂雕鞍狭路逢,
一声肠断绣帘中。
身无彩凤双飞翼,
心有灵犀一点通。

金作屋,玉为笼,
车如流水马游龙。
刘郎已恨蓬山远,
更隔蓬山几万重。

人物故事图册之明妃出塞（局部） 明 仇英

《鹧鸪天》，词牌名，又名《思佳客》《思越人》《醉梅花》等。双调五十五字，上阕四句三平韵，下阕五句三平韵。

起句紧凑，张力十足："画毂雕鞍狭路逢，一声肠断绣帘中。""毂"，车轮中心的圆木，代指车轮；"画毂雕鞍"形容宫廷车辆的奢华。作者用了"狭路逢"三字，先将紧张感释出，尤其与"画毂雕鞍"的宫车相遇，紧迫感会更强三分。在这纷杂的相遇之中，"一声肠断"从车中传出。断肠声本是指凄厉之音，宋祁反其意而用之，用作惊叹声，意在表现宫女对他的爱慕之情。

紧接着，作者还嫌气氛不够热烈，拽来李商隐的爱情第一名句助阵："身无彩凤双飞翼，心有灵犀一点通。"恰到好处地说出了自己的处境，一闪而过的美貌女子他是无法追上的，身无飞翼，只能叹息。但下句假设了前提，就是宫女也对他一往情深，所以李商隐此联的下句帮了宋祁的忙，让宋祁心安理得地享受这突如其来的艳遇。

上阕到此，犹如一个美丽的神话。下阕继续点化，韩偓的《无题》中有"绣屏金作屋，丝幰(xiǎn)玉为轮"之句，"幰"，车幔。"车如流水马游龙"点化了李煜《忆江南》中的一句"车如流水马如龙"，只替换一个字，"游"替换"如",加入动势。"金作屋"还借用了汉武帝"金屋藏娇"的典故,有某种暗示。汉武帝将阿娇藏于金屋,这是他早年的爱情梦想,但金屋里的阿娇却并不幸福。此语暗示这段突如其来的爱情或许注定是悲剧,所以"车如流水马游龙",心上人马上消失在茫茫人海中,再难相见。

宋祁写到这里,大概是动了真情,觉得自己的文字使不上劲,只好再度搬出李商隐:"刘郎已恨蓬山远,更隔蓬山几万重。""刘郎",东汉刘晨,他与阮肇一同入天台山采药,遇二仙女,被邀至家中,半年后才下山;"蓬山(zhào)",仙境。此典的应用暗含了"艳遇"之意。此句也只改动一字,将"一"改为"几",增加了不确定性,本来李商隐的"一万重"也是虚指,但宋祁的"几万重"似乎更加重个人的情感,抒发到了极致。我相信宋祁故事的真实性,因为没有真情实感,很难写出这样的佳作。

宋祁与其兄宋庠的为官风格不同,宋庠更加谨小慎微,兢兢业业。一年元宵夜,宋庠在书院读《周易》,宋祁在杯觥交错,拥伎醉饮。第二天,宋庠责备弟弟,说他忘了本。

性情张扬不妨碍秉公行事。其实宋祁性格耿直,发现问题就上疏直言。宝元二年(1039年),西边战事和朝廷财政双双吃紧,他指出"三冗三费"的弊病,直言朝廷应精兵简政。皇祐年间(1049 – 1054年),他还连续写了七篇《御戎论》,进谏皇帝。

唐代国家开放官伎,形成制度,对宋代颇有影响。宋朝官场因文人众多,且多是大学问家,对私人生活的要求相对宽松,许多官员都纳妾蓄伎,比如欧阳修、苏轼、秦观皆有与伎宴饮、唱和的诗词。

宋祁有一首小词并不引人注意,历代文人少有评价,这就是《浪淘沙近·少年不管》。这首词写得言简意深,有宋画小品之趣:

> 少年不管,流光如箭。
> 因循不觉韶光换。
> 至如今,始惜月满、花满、酒满。
>
> 扁舟欲解垂杨岸,尚同欢宴。
> 日斜歌阕将分散。
> 倚兰桡,望水远、天远、人远。

作者开篇就点明主题:"少年不管,流光如箭。"年轻时有大把时间可以挥霍，没有人会在意时光。日月如梭，时光似箭，转瞬即逝。等到有点明白时，美好的时光都过去了。"因循不觉韶光换"，"因循"，拖延；"韶光"，青春。拖拖沓沓之中，美好青春就过去了，心中难免怅然若失。

所以作者接着说："至如今，始惜月满、花满、酒满。"此时此刻，忽然开始珍视过往，那就是："月满、花满、酒满。"花好月圆，觥筹交错，高朋满座的日子不仅仅是热闹，更多的是一种人情，可惜当时只图热闹，并不知这些。"始惜"一词用词精确，表明了作者惋惜的心境和觉悟的过程。

下阕写得具体："扁舟欲解垂杨岸，尚同欢宴。"小船准备离去，整日欢宴，直至"日斜歌阕将分散"。"日斜"，夕阳西下；"歌阕"，本指歌曲之间的停顿，代指没有唱完。这欢宴到了傍晚，还没有尽兴，但也要分别了。

这时作者才发出心声："倚兰桡，望水远、天远、人远。""兰桡"，小舟。主人倚靠在小船旁，望着水很远，望着天很远，望着人很远。这"三远"有三层：第一层是具体的意象，解舟行水，渐行渐远；第二层有可见不可达之意，要多远有多远；第三层抽象，非人远，只是感觉心远。宋祁在结尾处把握稳妥，下阕与上阕呼应得得心应手，让人浮想联翩。

huán
烟鬟秋色图（局部） 清 萧云从

宋祁的这首《浪淘沙近·少年不管》貌似在写一场宴会，实则在写人生历程和结局。以"少年不管"开局，以"水远、天远、人远"结束，写出了人生的曲折。"始惜"，忽然有一天开始珍惜时光，还有些苍凉之感。

人生短暂，即便活过百年，也是活一天少一天，生命的坐标越临近终点，越让人胆怯。所以孔子说："四十而不惑，五十而知天命，六十而耳顺，七十而从心所欲，不逾矩。"孔子活了七十二岁，所以说不出八十岁、九十岁乃至百岁的感受。

宋词中伤春与悲秋的情绪比比皆是。宋祁的《浪淘沙近·少年不管》亦伤亦悲，但透出一股不屈之情。他在伤与悲中掺杂了一丝恨，这恨中有悔，悔中有悟，这便是作者高明的地方，在平凡中写出不平凡，在不平凡中发现平凡。

这首小词与宋祁晚年的人生态度吻合，求实求稳。宋祁在临终前写下《治戒》一文，教育子女不要追逐名利，也不要跟随世俗，不去追求奢华。这篇遗训表现出了他达观的思想。他的另一名篇，也就是让他获得"红

杏尚书"称号的《玉楼春·春景》，又从另一角度印证了他彼时的人生态度：

东城渐觉风光好，縠皱波纹迎客棹。
绿杨烟外晓寒轻，红杏枝头春意闹。

浮生长恨欢娱少，肯爱千金轻一笑。
为君持酒劝斜阳，且向花间留晚照。

乍一看，这像一首七言律诗，颔颈两联对仗。但这是一首词，词牌《玉楼春》，又名《归朝欢乐》《春晓曲》，正体双调五十六字，上下阕各四句三仄韵。宋祁开篇轻松自如："东城渐觉风光好，縠皱波纹迎客棹。"全景式的叙述。"东城"即城市之东，这里的城东只是方位；"渐觉"是忽然感觉到的意思；"縠"，有皱纹的纱；"棹"，长桨。忽然感到春天来了，微风吹皱水面，还有小船荡漾其中。

下面两句如同颔联之于律诗，是本词的精华："绿杨烟外晓寒轻，红杏枝头春意闹。"上句中规中矩，早晨水雾似烟，春寒料峭，晨起时尤甚。下句"红杏"对"绿杨","枝头"对"烟外","春意"对"晓寒",余下一个"闹"对上"轻",工整而诙谐,出奇而让人惊喜。"闹"字本义是喧闹、扰乱,有集市争吵的意思,负面含义多,如吵闹、闹事、闹病、闹翻、闹剧、闹哄哄等,但就是这个带有负面情绪的"闹"让通篇皆活。

汉字的魅力就在于此,"闹"这里解释为繁盛,但读来又有折腾的意味,有不按常规的意思,又有宣泄的意思,还有扰乱的意思。多层意思的叠加,让宋祁把握住,接上前面稳稳当当、云淡风轻的春天,整首词一下子清新脱俗起来,如平静的池水中跃出一条大鱼,如深邃的夜晚划过一道闪电,耀眼夺目。

下阕全是对春意的诠释:"浮生长恨欢娱少,肯爱千金轻一笑。""浮生",漂浮不定的短暂人生,典出《庄子·刻意》:"其生若浮,其死若休。""千金""一笑",典出周幽王千金买褒姒(sì)一笑的故事。每个人都会抱怨人生恨多欢乐少,岂能爱千金而轻视欢笑。作者道出了自己的人生态度。

最后两句:"为君持酒劝斜阳,且向花间留晚照。"太阳快落山了,"对酒当歌,人生几何",在这样的大好春光中抓住机会消遣吧,不要再埋怨"浮生长恨欢娱少"了。

宋祁的人生态度在这首词中完全表现出来了,他不掩饰，肆意挥霍，认为人生就是如此，如春光一样来去匆匆，所以就要抓住时机，好好闹一闹，让人生有光芒。

宋朝是文治社会，崇尚文化，对文官处置宽松，最大的处罚不过是贬谪远地，官员如有能力都有机会东山再起。这在中国历史上的其他朝代中是绝无仅有的，所以陈寅恪说："华夏民族之文化，历数千载之演进，造极于赵宋之世。"宋代给了文人官员极大的天地，他们可以有抱负、有操守，也可以有私好、有欢娱。

宋祁治学严谨，曾奉召与欧阳修等合撰《新唐书》十余年，书不离手，发现问题及时修改。但他又是个风流才子，这首《玉楼春·春景》让他名噪一时，获得"红杏尚书"的美名。

仿古山水册之米家大翠黛(局部) 清 恽寿平

# 梅尧臣

（1002—1060年）

独有庾郎年最少

《鲁山山行》
《苏幕遮·草》

梅尧臣（1002—1060年）在北宋文坛名气极大。其早年即学问颇深，但直到快五十岁时，才得宋仁宗召试，赐同进士出身，为太常博士。欧阳修推荐他为国子监直讲，累迁尚书都官员外郎，故世称"梅直讲"，或者"梅都官"。由于学问大，梅尧臣还参与编撰《新唐书》，为《孙子兵法》作注。

梅尧臣很少写词，目前仅存两首，可他的诗存世有近三千首，超过了李白、杜甫存世诗作之和。在北宋诗坛，梅尧臣的地位极高。南宋刘克庄在《后村诗话》中称梅尧臣为宋诗的"开山祖师"；陆游也认为梅尧臣是紧随唐代李白、杜甫之后的大诗人，称他的诗与欧阳修的文、蔡襄的字"三者鼎立，各自名家"。

梅尧臣的诗题材广泛，反映现实的作品较多。他关注农村生活，关心农民命运，所以写了许多农家题材的作品，如《田家四时》《田家语》《伤桑》《新茧》等，体恤农民辛苦，指责赋税沉重。他虽在官场不如意，但对国事国策多有关心，《襄城对雪》《猛虎行》《故原战》《汝坟贫女》等都是这方面的佳作。他也写过抒情的山水诗《寒草》《见牧牛人隔江吹笛》《晚泊观斗鸡》等，多在平凡的事物中见朴素的哲理。

总之，梅尧臣作诗不追求大起大落，也不喜欢奇词怪句。其诗平实无巧，朴素无华，以意境含蓄为追求，在宋诗中享有佳誉。

梅尧臣为官清廉，在京任职期间"不登权门"，即便是好友欧阳修，也因其京兆尹身份而不愿去欧阳府。所以欧阳修、江休复、吴中复等人便常造访梅家清谈。

当时还有一名文学家苏舜钦，年龄小梅尧臣几岁，二人仕途都不顺，但文学上均有造诣，时号"苏梅"；欧阳修年龄也比梅尧臣小几岁，二人文学地位相当，并称"欧梅"。这些都说明梅尧臣当时的文学地位崇高。

梅尧臣年幼时家贫，曾参加过乡试，未被录取。后因叔父梅询而受荫，到河南游宦。在河南的日子里，他到过不少地方，其中对鲁山印象深刻，遂作五律《鲁山山行》：

秋山行旅图(局部) 清 萧云从

适与野情惬，千山高复低。
好峰随处改，幽径独行迷。
霜落熊升树，林空鹿饮溪。
人家在何许，云外一声鸡。

  起句一联看似很平，常规常态，没有出奇的新意，但变化在于句式倒装，先说感受，后说现象。"适"，恰好；"野情"，野趣；"惬"，惬意。第一句是说大自然的野趣恰好贴合我的情调，远处的山峰高高低低、错落有致。

  倒装是诗歌中常用的表现手法，意在突出感受。例如王之涣诗"欲穷千里目，更上一层楼"——感受倒置，王维诗"风劲角弓鸣，将军猎渭城"——现象倒置，杜甫诗"几时杯重把，昨夜月同行"——时空倒置，李商隐诗"君问归期未有期，巴山夜雨涨秋池"——情景倒置。

  颔联写得神秘："好峰随处改，幽径独行迷。"这两句都有诗句对应。上句"好峰随处改"，"改"，变化。美丽的山峰随山行者的移动不断变化，这与苏轼的"横看成岭侧成峰，远近高低各不同"异曲同工。下句"幽径独行迷"与常建诗"曲径通幽处，禅房花木深"之意一致。颔联总结了登山者欣赏大自然的感受，让登山与看山结合。

颈联写深山中的状态:"霜落熊升树,林空鹿饮溪。""霜落"指傍晚时分;"熊升树"一般解释为天黑之后狗熊上树,我倒倾向于另一种解释:大熊星座此时正慢慢地升上树梢。此处不宜理解为真熊上树,"熊升树"既没有美感又不现实,也解释不了一个"升"字。而下句"林空鹿饮溪"则显得十分具体。此联作者重在描写山林野趣,把山行之况写实。

尾联是点睛之笔:"人家在何许,云外一声鸡。"如此静谧的山林也会有人居住,但人在哪里呢?李白诗:"还归布山隐,兴入天云高。"刘长卿诗:"危石才涌鸟道,空山更有人家。"贾岛诗:"只在此山中,云深不知处。"杜牧诗:"远上寒山石径斜,白云生处有人家。"深山隐居本是文人追求的一种境界,诗词多有表现。

隐居代表着一种不与世俗为伍的气节,避开凡尘、走入清净是隐居的目的,故追求平静生活、不求奢华的梅尧臣将诗的主旨落在了脱俗隐居上面。在文字表达的选择上,"云外一声鸡"的突兀写法,如同一首歌结束时的高音,戛然而止,干净漂亮,读之听之韵味无穷。

元代诗人方回编了一本书,叫《瀛奎律髓》,专门收录唐宋时期的五律和七律。"律髓",就是编者认为好的律诗。这本书收录了三百多位唐宋诗人的三千多首律诗。清代以后又有人将相关评论汇编成一本书，叫《瀛奎律髓汇评》，这部书是研究诗歌及诗歌史重要的参考书。此书中，查慎行评此诗："句句如画，引人入胜，尾句尤有远致。"陆庠斋评论："落句妙，觉全首便不寂寞。"冯舒说："此亦未辨其为宋诗，却知是梅（尧臣）。"

  通过这些评论，可以看到诗歌技巧用在意境之后的重要性。在山行情景的静谧描写之后，刻意引入声音——"一声鸡"，而且这声音还是臆想的，并非真正听见鸡鸣，但读者们仍可以感受诗人的心态，这就是技巧的力量。

  梅尧臣不是不会写词，而是他不愿意多写，我推测这和他的性格及理念有关。格律诗虽有格律限制，但更像一种简单严谨的规则，熟悉以后去挑战规则对文人会有强烈的吸引力；词则不一样，词牌有上千个，每次选择一个词牌填词，如同填空题一样缺少创意，有人会感到创作束缚。

  另外，梅尧臣写诗，但不喜和诗，亦不愿混迹于唱酬场所，更不去烟花柳巷消遣，因此填词这事就离他远了。但他仍有两首词存世，其中《苏幕遮·草》显示了他高超的填词技巧：

lù dī píng　　yān shù yǎo
露堤平，烟墅杳。
luàn bì qī qī　　yǔ hòu jiāng tiān xiǎo
乱碧萋萋，雨后江天晓。

<pre>
dú yǒu yǔ láng nián zuì shào
独 有 庾 郎 年 最 少。
sū dì chūn páo        nèn sè yí xiāng zhào
窣 地 春 袍， 嫩 色 宜 相 照。

jiē cháng tíng     mí yuǎn dào
接 长 亭， 迷 远 道。
kān yuàn wáng sūn     bù jì guī qī zǎo
堪 怨 王 孙， 不 记 归 期 早。
luò jìn lí huā chūn yòu liǎo
落 尽 梨 花 春 又 了。
mǎn dì cán yáng     cuì sè hé yān lǎo
满 地 残 阳， 翠 色 和 烟 老。
</pre>

  这词以"草"为题，但通篇不见"草"字，这体现了作者高超的文字技巧。宋代沈义父写过一卷《乐府指迷》，他有一番高论："咏物词，最忌说出题字。"这就是说，在咏物一类的作品中，写什么都要曲写，不能直写。例如这篇写草，"草"字就不能出现。梅尧臣深知其中三昧，全篇控制节奏，上阕写雨后草的妖娆，下阕写草的性格，让草这一主角贯穿全篇，又不过于抢眼。

  开篇全景："露堤平，烟墅杳。乱碧萋萋，雨后江天晓。""墅"，田野上的房子；"杳"，幽暗深远；"萋萋"，草茂盛状。湿漉漉的大堤向远方伸展，远处的房屋在烟雾笼罩下若隐若现。"乱碧"一词新颖，纷乱翠绿的草长得茂盛，雨过天晴，江水与天空相接。

仿古山水册之摹赵大年 清 王鉴

"独有庾郎年最少。窣地春袍,嫩色宜相照。""庾郎"指庾信,南北朝时期大文学家,宫体诗的代表人物,这里借指离乡宦游的才子。"窣",本义从穴中钻出来,这里意为拂动;春袍,青色章服,官衣。这句意思是,独有出门为官的人年轻气盛,官服拂地,与满地生机勃勃的嫩草相互映照。

上阕写得一派生机,由大全景拉至中景,由景物过渡到人物。虽没有直写,但间接写出了作者年轻为官时的抱负。作者惜墨如金,只写"年最少"三字,然后让其与生机盎然的草融为一体,表现了积极向上的状态。

下阕一改上阕的基调:"接长亭,迷远道。堪怨王孙,不记归期早。""长亭",古道上供行旅停息的亭子;"王孙",贵族。芳草衔接着一个又一个长亭,让未来的路迷茫了。这些王孙贵族,只知道游玩,不知道记着回来。

作者写到这里开始收笔:"落尽梨花春又了。满地残阳,翠色和烟老。""梨花"是春天的象征,梨花落尽代表春天即将过去。作者行文的口气是"春又了","了",结束,带有无奈、埋怨、惋惜、遗憾等多种情绪。然后写景寄情:残阳如烟般铺满大地,浸染得草翠之色也随着老了。

梅尧臣的《苏幕遮·草》以草喻人,以草寄情,把文人的伤春之情表现得恰到好处,让自然界普通得不能再普通的春草也蕴含了丰富的人生哲理，展示成长着的事物的本质。所有这些，其实寄托着梅尧臣自己内心向往的境界。

梅尧臣早期创作受宋初西昆诗派影响很大。西昆体效法李商隐绮丽委婉的诗风，可惜只能学习李商隐的皮毛，学不了李商隐的精髓。梅尧臣很快就发现了西昆体的弊端：高高在上，空洞无力，脱离社会，缺乏真实情感。于是他开始关注现实，体恤底层百姓，诗风发生了很大变化，摒去了浮艳空洞，还原自然。梅尧臣入仕后立志要做个圣明君王的贤臣。尽管梅尧臣仕途多蹇(jiǎn)、官位不高，但仅就其诗看，梅尧臣的确做到了这一点。

难怪同时期的文学大家对他评价极高，欧阳修说："梅圣俞以诗知名，三十年终不得一馆职……士大夫莫不叹惜。"司马光说："我得圣俞诗，于身亦何有？名字托文编，佗年知不朽。"王安石长诗《哭梅圣俞》有句云："诗行于世先春秋，国风变衰始柏舟。"历朝历代一众文化大家都对梅尧臣的成就不吝赞美，譬如南宋的陆游、刘克庄，元代的方回、脱脱，明代的胡应麟，清代的王士祯(zhēn)、纪昀等。而梅尧臣清淡如茶，作有《南有嘉茗赋》，并自诩"我乃采茶官也"，其淡泊名利由此可见一斑。

花卉图册之七 明 项圣谟

溪山烟霭图（局部） 明 周用

# 欧阳修

（1007－1072年）

此恨不关风与月

《南歌子·凤髻金泥带》
《减字木兰花·伤怀离抱》
《玉楼春·尊前拟把归期说》
《戏答元珍》

"醉翁之意不在酒，在乎山水之间也。"这是欧阳修（1007—1072年）的名篇《醉翁亭记》中传播最广的一句。北宋庆历五年（1045年）初，五十六岁的范仲淹因"庆历新政"告败，被罢去参知政事一职，与富弼、杜衍等同时被贬出京城。欧阳修直言上书，替范仲淹等申辩，随后亦被贬放滁(chú)州（今安徽滁州）。

到任之后，欧阳修内心愤懑抑郁，但看到百姓的淳朴又倍感欣慰，有感而发，写下了《醉翁亭记》。全文连续使用了二十一个"也"字，写得荡气回肠，创一代文豪的文章奇景。

欧阳修为"唐宋八大家"中宋代诸家之首。《醉翁亭记》的精彩在于此文非骈(pián)非散，既骈又散，且大量使用了判断句式。这本是抒情文章之大忌，但其行云流水，落笔如云烟，于景优美，于境真切，于人成趣，于情一发不可收，一唱三叹，充分展示出一代文豪的胸襟及文字功力。

欧阳修，字永叔，号醉翁，晚号六一居士。祖籍庐陵永丰（今江西吉安），可他生在绵州（今四川绵阳），其父欧阳观当年在此为官，老来得子，将他视若珍宝。欧阳修三岁时，其父年五十八，突然病重而亡，留下夫人郑氏及幼儿稚女，郑氏只好带着儿女投奔了小叔子欧阳晔(yè)。咸平三年（1000年），欧阳晔与其兄欧阳观同举进士甲科；两人手足情深，欧阳晔后来替兄长将欧阳修养育成人。

后来的日子里，欧阳修视叔为父，在为其撰写的墓志铭中留下了一段动情文字："修不幸幼孤，依于叔父而长焉。尝奉太夫人之教曰：'尔欲识尔父乎？视尔叔父，其状貌、起居、言笑，皆尔父也。'修虽幼，已能知太夫人言为悲，而叔父之为亲也。"欧阳修的这段文字生动有致，动情动心，记载了自己与叔父的亲情，隔近千年读来依旧感人肺腑。

欧阳修受其叔父影响至深。欧阳晔在随州任推官二十五年，正直清廉，工作一丝不苟。欧阳修的母亲郑氏出身望族，知书达理，能教识育子，"画荻(dí)教子"的故事就是来自郑氏教欧阳修识字的真事。此故事出自《宋

秋读书乐图（局部） 明 居懋时

史·欧阳修传》，真实可信。

欧阳修自幼诵读，无书就到处去借，或读或抄，废寝忘食。史籍记载，欧阳修幼时作诗作赋水平已如成人。可见想要成为一代大家，不仅需要天赋，更需要勤奋。

但欧阳修科举考试并不顺利，天圣元年（1023年），他十六岁，科考未中。天圣四年（1026年）再考，又未中。天圣七年（1029年），他遇到恩师胥偃，胥偃保举欧阳修就试于开封府国子监。欧阳修这次不负众望，在国子监广文馆试、国学解试中均获第一。

到了天圣八年（1030年），宋仁宗主持殿试，欧阳修位列二甲第十四名。据主考官晏殊回忆，欧阳修未能夺魁（kuí）不是因为他文字不行，而是因为他年轻气盛，锋芒逼人，众考官商议后认为，应先挫其锐气，方可使其成为大才，故拉低了其名次。从这点上讲，晏殊等考官并没做错，如一味地让年轻的欧阳修锋芒毕露，反倒有可能误了人才。

宋代有"榜下择婿"的习俗，胥偃捷足先登，次年就把心爱的女儿许配给了欧阳修。欧阳修双喜临门，高兴之余写下一首《南歌子·凤髻金泥带》：

凤髻金泥带（fèng jì jīn ní dài），龙纹玉掌梳（lóng wén yù zhǎng shū）。

zǒu lái chuāng xià xiào xiāng fú
走来窗下笑相扶,
ài dào huà méi shēn qiǎn　　rù shí wú
爱道画眉深浅、入时无?

nòng bǐ wēi rén jiǔ　　miáo huā shì shǒu chū
弄笔偎人久,描花试手初。
děng xián fáng liǎo xiù gōng fū
等闲妨了绣功夫,
xiào wèn yuān yāng liǎng zì　　zěn shēng shū
笑问鸳鸯两字、怎生书?

  《南歌子》,词牌名,又名《南柯子》《怕春归》《碧窗梦》等,以温庭筠《南歌子·手里金鹦鹉》为正体,单调二十三字,五句三平韵,另有双调五十二字、上下阕各四句三平韵等变体。欧阳修写的是双调。此词是欧阳修的早年之作,还留有五代绮丽之风,尤其是词中关注了女子的头饰,更与花间派的词有相似之处。

  开篇就涉及头饰:"凤髻金泥带,龙纹玉掌梳。""凤髻",高耸如凤冠的发髻;"金泥带",金色头饰带;"龙纹",龙的纹饰;"玉掌梳",巴掌大的玉梳。作者从头饰写起,见物不见人,而且依次罗列头饰,表明丈夫喜欢这些头饰,同时妻子也爱戴。

  唐宋时期,上层女子发髻常常饰以假发,所以头上饰物很多,各类头饰非常抢眼,故文人写诗写词都愿意描绘女子的发髻。温庭筠的"小山重叠金明灭,鬓云欲度香腮雪",杜甫的"头上何所有,翠微㔾(è)叶垂鬓唇",白居易的"云鬓花颜金步摇,芙蓉帐暖度春宵",元稹的"自爱残妆晓镜中,环钗漫篸(zān)绿丝丛"都是实例。

欧阳修从描绘头饰入手,不加入感情色彩,冷静客观。接下来:"走来窗下笑相扶,爱道画眉深浅、入时无?"词由静态描写转入动态描写,"走来窗下"的是谁,夫还是妻?"笑相扶"是一个接应,表明二人亲密无间。最后问道:"画眉深浅、入时无?"这句套用了唐代朱庆馀名诗《近试上张籍水部》中的名句"妆罢低声问夫婿,画眉深浅入时无",把"笑相扶"落实,让情感推进一步。

下阕描写二人情感,纵向发展:"弄笔偎人久,描花试手初。"依偎表明二人新婚燕尔,卿卿我我,耳鬓厮磨,一个"久"字说明情感的程度。教我画绣样吧,完全一副撒娇态。

最后两句达到了高潮:"等闲妨了绣功夫,笑问鸳鸯两字、怎生书?"两人腻在一起太久,以致耽误了去做女红的时间。作者将话题小小地调转了一下,写妻子呆呆地发问:"鸳鸯"两个字怎么写啊?欧阳修结尾巧妙,利用"鸳鸯"一词一语双关,既有文化的含义,又有爱情的内涵,让这首爱情小调既真诚又有风情。

长亭送别图(局部) 清 萧云从

欧阳修存世作品中,有相当一部分绮丽香艳之词,其中部分是伪作,有人认为是他的仇人所为,用以诋毁他的名声。这首《南歌子·凤髻金泥带》的用词择句的确有花间派味道,留有五代风格。词多使用俚俗白话之语,贴近社会,显露生机。词中由头饰的细腻描写向情感的细腻描写推进,由情感的细腻描写向内心的细腻描写拓展,最终落在一语双关的"鸳鸯"二字上,显示了欧阳修大学问家朴实的一面。可惜胥夫人为欧阳修生下一子后,未等儿子满月就去世了。后来他们的儿子也未能成人,令人为之叹息。

宋人的文学创作面临前代唐人文学的丰碑,尤其是诗歌,似乎好诗已被唐人写尽了。初唐、盛唐、中唐、

晚唐都有大诗人出现,金句频现,这让宋人多愿在词上下功夫。诗词创作中立意最难,出新不易,故宋人在词的创作上有时喜用"化用"手法,以图推陈出新。

"化用",字面意思就是化而用之,是文学修辞中不多用的手法,亦可称为"借用""套用"。王勃《滕王阁序》的名句"落霞与孤鹜(wù)齐飞,秋水共长天一色"就是化用南朝庾信的"落花与芝盖同飞,杨柳共春旗一色"。

唐人化用修辞用得少,宋人用的频率较唐人明显增加。其中欧阳修频频使用化用手法,据不完全统计也有八十余首,王维、杜甫、韩愈、刘禹锡、白居易、李贺、杜牧、李商隐等几十人的作品都被欧阳修化用过。这完全基于他对唐朝诗人及作品的熟悉程度,化用时信手拈来，许多作品如神来之笔，天衣无缝。《减字木兰花·伤怀离抱》即为一首：

伤怀离抱，天若有情天亦老。
此意如何？细似轻丝渺似波。

扁舟岸侧，枫叶荻花秋索索。
细想前欢，须著人间比梦间。

《减字木兰花》，词牌名，简称《减兰》，又名《木兰香》《天下乐令》，双调四十四字，与《木兰花》相比，上下阕的一、三句各减三字。由于《减字木兰花》由四字与七字相间而成，每句用韵，仄韵与平韵交互使用，上阕与下阕的词意转折随意，故宋人用此调填词者很多。除欧阳修外，苏轼、张先、秦观、朱敦儒、李清照、晏几道、朱淑真等人都填过此词牌。苏轼尤喜《减字木兰花》，以此为题的作品有近三十首。

欧阳修此首写的是与一女子的别离之情，开篇直切主题："伤怀离抱，天若有情天亦老。""伤怀离抱"四字奇诡。"伤怀"意为伤心悲怀，出自《诗经·小雅·白华》;"离抱",离开他人的怀抱;"伤怀""离抱"二词共用,给人以强烈感受。

至此,作者还嫌不够强烈,便借用李贺的"天若有情天亦老"相接,使感情迅速达到顶峰。"天若有情天亦老"为李贺名句,除欧阳修外,还有宋代的孙洙、贺铸、万俟mò qí咏,金代的李俊民、元好问、段成己,元代的张弘范等人借用过,可见李贺原作的魅力之大。

欧阳修只用两词一句,将旧话呈现新意,将离别融进凄美,开场即高潮,然后话锋一转:"此意如何?细似轻丝渺似波。"这句自问自答又呈现两个层面:情感如丝,缠绵缱绻;情绪如波,无风亦起。一个"细"字,一个"渺"字,将这两个层面表达得恰到好处。

下阕不再直接写情绪,而是写现实。"扁舟岸侧,枫叶荻花秋索索。"这似乎是二人分手之景,小船停靠岸边,正值秋天,枫叶荻花都在秋风中发出细碎的声响。此句化用白居易的《琵琶行》,原句"枫叶荻花秋瑟瑟"。欧阳修改动二字,描写枫叶和荻花因秋风而发出窸窸窣窣的声音,由景入声,让画面不再单调,让声音对凄别再做深度渲染。

最后两句作者写出了自己的愿望:"细想前欢,须著人间比梦间。"显然,作者交代了"伤怀离抱"的缘由,因为有"前欢","细想"一词将"前欢"置于感情之中,遂有"须著人间比梦间"之感受。末句有点儿正话反说,实际意思是过去的真实相处在今天看来似乎是个梦境,只是不知今后还能不能有了。

欧阳修这首《减字木兰花·伤怀离抱》创作年代不详,但可以肯定,这是他年轻时的作品,充满了年轻人的情感,虽不老到但真诚,虽有矫情但不过分。女子与作者是什么关系已无从考证,也没有必要知道。后人只需知道,一代文学大家年轻时也有常人的心态,也有常人的苦闷与欢乐。一首离别小词,将人之常情写得那么不寻常,借用李贺、白居易两大家的名句,将自己的一段往事、一段情感记录在册,留给自己与后人来怀想。

欧阳修的另一首词,同样是写离别,与前一首风格迥(jiǒng)异,即《玉楼春·尊前拟把归期说》:

尊(zūn)前(qián)拟(nǐ)把(bǎ)归(guī)期(qī)说(shuō),欲(yù)语(yǔ)春(chūn)容(róng)先(xiān)惨(cǎn)咽(yè)。
人(rén)生(shēng)自(zì)是(shì)有(yǒu)情(qíng)痴(chī),此(cǐ)恨(hèn)不(bù)关(guān)风(fēng)与(yǔ)月(yuè)。

离(lí)歌(gē)且(qiě)莫(mò)翻(fān)新(xīn)阕(què),一(yī)曲(qǔ)能(néng)教(jiào)肠(cháng)寸(cùn)结(jié)。
直(zhí)须(xū)看(kàn)尽(jìn)洛(luò)城(chéng)花(huā),始(shǐ)共(gòng)春(chūn)风(fēng)容(róng)易(yì)别(bié)。

文杏双禽图 明 吴彬

《玉楼春》与《木兰花》两调易相混淆，皆为七言八句五十六字，但二者各有音谱，平仄韵要求不同。欧阳修喜用《玉楼春》，至少用此词牌作词二十余首，这首是其名篇。

开篇描写心态与情态，极为传神准确："尊前拟把归期说，欲语春容先惨咽。"饯别之酒端起来的时候，想把打算回来的日子告诉你，可你脸上梨花带雨，已经泣不成声。这一场景与心态，千百年来在男女分别之时重复了无数次，欧阳修抓住了这一时刻并付诸文字，让多愁善感的双方动情动容。

作者接着说："人生自是有情痴，此恨不关风与月。"言外之意，情到痴处看什么都有情，即便是临风赏月之时也不由得哀叹别离，因为此时的"风""月"已经由单纯的景色升华为爱情。

下阕仍接上阕情绪："离歌且莫翻新阕，一曲能教肠寸结。"在饯别的时候，无需旧曲填新词，仅一首老歌就足以让分别的人肝肠寸断。

宋词之所以发展繁荣，就是因为文人们不断填新词，有上千种词牌可供选择，将个人的心声写出、填入。晏殊词："一曲新词酒一杯。"朱敦儒词："佳人挽袖乞新词。"辛弃疾词："为赋新词强说愁。"吴文英词："自唱新词送岁华。"新词对宋人的意义大于旧词,但欧阳修此时却反其道而行之,他认为旧词就已经让人受不了了,所以"且莫翻新阕"。

"肝肠寸断"是唐宋诗词中表达离愁的常用说法,卢仝(tóng)诗:"心肠寸断谁得知。"韦庄词:"一曲离声肠寸断。"贺铸词:"不辞寸断九回肠。"赵汝燧(suì)诗:"妾肠寸断郎岂知。"欧阳修也同样告诉世人,分别之情即可教人"肠寸结"。

谁知欧阳修写到此处,笔锋一转:"直须看尽洛城花,始共春风容易别。"结尾一扫前面的阴霾,犹如戏曲高腔,令人振奋。在分手之际,只有将洛阳城的牡丹花看遍,二人一同沐浴在春风之中,才能使分别不再痛苦。欧阳修曾写过《洛阳牡丹记》,文中列出牡丹品种二十四种,并认为洛阳牡丹"今为天下第一",由此可见牡丹在欧阳修心中的分量。这首词隐喻性很强,只有看尽了天下第一的洛阳牡丹,才能懂得人生的悲欢离合。

欧阳修步入官场之初先去了西京洛阳,补留守推官。天圣九年(1031年)三月,在洛阳,他结识了梅尧臣、尹洙等人。在洛阳的三年时间,他工作清闲,直到景祐元年(1034年)春,才告别洛阳回京师开封,这首《玉楼春·尊前拟把归期说》就是欧阳修离开洛阳时写的。

此时欧阳修已经二十七岁了。与前一首《减字木兰花·伤怀离抱》比较，这首词明显成熟了不少，由单一的悲情变成复杂的悲情，让"伤怀离抱"成为"始共春风"，让离别之情不再单纯停留在凄凄惨惨、悲悲戚戚的层面。所以王国维在《人间词话》中评价："永叔'人生自是有情痴，此恨不关风与月''直须看尽洛城花，始共春风容易别'，于豪放之中有沉着之致，所以尤高。"大家言简意赅，一语中的。

景祐三年（1036年），欧阳修因力挺范仲淹改革被牵连，第一次左迁至夷陵（今湖北宜昌）任县令。次年，好友丁宝臣（字元珍）写诗赠予他，他回复了一首七言律诗《戏答元珍》：

春风疑不到天涯，二月山城未见花。
残雪压枝犹有橘，冻雷惊笋欲抽芽。
夜闻归雁生乡思，病入新年感物华。
曾是洛阳花下客，野芳虽晚不须嗟。

欧阳修被贬至夷陵，需要调整心情。此时他正好二十九岁，政治上遭受的打击让他对残酷的现实有了切

开春报喜图 明 顾正谊

身体会，所以他心情复杂，这首诗也写得五味杂陈。

起句就藏有锋芒："春风疑不到天涯，二月山城未见花。""天涯"，远离京城；"山城"，夷陵，面江背山。我怀疑春风吹不到这里，都二月了还没看见花开。其实宜昌比开封更靠南一些，春天理应来得更早一些，但欧阳修正话反说，强调的是心态。

"残雪压枝犹有橘，冻雷惊笋欲抽芽。"这两句有极强的隐喻，表明自己被贬的状态，表面上有"残雪"和"冻雷"，实际上还有枝头橘子和地下新笋。诗人表明自己在此留有一片赤诚之心，希望有机会能蓄势待发。

颈联写得分量极重："夜闻归雁生乡思，病入新年感物华。"颈联还有另一版本："鸟声渐变知芳节，人意无聊感物华。"我更喜欢后面这联。不管是"夜闻归雁"还是"鸟声渐变"，自然变化不可逆转；也不管是"病入新年"还是"人意无聊"，再美好的事物都会改变。颈联包含了深刻的人生哲理，可见欧阳修在遭受不公平待遇后仍能自我释怀。这也告诉我们，人的自省能力是成功的关键，不能自省的人是很难进步的。

最后，欧阳修大度地写出了自己的观点："曾是洛阳花下客，野芳虽晚不须嗟。""曾是"，欧阳修在西京洛阳任留守推官，领略过牡丹花开的盛况，写过《洛阳牡丹记》。"嗟",叹息。我曾经在洛阳见过牡丹的国色天香,这里虽没有牡丹,但也会有其他的野花,没有什么可叹息的。欧阳修写这句诗既是大度地安慰元珍,同时也是安慰自己。他给此诗命名为《戏答元珍》,其中的"戏"字,并不是游戏人生的意思,而是笑对人生的意思。可见欧阳修拥有士大夫的风度——怨而不怒。

欧阳修在文学上的最大成就是他的文章,他一生至少写了五百余篇散文,其中《醉翁亭记》《朋党论》《泷(lóng)冈阡表》《秋声赋》《丰乐亭记》等,脍炙人口。他的诗词创作仅是他文学成就的一部分。

欧阳修襟怀大度,提携后辈不遗余力,"唐宋八大家"中宋代六人,其中曾巩、苏轼、苏辙出其门下,此外,苏洵(hào)、张载、程颢、吕大钧、王安石、司马光、韩琦、文彦博等,都不同程度地得到过欧阳修的推荐,成为国家栋梁之材。

欧阳修才高八斗,学富五车,仍虚怀若谷,坚持操守,永远保持文人尊严,所有这些,正是欧阳修的人格魅力所在。

## 醉翁亭记

环滁皆山也。其西南诸峰,林壑尤美,望之蔚然而深秀者,琅琊也。山行六七里,渐闻水声潺潺,而泻出于两峰之间者,酿泉也。峰回路转,有亭翼然临于泉上者,醉翁亭也。作亭者谁?山之僧智仙也。名之者谁?太守自谓也。太守与客来饮于此,饮少辄醉,而年又最高,故自号曰醉翁也。醉翁之意不在酒,在乎山水之间也。山水之乐,得之心而寓之酒也。

若夫日出而林霏开,云归而岩穴暝,晦明变化者,山间之朝暮也。野芳发而幽香,佳木秀而繁阴,风霜高洁,水落而石出者,山间之四时也。朝而往,暮而归,四时之景不同,而乐亦无穷也。

至于负者歌于途，行者休于树，前者呼，后者应，伛偻提携，往来而不绝者，滁人游也。临溪而渔，溪深而鱼肥；酿泉为酒，泉香而酒洌。山肴野蔌，杂然而前陈者，太守宴也。宴酣之乐，非丝非竹，射者中，弈者胜，觥筹交错，起坐而喧哗者，众宾欢也。苍颜白发，颓然乎其间者，太守醉也。

已而夕阳在山，人影散乱，太守归而宾客从也。树林阴翳，鸣声上下，游人去而禽鸟乐也。然而禽鸟知山林之乐，而不知人之乐；人知从太守游而乐，而不知太守之乐其乐也。醉能同其乐，醒能述以文者，太守也。太守谓谁？庐陵欧阳修也。

集名家山水册之九（局部） 清 周亮工

# 司马光

(1019－1086年)

我以著书为职业

《和邵尧夫安乐窝中职事吟》
《西江月·宝髻松松挽就》
《阮郎归·渔舟容易入春山》

一部《资治通鉴》让司马光（1019—1086年）名垂青史。这部编年体史书凡二百九十四卷，历十九年完成。以时间为纲，以事件为目。从东周周威烈王起，到五代后周周世宗止，共一千三百六十二年，计十六朝。书成之后，宋神宗认为此书价值巨大，"鉴于往事，有资于治道"，故钦定书名为《资治通鉴》。

　　司马光在政治不得意的情况下，杜门谢客，呕心沥血，完成皇皇巨著，书成后呈送皇帝："臣今骸骨臞（qú）瘁，目视昏近，齿牙无几，神识衰耗，目前所为，旋踵（zhǒng）遗忘。臣之精力，尽于此书。"《资治通鉴》成书不到两年，司马光便溘（kè）然长逝。此书在史学界与《史记》双峰并秀，司马光与司马迁也被后世并称为"史学两司马"。

　　司马光，字君实，陕州夏县（今属山西）人，生于光州光山（今属河南）。其父司马池当时任光山县令，故给儿子起名光。《宋史·司马光传》记载，司马光七岁的时候便"凛然如成人""手不释书，至不知饥渴寒暑"，曾经听别人讲了《左传》，回家后便要给家里人讲。司马光"破瓮救孩"的故事在宋代传得很远，只不过民间渐渐把"瓮"传成"缸"了。宋代的烧窑技术只能烧收口广腹的陶瓮，还烧不了撇口大腹的瓷缸。

宋仁宗宝元元年（1038年），司马光高中进士甲科，从此步入仕途。宝元二年（1039年），司马光的母亲去世，刚进入官场的司马光回乡丁忧。庆历元年（1041年），司马光的父亲也去世了，司马光与其兄扶柩回老家夏县。双亲先后去世，让司马光悲痛不已，他说"平生念此心先乱"，一想到父母不在了，心就乱了。丁忧期间，司马光写了大量文章，如《十哲论》《四豪论》《贾生论》等，对一些古人古事提出了自己的见解。

庆历四年（1044年），司马光丁忧期满，回到官场。庆历六年（1046年），司马光接到诏旨，应调入京，担任大理评事，补国子直讲。皇祐五年（1053年），司马光任殿中丞，除史馆检讨，修日历，改集贤校理，成为专职史官。从这一年起，司马光开始研究历史。

到了嘉祐八年（1063年），仁宗驾崩，英宗即位，与曹太后的矛盾加重。司马光连连上疏，先进《上皇太后

太平春色图 明 钱贡

疏》，接着进《上皇帝疏》，后又进《两宫疏》，动之以情、晓之以理地说明利害，晓明大义。在一年多的时间里，司马光为国家社稷，先后上疏达十七封，直到英宗与太后矛盾缓解。

熙宁二年（1069年），王安石在神宗支持下变法。司马光与王安石政见不合，王安石主张开源，司马光主张节流，二人时有激辩。熙宁三年（1070年），司马光知进谏无用，坚辞皇上的挽留，退居洛阳，从此绝口不论政事，潜心编撰《资治通鉴》。

在洛阳，司马光与自号安乐先生的邵雍过从甚密。邵雍乃当朝大儒，"北宋五子"之一，其余四子为周敦颐、张载、程颢、程颐。邵雍坚辞朝廷之召，不仕，喜好研究理学、玄学。司马光回洛阳后，和富弼、吕公著等人为邵雍购置了家园。这段日子是司马光最开心的时光，他与邵雍经常互和诗词，还经常送酒给邵雍。邵雍非常享受这种惬意的生活状态，遂写了一首《安乐窝中吟》，来答谢司马光他们解囊相助。司马光看到此诗后，和了一首：

灵台无事日休休，安乐由来不外求。
细雨寒风宜独坐，暖天佳景即闲游。

携琴访友图(局部) 清 上睿

松篁亦足开青眼,桃李何妨插白头。
我以著书为职业,为君偷暇上高楼。

这首诗名为《和邵尧夫安乐窝中职事吟》。"尧夫"是邵雍的字;"职事",职事官,此处是戏称。首联:"灵台无事日休休,安乐由来不外求。""灵台",此处指心灵,典出《庄子·庚桑楚》。每天心里无事就会十分轻松,这种恬淡的安乐不需要刻意去追求。

颔联对得机巧:"细雨寒风宜独坐,暖天佳景即闲

游。"颔联的对仗乍看平平常常,实际难度极大,属于自对对仗:"细雨"对"寒风","暖天"对"佳景",自己先对仗严谨,然后再互相对仗。司马光以其高超的文字技巧,在平淡无奇中隐藏了一丝生机:无论是阴冷的日子,还是温暖的天气,我们都保有一颗安静的心。

颈联"松篁亦足开青眼,桃李何妨插白头"引经据典。"篁",竹子的通称;"青眼",典出《晋书·阮籍传》,阮籍能做青白眼,见礼俗之士以白眼对之,嵇康携酒挟琴而来,大悦,乃对以青眼。"插白头",司马光中进士后仁宗照例宴请，宴会上每人的头上都插满大花，唯独司马光不戴。有人提醒说，戴花乃皇上令也，司马光才不情愿地选一朵小花戴上。这句诗在释放情绪，生机勃勃的松竹足以供我们欣赏，头上偶尔插朵小花也没关系。

最后，司马光说了句掏心窝的话："我以著书为职业，为君偷暇上高楼。"我就是为了你，才忙里偷闲陪你欣赏这良辰美景呢！司马光退居洛阳著书就是为了躲避官场的烦冗，不想浪费自己有限的人生。事实确是如此，在洛阳的这些年促使他完成了《资治通鉴》。

司马光唱和邵雍的这首七律真诚地表达了他著书时的心情，同时表达了对邵雍的尊重。司马光的文名大于诗名，其诗中规中矩，平实无华。我们从这首诗中可以充分地看出司马光的作诗水准，还可以感受到二人的情谊。后来在邵雍临终之际，司马光、张载、程颢、程颐轮番值守在他跟前，为他送终。邵雍寿六十七，宋神宗追赠他为秘书省著作郎，后宋哲宗又赐予谥号"康节"。

词虽于宋代大兴，但仍有许多文人不写，或者少写。文人不写词的原因很多，北宋时大多数文人还是认为诗比词高级，因为科举考试中作诗算一科。词毕竟是宋代才开始广泛流行的文学体裁，很多文人仅是尝试创作。司马光和梅尧臣一样，都属于偶一为之，《西江月·宝髻松松挽就》为其存世词作之一：

宝髻松松挽就，铅华淡淡妆成。
青烟翠雾罩轻盈，飞絮游丝无定。

相见争如不见，有情何似无情？
笙歌散后酒初醒，深院月斜人静。

《西江月》，词牌名，又名《白蘋香》《步虚词》《江月令》，正体双调五十字，上下阕各四句、两平韵一叶(xié)韵。叶韵，诗韵术语。有些字读本音便韵脚不和，那就必须改读音，以协调声韵。

起句轻松得体："宝髻松松挽就，铅华淡淡妆成。""宝髻"，插满各类头饰的发髻；"铅华"，铅粉，妆容所用。最初先秦女子化妆用粉多是米粉，由米粒研碎加入香料制成；因米粉易脱落，汉之后在粉中加铅，铅的附着力好，不易脱落，但有毒，古人不知。头发松松地挽起，脸上淡淡地敷上脂粉。开篇两句，脂粉气扑面而来。

接着："青烟翠雾罩轻盈，飞絮游丝无定。""青烟翠

深堂琴趣图 宋 佚名

雾"，形容衣服；"飞絮游丝"，用来装饰衣服和头发的璎珞。漂亮的女子穿着青翠色衣服，在屋里走来走去，让人眼花缭乱。上阕开场即热闹，一场宴会即将开始。

下阕说得俏皮："相见争如不见，有情即似无情？""争如"，怎如，倒不如。"何似"，何如，即不如。此句有些费解，相见不如不见，有情不如无情，欲擒故纵，欲取姑予。人头攒动的宴会上，精心装扮的美女让人难以捉摸。

结尾："笙歌散后酒初醒，深院月斜人静。"无论宴会多么热闹，总有曲终人散的时候。酒醒后，只剩庭院深深，月亮初上，万籁俱寂。

司马光的《西江月·宝髻松松挽就》描述的是作者冷眼旁观的某次酒宴。有外在描写，又有内在表述。不深入，不追究，如同绘画中的速写，只写其神，不求细节。初读会发现作者十分冷静，不介入个人态度，只是客观描绘，强调唯美的画面感。但仔细琢磨，又会发觉作者的态度，那就是"相见争如不见，有情何似无情"。

司马光的词作虽少，但仍可以看出他的别样情怀。他存世的词都属于秀婉之作，例如《阮郎归·渔舟容易入春山》：

瑶池高会图（局部） 宋 赵伯驹

渔舟容易入春山，仙家日月闲。
绮窗纱幌映朱颜，相逢醉梦间。

松露冷，海霞殷。匆匆整棹还。
落花寂寂水潺潺，重寻此路难。

《阮郎归》，词牌名，又名《碧桃春》《宴桃源》《濯缨曲》。双调四十七字，上阕四句四平韵，下阕五句四平韵。另有变体。此词牌典出汉代刘晨、阮肇遇仙之事，常用来写冶游或艳遇，例如欧阳修的《阮郎归·南园春半踏青时》、晏几道的《阮郎归·旧香残粉似当初》等。

作者开篇直切主题："渔舟容易入春山，仙家日月闲。""容易"，在此当轻易讲。一叶扁舟，有意无意之间驶入春山仙境，而神仙每天都很清闲。"春山"，春天花繁叶茂，春意盎然。渔舟轻易能够驶入仙境，也说明二者之间有不可言喻的因缘。

紧接着由虚变实："绮窗纱幌映朱颜，相逢醉梦间。""绮窗"，雕花的木窗；"纱幌"，薄如蝉翼的纱帘；"朱颜"，年轻貌美的女子。冯延巳词："日日花前常病酒，不辞镜里朱颜瘦。"李煜词："雕栏玉砌应犹在，只是朱颜改。"秦观词:"日边清梦断,镜里朱颜改。"透过精美的窗户和纱帘,若隐若现地有一美妙女子,令人如痴如醉,分不清这是梦境还是酒醉后的幻觉。司马光在上阕把小词写得如梦如幻,充满了氤氲(yīn yūn)的仙境气氛。

下阕写变化,由梦幻切入现实:"松露冷,海霞殷。""松露",松之露水。作者给上阕温馨的情景注入清冷,让美梦不能成真。这应该是作者的本意,生活总是不能如意,愿望当然也是如此。此时此刻,作者冷不丁地补上一句:"匆匆整棹还。""匆匆",匆忙;"棹",泛指船桨。因为现实比梦境残酷,一时不适应,只能匆匆忙忙划桨而归。人活在精神仙境与物质凡尘之中,游走在两者之间,企盼仙境,委身凡尘。

司马光显然深谙其道,结尾写道:"落花寂寂水潺潺,重寻此路难。"最后这句算是告诫:仙境固然好,却可望而不可即;凡尘虽然俗,但触手可及。满足于简单快乐,追求平凡幸福,千万别再奢望"相逢醉梦间"。

司马光历仕仁宗、英宗、神宗、哲宗四朝,做事严肃认真,一丝不苟。他入仕后,结交之人多年长于他。比如庞籍,在司马池过世后,把司马光当儿子一样养育。又比如石昌言,和司马光是同科进士,但长其二十多岁,二人相谈甚欢,成为忘年交。

宝元元年（1038年），司马光登进士第，大臣张存将女儿许配给司马光，同年，二人完婚。张存曾为朝廷立下汗马功劳，他的仕途虽也起起伏伏，但终以吏部侍郎致仕。张存终年八十七岁，司马光为他撰写了墓志铭。

司马光与张氏夫妻恩爱，几十年如一日。但有一事夫人心里过不去：二人结婚后一直没有生育。古代社会对"孝"的解释有"不孝有三，无后为大"之说，于是夫人张氏就动了心思，希望司马光纳妾。她背着司马光买回一个女子，安置在卧室，并告诉丈夫她出门了。司马光并不理睬这个女子，径自去书房看书，女子跟着司马光到书房，司马光就没好气地打发人家走了。后来夫人又给司马光安排过丫鬟，但只要夫人不在，司马光就不许丫鬟在他跟前。司马光坚持不纳妾，最后将哥哥的儿子司马康过继为子。司马康敏学过人，可惜英年早逝。

孟子说："穷则独善其身，达则兼济天下。"司马光将这句古训作为一生的行为准则，以天下为己任，为社稷也为苍生，身体力行，一生无悔，兼济天下并独善其身。

金陵四季图（局部） 明 魏克

# 王安石

（1021—1086年）

兴亡只在笑谈中

《桂枝香·金陵怀古》
《浪淘沙令·伊吕两衰翁》
《渔家傲·平岸小桥千嶂抱》

王安石（1021—1086年）也是诗名大于词名，许多诗句脍炙人口。比如"爆竹声中一岁除，春风送暖入屠苏"，又比如"春风又绿江南岸，明月何时照我还"，每回读都有新的感受。他诗学杜甫，得其瘦硬，尤其晚年的诗从容不迫，深沉厚实，在宋诗中独树一帜，世称"王荆公体"。王安石亦是"唐宋八大家"之一，其散文简洁明晰，逻辑缜(zhěn)密，极具说服力。

王安石生于临川（今属江西抚州）。父亲王益官至都官员外郎，共生七子，王安石排行第三。王安石自幼与众不同，不爱嬉戏爱读书，且过目不忘，下笔成文。宋仁宗景祐四年（1037年），王益带着王安石进京，结识了曾巩，曾巩就将王安石的文章拿给欧阳修看。欧阳修具有极强的判断力，一看便知王安石未来不可限量。这一年，王安石年仅十六岁。

庆历二年（1042年），王安石参加殿试，主考官将前几名的卷子呈送给宋仁宗，考官拟定王安石排榜首，然后依次为王珪(guī)、韩绛、杨寘(zhì)。但仁宗看见王安石开篇写了"孺子其朋"，很不高兴。这句短语的意思是：你这个小孩子啊，今后要和群臣像朋友一样融洽相处。此句虽典出《尚书》，但用在此处欠妥。于是仁宗就把王安石与杨寘的名次调换了一下，杨寘就成了当年的状元，王安石屈居第四。这一年王安石二十一岁，年轻气盛，加之秉性耿直，因用词不当惹烦了皇上。仁宗毕竟大他十一岁，做皇帝也二十年了，不愿意接受这种像教育小孩子般的话。

王安石并不介意名次，先是去了淮南（今江苏扬州），后又放弃了京试入馆阁的机会，去鄞(yín)县（今属浙江宁波）做了知县。在那里他一干就是四年，初显政绩。

皇祐三年（1051年），王安石三十岁。宰相文彦博向仁宗推荐王安石，王安石拒绝了越级提拔。欧阳修也举荐他为谏官，王安石依旧推辞。欧阳修说，你得养家糊口，俸禄得与官职相匹配。于是任命他为群牧判官，管理公家的马匹。今天听着这职务没什么，可在宋代，这一职务举足轻重。又过了些日子，王安石出任常州（今江苏常州）知州，结识了大儒周敦颐，二人相谈投机，相见恨晚。

嘉祐三年（1058年），王安石进京述职，作《上仁宗

横琴高士图（局部） 元 王仁友

皇帝言事书》，提出变法。对于宋代近百年来的积贫积弱问题，王安石基于其地方官的亲身经历与调查，系统地提出了具体主张。但仁宗并未采纳其变法主张。王安石目的达不到，心中郁结，屡次恳辞入朝。嘉祐八年（1063年），母亲病逝，遂辞官回江宁（今江苏南京）为母守丧。守丧期间朝廷虽多次征召，王安石均以丁忧为由拒绝入朝。

治平四年（1067年），宋神宗即位，久慕王安石大名，因其拒绝入朝为官，索性就让他在家任职——江宁知府，待王安石上任后，马上下诏任命他为翰林学士。王安石至此得以被皇帝器重。

在江宁丁忧和为官期间，王安石写下了多首以"金陵怀古"为主题的诗与词。金陵自孙权建都起，东吴、东晋、宋、齐、梁、陈，六朝古都的兴衰，风风雨雨都是诗人凭吊的主题。写过《金陵怀古》的诗人众多，唐代李白、司空曙、刘禹锡、许浑、李洞、宋代寇准、王珪、周邦彦、李纲、康与之等诗人都有同名的诗或词。王安石同样留有四诗一词，词调寄《桂枝香》：

登临送目，正故国晚秋，天气初肃。
千里澄江似练，翠峰如簇。
归帆去棹残阳里，背西风，酒旗斜矗。

> 彩舟云淡，星河鹭起，画图难足。
>
> 念往昔，繁华竞逐，
> 叹门外楼头，悲恨相续。
> 千古凭高对此，谩嗟荣辱。
> 六朝旧事随流水，但寒烟衰草凝绿。
> 至今商女，时时犹唱，后庭遗曲。

《桂枝香》，词牌名，又名《疏帘淡月》，王安石首次使用，并以此为正体，双调一百零一字，上下阕各十句，五仄韵。

起句就大气磅礴："登临送目，正故国晚秋，天气初肃。""登临"，登山临水；"送目"，目光放远；"故国"，六朝古都；"初肃"，肃杀，初秋刚刚显色。登钟山，临长江，极目远眺，正是六朝古都早秋时节，一派萧寂景象。

"千里澄江似练，翠峰如簇。""练"，白绢；"簇"，丛聚。长江澄澈如同白练，苍山一座紧连一座。此句化用了南齐谢朓《晚登三山还望京邑》："余霞散成绮，澄江静如练。"

仔细向远观望："归帆去棹残阳里，背西风，酒旗斜矗。""棹",大桨;"酒旗",酒幌;"矗",高耸。江上的船天黑前要停泊,岸上酒馆招幌高高飘扬。"酒旗斜矗"为点睛之笔,使画面极具动感,酒家幌子象征着凡尘生活。上阕至此由宏观到微观。

紧接着,感叹来了:"彩舟云淡,星河鹭起,画图难足。""彩舟",装饰过的船;"星河",船上的点点灯火。这样宏伟壮丽的画面没有画家可以画得出来啊!

下阕进入正题,抒情怀古:"念往昔,繁华竞逐,叹门外楼头,悲恨相续。""门外楼头",典出杜牧《台城曲二首》名句:"门外韩擒虎,楼头张丽华。""韩擒虎"为隋朝大将,兵临城下之际,陈后主与宠妃张丽华仍在寻欢作乐,陈遂亡于隋。"门",指朱雀门;"楼",是结绮阁。怀念过去,这里也是六朝国都,曾经繁荣华丽,可惜和隋陈相替的故事一样,欢乐与悲愤轮回。

作者至此有些按捺不住:"千古凭高对此,谩嗟荣辱。""千古",历史;"谩嗟",空叹。历史就是历史,站在它面前不要空叹荣辱,要记住教训。

"六朝旧事随流水,但寒烟衰草凝绿。"六朝的历史像长江水一样流走了,繁华不再,但江边的秋草还保留着幽绿。

即使历史如此沉重,"至今商女,时时犹唱,后庭遗

金陵四季图(局部) 明 魏克

曲"。"商女",歌女,因五音"宫商角徵(zhǐ)羽"之商音凄厉,与秋天的肃杀气氛相应,故以商配秋。唐代歌伎通称秋娘或秋女,便是因此。《后庭花》,词牌名,源出曲牌《玉树后庭花》,南朝陈后主所作,因此《后庭花》被视为亡国之音。结尾这句脱化杜牧《泊秦淮》名句"商女不知亡国恨,隔江犹唱后庭花",如榫(sǔn)入卯,严丝合缝。

王安石的这首《桂枝香·金陵怀古》写得大气开阔,写史具有史观。读历史不是听故事,必须有思考,更需要表达对历史的观点。作者上阕渲染已久后,只用了一个"叹"字,就将观点表露无遗,历史永远在错误中前

行,留给后人的只是叹中之痛而已。而下阕进一步成为"空叹",与结尾商女犹唱后庭遗曲呼应,让人知道了历史不过是一场场轮回。这是王安石作为北宋大儒高于常人之处,使其作品在同名词作中凸显出厚重。

王安石的词恢宏大气,体现出其一贯的文学主张,一洗五代绮靡之音。王安石说过:"古之歌者,皆先为词,后有声,故曰:'诗言志,歌永言,声依永,律和声'。如今先撰腔子(词牌),后填词,却是'永依声'也。"(赵令畤(zhi)《侯鲭录》)赵令畤为北宋人,他与苏轼有交集,《侯鲭录》为其撰写的笔记小说。

王安石性情耿介,又有大才,十分看不上倚声之作。宋代大儒,尤其是北宋大儒,或多或少都对填词流露出不屑:苏洵、周敦颐、程颢等一生未见填词,梅尧臣、蔡襄、司马光、曾巩等平生仅见极少量的词,与诗歌创作不成比例。唯独苏轼,大开大合,极喜填词作诗,均有佳作。当苏轼读到王安石这首《桂枝香·金陵怀古》时,只赞叹地说了一句:"此老乃野狐精也。"这段轶事记录在宋代杨湜《古今词话》之中。

　　王安石还有一首咏史词《浪淘沙令·伊吕两衰翁》,借史说事:

伊吕两衰翁,历遍穷通。
一为钓叟一耕佣。
若使当时身不遇,老了英雄。

汤武偶相逢,风虎云龙。
兴王只在谈笑中。
直至如今千载后,谁与争功。

　　王安石胸怀天下,但壮志难酬。他曾官至相位,为

枫溪垂钓图 明 仇英

推行新法，积极倡导并推行变革，谋求发展生产，富国强兵，拯救宋朝政治危机，史称"熙宁变法"。因变法触动了统治阶层的利益，遭到了保守派的强烈反对，使其处在"众疑群谤"的环境之中。迫于压力，熙宁七年（1074年）宋神宗接受王安石辞去相位。尽管次年又启用过他，但熙宁九年（1076年）再度罢相，标志着其变法失败。王安石罢相后，隐居江宁。

中国历代变法几无成功，明知不可为而为之，是为也。王安石就有这种精神，他与同时代的数十位大儒都发生过冲突，踽(jǔ)踽独行，不惧生死，认准的道路就要走下去。

首句："伊吕两衰翁，历遍穷通。""伊吕"，伊尹和吕尚。伊尹，夏末商初思想家，开国元勋，寿一百岁；吕尚，即姜子牙，商末周初政治家，寿一百三十九岁。这两位历史上有名的人物，也一定经历了许多困窘之境，但身份却是"一为钓叟一耕佣"。"钓叟"，指吕尚；"耕佣"，指伊尹。

此时作者笔锋一转："若使当时身不遇，老了英雄。""若使"，假设。这样两位赫赫有名的大人物，如果不是遇见商汤王和周文王，即便是英雄也会无用武之地，一样会终老于山林。

下阕讲述道理："汤武偶相逢，风虎云龙。兴王只在谈笑中。""汤"，商汤王，商朝的缔造者；"武"，周武王，周朝的建立者。伊尹与吕尚二人与他们相遇，可称得上是风云际会。《周易·乾卦·九五》云："云从龙，风从虎，圣人作而万物睹。""兴王"，国兴之王。君臣需要契机，一旦合拍，风云际会，国家的兴旺发达即可在笑谈中完成。

最后笔锋宕开："直至如今千载后，谁与争功。"伊尹和吕尚二位高士，已经逝去上千年，丰功伟绩，今天有谁可以和他们相比？

王安石这首《浪淘沙令·伊吕两衰翁》虽短，但发自他的内心。变法失败，让他长久不能释怀。变法是为江山社稷，又为黎民百姓，但未必谁都懂得他的苦心，也未必能有人领他的情。王安石借史说今，借人论己，盛赞历史明君，感叹自己怀才不遇。

晚年闲居的王安石心态改变，其《渔家傲·平岸小桥千嶂抱》就是写照：

平岸小桥千嶂抱，柔蓝一水萦花草。
茅屋数间窗窈窕。
尘不到，时时自有春风扫。

<ruby>午<rt>wǔ</rt></ruby><ruby>枕<rt>zhěn</rt></ruby><ruby>觉<rt>jiào</rt></ruby><ruby>来<rt>lái</rt></ruby><ruby>闻<rt>wén</rt></ruby><ruby>语<rt>yǔ</rt></ruby><ruby>鸟<rt>niǎo</rt></ruby>，<ruby>欹<rt>qī</rt></ruby><ruby>眠<rt>mián</rt></ruby><ruby>似<rt>sì</rt></ruby><ruby>听<rt>tīng</rt></ruby><ruby>朝<rt>cháo</rt></ruby><ruby>鸡<rt>jī</rt></ruby><ruby>早<rt>zǎo</rt></ruby>。
<ruby>忽<rt>hū</rt></ruby><ruby>忆<rt>yì</rt></ruby><ruby>故<rt>gù</rt></ruby><ruby>人<rt>rén</rt></ruby><ruby>今<rt>jīn</rt></ruby><ruby>总<rt>zǒng</rt></ruby><ruby>老<rt>lǎo</rt></ruby>。
<ruby>贪<rt>tān</rt></ruby><ruby>梦<rt>mèng</rt></ruby><ruby>好<rt>hǎo</rt></ruby>，<ruby>茫<rt>máng</rt></ruby><ruby>然<rt>rán</rt></ruby><ruby>忘<rt>wàng</rt></ruby><ruby>了<rt>le</rt></ruby><ruby>邯<rt>hán</rt></ruby><ruby>郸<rt>dān</rt></ruby><ruby>道<rt>dào</rt></ruby>。

这首词以"平岸小桥"起句，与世无争的样子，"千嶂抱"，温暖的情景；"柔蓝一水萦花草"，"柔蓝"通"揉蓝"，浸揉蓝草做成的染料；"一水"，一江春水；"萦"，缠绕。古人认为绿之至深乃为蓝，"春来江水绿如蓝"，湛蓝的江水中缠绕着一丛丛水草。

开篇展现了一幅山水画，远山近水，然后再添上"茅屋数间窗窈窕"，让这幅山水画立刻变得生动起来。作者还嫌不够，继而描述细节："尘不到，时时自有春风扫。"因为有春风，远离城市的乡间小筑一尘不染，美不胜收。作者在上阕暗示，远离官场的是非，就会有凡间仙境。

下阕写人："午枕觉来闻语鸟，欹眠似听朝鸡早。"能睡午觉之人都是闲适之人，睡起听到了鸟鸣，很是惬意。"欹眠"，斜靠而眠；"朝鸡"，鸡鸣上朝，宋代袁文《瓮牖闲评》："朝鸡者，鸣得绝早，盖以警入朝之人，故谓之朝鸡。"睡过午觉，恍惚中好像听见了宦途中早晨的鸡鸣。

宋代"朝鸡"频频入诗入词。欧阳修诗："念子京师苦憔悴，经年陋巷听朝鸡。"陆游诗："暂听朝鸡双阙下，又骑羸马万山中。"陈允平词："朝鸡静，班退晓墀(chí)，回马金门漏犹滴。"这么多文人写"朝鸡"，可见朝鸡在士子心中的位置。王安石用"朝鸡"隐喻官场，闲情中略带一丝怀旧，紧接着说了一句带有感情的话："忽忆故人今总老。"忽然想起那么多过去的同僚，是不是大家都老了？

写到这里，王安石显出了高手的老辣，他顺势写道："贪梦好，茫然忘了邯郸道。""邯郸道"典出唐代传奇《枕中记》，卢生在邯郸道遇道士吕翁，得吕翁所赠之枕而眠，梦中历尽荣华富贵，一觉醒来，发现灶上的黄粱尚未蒸熟。卢生忽然醒悟，富贵得失不过是美梦一场。后世用"邯郸道"喻求功名之路。王安石借典喻今，反其意用之：山中小憩多好啊，忘了博取功名，焉知非福？

王安石才高八斗，学富五车，在宦海也是几经沉浮，退隐山林后，小憩片刻就能悟出道理，且藏而不露。付诸笔墨时云淡风轻，暗藏玄机，既有人生达观的平和之声，又有意味深长的警世之语，貌似写景写意，实则寄情寄语，令小词如同橄榄，耐人咀嚼。

从古至今王安石颇受争议，"千古一相"与"千古罪人"各有人说。他所处的年代表面上歌舞升平,家给人足,实际上隐患多多,危机四伏。王安石以"天变不足畏,祖宗不足法,人言不足恤"的"三不足"信条支撑自己,风雨四十年,无论人微言轻时,还是位高权重时,都能洁身自好。他一生著述无数,散文雄健峭拔,诗词老练沉稳。词虽仅二十余首,但"一洗五代旧习",为词坛树立了标杆。

王安石写词但不写艳词,还有一个客观原因:他一辈子不坐轿子不纳妾,不去烟花柳巷之地,穿着邋遢,须发纷乱。苏洵对他有个生动的描写:"衣臣虏之衣,食犬彘(zhì)之食",但"囚首丧面而谈诗书",画像传神,跃然纸上。

山水册页之秋山夕照（局部） 清 杜湘

# 苏轼

（1037—1101年）

一蓑烟雨任平生

《江城子·乙卯正月二十日夜记梦》
《江城子·密州出猎》
《水调歌头·明月几时有》
《定风波·莫听穿林打叶声》
《念奴娇·赤壁怀古》
《自题金山画像》

北宋熙宁八年（1075年），正月二十日夜，大文豪苏轼做了一个梦，梦见已经亡故十年的妻子王弗。清晨起来坐定，苏轼先写下"乙卯正月二十日夜记梦"数字。这一年，苏轼三十八岁。此时他刚到密州（今山东诸城）任知州，在此任上尚不足两个月。他的另一首名作《江城子·密州出猎》也写于这一年的秋天。

苏轼（1037—1101年），字子瞻，号东坡居士。与妻子王弗结婚时，苏轼年十七，王弗年十五。十五六岁是女孩子的花季，青春芳华，灼灼动人。她与苏轼都是眉州（今四川眉山）人，其父是乡贡进士王方。王弗从小就有很好的家教，聪慧明理，与苏轼结婚后，相夫教子，两人恩爱有加。惜世事无常，天命有限，治平二年（1065年）夏天，王弗在开封病逝，年仅二十六岁，留有一子苏迈，时年六岁。

王弗去世后，按习俗魂归故里，葬于眉州老家的苏家祖茔(yíng)。需要说明的是，苏轼的父亲苏洵是北宋治平三年（1066年）去世的，晚王弗一年。当年苏洵移棺，朝廷派官船由苏轼、苏辙兄弟扶棺护送，苏轼的亡妻灵柩随载而行。

安葬苏洵及王弗后，苏轼、苏辙兄弟在坟茔四周种满松树。苏轼在后来的诗中说："老翁山下玉渊回，手植青松三万栽。"虽说数字十分夸张，但苏轼对父母、对亡妻的情感却十分真挚。

苏轼为父丁忧三年。三年之后，他还朝续政。此时王安石变法导致朝廷命官间矛盾深重，包括欧阳修在内的许多师友都已离京。苏轼孤身无援，仍直言上书变法弊端，王安石因此不悦，使手腕令苏轼被迫请求出京任职。苏轼先去了杭州，任通判，掌管粮运、家田、水利、诉讼等事，三年后，又调往密州。

熙宁八年（1075年）年正月，天气尚寒。古人屋中没有今人建筑这么暖和，屋寒衾冷，夜长梦多，苏轼做了个清晰的梦，让他动情，于是记录下来，调寄《江城子》：

　　shí nián shēng sǐ liǎng máng máng　　bù sī liáng　　zì nán wàng
　　十　年　生　死　两　茫　茫　。　不　思　量　，　自　难　忘　。
　　qiān lǐ gū fén　　wú chù huà qī liáng
　　千　里　孤　坟　，　无　处　话　凄　凉　。

纵使相逢应不识，尘满面，鬓如霜。

夜来幽梦忽还乡。小轩窗，正梳妆。相顾无言，惟有泪千行。料得年年肠断处，明月夜，短松冈。

这是一首悼亡词。悼亡诗词是唐诗宋词乃至后来的诗词中很重要的一部分。早在《诗经》中就有关于悼亡的描述，最为人所知的悼亡诗则出于西晋文学家潘岳（字安仁，后来戏文中称其为潘安）。潘岳以貌美闻名，却对妻子始终如一，夫妻和睦二十六载。妻亡故后，潘岳悲痛服丧一年，写下《悼亡诗》三首，其诗平实，睹物思人，情感真挚。从此，悼亡诗便成为丈夫哀悼妻子的类别诗。

苏轼的悼亡词，开篇如物坠地："十年生死两茫茫。"没有任何缓冲，没有任何修辞，不给人一丝准备，开篇一句凭空而落，分量感十足。"十年"，交代时间长度；"生死"，交代态度缘由；"两茫茫"，交代此时此刻生者亡者的状态。苏轼使用叠词"茫茫"，旷远、模糊不清。诗歌中常用，如北朝民歌："天苍苍，野茫茫，风吹草低见

山水册页之二（局部） 清 萧云从

牛羊。"李白诗:"登高壮观天地间,大江茫茫去不还。"白居易诗:"上穷碧落下黄泉,两处茫茫皆不见。"柳宗元诗:"城上高楼接大荒,海天愁思正茫茫。"体会古往今来诗人们的"茫茫",可以更深刻地理解苏轼"茫茫"的含义。一般情况下,无人用"茫茫"直接描述生与死。

接着,苏轼说:"不思量,自难忘。""量"在此为动词,读阳平,当衡量义讲,不能读轻声,也不能读去声。我尽可能克制自己不去想她,但实在无法忘怀啊!

"千里孤坟,无处话凄凉。"苏轼大开大合,一个"孤"字,空间跳回老家眉州祖茔。千里之外的亡妻孤魂,我们身处两地,谁都无法诉说彼此的凄凉境地。文学表达至此,已登峰造极。

可苏轼仍然紧追不舍:"纵使相逢应不识,尘满面,鬓如霜。"作者在此使用了最强力度的假设句——"纵使","即便""即使""假如""如果""倘若""要是""就算""哪怕"等,所有的假设词汇都没有"纵使"有力。"纵使相逢应不识",古汉语中"认""识"两字略有区别,"认"生"识"熟,如:"相认""相识"。"相认"是由生及熟,"相识"是已熟。"应不识",表示还是不能相互认得出,这个"应"字包含了无限的辛酸无奈,也包含了苏轼的疼爱之心。

至此苏轼交代了结果:"尘满面,鬓如霜。""霜鬓"是文学意象,诗歌常见,描述人之苍老。李白句:"不知明镜里,何处得秋霜。"苏轼把这一意象发挥到了极致,与上句的假设构成了不可能出现的辛酸场景,这种假设之景甚至比真景更能打动人。

苏轼说是记梦,但上阕并没有记梦,只是寄情,先借题倾诉了一下突然到来的思念之情。下阕上来就是五句二十二字,却把梦境写得逼真:"夜来幽梦忽还乡。小轩窗,正梳妆。相顾无言,惟有泪千行。"此五句如镜头般地推拉摇移,有全景,有中景,有近景,有特写。诗人凭借一支笔一腔情,不仅把梦境描述得逼真,还把情感渲染到了极限。

"夜来幽梦忽还乡",一个"幽"字将上阕的氛围化解,将语气调整,由重变轻,由紧化松。"忽"字也使用巧妙,突然地、措手不及、没有准备,这是不幸还是幸福?"小轩窗,正梳妆。"梦里如此真实,如此美妙。"轩窗",一般指小屋之窗,突出屋小,屋小方有亲切感;"正梳妆",十年不见的妻子忽然在眼前梳妆,黑发如瀑,傅粉施朱,怎能叫人不心动!

苏轼将梦境分为两段,前段妻子独自一人,是主观镜头;后段二人相视而立,是客观镜头:"相顾无言,惟

长夏江村图（局部） 明 仇英

有泪千行。"这是梦境中的常态，相见口不能言，相拥没有气息，每个人都能感同身受。这一场景，千百年来被文人墨客、影视大师反复呈现使用，尤其是无言落泪乃悲情之最，不可名状。

苏轼写到这里，笔锋一转，由彩色动态场景变成黑白静态照片："料得年年肠断处，明月夜，短松冈。"一切戛然而止，让人说不出悲喜，道不出长短，陷入了长久的空白。"肠断"与"断肠"两个词汇古人使用频繁，意思接近，都用于表达悲伤。"肠断"力度更大，表达更深，就是极度悲伤。此词典出晋代《搜神记》："临川东兴，有人入山，得猿子，便将归。猿母自后逐至家。此人缚猿子于庭中树上以示之。其母便抟颊向人，欲乞哀状，直是口不能言耳。此人既不能放，竟击杀之。猿母悲唤，自掷而死。此人破肠视之，寸寸断裂。""肝肠寸断"一词缘此。而"断肠"不仅程度低，有时还能表现极度喜悦。白居易的《井底引银瓶》有"墙头马上遥相顾，一见知君即断肠"之句，就是表现少女喜悦心情的。苏轼最后用了猜想句式"料得年年肠断处"，自己把所有人的话拦了，输入了貌似毫无情感的两个词组"明月夜""短松冈"。外界的一切仿佛静止了，只有自我的情绪在默默流动。

苏轼一生写出好作品无数，存世的各类作品数以千计，《江城子·乙卯正月二十日夜记梦》算是非常独特的一首，为亡妻所作，流传千古。妻子故去十年，一个梦境就能写出千古名作，不仅仅需要文学功力，还需要真情实感。王弗下葬时，苏轼亲笔为亡妻撰写的墓志铭，可列为他的散文名篇，文字平和，含泪带笑，温馨可人，无论谁读之都难免喟然长叹。

这首词颇受历代文人好评，全词七十字，哀婉凄凉，不粘不滞，文字质朴而情深，句句催人泪下。与苏轼同时代、小他十几岁的太学博上陈师道对这首词评价道："有声当彻天，有泪当彻泉。"虽十字，但敌过万语千言。

苏轼的一生起伏坎坷，前半生活得轻松自如些，以"乌台诗案"为节点，后半生活得辛苦沉重些。苏轼生于宋仁宗景祐三年腊月（1037 年 1 月），肖鼠。他出身不算显贵，但也不是平民之辈。其祖上是唐初大臣苏味道，其祖父苏序生性达观，对幼年苏轼影响极大。苏序的墓志铭还是后来苏轼护丧还家时请曾巩写的，其言辞恳切，今天读来仍能感到苏轼与祖父的殷殷深情。其父苏洵，"三苏"之一，年幼时因家境殷实，故嬉游误学。苏洵自己说："洵少年不学，生二十五岁始知读书，从士君子游。"到真正发愤读书时，他已二十七岁了，所以《三字

江山秋色图（局部） 宋 赵伯驹

经》说:"苏老泉,二十七,始发愤,读书籍。"苏洵在历史上一直被看作大器晚成的典型,最终成为"唐宋八大家"之一。

苏轼就是在这样一个家庭环境中成长起来的。苏洵为苏轼、苏辙起的名字就包含了这位父亲对世界的认知:"轼"的本义是车前扶手,取其默默无声却不可或缺之意;"辙"的本义是车轮碾过的痕迹,车毁马亡不会殃及车辙,取意做事留有痕迹但又能平安免祸。苏洵在苏轼和苏辙幼年时写过《名二子说》,解释轼、辙二人名字的由来,寄语情深。

后来的事实大抵也真是如此。苏轼的不可或缺,苏辙的平安免祸,某种意义上说都是前世注定的命运。苏轼十九岁、苏辙十七岁时随父进京赴考,主考官为文坛领袖欧阳修,试官为梅尧臣。苏轼的文风及观点令人震动,以致欧阳修误以为是自己弟子曾巩之作,为避嫌将其与第二名对调,最终开卷才知原委,但苏轼并不计较结果。欧阳修预言说,苏轼可谓善读书,他日文章必独步天下。

但天有不测风云,正当苏轼声名鹊起之际,忽然传来母亲去世的噩耗,两兄弟立刻随父回家乡奔丧,一去便是三年。七年后的治平三年(1066年),苏洵病逝,苏轼、苏辙兄弟经朝廷恩准,扶柩还乡,随之而行的还有苏轼夫人王弗的灵柩。

苏轼两兄弟安葬父亲后，丁忧三年，再返回京城时，天下已不是当年的天下。苏轼便请求出京任职，先去杭州任三年通判，后到密州任知州。

这年秋天，苏轼祭常山归途中，与同官会于铁沟行猎，又写下了《江城子·密州出猎》：

老夫聊发少年狂。左牵黄，右擎苍。
锦帽貂裘，千骑卷平冈。
为报倾城随太守，亲射虎，看孙郎。

酒酣胸胆尚开张。鬓微霜，又何妨！
持节云中，何日遣冯唐？
会挽雕弓如满月，西北望，射天狼。

与这首著名的词同时写的还有一篇律诗《祭常山回小猎》，同一地点，同一时间，同一题材，可以对照着看。苏轼开篇带有戏谑口吻："老夫聊发少年狂。"这一年苏轼实岁三十八，虚岁四十，说"老夫"有点夸张。"聊"，姑且，勉强。我姑且散发一下少年的轻狂吧！

秋猎图（局部） 明 仇英

"左牵黄，右擎苍。"左手牵着猎犬，右手架着猎鹰。这两句不是实写，而是虚写，旨在强调少年狷(juàn)狂的状态。

紧接着，苏轼将镜头拉开，给出大全景："锦帽貂裘，千骑卷平冈。""锦帽貂裘"，本是指汉羽林军的服装，苏轼借用是为凸显这是一次整齐有素的官家行猎，声势浩大。一个"卷"字，让画面烟尘四起，动态十足。

苏轼内心充满了满足感，遂说："为报倾城随太守，亲射虎，看孙郎。""孙郎射虎"，作者自喻，典出《三国志·吴书·吴主传》："二十三年十月，权将如吴，亲乘马射虎于庱(chěng)亭，马为虎所伤。权投以双戟，虎却废。"苏轼引用此典是在说，为报答倾城而出追随我的密州百姓，我愿意亲自猎杀一只虎。古人认为猎虎不仅体现了一种英雄气概，还体现了知恩图报的诚意。

下阕进入诗人心中，由实入虚。抛开行猎场面，似乎在庆功："酒酣胸胆尚开张。"酒喝得过瘾，胆气也见长，可见文人行猎的感受比武人复杂。此时此刻才似乎有了新的感觉："鬓微霜，又何妨！"即便我两鬓开始发白了，那又能怎么样呢！

作者行文至此，仍不忘"为天地立心，为生民立命"，深情地借典发问："持节云中，何日遣冯唐？""持节"，符节，朝廷与地方之间传达政令的信物，也是权力的象征。此句典出《史记·张释之冯唐列传》：汉文帝时，魏尚为云中太守，匈奴进犯，魏尚亲率兵出击，杀敌甚众，因报功文书虚报六人而被削职。经冯唐代为辩白后，文帝派使持节赦免了魏尚的罪，让他重新担任云中郡太守一职。苏轼用典喻义明显，因王安石的"熙宁变法"，他的政治抱负不能施展，从京城调杭州，再调密州。虽为一方地方官，但苏轼仍希望自己能为国家进言献力，并得到朝廷的信任。

苏轼在最后直抒胸臆：如果真有那么一天，我一定是"会挽雕弓如满月，西北望，射天狼"。"雕弓"，带雕刻花纹的弓；"天狼"，天狼星。《晋书·天文志》曰："狼一星在东井东南，狼为野将，主侵掠。"苏轼此句所指是北宋的心头大患西夏。《宋史·天文志》载："弧矢九星在狼星东南，天弓也。"显然苏轼说的"西北望"采用此说。以典故说人，借天象说事。

《江城子·密州出猎》问世后苏轼颇为自得，他致信朋友说："近却颇作小词，虽无柳七郎风味，亦自是一家。呵呵，数日前猎于郊外，所获颇多。作得一阕，令东州壮士抵掌顿足而歌之，吹笛击鼓以为节，颇壮观也。"

苏轼说这话是有底气的，原因有二：

第一，自晚唐五代到北宋，词相对于诗是"小道"，低下一等。柳永一生写词，虽推动了词的广泛应用，也拓宽了词的领域，但未能提高词的地位。苏轼首先提出诗词同源，本属一体，只是形式上有所差别，破除了诗尊词卑的观念。

第二，词自五代以来，仍是柳永一派，婉约有致，典雅文华，写词者无不以柳词为榜样，以致囿(yòu)于固定的风格格式。而苏轼的《江城子·密州出猎》展现出了与婉约词截然不同的叙事风格，酣畅淋漓，让宋词中的豪放之风初见端倪。

在《江城子·密州出猎》这首词之前，宋词并没有豪放派一说，甚至也没有豪放词的创作意识。因为词牌需要吟唱的属性，慢词与小令适合歌唱，故"凡有井水处，皆能歌柳词"。苏轼的这首《江城子·密州出猎》，气势豪迈，纵情八荒，引经据典，杀虎射狼，让宋词的豪放派一夜成型，影响后世近千年。所以宋代刘辰翁《辛稼轩集序》中说："词至东坡，倾荡磊落，如诗如文，如天地奇观。"

在密州的日子是苏轼创作的丰收期，其词风格有大变化，题材也有突破。熙宁九年（1076年）中秋，苏轼在密州近两年了，已经熟悉了密州的人文环境。中秋赏月之夜，他登上了超然台。此台本已废弃，苏轼任知州时"增葺(qì)之",由其弟苏辙命名为"超然台",取自《老子》"虽有荣观,燕处超然"之意,并作赋《超然台赋》。苏轼非常喜欢这里,也写了《超然台记》,成为千古名篇。政务之余,他与同僚、朋友频登远眺,抒发情怀。其著名词作《水调歌头·明月几时有》就是在此一气呵成的:

丙(bǐng)辰(chén)中(zhōng)秋(qiū),欢(huān)饮(yǐn)达(dá)旦(dàn),大(dà)醉(zuì),作(zuò)此(cǐ)篇(piān),兼(jiān)怀(huái)子(zǐ)由(yóu)。

明(míng)月(yuè)几(jǐ)时(shí)有(yǒu)?把(bǎ)酒(jiǔ)问(wèn)青(qīng)天(tiān)。
不(bù)知(zhī)天(tiān)上(shàng)宫(gōng)阙(què),今(jīn)夕(xī)是(shì)何(hé)年(nián)?
我(wǒ)欲(yù)乘(chéng)风(fēng)归(guī)去(qù),
又(yòu)恐(kǒng)琼(qióng)楼(lóu)玉(yù)宇(yǔ),高(gāo)处(chù)不(bù)胜(shèng)寒(hán)。
起(qǐ)舞(wǔ)弄(nòng)清(qīng)影(yǐng),何(hé)似(sì)在(zài)人(rén)间(jiān)?

转(zhuǎn)朱(zhū)阁(gé),低(dī)绮(qǐ)户(hù),照(zhào)无(wú)眠(mián)。
不(bù)应(yīng)有(yǒu)恨(hèn),何(hé)事(shì)长(cháng)向(xiàng)别(bié)时(shí)圆(yuán)?
人(rén)有(yǒu)悲(bēi)欢(huān)离(lí)合(hé),月(yuè)有(yǒu)阴(yīn)晴(qíng)圆(yuán)缺(quē),

此事古难全。
但愿人长久，千里共婵娟。

　　《水调歌头》，词牌名，又名《元会曲》《凯歌》《台城游》《水调歌》《花犯念奴》等。正体九十五字，双调，上阕九句四平韵，下阕十句四平韵。另有变体。

　　苏轼的这首《水调歌头·明月几时有》在宋词中知名度堪称第一。他在篇首写下小序，使全篇生动，时间事由，状态心情一应交代："欢饮达旦"，四字简洁明了，生动传神，将熙宁九年的中秋之夜说得完美；"大醉，作此篇"，说明此词喷涌而出，一气呵成；"兼怀子由"，不仅是情感的补充，更是人情的交代，令人泪下。需要说明的是，苏轼请求到密州任职，有地理上近苏辙任职齐州（今山东济南）的原因，但任职两年中仍没有与胞弟见面，所以中秋之夜分外想见苏辙。

　　苏轼开篇气势磅礴，仰天发问："明月几时有？把酒问青天。"这是个无解也无须回答的提问，只是诗人借酒兴向青天宣泄情感而已。"天问"自古有之，最著名的是屈原的《天问》，李白也写过《把酒问月》。而苏轼的这一问，问得突兀，问得离奇，问得貌似没有道理。他没来由地开篇便问，而不再做任何解释，任其处在"问"的状态

之中。紧接着,苏轼又是一问:"不知天上宫阙,今夕是何年?"言外之意,天上地下是否同一时刻,是否同一情感?

下面苏轼插入个人态度:"我欲乘风归去,又恐琼楼玉宇,高处不胜寒。"作者用了一个"归"字,表明了与上苍亲近的态度,有还家之感。"琼楼玉宇",月中宫殿广寒宫,传说唐玄宗八月望日游月时见一宫府,榜曰"广寒清虚之府",后世就将月中仙宫称为广寒宫。因月亮属阴,故苏轼说,我是怕广寒宫里的寒冷,我们凡人扛不住啊!这句先亲后疏、欲擒故纵的表达,体现了作者矛盾的心态。

梅月嫦娥图（局部） 清 费以耕 张熊

所以他接着补充了一句："起舞弄清影，何似在人间？"这句反问，翩翩起舞的样子，月宫比人间怎么样呢？这依然是已有答案的问话，与开篇呼应。

上阕苏轼顺思路由近及远纵写，一路直上月宫，想象奇诡，飘逸浪漫，把人间的不如意抛开，向月宫仙境求得平衡。苏轼把上古的月亮神话具体化，写得大气而不失细腻，瑰丽绚烂。

在这种情境下，下阕作者笔锋一转，切入现实："转朱阁，低绮户，照无眠。"月光转过红色的阁楼，低低地侵入漂亮的窗户，这一刻我无法入睡。此情此景是每一个人都可能遇到的,在外思家,一夜无眠。

接着诗人再度发问:"不应有恨,何事长向别时圆?"月亮你在仙境,你不应该有恨吧,那为什么总在我们兄弟分离时又圆了呢?

这次苏轼作了自我解释:"人有悲欢离合,月有阴晴圆缺,此事古难全。""悲欢离合"乃人生四课,"阴晴圆缺"是天象轮回,这些自然规律自古就是这样,谁也没有办法让其完美。

最后苏轼无奈地降低了奢望:"但愿人长久,千里共婵娟。""但愿",只是希望,并不一定能达到,假设词的最低等级;"婵娟",本意指美妙的姿容,也可以指美女,但这里代指月亮。我只希望我们能够平安长久,相隔千里能够一同赏月。词到此戛然而止,通篇架构,以问而不答为主,明知无解而问,说明作者思考得很成熟,所以此篇四问,堪称流畅。

苏轼的《水调歌头·明月几时有》虽是中秋望月之作,因个人经历——宦海沉浮,宠辱不惊;私人情感——思念胞弟,七年未见;加之远离家乡,身处半生不熟的异地,令其诗兴大发,想象飞腾,天时地利人和般地写出这首大开大合、纵横八荒的词作。这里有疑问,有担忧;有祈盼,有赞叹;有感喟,有哲思;有结论,有希冀。历代不乏写中秋的诗人,但把人生的意义寄托在一首词之中的,则非苏轼莫属。南宋胡仔编撰的《苕溪渔隐丛话》中说:"中秋词,自东坡《水调歌头》一出,余词俱废。"这话说得未免武断,但不无道理。

自熙宁四年(1071年)苏轼上书新法弊端,到自请出京任职,历杭州、密州、徐州、湖州,前后八年。到湖州履职后,他按例给神宗写了《湖州谢上表》。文人才华横溢,难免在官样文章中加入个人主观色彩。苏轼说自己"愚不适时,难以追陪新进",他的话立刻被新党利用了,在神宗面前进谗言,说苏轼"衔怨怀怒""包藏祸心",对皇帝不忠。他们在苏轼的旧诗作中翻找出他们认为的讥讽朝廷的诗句,向苏轼发难。元丰二年(1079年)初秋,苏轼被御史台逮捕,押解京师,牵连者达数十众。因御史台植柏树数棵,终年有乌鸦栖息,故称"乌台","乌台诗案"由此得名。

"乌台诗案"是苏轼生命中的大劫,那一年他四十二岁。此时王安石已经辞相,不问政事。"乌台诗案"的始作俑者乃新党利益集团,借苏轼不满熙宁变法闹事。最先把苏轼作讽刺诗一事上报朝廷的是沈括,即大名鼎鼎的《梦溪笔谈》的作者,他认为苏诗诽谤朝廷,上呈神宗。只是神宗一开始没有在意,后来监察御史再度上奏弹劾苏轼，神宗才大为发火，下令逮捕苏轼，交御史台提审、大理寺审判。此诗案牵涉人数之多、地位之高，在宋史上绝无仅有。司马光、黄庭坚、李清臣、王诜（shēn）、张方平、曾巩、刘恕等三十九人受到此案的牵连，下场不一。

苏轼从元丰二年（1079年）七月二十八日被捕到入狱仅二十天，入狱后马上被正式提审，当年十一月三十日审结，前后四个月有余。神宗大怒时打算处死苏轼，但大臣中许多人替苏轼求情，当朝宰相吴充对神宗说："陛下以尧舜为法，薄魏武固宜，然魏武猜忌如此，犹能容祢（mí）衡，陛下不能容一苏轼，何也？"吴充与王安石是亲家关系，仍能秉公而言。太皇太后也出面干预："昔仁宗策贤良归，喜甚，曰：'吾今又为吾子孙得太平宰相两人'，盖轼、辙也，而杀之可乎？"最为难得的是已经辞相的王安石，他不因私怨而违心不公，力谏神宗，说的话很重："安有圣世而杀才士乎？"王安石的这次上疏，对后来苏轼的宣判起了很大作用。于是十二月二十九日，圣谕下发，苏轼免于一死。"乌台诗案"就此了结，苏轼被贬谪为黄州（今属湖北黄冈）团练副使，有职无权，官位低微。

神宗圣谕下发三日后，即元丰三年（1080年）的大年初一，苏轼带着长子苏迈在御史台差役的押解下，离京赴黄州。此时苏迈二十一岁，已能替苏轼分担一些事情。从京城汴梁到湖北黄州，路途约一千二百里，苏轼走了整整一个月，于二月初一抵达黄州。家小则由胞弟苏辙于当年五月底护送抵达。刚到黄州时，苏轼因为"廪入既绝，人口不少"，他自己说"度囊中尚可支一岁有余"，遂把全家开销限制在一天一百五十文，月初取四千五百文，分三十日，一日一份，挂在房梁之上，一日一取。到黄州两年后，经济上"日以困匮"。

黄州，位于湖北东部，长江中游北岸。北宋时的黄州并不繁荣，苏轼来此生活，困难可想而知。苏轼被贬黄州后举目无亲，地方官员不会为犯官提供食宿，以前的许多好友也有意无意地躲着他，这令苏轼心寒。他写《送沈逵赴广南》道："我谪黄冈四五年，孤舟出没烟波里。故人不复通问讯，疾病饥寒疑死矣。"初到黄州的苏轼一家，借住在旧庙里，就是后人熟知的定惠院。苏轼在定惠院留下了不少名篇，诗词散文都有。

苏轼有一好友马正卿，追随苏轼二十年，见其落难黄州，十分同情，不顾一切地施以援手。他利用在黄州担任通判的身份，疏通关系，经两任太守首肯，划出了东门外一块无主坡地给苏轼，连居住带耕种。苏轼在这块地上盖起了房屋，落成之日，天降瑞雪，屋顶落满雪花，遂将正屋命名"雪堂"，并写了一篇《雪堂记》。

仿王维雪溪图 明 蓝瑛

他给友人的信中写道："得罪以来，深自闭塞，扁舟草履，放浪山水间，与樵渔杂处，往往为醉人所推骂，辄自喜渐不为人识。"从这些文字中，就可以看出苏轼的人生观发生了巨大变化。"东坡居士"之号就产生于此时此地，他本人万万想不到日后这个号的知名度大大超越了他的本名。

在后来的九百年中，苏轼之名如雷贯耳的原因除了他在黄州创作的七百余篇诗文外，更多的是苏轼经历"乌台诗案"大劫后的人生态度及精彩人生。写于元丰五年（1082年）春的《定风波·莫听穿林打叶声》即为苏轼落难后的人生写照：

三月七日，沙湖道中遇雨。雨具先去，同行皆狼狈，余独不觉，已而遂晴，故作此词。

莫听穿林打叶声，
何妨吟啸且徐行。
竹杖芒鞋轻胜马，谁怕？
一蓑烟雨任平生。

料峭春风吹酒醒,微冷。
山头斜照却相迎。
回首向来萧瑟处,归去,
也无风雨也无晴。

《定风波》,词牌名,又名《卷春空》《醉琼枝》《定风流》等,双调六十二字,上阕五句三平韵两仄韵,下阕六句四仄韵两平韵。另有变体若干。

这是一首记事抒怀之作,作于元丰五年(1082年)春天,此时,苏轼已在黄州生活了两年多,也是他来黄州的第三个春天。古时居住条件与今天无法相比,尤其是江南的冬季,屋内阴寒。每当春天到来,呼朋唤友的春游乃文人之趣。苏轼与朋友出游遇上风雨,朋友们狼狈不堪,而他却泰然处之,吟唱新词,记录下人生中平凡的一刻。

作者在开篇小序中交代了事由:时间——"三月七日";地点——"沙湖道中";事由——"遇雨。雨具先去,同行皆狼狈";感悟——"余独不觉"。最终天气放晴,而他写下词作。

首句劝解:"莫听穿林打叶声。"雨落在叶上发出的声响,说明雨势不小,"穿林打叶",有速度,有密度。但

不必在意,"何妨吟啸且徐行",下雨不妨碍我们一边吟诗作赋,一边慢慢地欣赏这雨中之景。作者开篇就传达了达观的人生态度:路遇风雨乃人生常态,它刮它的风,我走我的道。

"竹杖芒鞋轻胜马,谁怕?""竹杖",手杖,防摔;"芒鞋",草鞋,防滑。有这两件装备,泥泞之路如履平地,轻松胜过骑马,那谁又怕什么呢?"一蓑烟雨任平生。"上阕最后一句一扫风雨带来的凄迷,让画面由动态进入静态,由常态变为异态,由现实代入理想。我即便披着蓑衣在风雨中待一辈子也没有关系。这句词写得潇洒,用了烟雨与蓑衣相配,充满了诗情画意。

下阕又回到了现实:"料峭春风吹酒醒,微冷。"此时已是暮春时节,所以"微冷"。因为衣湿,所以"春风"显得"料峭"。喝完酒回家的路上,这一下子倒是酒醒了。"山头斜照却相迎",身体也渐渐暖和了,这会儿忽然有了新感觉:"回首向来萧瑟处,归去。"回过头再去看看刚才的处境,一切跟没有发生一样,尤其对于诗人自身来说。"也无风雨也无晴。"结束句写得玄妙,明明是归途遇雨后又放晴,但此处却以判断句反向说出事态本身:在风雨有无、放晴与否之间,站在更高的角度看待它时,一切"有"皆可以是"无"。

这便是这首《定风波·莫听穿林打叶声》的高明之处。上阕写出了人生的态度——"一蓑烟雨任平生";下阕表明了生命的意义——"也无风雨也无晴"。在这样一首记事抒怀的小词里,苏轼不动声色地将自己的不公平遭遇隐去,貌似随意地说出了自己的人生观——豁达,随遇而安;坎坷,安之若素。胸襟之广阔,意志之坚韧,吟唱之中跃然于字里行间。

对于"乌台诗案"大劫,从贬谪黄州的两年多时间来看,苏轼心里早就放下了,否则写不出这种心态的词。这首词在苏轼的作品中,技巧朴实无华,内容毫不晦涩,但传达出作者对人生高于常人的认识。一首小词能如此高明,非逆境不可得也。

"乌台诗案"是苏轼的人生节点,贬谪黄州导致了他人生态度的转变。就在《定风波·莫听穿林打叶声》创作的当年,入秋之际,苏轼出游放松心情,来到黄州城外的赤鼻矶,怀古抒情,写下了著名的《念奴娇·赤壁怀古》,这是其豪放派词作的代表作:

大江东去,浪淘尽,千古风流人物。
故垒西边,人道是,三国周郎赤壁。

乱石穿空，惊涛拍岸，卷起千堆雪。
江山如画，一时多少豪杰。

遥想公瑾当年，
小乔初嫁了，雄姿英发。
羽扇纶巾，谈笑间，樯橹灰飞烟灭。
故国神游，多情应笑我，早生华发。
人生如梦，一尊还酹江月。

　　《念奴娇》，词牌名，又名《百字令》《酹江月》《大江东去》《湘月》等。此词牌得名于唐代天宝年间一个名叫"念奴"的歌伎。双调一百字，上阕四十九字，下阕五十一字，各十句四仄韵，另有变体十一种。

　　这首词开篇一气贯通："大江东去，浪淘尽，千古风流人物。""大江"，长江，中国第一长河。长江在中国文化上的含义丰富，奔流不息，日复一日。李白诗"山随平野尽，江入大荒流"，写出了一派壮丽景色，境界高远；杜甫诗"无边落木萧萧下，不尽长江滚滚来"，表达了韶光易逝、壮志难酬的感伤；柳永词"唯有长江水，无语东流"，充满短暂与永恒的哲理，令人深思；王澜词"长江万里,难将此恨流去",传达出了悲愤不已、痛不欲生的情感。而苏轼大气磅礴,借景说古,情景交替,带入风流人物,融进千古历史。此一句如同京剧之导板,铿锵有力,悲怆激越,为下面做了铺垫。

"故垒西边,人道是,三国周郎赤壁。"这句落实,引入主题。"周郎",周瑜,三国时吴国名将,字公瑾,少年得志;"赤壁",即黄州赤鼻矶,苏轼游览之地。"赤壁之战"是孙权、刘备联军在长江赤壁大败曹操的著名战役,此役奠定了三国鼎立的局面。需要说明的是,"赤壁之战"的地点至少有七说:"蒲圻说""黄州说""钟祥说""武昌说""汉阳说""汉川说""嘉鱼说"。当时作者并不知此,仅是借古喻今。

"乱石穿空,惊涛拍岸,卷起千堆雪。"此句具体写景,融入心境,既是写客观之景,又是写主观之情。然后宕开远眺:"江山如画,一时多少豪杰。"最后这句感叹,不仅写了三国英雄,还带上了数不尽的历史人物,让他们参与到此时此刻、此情此景中。

上阕写景,下阕写人,借周瑜伟绩伤情怀己。"遥想公瑾当年,小乔初嫁了,雄姿英发。"作者不去描写周瑜的功绩,而是举重若轻,将时间往前推十年,那时的周瑜"雄姿英发"。"小乔初嫁",用小乔衬托周瑜的风流倜傥。这种春秋笔法用于词作,一方面赞许了周瑜的才华,另一方面反衬自己的无为,给人以酸楚之感。

接着声音提高了八度:"羽扇纶巾,谈笑间,樯橹灰飞烟灭。""羽扇纶巾",把古代儒将具象化,成竹在胸的形象。"谈笑间",把战争描写得轻松自如;"樯",船的桅杆;"橹",船的大桨。曹操的水军战船相连,周瑜巧用火攻,大败曹军,创造了古代军事史上以弱胜强的著名战例。

下阕先写人之英姿,后写事之辉煌,然后接上主旨:"故国神游,多情应笑我,早生华发。"在赤壁这块旧址上,我神游于此,发出这么多感慨,古人应该会笑我如此多情,为此早生白发。写到这里,苏轼还觉不够,补上了最后一句:"人生如梦,一尊还酹江月。"以酒祭奠江中明月,安慰自己。

苏轼这一年四十五岁,人生的黄金年龄,他感慨"人生如梦"。曹操《短歌行》有名句:"对酒当歌,人生几何。"显然苏轼的"人生如梦"是对应曹操的"人生几何"。"人生如梦",此后成为成语,可见他把握文字之功夫,言简意赅,一语中的。

在赤壁遗址前,回想近千年前的旧事,不管有多么轰轰烈烈,也会"灰飞烟灭"。《念奴娇·赤壁怀古》虽

仿赵伯骕后赤壁图(局部) 明 文徵明

伤感却旷达,有苦闷亦豪放;"大江东去"不仅成为了豪放派意象,还成了豪放派的代名词。

无疑,苏轼是豪放派词的创始人。尽管在他之前有范仲淹的《渔家傲·秋思》发豪放派之先声,王安石的《桂枝香·金陵怀古》亦呈豪放派之端倪,但苏轼却具有"豪放"的创作意识,也是宋词史上第一个使用"豪放"评词的文人。从苏轼起,豪放派异军突起,尽管宋词历史上婉约词占大多数,但豪放派以其"大江东去"的气魄,分得了宋词的半壁江山。

苏轼开创宋词的豪放派绝非偶然,这与他豁达的人生态度相关。按说经历了"乌台诗案"的人生大劫,又被贬谪到举目无亲的黄州,他的人生态度理应灰暗无光,创作理念理应消极低沉。可他没有如此,而是很快地从低潮中振奋起来。他在黄州进入了创作的高产期,四年多的时间内,其创作的诗、词、文、赋连同各类信札,留存至今的达七百四十余篇,以及大量的书法作品。其中著名的《前赤壁赋》《后赤壁赋》以及《念奴娇·赤壁怀古》都写于黄州,由此可见一代文豪内心之坚韧,精神之超脱。

苏轼是以诗的精神写词的,他的诗词佳句多多,许多都脍炙人口:

chūn xiāo yī kè zhí qiān jīn
春宵一刻值千金。

chūn xiāo
——《春宵》

tiān yá hé chù wú fāng cǎo
天涯何处无芳草。

dié liàn huā
——《蝶恋花》

rén jiān yǒu wèi shì qīng huān
人间有味是清欢。

huàn xī shā
——《浣溪沙》

fù yǒu shī shū qì zì huá
腹有诗书气自华。

hé dǒng chuán liú bié
——《和董传留别》

cǐ xīn ān chù shì wú xiāng
此心安处是吾乡。

dìng fēng bō
——《定风波》

zhú wài táo huā sān liǎng zhī chūn jiāng shuǐ nuǎn yā xiān zhī
竹外桃花三两枝，春江水暖鸭先知。

huì chóng chūn jiāng wǎn jǐng
——《惠崇春江晚景》

rén shēng dào chù zhī hé sì yīng sì fēi hóng tà xuě ní
人生到处知何似，应似飞鸿踏雪泥。

hè zǐ yóu miǎn chí huái jiù
——《和子由渑池怀旧》

横看成岭侧成峰，远近高低各不同。
——《题西林壁》

人似秋鸿来有信，事如春梦了无痕。
——《正月二十日与潘郭二生出郊寻春忽记去年是日同至女王城作诗乃和前韵》

欲把西湖比西子，淡妆浓抹总相宜。
——《饮湖上初晴后雨·其二》

苏轼无疑是宋代最伟大的文人，人生大起大伏，漂泊沉浮大半生。自"熙宁变法"后，他曾赴杭州、密州、徐州、湖州任职，又因"乌台诗案"被贬至黄州、汝州、常州、登州，被召回京城后又外调，二任杭州、颍州、扬州、定州，哲宗执政后再次被贬至惠州和儋州，此时苏轼已六十岁高龄。在宋代放逐儋州任职已算是极端处罚了，但苏轼仍以一颗平常心应对困境，"我本儋耳氏，寄生西蜀州。"他在儋州开学讲课，开化海南，教化庶民。

直至宋徽宗即位，元符三年（1100年）四月，朝廷颁行大赦，召苏轼还朝任朝奉郎。惜苏轼在北归途中，于常州中暑而殁(mò)，享年六十四岁。

还朝途中，苏轼经过了常州金山寺，寺中有一幅李公麟为他作的画像。李公麟为宋代大画家，与苏轼、王安石、米芾、黄庭坚等人为至交。此次苏轼路过，遂作六言诗《自题金山画像》：

心似已灰之木，身如不系之舟。
问汝平生功业，黄州惠州儋州。

四六二十四字，苏轼为自己画了像。貌似心灰意冷，实则一腔热血；听之一首悲歌，回味五味杂陈；语字谐谑调侃，内心坚韧豁达。区区二十四字，漫漫六十四年。

洞天蔚秀图（局部） 清 董诰

# 晏几道

（1038—1110年）

琵琶弦上说相思

《临江仙·梦后楼台高锁》
《鹧鸪天·彩袖殷勤捧玉钟》
《生查子·金鞭美少年》

晏几道（1038—1110年）是晏殊的第七子。晏几道出生时，晏殊已经四十七岁了，老来得子，珍爱有加。晏几道自幼家境不错，且一直跟随父亲身边，耳濡目染，艺术天赋极高。他潜心六艺，诵读六经，由于文采出众，经常得到父亲及同僚的赞许，养成了傲然行事的风格。除黄庭坚外，他与同时代的人几乎均无往来。

元代陆友仁《砚北杂志》记载的一件事足以看出晏几道的性格："元祐中，叔原（晏几道）以长短句行，苏子瞻（苏轼）因鲁直（黄庭坚）欲见之，则谢曰：'今日政事堂中，半吾家旧客，亦未暇见也。'"元祐年间（1086—1094年），晏几道词的名声在外，苏轼请黄庭坚转达想见见晏几道，不曾想被他婉拒了。按说苏轼当时的名气远高于晏几道，可晏几道就是孤傲不买账，失去了与苏轼交流的机会。

天赋太高的人往往容易陷入另一种障碍——自负而不努力。晏几道从小就在锦衣玉食的环境中成长，加上他的六位兄长都先后步入仕途，他就自己每天逍遥快活，写写诗词，过着风流的日子。结果福祸相依，父亲晏殊突然病逝，晏几道倚靠的大树倒了，他自己及弟弟妹妹只能由哥嫂带大，心中多少有寄人篱下之感。

晏几道有个朋友叫郑介夫，画了一幅《流民图》，试图用以反对王安石的变法。这画家将画呈给皇上，皇上降旨下来要治郑介夫的罪，结果在郑家发现晏几道写给郑介夫的诗："小白长红又满枝，筑球场外独支颐。春风自是人间客，主张繁荣得几时？"结果这诗与画一同成了罪证，晏几道受到牵连，被捕下狱。从小养尊处优、没受过皮肉之苦的晏几道在狱中几近崩溃。后来还是宋神宗听说此事后，念及晏殊的旧情，放了晏几道一马。但这场惊吓让晏几道从此对官场心灰意冷，一蹶不振。

随后，晏几道把所有的精力都花在作词上。他只写过几首诗，其中一首还给他带来牢狱之灾。他只钟情于小令，《小山词》中收录了二百余首词，其中绝大多数皆为小令。晏几道的词受其父晏殊和柳永的风格影响，典雅旖旎，极尽通俗，虽达不到"凡有井水处，皆能歌柳词"的程度，但在北宋中期也独树一帜。《临江仙·梦后

楼台高锁》是他的代表作:

梦后楼台高锁,酒醒帘幕低垂。
去年春恨却来时。
落花人独立,微雨燕双飞。

记得小蘋初见,两重心字罗衣。
琵琶弦上说相思。
当时明月在,曾照彩云归。

歌女小蘋应该确有其人。宋人写词与唐人写诗不一样,宋人常常把词具体到一个明确的歌女身上。柳永的虫娘、张先的龙靓,黄庭坚的陈湘,秦观的陶心儿等,这些歌女都因为词作而被后人知晓。宋代的歌女是宋代文化的组成部分,宋词得以广泛传播,很多就是歌女们给唱红的。甚至可以说宋代的歌女在某种意义上催发了宋词的快速成长,让宋词向市井文化蔓延。从这一点上讲,歌女功不可没。

宋代独重女音,这与唐以前的歌坛有明显区别。春秋战国至唐,善歌者得名,无论男女。春秋战国有秦青、

山水册页之一（局部） 清 华嵒

薛谭、绵驹、韩娥；汉有虞公、李延年、丽娟；唐有陈不谦、高玲珑、李龟年、张好好。宋代歌伎的出现，让女音的地位大幅提升。

《临江仙》，词牌名，原为唐教坊曲，又名《谢新恩》《雁后归》《画屏春》。双调小令，有诸多变体，本首上下阕各五句、三平韵。晏几道这篇写的是作者与歌女小蘋别后的感怀。上阕写春恨，下阕写相思。

开篇两句写梦中酒醒后："梦后楼台高锁，酒醒帘幕低垂。"梦里回到楼台，但大门锁着，酒醒后发现帘幕低低地垂着。作者描述一种恍惚的感觉，似梦非梦，似醒非醒，是不是还在酒醉状态不能确定。作者开篇写的是一般常态，似乎每个人都有过此种经历。

接着切入主题："去年春恨却来时。"为什么喝醉了？是因为离愁别恨。"去年"，表示时间；"春恨"，表示情绪；"却来"，又来，再来。此时此刻，离恨的恍惚又回来了。一个人孤独地站在纷纷落下的花瓣之中，细如散丝的春雨中燕子双双在飞。"独立"，表示人的孤独；"双飞"，传达燕的亲密。作者使用了两个文学意象，陪衬恨与悲。此恨非恨，是恨不能之意；这愁是真愁，我们何时才能相见？晏几道的"落花人独立，微雨燕双飞"这两句非常有名，传播极广，可惜不是他的原创，是五代诗人翁宏的诗句，被晏几道借用。只是翁宏名气太小，存诗太少而已。

下阕写得具体："记得小蘋初见，两重心字罗衣。""两重"，双重；"罗衣"，丝质柔软衣服。记得我们二人初见相识，你的丝质衣服上竟然绣着两层"心"字，暗喻心心相印。紧接上"琵琶弦上说相思"，化用白居易"低眉信手续续弹，说尽心中无限事"句意。

这场面谁来作证："当时明月在，曾照彩云归。"我们相爱有明月作证，它照着小蘋如彩云般归去。李白有诗云："只愁歌舞散，化作彩云飞。""彩云"文化意象是美丽命薄的女子，取意战国宋玉的《高唐赋》："妾在巫山之阳，高丘之阻，且为朝云，暮为行雨。"暗示了小蘋的歌伎身份。晏几道酒醒以后，想见温婉的小蘋，心中悲凉，遂写下这首《临江仙·梦后楼台高锁》。

晏几道的小令大多哀伤忧愁，写得真挚情深。小晏与大晏相比，细腻过之，含蓄不足。在文字润饰上，大晏绮丽在外，小晏细腻在内；在情感表达上，大晏克制，小晏外放。"二晏"虽为父子，毕竟学问、经历、性格有所不同，因而成就各异。

晏几道有一首《鹧鸪天·彩袖殷勤捧玉钟》算是至情之词：

杨柳溪堂图（局部） 宋 佚名

彩袖殷勤捧玉钟，当年拚却醉颜红。
舞低杨柳楼心月，歌尽桃花扇底风。

从别后，忆相逢。几回魂梦与君同。
今宵剩把银釭照，犹恐相逢是梦中。

开篇先回忆场景："彩袖殷勤捧玉钟，当年拚却醉颜红。""彩袖"，歌女；"玉钟"，玉质酒盅；"拚却"，甘愿；"醉颜"，醉态。当年你甩动着彩袖为我斟满酒杯，看着你的样子，我心甘情愿喝得满脸通红地醉倒。作者这句是掏心窝的话，一点不保留，就是一见钟情，所以要付出不惜喝醉的代价。

这回忆还可以继续："舞低杨柳楼心月，歌尽桃花扇底风。"此二句，舞姿难度大，姿势曼妙，一直舞到月亮从杨柳树梢落到楼心中去；声婉转，唱到舞不动扇子为止。上阕以回忆开篇，又以回忆结束。

下阕继续诉说："从别后，忆相逢。几回魂梦与君同。"从那一次分别后，我总是回忆起这段情感，回忆在一起相处的时光，不知有多少次和你梦里团聚。"同"当"团聚"讲。这是一个痴情男子的正常心态，梦中相遇已是一种幸福了。

"今宵剩把银釭照,犹恐相逢是梦中。""银釭",银质的油灯;"剩把",只把。今天夜里我手里只有一盏油灯,偷偷地照着你看看,唯恐这次相逢还是在梦中。

这首《鹧鸪天·彩袖殷勤捧玉钟》是晏几道与小蘋再度相逢时写下的感受,笔触细腻,情感真挚,把分别思念之苦诉说得十分充分,最后落在似真怕假的状态上,表明内心仍有担忧,仍不知未来究竟如何。

晏几道的词多为站在男子的角度写思念女子,偶尔也有站在女子角度写思念男子的,《生查子·金鞭美少年》即为一例:

金鞭美少年,去跃青骢马。
牵系玉楼人,绣被春寒夜。

消息未归来,寒食梨花谢。
无处说相思,背面秋千下。

《生查子》,词牌名,又名《梅和柳》《梅溪渡》《陌上郎》《愁风月》等。正体双调,四十字,上下阕各四句、两仄韵。另有变体若干。

小令开篇以女子口吻说道:"金鞭美少年,去跃青骢马。"画面轻松美丽,充满了对未来的憧憬。"金鞭",扬鞭跃马,驰骋而去。"金鞭"这一文学意象,许多诗人都用过:李白诗"夫子红颜我少年,章台走马著金鞭";高適诗"行子对飞蓬,金鞭指铁骢";苏轼诗"金鞭争道宝钗落,何人先入明光宫";陆游诗"少年意气与春争,朱弹金鞭处处行"。

诗人们所描述的场景都因"金鞭"而具有青春之美。晏几道起句依然如此,但次句急转而下:"牵系玉楼人,绣被春寒夜。"少年远去,立刻牵走了女子的心。独处玉楼之中的女子无时无刻不惦念情人。一个"牵"字用得准确精彩;"绣被",暗喻二人在一起时的舒适惬意;而"春寒夜"则衬写女子的孤独与挂念。起句是女子反复回忆的画面,承句是女子面对的残酷现实,一暖一冷交织,一虚一实纠缠。

下阕场景转换,人走了许久,但"消息未归来,寒食梨花谢"。古时候信息沟通不畅,人走了这么久,可消息一直没有来,都到寒食节了,连梨花都等谢了。"梨花",白色,亦有离别伤感的文学含义。元稹诗:"寻常百种花齐发,偏摘梨花与白人。"温庭筠词:"满宫明月梨花白,故人万里关山隔。"苏轼词:"故将别语恼佳人,要看梨花枝上雨。"辛弃疾词:"梦回人远许多愁,只在梨花风雨处。"大量诗词中引用"梨花"都与离别和思念有关,晏几道的词亦是如此,把"寒食""梨花"两个意象叠加,说明女子思念之苦。

行文至此,作者还嫌不够,又补上一句:"无处说相思,背面秋千下。""秋千"以其荡来荡去的形象,也被古人当作思念的象征。李商隐《无题》有名句:"十五泣春风,背面秋千下。"据说这首诗是李商隐少年时因父母不同意他的婚姻而写,由八岁写到十五岁,最后这句仅给了一个背影,就让此诗流传千古,令多少痴男怨女唏嘘。晏几道的小令写到结尾,化用李商隐的神来之笔,情绪连贯,天衣无缝。只不过李商隐句侧重惆怅,晏几道句旨在思念。

晏几道的这首小令写得层层递进。别离之景到孤独之苦,企盼之心到相思之情,全部以景象示人:金鞭跃马、绣被春寒、梨花凋谢、无语秋千。作者以一种极为冷静的旁观者的身份诉说,同时又以一种参与者的心态存在,让其作品貌不惊人而情重味厚。

黄庭坚曾为晏几道的《小山词》作序,写道:"余尝论:'叔原,固人英也,其痴亦自绝人。'爱叔原者,皆愠而问其旨。曰:'仕宦连蹇,而不能一傍贵人之门,是

春郊游骑图 唐 佚名

一痴也;论文自有体,不肯一作新进士语,此又一痴也;费资千百万,家人寒饥,而面有孺子之色,此又一痴也;人百负之而不恨,己信人,终不疑其欺己,此又一痴也。'"黄庭坚总结了晏几道的"四痴",从这"四痴"可以看出晏几道孤芳自赏的性格。晏几道在生活中也的确如此,痴情且坚守,风雅不合俗。

熙宁二年(1069年),北宋历史上重要的大事"熙宁变法"开始,官场一片动荡。王安石为参知政事(副相),为变法不遗余力。欧阳修、司马光等大臣先后失势,退出朝廷。此时,晏几道的父亲晏殊已去世十余年,祖荫殆(dài)尽,加之其性格耿介,又不愿依附权贵,仕途与生活每况愈下。

晏几道想想年少时风光奢侈的生活,恍如隔世,只好寄情于词,沉溺于灯红酒绿的歌舞之中,写下这些艺术上颇见功力的作品。这类艳词,本来就是晏几道的拿手好戏,他的《小山词》中多是这类绮丽奢靡的作品。

自汉以后,古代文人以儒学为本,讲究含蓄收敛。一旦文人进入官场,开始管理百姓时,便要掩盖个人的情感释放。尤其是程朱理学兴盛的宋代社会,在儒家伦理的旗帜下,文人普遍具有修身齐家治国平天下的襟怀,对性的诱惑总是采取一再克制的态度。只有放弃仕途追求时,文人似乎才有权力放纵自己。柳永是个典型代表，晏几道紧步其后尘，只热衷于艳词，把艳词当作自己毕生的追求。晏几道不适合进入官场，他工于言情，且负盛名，成了宋词婉约派的重要作家，醉卧花丛后半生，留下艳丽的《小山词》。

山水书法册之三（局部） 清 高凤翰

# 黄庭坚

（1045—1105年）

付与时人冷眼看

《瑞鹤仙·环滁皆山也》
《满庭芳·茶》
《鹧鸪天·黄菊枝头生晓寒》
《西江月·断送一生惟有》

黄庭坚（1045—1105年）和苏轼关系不错，他比苏轼小八岁。二人书法造诣极高。苏轼书法天真浩瀚，丰腴跌宕；黄庭坚书法凝练有力，遒劲郁拔。黄庭坚与苏轼齐名，世称"苏黄"。

黄庭坚在《山谷集》中谦逊地说："本朝善书者，自当推（苏轼）为第一。"黄庭坚与苏轼还多有唱和。他也承认自己的诗词不如苏轼的大气豁达："我诗如曹邻，浅陋不成邦。公如大国楚，吞五湖三江。""曹"和"邻"都是西周分封的小国，后被宋和郑所灭；"楚"，在战国七雄中版图最大；"五湖三江"乃泛指。

黄庭坚这种虚怀若谷的人格贯穿他的一生。他论诗说过："诗者，人之情性也，非强谏争于廷，怨忿诟于道，怒邻骂坐之所为也。"由此可见他豁达的诗观。

黄庭坚存世诗文两千六百多篇，比起同时代的其他文人，他的词写得不算少。黄庭坚的词题材多样，寄情浇愁，咏物叙旧，偶尔还有巧思之作，比如他的《瑞鹤仙·环滁皆山也》：

环滁皆山也。望蔚然深秀，琅琊山也。
山行六七里，有翼然泉上，醉翁亭也。
翁之乐也。得之心、寓之酒也。
更野芳佳木，风高日出，景无穷也。

游也，山肴野蔌，酒洌泉香，沸筹觥也。
太守醉也，喧哗众宾欢也。
况宴酣之乐，非丝非竹，太守乐其乐也。
问当时、太守为谁，醉翁是也。

全词采用《瑞鹤仙》词牌，双调一百零二字，将欧阳修的《醉翁亭记》四百零二字缩减了三百字，主旨不变，妙趣横生，显示出一代文豪的文字功力。

黄庭坚，字鲁直，号山谷道人，洪州分宁（今江西修水）人，江西诗派的开山鼻祖。黄庭坚自幼聪颖，过

云溪草堂图（局部） 清 王翚

目成诵。他舅舅叫李常，官至御史中丞，富藏书，皇祐元年（1049年）中进士后将个人收藏的九千余卷书捐出，成立了中国历史上第一家私人藏书楼。李常与王安石、苏轼都熟悉并多有来往。黄庭坚记性好，李常就从书架上随手翻书考他，但没有能难住他的。李常十分惊讶，认定外甥是匹千里马。

黄庭坚在治平四年（1067年）考中进士，这一年他二十三岁。苏轼看到他的诗文，按捺不住内心的赏识，到处宣扬。元祐二年（1087年），黄庭坚任著作佐郎，后提拔为起居舍人。数年后，黄母去世，黄庭坚筑室于墓旁守孝，哀伤成疾。《二十四孝》中的"涤亲溺器"就是黄庭坚在母亲病重时亲自侍奉母亲的故事。

黄庭坚喜茶，宋茶的推广他功不可没。他至少写了几十首有关茶的诗词，著名的有《满庭芳·茶》：

běi yuán chūn fēng　　fāng guī yuán bì　　wàn lǐ míng dòng jīng guān
北　苑　春　风，方　圭　圆　璧，万　里　名　动　京　关。
suì shēn fěn gǔ　　gōng hé shàng líng yān
碎　身　粉　骨，功　合　上　凌　烟。
zūn zǔ fēng liú zhàn shèng　　xiáng chūn shuì　　kāi tuò chóu biān
尊　俎　风　流　战　胜，降　春　睡、开　拓　愁　边。
xiān xiān pěng　　yán gāo jiàn rǔ　　jīn lǚ zhè gū bān
纤　纤　捧，研　膏　溅　乳，金　缕　鹧　鸪　斑。

相如虽病渴，一觞一咏，宾有群贤。
为扶起灯前，醉玉颓山。
搜搅胸中万卷，还倾动、三峡词源。
归来晚，文君未寝，相对小窗前。

《满庭芳》，词牌名，又名《锁阳台》《满庭霜》，正体双调九十五字，上下阕各十句、四平韵。这是一首咏物词。咏物词最容易犯的毛病就是就物论物，写得干巴。但黄庭坚的咏茶写得大气通畅，如风席卷，全篇不见一个"茶"字，但字字句句不离其宗，名物与典故穿插，得心应手，游刃有余。

黄庭坚开篇表明时节："北苑春风，方圭圆璧，万里名动京关。""北苑"，建州建安（今福建建瓯）产茶地，宋代赵汝砺的茶书《北苑别录》有详尽描述；"春风"，时节；"方圭"，"圭"为玉质礼器，长形，上尖下方，青圭礼东方；"圆璧"，"璧"亦为玉质礼器，圆形，苍璧礼天。《周礼·春官·大宗伯》："以玉作六器，以礼天地四方。"此句是黄庭坚借玉质礼器比喻茶饼的形态，亦有珍贵的一重含义。"万里名动京关"，说明已经很有名了。

宋代是中国茶发展的高峰时期，后世无法逾越。宋

茶中的上等茶都是深发酵的龙团和凤团，这种团茶是紧压茶，所以"碎身粉骨，功合上凌烟"。"碎身粉骨"，龙凤团茶饮用之前必须粉碎过筛箩；"凌烟"，本意是青烟升空，箩茶时有细碎的烟尘上升。黄庭坚此句也在暗喻纪念唐开国功勋的凌烟阁。贞观十七年（643年），唐太宗为怀念一同打天下的众位功臣，敕令建造凌烟阁，内陈列二十四位功臣像。此句一语双关，既说茶，又暗喻英雄。

"尊俎风流战胜，降春睡、开拓愁边。""尊"，酒杯；"俎"，砧板，指佐酒肉菜；"降春睡"，降服春困，解困；"开拓愁边"，排忧解难。这句的意思是说，茶的效用是可以胜过酒肉的，还可以提神醒脑，解困消烦。

"纤纤捧，研膏溅乳，金缕鹧鸪斑。""纤纤捧"，侍女捧茶的纤纤玉指；"研膏溅乳"，宋茶过箩需要先研制后击拂，"研膏溅乳"是现象；"金缕"，兔毫盏；"鹧鸪斑"，亦是建盏的一种。这句是将茶艺最重要的工序呈现，然后将茶倒入各种美丽的建盏。

下阕写饮茶。"相如虽病渴，一觞一咏，宾有群贤。""相如"，司马相如有口渴症，即糖尿病，但仍宾客盈门；"一觞一咏，宾有群贤"化用了《兰亭集序》的"群贤毕至，少长咸集""虽无丝竹管弦之盛，一觞一咏，亦足以畅叙幽情"。

作者此时把茶会推至高潮:"为扶起灯前,醉玉颓山。搜搅胸中万卷,还倾动、三峡词源。"作者连续用典描述茶会场面。司马相如坐在灯前,形象绰如,已有三分醉态。"醉玉颓山"借《世说新语》之嵇康事典;"搜搅胸中万卷"句依然用典,出自唐卢仝诗:"三碗搜枯肠,唯有文字五千卷。"茶喝到这份上,忽然想作诗了,文思如三峡之水奔涌。这句套用了杜甫句"词源倒流三峡水"。

最后结尾处:"归来晚,文君未寝,相对小窗前。""文君",卓文君,她与司马相如的爱情一直被后世津津乐道。茶会散了,司马相如回到家中,卓文君还没有休息,还在等他,二人相互看着,静静地坐在小窗前。

这首词写茶不见"茶"字,是咏物诗的至高境界。黄庭坚作为江西诗派的领头人,曾说过:"诗词高胜,要从学问中来。"读他的词,的确感到处处皆学问。他还说过:"老杜(杜甫)作诗,退之(韩愈)作文,无一字无来处。"显然他对自己的创作亦强调如此。黄庭坚说:"古之能为文章者,真能陶冶万物,虽取古人之陈言入于翰墨,如灵丹一粒,点铁成金也。"(《答洪驹父书》)此首茶词,引经据典至少六处,正是体现黄庭坚创作思想的例证。

黄庭坚有大量诗词作品涉及一个叫史应之的人，这个人除黄庭坚为他留下了文字外，再没有人记载过。史应之是眉山人，落魄文人，喜欢喝酒，放荡不羁。黄庭坚不仅给他写过多首诗词，还写过一首《史应之赞》，写得诙谐生动，说他"爱酒而滑稽"。

大约在元符二年（1099年）重阳节后，黄庭坚在戎州（今四川宜宾），他被贬巴蜀已经四年了，心情压抑，遂写下了《鹧鸪天·黄菊枝头生晓寒》：

黄菊枝头生晓寒，人生莫放酒杯干。
风前横笛斜吹雨，醉里簪花倒著冠。

身健在，且加餐。舞裙歌板尽清欢。
黄花白发相牵挽，付与时人冷眼看。

词前有如下小序："座中有眉山隐客史应之和前韵，即席答之。"此词同调同韵，黄庭坚一共写了四首，此为第二首。

起句交代时间："黄菊枝头生晓寒。"表明晚秋，天气转凉了。接着表明态度："人生莫放酒杯干。"饮酒在传统文化中有浇愁之意,"举杯消愁愁更愁",所以黄庭坚劝史应之该喝就喝,只管今晚。

接着的两句是描写饮酒状态:"风前横笛斜吹雨,醉里簪花倒著冠。""簪花",头上插花;"倒著冠",暗借山简典故。山简是"竹林七贤"之一山涛的第五子,常饮醉,人们为他编歌:"山公时一醉,径造高阳池。日暮倒载归,酩酊(mǐng dǐng)无所知。复能乘骏马,倒著白接篱(lí)。举手问葛疆,何如并州儿。"在斜风细雨的日子里,帽子掉了,头上插着菊花。

下阕黄庭坚表明了饮酒的目的:"身健在,且加餐。舞裙歌板尽清欢。""加餐"是指多吃饭,古人认为能吃身体就强壮。只要我们能吃能喝,就尽管唱歌跳舞吧!那别人怎么看我们呢?"黄花白发相牵挽,付与时人冷眼看。""黄花"指青年人;"白发"指老年人;"付与",任凭;"冷眼",轻蔑的目光。只要我们年轻的人与年老的人相互搀扶,任凭别人随便说。

黄庭坚这一年已经五十四岁了,史应之应该年轻很多。他这首词是借事寄情。贬谪在四川的这几年,他对官场的黑暗深有体会,人微言轻,只能用这样的方式表明自己的傲骨,在挣脱世俗约束中表达自己的理想。自元祐元年(1086年)黄庭坚开始做《神宗实录》检讨官,到其因说实话而被贬涪(fú)州、黔(qián)州,最后移至戎州,黄庭坚都保持自己的真诚之心,不去在意官场评价。在被贬的日子里他结识了许多朋友,写下许多诗文。

黄庭坚年轻时嗜酒。他写过"冰堂酒好,只恨银杯小",也写过"使君一笑眉开,新晴照酒尊来",又写过"薄酒可与忘忧,丑妇可与白头",还写过"上客休辞酒浅深"。后来妻子死后,黄庭坚发愿戒酒吃素。尤其在母亲得病后,他更是日夜守候,衣不解带。母亲去世后,他守孝至哀成疾,几近丧命。丧服解除后,黄庭坚回朝中任秘书丞,提点明道宫兼国史编修官。

正直之人身边总会伴有谗言。绍圣初年(1094年),黄庭坚出任宣州知州,后又改知鄂州。此时朝中多人诬陷其《神宗实录》有不实之词,黄庭坚怒而回击。虽有同僚赞许其胆力过人,但他还是被贬为涪州别驾,黔州安置。人生遭劫,黄庭坚泰然处之,毫不介意。在贬谪黔州之后的元符二年(1099年),他写了《西江月·断送一生惟有》:

老夫既戒酒不饮(lǎo fū jì jiè jiǔ bù yǐn),遇宴集(yù yàn jí),独醒其旁(dú xǐng qí páng)。坐客欲得小词(zuò kè yù dé xiǎo cí),援笔为赋(yuán bǐ wéi fù)。

付与时人冷眼看

duàn sòng yī shēng wéi yǒu, pò chú wàn shì wú guò.
断 送 一 生 惟 有, 破 除 万 事 无 过。

yuǎn shān héng dài zhàn qiū bō, bù yǐn páng rén xiào wǒ.
远 山 横 黛 蘸 秋 波, 不 饮 旁 人 笑 我。

huā bìng děng xián shòu ruò, chūn chóu wú chù zhē lán.
花 病 等 闲 瘦 弱, 春 愁 无 处 遮 拦。

bēi xíng dào shǒu mò liú cán, bù dào yuè xié rén sàn.
杯 行 到 手 莫 留 残, 不 道 月 斜 人 散。

这首词前有小序,写得俏皮。黄庭坚此时年五十四,自称"老夫"并不过分。我既然戒了酒就不喝了,宴会上看着大家喝得高兴,就我一个人清醒。借着酒性,大家要我写一首小词助兴,那我就不推辞了。

开篇没有铺垫,也不见缓冲,上来就发议论:"断送一生惟有,破除万事无过。"这种直白写法本不是宋词传统。词讲究委婉曲折,但黄庭坚一反常态,化韩愈两诗为开门两句,点化功力非同一般。"断送一生惟有酒,寻思百计不如闲。"(《遣兴》)"杯行到君莫停手,破除万事无过酒。"(《赠郑兵曹》)黄庭坚两句词皆掐去尾字"酒",对仗工整,余音绕梁。

紧接着,笔锋一转,直指席上之酒:"远山横黛蘸秋波,不饮旁人笑我。""远山",典出《西京杂记》:"(卓)文君姣好,眉色如望远山。""远山黛",典出《飞燕外传》，其妹赵合德薄眉，号"远山黛"。"秋波"，原指秋水涟漪，后用来代指女子眼神。李白诗"秋波落泗水，海色明徂徕（cú lái）"说的是鲁郡秋水；李煜诗"眼色暗相钩，秋波横欲流"说的是美女目光。黄庭坚此处说的是酒宴上的美女媚态。在此景况下，我再不喝酒，在场的人都会笑话我。

因上阕已被众人笑话，下阕就开始被人劝酒。自己要找一个理由："花病等闲瘦弱，春愁无处遮拦。"这句曲写，鲜花凋零如同病弱之人。"等闲"，当"无端"讲；"春愁"，春天的惆怅无处排遣；"遮拦"，当"排遣"讲。黄庭坚将自身融入其中，把宦海沉浮经历、郁结愤懑情绪掺入这文学意象里，借机宣泄。

最后发出感慨，也为自己开戒开脱："杯行到手莫留残，不道月斜人散。"人家把酒杯送到手里了，何不一饮而尽呢！此时此刻，别再拿"月斜人散"来推辞了。尾句仍化用，"杯行到手"化用韩愈《赠郑兵曹》句"杯行到君莫停手，破除万事无过酒"；"莫残留"化用庾信《舞媚娘》句"少年唯有欢乐，饮酒那得留残"。一首《西江月·断送一生惟有》，黄庭坚化用四处，引典两处，足见他阅历之深，行文之巧。

这首小词初读平白，虽词意转折委婉，但仍道出作者藏之久远的心声,传达出作者内心隐隐的伤痛。黄庭坚把一首酒宴即席随意写的小词写得气浓味重,摇曳生姿,既听得见欢笑,又看得见美人,既嗅得到酒香,又悟得到人生。如此佳作,非文学大师莫属。

有一则流传很广的传说,说苏轼、黄庭坚、佛印三人常常结伴而行。某年春天,金山寺的佛印和尚说:"今年的桃花醋酿好了,请二位一同尝尝。"苏轼尝了觉得酸,佛印尝了觉得苦,黄庭坚尝了觉得甜,三人各代表了儒、释、道三家的人生态度。儒家以为人生本是酸,只有教化才能使其正行;佛家以为人生就是苦,只有修行才能普度众生;而道家认为人生应是甜,个人不必自寻烦恼。黄庭坚就体现了道家的修为,他一生无论遇到什么困境,始终能保持一颗纯洁善良的心。他有一句诗写得唯善唯美:"桃李春风一杯酒,江湖夜雨十年灯。"充满了道家出世的心态。

长夏江村图(局部) 明 仇英

# 蔡京

（1047－1126年）

似听无弦一弄中

《题御制听琴图》
《西江月·八十一年住世》
《西江月·八十衰年初谢》

"宋四家""苏、黄、米、蔡",指的是宋代最有名的四位书法大家(这一说法并未见于宋代文献)。前三人没有争议,即东坡居士苏轼,山谷道人黄庭坚,襄阳漫士米芾。唯独"蔡"有蔡襄、蔡京二说,各执一词。这个争议早在明清时期就开始了,一直没有定论。有意思的是蔡襄与蔡京二人年龄虽相差三十五岁,但同出福建仙游枫亭。一说蔡襄为蔡京的族兄,蔡襄寿短,五十五岁亡;蔡京寿高,活到七十九岁高龄。蔡京在熙宁三年(1070年)登进士第时,蔡襄已驾鹤西归三年多了。所以,二人应该没有什么交集,唯一的关联就是二人书法成就都高,同宗同族。

蔡京(1047—1126年)的书法作品存世不算少,除宋徽宗《听琴图》的题诗,还有他为唐玄宗《鹡鸰颂》作的题跋、为宋徽宗《雪江归棹图》《十八学士图》作的题跋、为《大观圣作之碑》题的碑额,以及风格不同的

雪江归棹图卷跋（局部） 宋 蔡京

尺牍(dú)。仅就书法成就而言，蔡京的书法造诣不输"苏、黄、米"三人。明代孙鑛(kuàng)说："宋四大家其蔡是蔡京，今易以君谟（蔡襄(mó)），则前后辈倒置。"辈分问题在历史上被多人质疑过，"苏、黄、米、蔡"之"蔡"如果是蔡襄，则岁数远大于前三位，按辈分不该如此排列。如果换上蔡京，"宋四家"齿序就基本合理了。所以明清以来"蔡京说"一直有市场。

另一角度，四人的书法成就各有千秋。宋神宗喜爱唐代徐浩的书法。尽管历代对徐浩的书法褒贬不一，但其书法成就显而易见。蔡京当时就与贬官杭州的苏轼一同学习过徐浩书法。苏字丰腴跌宕，天真烂漫。黄庭坚学艺于苏轼，其书法长枪大戟，入古出新，以韵取胜。

米芾为书画博士,"一日不书,便觉思涩",其书法功底深厚,内涵难测,常见有侧倾之势,欲左先右,欲扬先抑。而蔡京或蔡襄,前者书法姿美峻健、沉厚通达,后者"心手相应,变态无穷"。

中国书法唐宋分界明显,唐代书法整体法度森严,端庄凝重;宋代书法则注重意趣,强调个性。唐人尚法,宋人尚意。这是因为唐代在意江山一统,而宋代放任文人挥洒,由此导致唐宋书法各领风骚。

至于"苏、黄、米、蔡"的"蔡"究竟指谁,五六百年来也没有定论,这至少表明仙游蔡氏一族人才辈出。蔡京之弟蔡卞亦是当时的大书法家,成就不在其兄之下。只不过蔡京经历官场沉沉浮浮,又赶上了宋朝大劫"靖康之变",故名声恶劣。

蔡京作为北宋末年"六贼"之首,背负骂名近千年。北宋灭亡的原因复杂,最直接的原因还是宋徽宗缺乏治国能力。此"六贼"作为臣属虽难辞其咎,但应该不是致命因素。蔡京寿长,一生大起大落,四任宰相,有这样经历的人一定不是等闲之辈,也不是光靠溜须拍马就可以随便做到的。

蔡京二十三岁登进士第,步入仕途,先从基层做起,任钱塘(今浙江杭州)县尉、舒州(今安徽安庆潜山)团练推官,后累迁起居郎。做了起居郎就有机会接近皇上。后来,蔡京出使辽国,事情办得漂亮,回来后升迁中书舍人。他弟弟蔡卞当时已是中书舍人,职位比他高,不合礼制,所以蔡卞主动提出要排序兄长之后。结果蔡京又被提升为龙图阁待制,权知开封府。这事不仅是蔡氏兄弟的荣耀,连神宗及朝廷也以蔡氏兄弟为荣。

蔡京之弟蔡卞是王安石的女婿,勤政爱人,为官清廉。蔡京的儿子蔡絛(tāo)在《铁围山丛谈》里记载,王安石曾对蔡卞感叹:天下缺人才啊,将来谁能执掌国柄?他掰着手指头说:我儿王元泽(王雱(pāng))算一个。然后对蔡卞说:贤兄如何?寻思良久后又说:吉甫(吕惠卿)如何?且算一个吧!最后自己颓然地说:没了!如果这个记载是真实的,那么蔡京至少在王安石眼中算是栋梁之材。

蔡京从神宗时期开始经历了哲宗时期,到元符三年(1100年),宋哲宗驾崩,宋徽宗赵佶(jí)即位。宋徽宗即位时年仅十八岁,这是做皇上最危险的一个年纪。未成年皇帝一般会有大臣辅佐,太后坐镇,成年皇帝会有人生经验和基础判断。唯独十八岁是个尴尬的年纪,貌似成年人,实际上心智欠成熟,做事容易急躁。

宋徽宗即位后,马上罢免了蔡京的实权,贬其为太原府知府。虽太后命徽宗留下蔡京修史,但几个月后,

听琴图 宋 赵佶（传）

蔡京还是被贬至江宁府。蔡京十分不满，以拖延表示抗议，最终被削夺官职。

大部分人的人生，至此就会偃旗息鼓。但新皇帝徽宗是个书画痴、收藏狂，派供奉官童贯四处搜集古人字画。蔡京抓住了这一时机，把搜罗来的古画、屏幛等物附上自己精心写的说明奉上，此举引起了宋徽宗的注意。徽宗艺术造诣极高，写得一手好字，对艺术的判断也极为准确。于是蔡京又渐渐被重用了起来。

崇宁元年（1102年），蔡京又回到了宋徽宗身边。宋徽宗在延和殿召见蔡京说：朕想继承父兄遗志，卿有何指教？蔡京受宠若惊，叩头谢恩，表示为朝廷愿效死力。从这以后，蔡京在徽宗左右侍候，位极人臣。

政和年间（1111—1118年），宋徽宗笃信道教达到高潮，宫中处处洋溢着道教气息。故宫博物院藏有一幅传为宋徽宗的《听琴图》，即为这一时期的作品。画面中有一棵松树，树干遒劲，树冠舒展，凌霄花攀附于上，树侧有几株青竹。抚琴者为宋徽宗，着道袍，轻拢慢捻，神态沉静。徽宗右手青袍者旁立一小童，二者倾听；左手红袍纱帽者即为蔡京，执扇沉思，十分投入。画右上方，宋徽宗瘦金体亲书"听琴图"三大字，铁画银钩，断金割玉。松树上方有蔡京奉题诗一首：

<ruby>吟<rt>yín</rt></ruby><ruby>徵<rt>zhǐ</rt></ruby><ruby>调<rt>tiáo</rt></ruby><ruby>商<rt>shāng</rt></ruby><ruby>灶<rt>zào</rt></ruby><ruby>下<rt>xià</rt></ruby><ruby>桐<rt>tóng</rt></ruby>，<ruby>松<rt>sōng</rt></ruby><ruby>间<rt>jiān</rt></ruby><ruby>疑<rt>yí</rt></ruby><ruby>有<rt>yǒu</rt></ruby><ruby>入<rt>rù</rt></ruby><ruby>松<rt>sōng</rt></ruby><ruby>风<rt>fēng</rt></ruby>。
<ruby>仰<rt>yǎng</rt></ruby><ruby>窥<rt>kuī</rt></ruby><ruby>低<rt>dī</rt></ruby><ruby>审<rt>shěn</rt></ruby><ruby>含<rt>hán</rt></ruby><ruby>情<rt>qíng</rt></ruby><ruby>客<rt>kè</rt></ruby>，<ruby>似<rt>sì</rt></ruby><ruby>听<rt>tīng</rt></ruby><ruby>无<rt>wú</rt></ruby><ruby>弦<rt>xián</rt></ruby><ruby>一<rt>yī</rt></ruby><ruby>弄<rt>nòng</rt></ruby><ruby>中<rt>zhōng</rt></ruby>。

蔡京不是等闲之辈，七言绝句用典两处。"吟徵调商"是从五音"宫商角徵羽"而来，意为操纵音乐。"灶下桐"，典出《后汉书·蔡邕传》。蔡邕善鼓琴，一次听见灶下桐木燃烧的声音，判断此为制琴佳材，迅速从灶下救出一木，制成一琴。因尾部保留了烧焦的部分，此琴故名"焦尾"。后来"焦桐"一词专指古琴。李颀（qí）诗："谁能事音律，焦尾蔡邕家。"吕岩诗："三尺焦桐为活计，一壶美酒是生涯。"黄庭坚诗："焦尾朱弦非众听，南山白石使人愁。"欧阳澈诗："桐焦里巷知音少，几对云斋欲断弦。"蔡京乃指徽宗的琴为名琴焦尾，誉满四海。

"入松风"，一语双关。"松风"表面是风过松树发出的声音。因松树是针叶，风过时会发出呜呜声响，如海涛之声，所以"松风"亦称"松涛"。古琴有曲亦称《风入松》。李白诗："盘白石兮坐素月，琴松风兮寂万壑。"苏轼诗："白鹤归来见曾玄，陇头松风入朱弦。"蔡京头两句诗是在说，弹一支曲子，松树之间听见古曲又怀疑有风入松。

后面两句"仰窥低审"用词精绝，非常人之笔。"窥"，本义从小孔或缝中偷看，含贬义；"仰"则为褒义，举也。蔡京用窥之心、仰之形放低身态。"低",居下;"审",居上。蔡京以低之姿、审之势暗举皇上。"仰窥低审"用心良苦。"含情客"是一种谦辞,"含情"有巴结之嫌,但不过于肉麻,"客"是相对主人而言。

"似听无弦一弄中","无弦"借用陶渊明抚无弦琴典故。《昭明太子集·陶渊明传》载:"渊明不解音律,而蓄无弦琴一张,每酒适,辄抚弄以寄其意。"《晋书·陶潜传》亦载:"(陶渊明)性不解音,而蓄素琴一张,弦徽不具,每朋酒之会,则抚而和之。"陶渊明隐士思维独特,他有言解释:"但识琴中趣,何劳弦上声。"蔡京搬出陶渊明,是赞徽宗的道教出世思想,其仙风道骨,不是凡人。

看似平平淡淡的一首题画诗,里面暗藏多少内容,我看只有蔡京自己知道。宋徽宗隐隐约约能感觉到,但未必能完全理解。其实这正是君臣之道,话说半句,留有余地。溜须拍马,不仅要真心,还要有才华。

宣和二年(1120年),皇帝令蔡京辞官退休。宣和六年(1124年),朱勔(miǎn)提议再度起用蔡京为相。这一年蔡京已经七十七岁高龄了,行文做事都是小儿子处理。很快,蔡京又被迫辞官。随后大劫来到,宣和七年(1125年)十月,金军大举南下,宋徽宗"禅位"宋钦宗。蔡京一看大势已去,举家南逃,逃到潭州(今湖南长沙)时,客死他乡，终年七十九。也就是在蔡京人生旅途的最后时刻，他写了一首《西江月·八十一年住世》：

八十一年住世，四千里外无家。
如今流落向天涯，梦到瑶池阙下。

玉殿五回命相，彤庭几度宣麻。
止因贪此恋荣华，便有如今事也。

这是首绝命词，写得真诚沉重。蔡京开篇先报年龄，此时他已经过了七十九实岁生日，按古代计算法是八十岁了，再虚一岁即八十一岁。"八十一年住世，四千里外无家。"起句平白无奇，却有几分感人。八十一岁的人在宋代，理论上说比现在一百岁的人还稀罕，因为那时的人平均寿命还不到五十岁。

"四千里"不算太虚指，从汴京到仙游将近四千里路。四千里路在宋代已算非常遥远了，天天走也要几个月时间。在如此远的距离中，蔡京渲染了一下说"无家"。他离家太久了，老家的确没有家了，或者说没有家的感觉了。

仙山楼阁图（局部） 宋 赵伯驹

紧接着蔡京说了心里话："如今流落向天涯，梦到瑶池阙下。""瑶池"，神话中西王母居住地，后泛指仙界；"阙下"，代指帝都。此时此刻蔡京虽苦不堪言，处于流落路途之中，还不知要走到哪一天呢，晚上做梦还是梦见过去在皇宫如仙境般的日子。这是一种常规心态，绝境时仍充满希望。

下阕前两句算是一生官场总结，"玉殿五回命相，彤庭几度宣麻。""玉殿"，宫廷；"命相"，任命宰相；"五回"，虚数，实际四次；"彤庭"，宫殿代称，汉宫以朱漆饰中庭；"宣麻"，唐宋时期拜相命将用黄、白麻纸写诏书，在朝堂宣诏，故称。蔡京回顾自己曾经四起四落，每次宣诏之声犹在耳畔。写到这里，蔡京感慨良多，"止因贪此恋荣华，便有如今事也。""止因"，只因。我现在终于明白了，人都是因为贪，不论贪恋什么，都会有对应的结果。

宋代王明清《挥麈(zhǔ)录》记载了蔡京逃难路途中的窘境，说"元长轿中独叹曰：'京失人心，一至于此。'至潭州，作词曰：'八十一年住世，四千里外无家。如今流落向天涯，梦到瑶池阙下。玉殿五回命相，彤庭几度宣麻。止因贪此恋荣华，便有如今事也。'后数日卒。门人吕川卞老醵(jù)钱葬之。""醵"，凑钱。

这首词还有一个版本,文字差距较大,收录在《宣和遗事》中:

八十衰年初谢,三千里外无家。

孤行骨肉各天涯,遥望神京泣下。

金殿五曾拜相,玉堂十度宣麻。

追思往日谩繁华,到此番成梦话。

两个版本可以对照着看,声声血泪俱下,字字悲音喟叹。可以想见一个年近八十高龄的老人,曾有过一人之下、万人之上的荣华及权力;也有风餐露宿、饥寒交迫的孤独与忏悔。《论语·泰伯》记载了曾子临终时说的话:"鸟之将死,其鸣也哀;人之将死,其言也善。"我看蔡京,的确如此啊!

钟动遥知寺(局部) 清 王愫

# 秦 观

（1049—1100年）

两情若是久长时

《江城子·南来飞燕北归鸿》
《行香子·树绕村庄》
《鹊桥仙·纤云弄巧》
《好事近·梦中作》

秦观（1049—1100年）肯定是词名大于诗名。他的一句"两情若是久长时，又岂在朝朝暮暮"，古往今来打动过多少青年男女。无论是相爱还是失恋，在这句词中你都可以找到慰藉。一个人写一辈子诗或词，如果不出一两句脍炙人口的句子，想出大名是不可能的。历史上留有大名的诗人、词人，一定有千古传诵的名句。秦观存词只有一百多首，诗却有四百多首，文还有二百多篇。从数量上看，他的词只占少数，但质量上乘，佳作不胜枚举，他也因此成为婉约派的"一代词宗"。

秦观是高邮（今属江苏）人。高邮这地名古老，秦王嬴政于公元前223年在此筑高台、置邮亭，名秦邮。汉高祖六年（公元前201年），置高邮县。后来的岁月里，高邮改名不下十次，曾隶属过邗(hán)州（今江苏扬州），所以秦观别号"邗沟居士"。邗沟即淮扬运河，是隋唐大运河的重要部分。北宋时期，邗沟上有数十处闸、坝、涵等建筑物，尤其是世界上最早的船闸——复闸，就出现于邗沟之上，因此它在宋元时期就已声名远播。

秦观早年在家乡居家耕读，以写诗词为乐事。苏轼大秦观近一轮。元丰二年（1079年），苏轼乘官船自徐州去湖州，秦观顺路搭船与苏轼同行，一路上二人交谈甚欢。前一年秦观听说苏轼到徐州任职，已亲自登门拜谒，并写下："人生异趣各有求，系风捕影只怀忧。我独不愿万户侯，惟愿一识苏徐州。"

这一年，黄河决口，淹至徐州城下，苏轼与全城百姓一起筑堤抗洪，誓与城共存亡。水退后，苏轼与秦观登徐州黄楼，并邀秦观写《黄楼赋》。秦观完稿后，苏轼惊呼他有"屈（原）、宋（玉）之才"。于是，苏轼劝说秦观走仕途。秦观遂发奋读书，但两度应考均落第，心中不爽。苏轼听说后，作诗写信勉励他。元丰七年（1084年），苏轼途经江宁，将秦观的文章送给王安石，希望王安石推荐秦观。王安石读了秦观的诗词也说其诗"清新似鲍（照）、谢（朓）"，给予了很高的评价。两位前辈对他的肯定让其决心再度赴京应试。

元丰八年（1085年），秦观进士及第，踏上仕途。但他有点生不逢时，入仕没几年就赶上了新旧党争。秦观

山水图 明 陆师道

因是苏轼门徒，被划归旧党，接二连三受到官场打压，萌生退意。到了元祐八年（1093年），秦观时来运转，数月之间，擢升连连，参修《神宗实录》。但好景不长，不到三年，哲宗于绍圣元年（1094年）亲政，新党返朝，旧党连连被罢黜，秦观开始了历时七年的贬谪生涯。

元符三年（1100年），宋哲宗驾崩，宋徽宗即位，大赦天下。秦观与苏轼均接诏复任。此时秦观贬于雷州，苏轼贬到儋州也已经三年。二人虽相距不算太远，但隔海相望，也很难见面。借此大赦，师生二人有一次简短的会面。秦观感慨万千，遂写下《江城子·南来飞燕北归鸿》一首：

南来飞燕北归鸿。偶相逢，惨愁容。
绿鬓朱颜，重见两衰翁。
别后悠悠君莫问，无限事，不言中。

小槽春酒滴珠红。莫匆匆，满金钟。
饮散落花流水、各西东。
后会不知何处是，烟浪远，暮云重。

首句起得凝重，悲中含忿："南来飞燕北归鸿。偶相逢，惨愁容。"南朝陈诗人江总《东飞伯劳歌》有"南飞乌鹊北飞鸿"之句，秦观套用，说他与苏轼两人如同迁徙之鸟，偶然的机会在此相逢，双双脸上都挂着愁容。

"绿鬓朱颜，重见两衰翁。""绿鬓朱颜"，即黑发红颜，表示年轻。记忆中的两人重逢后，忽然发现大家都衰老了。秦观与苏轼相识已超过二十年，二十年往事，弹指一挥间。

下面这句貌似轻松，实则沉重得无以复加："别后悠悠君莫问，无限事，不言中。"自从我步入仕途，几经坎坷，最后一次分别后这么长的时间里，有多少苦难和艰辛，我们心里都清楚，没有必要再询问对方。

上阕以沉郁清冷之调，完全控制住了情绪。两人心知肚明：多年官场上的党争，大宋王朝的风风雨雨，使我们每个人心中的社稷，还有天下的黎民百姓，都在这些年受到了牵连，各有各的苦衷，各有各的不幸。所以"无限事，不言中"。

下阕渐渐进入温情场面："小槽春酒滴珠红。莫匆匆，满金钟。""小槽"，酒槽，酒顺槽流出；"金钟"，酒盅。此与李贺诗"琉璃钟，琥珀浓，小槽酒滴珍珠红"异曲

岩壑清晖册之二（局部） 明 佚名

同工。我们好不容易碰面坐在这里,好好喝一杯,别急着赶路。"饮散落花流水、各西东",等喝完了我们就像春天的落花随着流水各自踏上征程。

词的结尾处,秦观没有了终极判断,只好说:"后会不知何处是。"后会无期,已无奢望,因为"烟浪远,暮云重"。结尾又借用两典:"烟浪"借刘禹锡诗"白首相逢处,巴江烟浪深";"暮云"借杜甫诗"渭北春天树,江东日暮云"。秦观告诉苏轼,我们这一次分手,下一次见面不知在哪里。隔着多少烟雾,几重暮云,没人知晓。

秦观这首词一反婉约派缠缠绵绵的叙述风格,将唐诗中送别诗的风骨引入,悲凉里有暖意,失望中有希冀,一下子拓展了词的宽度,这在他本人的创作中也极罕见。所以说创作需要激情,需要经历,需要永远保持创造力。

这首词是秦观晚年之作,写得老辣成熟,不动声色。如果我们回头去看秦观早年的创作,就会发现他未出仕前的作品是另一种样子。他有一首《行香子·树绕村庄》,大概写于熙宁年间(1068—1077年),那时他尚在家耕读:

树绕村庄，水满陂塘。
倚东风，豪兴徜徉。
小园几许，收尽春光。
有桃花红，李花白，菜花黄。

远远围墙，隐隐茅堂。
飏青旗，流水桥旁。
偶然乘兴，步过东冈。
正莺儿啼，燕儿舞，蝶儿忙。

《行香子》，词牌名，正体双调六十六字，上下阕各八句，上阕四平韵，下阕三平韵。这是一种闲调，无太多来由，随兴而写。

"树绕村庄，水满陂塘。倚东风，豪兴徜徉。"一排排树围绕着村庄，池塘里的水由于春雨已经满了，随着春风在村中散步。作者把闲云野鹤的味道一一释放。

紧接着："小园几许，收尽春光。有桃花红，李花白，菜花黄。""小园"，是宋人的情趣。冯延巳词"晴雪小园春未到"；林逋诗"占尽风情向小园"；柳永词

莲溪渔隐图 明 仇英

"小园东，花共柳"；晏殊词"小园香径独徘徊"。所以秦观说"小园几许，收尽春光"，含糊中又企盼坚决。紧接着是春天颜色的罗列，依开花顺序："有桃花红，李花白，菜花黄。"这文字中的颜色表达，由于自然出现时顺序感极强，颜色也显得格外鲜艳，可见观察事物对创作的重要性。

下阕的视点与上阕并不衔接。上阕是村中徜徉，下阕则开始远眺村庄，变成客观视角："远远围墙，隐隐茅堂。飏青旗，流水桥旁。"远景近景，都静谧恬淡；风吹动酒旗，寓示人家充满生机。

结果主人乘兴而来，走过东冈，忽然眼前一亮："正莺儿啼，燕儿舞，蝶儿忙。"这种轻松、与世无争的心态显然来自平静的生活。秦观未走上仕途时的烦恼都是小烦恼，步入仕途后的烦恼才是大烦恼。这样恬淡唯美的词，秦观中年之后断然是写不出的。好诗词都是心态的自然流露，旷古佳作往往是不经意间成就的。

秦观是婉约派词人，他的词涉及的题材相当广泛。婉约词适合表现男女之情，尤其是凄婉的爱情。秦观没少写这类词，他的《鹊桥仙·纤云弄巧》是其代表作，词虽短，但意味深长：

纤云弄巧，飞星传恨，银汉迢迢暗度。
金风玉露一相逢，便胜却人间无数。

柔情似水，佳期如梦，忍顾鹊桥归路！
两情若是久长时，又岂在朝朝暮暮？

《鹊桥仙》，词牌名，正体双调五十六字，上下阕各五句、两仄韵，亦有三仄韵的变体。

开篇就动用了"恨"字："纤云弄巧，飞星传恨，银汉迢迢暗度。""纤云"，轻云；"弄巧"，指变幻多样；"飞星"，牵牛、织女二星；"银汉"，银河；"迢迢"，遥远；"暗度"，悄悄度过。这首词究竟写于何时、为谁而写说法很多：有说送夫人徐文美的，送长沙官伎义倡的，送越州官伎越艳的，送蔡州营伎娄琬、陶心儿的，还有说送"师母"王朝云的，再有就是送自己小妾边朝华的。当然还有离谱的，说这篇是党争被贬而作，暗喻自我身世的。

离恨是通篇的主题。"纤云"再巧，依然"传恨"，隔"银汉"只能暗暗通过内心沟通。"金风玉露一相逢，便胜却人间无数。"每年七夕一次短暂的相会，这如胶似漆的状态，胜过人间数不清的日日夜夜。上阕开宗明义，表达离别之恨。无论爱看起来多美，也抵不过这恨。

下阕描绘了梦幻般的迷人意境："柔情似水，佳期如梦，忍顾鹊桥归路！"所有的爱来自情深，缠绵缱绻，婉转动人。二人相遇，如梦如幻。但不论多么相爱，必然有分手的一刻。"忍顾"，不忍回顾。秦观用了反式表达，加强了表现力。如此美妙的一刻，马上就要成为回忆，一步三回头地踏上回去的路，二人内心充满不舍。

行文至此，异峰突起："两情若是久长时，又岂在朝朝暮暮？"这句反问非常突兀，甚至与前面所有文字不相符。前面所有的情绪都系在一个"恨"字上，但结尾处"恨"消失了。一句议论揭示出了爱情的真谛，如钟如磬，发声悦耳，余音绕梁。

这首《鹊桥仙·纤云弄巧》结构看似漫不经心，实际上经过精心设计。上下阕各自先描绘场景与感情，再发一句刻骨铭心的议论，让词既有内容表达，又有思想高度。"两情若是久长时""金风玉露一相逢""又岂在朝朝暮暮""便胜却人间无数"。议论结构混搭，立刻发现其中奥妙。秦观将内心之"爱"用"恨"串联，乍看以为恨，深究全是爱，这正是高手可为而俗人难为的地方。

绍圣元年（1094年）春天，秦观一贬再贬，先贬杭州，途中再贬至处州（今浙江丽水）任酒税监，他以学佛排遣郁闷。绍圣三年（1096年）春天，秦观有天做了一个神奇的梦，梦境清晰奇特，梦醒后写下《好事近·梦中作》：

春路雨添花，花动一山春色。
行到小溪深处，有黄鹂千百。

飞云当面化龙蛇，夭矫转空碧。
醉卧古藤阴下，了不知南北。

湖山春暖图（局部） 清 恽寿平

《好事近》，词牌名，又名《倚秋千》《钓船笛》《秦刷子》《翠圆枝》等，双调四十五字，上下阕各四句、两仄韵。开篇两句纯粹写景："春路雨添花，花动一山春色。""春路"，春游之路；"雨添花"，雨后花开；"花动"，风吹。春雨催山花开放，春风吹出一山春色。这景色凡有过春游经历的人都心领神会。

紧接着引入声音："行到小溪深处，有黄鹂千百。""黄鹂"，鸣声婉转，也称黄莺、黄鸟，唐宋时屡屡入诗。杜甫诗："两个黄鹂鸣翠柳，一行白鹭上青天。"韦应物诗："独怜幽草涧边生，上有黄鹂深树鸣。"晏殊词："池上碧苔三四点，叶底黄鹂一两声。"王安石词："何物最关情,黄鹂三两声。"黄鹂鸣声好听,引人入胜。上阕先满足视觉,后满足听觉,围绕春天梦境,山清水秀,鸟语花香。

下阕才转入真正梦境:"飞云当面化龙蛇,夭矫转空碧。"天上的云彩千变万化,白云苍狗,青龙乌蛇。"夭矫",屈伸、纵恣貌。转眼龙蛇不知去向,只剩下碧空万里。

此刻作者似乎有点清醒了:"醉卧古藤阴下,了不知南北。""醉卧",仍处于半清醒半糊涂之态。但知自己在一棵古藤花阴之下,却不知身处何地,也不知何年何月,连东南西北都分不清楚。

秦观这首《好事近·梦中作》在宋代就非常有名了。苏轼、晁说之、黄庭坚、周紫芝、赵令畤、惠洪等都对此做过评价。其中一句"醉卧古藤阴下"竟一语成谶(chèn)。此词作成四年后,秦观被宋徽宗召回,结束贬谪生涯,回程路过藤州(今广西梧州藤县)时,游光华亭,因口渴索水。待人送水到,秦观竟"笑视而卒"。因"古藤"与"藤州"的"藤"字同,故时人认为这是命缘。

秦观才大命苦,或许不该走上仕途。苏轼爱才惜才,待秦观不薄,但秦观没有官宦之命,为官生涯没有获得乐趣和作为,心有不甘。《苏轼文集·书秦少游挽词

求志园图（局部） 明 钱穀(gǔ)

后》记录如下文字:"庚辰岁(元符三年,1100年)六月二十五日,予(苏轼)与少游(秦观)相别于海康(今广东湛江雷州),意色自若,与平日不少异。但自作挽词一篇,人或怪之。予以谓少游齐死生,了物我,戏出此语,无足怪者。已而北归,至藤州,以八月十二日卒于光化亭上。呜呼,岂亦自知当然者耶,乃录其诗云。"苏轼与秦观被徽宗召回,各自结束了长达七年的贬谪生涯。二人相见,喝了一回小酒,然后"饮散落花流水、各西东"。谁知此别仅月半,秦观竟先撒手人寰,年仅五十一岁。一年后,苏轼也在踏上北归之途不久后谢世。呜呼哀哉!师生二人,恩深义厚,留下了此般千古文字。

秦观生不逢时,官无适运,诗词文章书法皆佳,但其词名最大,由宋到清,其名不衰。清代李调元说秦观:"首首珠玑,为宋一代词人之冠。"《四库全书总目提要·淮海集提要》中说:"(秦观)而词则情韵兼胜,在苏、黄之上。"而王士祯诗曰:"风流不见秦淮海,寂寞人间五百年。""秦淮海",指秦观,号淮海居士,因秦观出生地高邮处于江苏中部、淮河下游,古属淮海。古人以地望入名,不是出生地或籍贯就是为官地或久居地,比如孟浩然之襄阳,王安石之临川;韦应物之苏州,范成大之明州;另有郡望的韩愈之昌黎,柳宗元之河东。唯秦观的"淮海"泛指家乡一带。

秦观的诗文别集《淮海集》四十卷,《长短句》三卷,《后集》六卷,共计四十九卷。可贵的是,南宋乾道年间(1165 — 1173 年)的《淮海集》刻本幸存于世,距今已有八百五十年矣。"别后悠悠君莫问。无限事,不言中。"

山水图（局部） 明 仇英

# 米芾

(1052—1108年)

不学宋玉解悲愁

《水调歌头·中秋》

《满庭芳·咏茶》

米芾（1052—1108年），初名黻（fú），字元章，算是襄阳（今属湖北）人，但他祖籍是山西太原，后定居润州（今江苏镇江），后人以地望称之为米襄阳。他爱石玩砚，膜拜成瘾，又有洁癖，世称"米颠"。米芾名列"宋四家"之一，绘画世称"米氏云山"。

米芾母亲阎氏有个特殊身份，曾入宫侍奉过宋英宗的宣仁皇后。宋神宗是个心肠软的人，《宋史·神宗本纪》里说他"小心谦抑，敬畏辅相，求直言，察民隐，恤孤独，养耆（qí）老，振匮乏；不治宫室，不事游幸，励精图治，将大有为。"神宗念乳母阎氏的旧恩，赐米芾为秘书省校书郎，负责校对。从这一刻起，米芾算踏上了仕途，一直到大观二年（1108年）死于任上，享年五十六岁。

"宋四家""苏、黄、米、蔡"的排序，有人认为只论书法造诣的话，米芾当排第一。苏轼、黄庭坚文名太

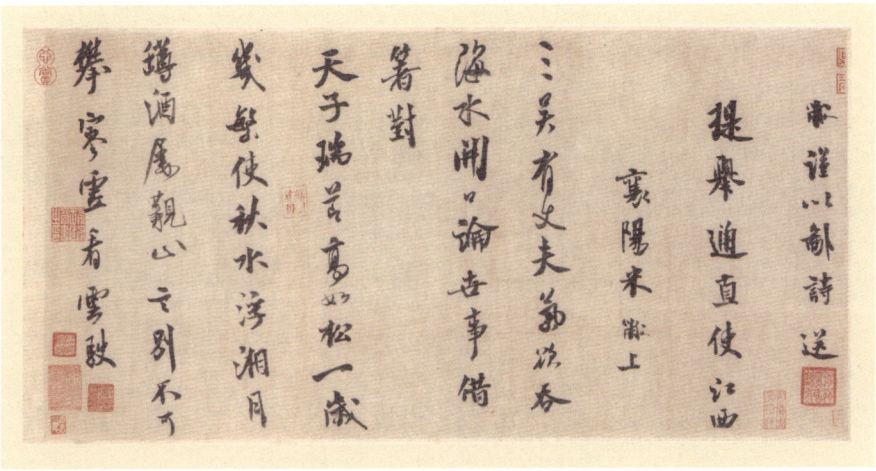

三吴诗帖 宋 米芾

大,所以排在前面。米芾虽一生为官,但官职不大,又没有介入党派之争,因此从未卷入过政治漩涡。他多数时间都潜心研究书法,少年时就临遍颜、柳、欧、褚等唐代楷书大家,基本功极为扎实。

苏轼被贬黄州时,米芾慕名拜见。苏轼看了他的字,劝他学晋书。米芾临晋字后茅塞顿开,将自己的室号改为"宝晋斋"。《三希堂法帖》中的《中秋帖》,晋人王献之所书，米芾临过。目前这件国宝收藏于故宫，基本可以认定是米芾临本。

宋代文人，尤其是大文人不可以不会诗词，这是文人的基本功。米芾也不例外，诗词皆佳。尤其米芾是个"滑稽玩世，不能俯仰顺时"（宋代王明清《挥麈后录》）的人，高傲不谄媚，清廉有操守。某年他借中秋之际，写下《水调歌头·中秋》，表明了自己的人生态度：

砧声送风急，蟋蟀思高秋。
我来对景，不学宋玉解悲愁。
收拾凄凉兴况，分付尊中醽醁，
倍觉不胜幽。
自有多情处，明月挂南楼。

怅襟怀，横玉笛，韵悠悠。
清时良夜，借我此地倒金瓯。
可爱一天风物，遍倚阑干十二，
宇宙若萍浮。
醉困不知醒，欹枕卧江流。

米芾的《水调歌头·中秋》与苏轼的《水调歌头·明月几时有》、杜甫的《八月十五夜月二首》、辛弃疾的《木兰花慢·中秋饮酒》等有所不同,开篇并不提客体月亮,先写主观感受:"砧声送风急,蟋蟀思高秋。""砧声",捣衣声,每到秋季需要置办冬衣,新布织出后很硬,需要反复捶打使之柔软,以便于制衣。"砧声"的意象代表秋天到了。"蟋蟀",秋虫,入秋鸣叫欢快。开篇两句景象开阔,声音立体,有长声,有短音。

紧接着直接表示:"我来对景,不学宋玉解悲愁。"这种强势说法在宋词中不多,不绕弯子,告诉大家我的态度。"伤春悲秋"是古人的情绪套路,米芾不按套路去走。"宋玉",楚国辞赋作家,与屈原齐名,人称"屈宋"。

米芾不学宋玉悲秋情绪,"收拾凄凉兴况,分付尊中醽醁,倍觉不胜幽。"说归说,做归做,作者把刚才的情绪放置一边,开始收拾凄凉的状况。"醽醁",绿色的美酒。往杯中倒满美酒,我却还是感觉幽幽暗暗地打不起精神来。"自有多情处,明月挂南楼。"我强打精神是不是自作多情了?此时此刻,明月已经在南楼上方。

下阕进入赏月状态。"怅襟怀,横玉笛,韵悠悠。"打开抑郁的心胸,吹奏笛子,让音乐之声悠扬传远。"清时良夜,借我此地倒金瓯。""金瓯",酒杯。在这良

水亭清兴图（局部） 明 周臣

辰美景之中，我要好好痛饮一次，一醉解千愁。

"可爱一天风物，遍倚阑干十二，宇宙若萍浮。""风物"，风景事物；"阑干"，栏杆；"十二"，形容很多，例如《木兰辞》中"军书十二卷""策勋十二转""同行十二年"都不是确指；"宇宙"，天地。这样的一天看见这么美的风景事物，倚靠在曲曲折折的栏杆之上，想想连偌大的宇宙也不过像水中的浮萍一样，随时可能遭遇风雨。

作者最后说："醉困不知醒，欹枕卧江流。""欹"，斜倚，斜靠。居然喝酒喝困了，靠在枕头上在江边就睡着了，真不知什么时候才能醒来。

同为《水调歌头》，米芾拘谨，苏轼大度；米芾心塞，苏轼气畅；米芾多情，苏轼周全。米芾带着对秋季的认识，带着他对艺术的追求，把他的情与爱，悲伤与苦恼，一并倾泻。虽说"不学宋玉解悲愁"，但他仍有凡人的苦恼。

这首词充分表现出他"为文奇险,不蹈袭前人轨辙"的特质。

宋人喜茶,米芾亦不例外。宋人饮茶很多是因为社交。宋茶冲饮方式复杂,需要耗费大量时间。尤其到了北宋后期,由于宋徽宗的推波助澜,饮好茶成为上流社会的风尚。宋徽宗在《大观茶论》中就说:"采择之精,制作之工,品第之胜,烹点之妙,莫不盛造其极。"

史载,元丰元年(1078年),神宗下诏,制作皇室专用御茶,并赐名"密云龙",上奉宗庙,下享皇室,偶尔赐予臣属。

苏轼就喜喝好茶。元祐四年(1089年),苏轼出任杭州知州,途经扬州时,呼朋唤友前来饮茶。那天米芾也在,苏轼取出"密云龙",与朋友们分享。苏轼这次是二任杭州,任上他主持了疏浚西湖、修建长堤的工程。这一天饮茶气氛极融洽,苏轼的侍妾王朝云负责泡茶。王朝云大约十二岁时被苏轼赎回,成人后收为侍妾,为他生育一子苏遁。这一年王朝云二十七岁,风姿绰约,她燃炉、煮水、冲泡、击拂,当茶汤用建盏呈在眼前时,米芾的《满庭芳·咏茶》已有了腹稿:

yǎ yàn fēi shāng, qīng tán huī zhǔ, shǐ jūn gāo huì qún xián
雅燕飞觞,清谈挥麈,使君高会群贤。

密云双凤，初破缕金团。
窗外炉烟自动，开瓶试、一品香泉。
轻涛起，香生玉乳，雪溅紫瓯圆。

娇鬟，宜美盼，双擎翠袖，稳步红莲。
座中客翻愁，酒醒歌阑。
点上纱笼画烛，花骢弄、月影当轩。
频相顾，余欢未尽，欲去且留连。

  开篇已是茶会高潮："雅燕飞觞，清谈挥麈，使君高会群贤。""雅燕"，即雅宴，高雅的说法，古人认为直接谈"宴"俗，借字同音；"飞觞"，来来回回的酒杯；"清谈"，闲聊；"挥麈"，麈尾，即拂尘，佛道两家常用，意在扫去烦恼。这么多宾朋雅集，手执拂尘清谈，场面极其热烈。

  "密云双凤，初破缕金团。""密云双凤"，茶饼一类，与密云龙饼同质；"初破"，碾碎；"缕金团"，茶饼上的金色茶绒或金钱饰物。

  "窗外炉烟自动，开瓶试、一品香泉。""炉烟自动"，是指水慢慢沸腾；"开瓶"，候汤用器称瓶，汤瓶，样式如

不学宋玉解悲愁 359

林榭煎茶图(局部) 明 文徵明

壶。窗外烧的水慢慢开了,先注入汤瓶候着,待温度合适时再试一试,用最好的泉水配上最好的香茶。

"轻涛起,香生玉乳,雪溅紫瓯圆。"汤瓶热水注入,盏中涌起波涛,水热生出白色泡沫如牛乳一样,挂在深紫色的茶盏上。"紫瓯圆",即建盏。建盏为宋代福建建阳窑所制茶盏,品种以深褐与黑色为主,有著名的兔毫、鹧鸪斑等名品。上阕只描写了开宴后一系列茶道程序,精准优雅,一气呵成。

下阕开始女主人介入:"娇鬟,宜美盼,双擎翠袖,稳步红莲。""鬟",总发,所有头发,因盘起如环。古人认为鬟是未婚女子发式,但诗中使用并不严格。杜甫诗:"香雾云鬟湿,清辉玉臂寒。"李清照词:"如今憔悴,风鬟雾鬓。""鬟"另有一义丫鬟,"丫鬟"一词即源于此。梅尧臣诗:"欲买小鬟试教之,教坊供奉谁知者。"释德洪诗:"遥知醉逃暑,玉纤侍丫鬟。"米芾下阕起句用"娇鬟。"一词怕是深有含义。他跟着又用了"宜美盼"之典,《诗经·卫风·硕人》句"巧笑倩兮,美目盼兮",描写女人的动人之处。

接着的八个字极具宋味:"双擎翠袖,稳步红莲。""擎",本义托举,"双擎"表达敬意,捧茶本没有这么夸张,但作者以夸张吸引人注意;"红莲",缠足,古人认为缠足性感，尤其饰以红鞋。柳永写过"急趋莲步"，苏轼写过"莲步轻飞"，吴文英写过"沙印小莲步"，刘辰翁写过"习习香尘莲步底"。而米芾动用"翠""红"两色，将性感的妖冶充分展现了出来。

"座中客翻愁，酒醒歌阑。""翻"，成倍增长，翻番；"阑"，残，将尽。有意思的是，作者将茶宴视作酒宴，以茶代酒。"点上纱笼画烛，花骢弄、月影当轩。""花骢"，五花马，这里代指走马灯；"轩"，有窗的小屋。女主人点上纱笼的灯，灯上画的五花马立刻转动，月亮的影子映在小屋的窗户上。

结尾意犹未尽，但已散场："频相顾，余欢未尽，欲去且留连。"作者写至此，全是主观感受。散场离去，频频回头相顾，似乎每个人都意犹未尽，虽然走了但心还在这里。米芾在这里留下一笔，藏得很深，就"频相顾"之"相"，不是"顾"，"相"当"相互"讲。此时此刻，作者与女主人之间关系微妙，双双不舍，让这首词余味悠长。这是首别样的词，上阕在意人与茶，下阕在乎情与意。这种表达让一场茶事多了其他可能，变得风来雨至，春暖花开，竹草花卉摇曳生姿。

《满庭芳·咏茶》还有一种说法，这词写的不是苏轼招待米芾饮茶，而是米芾招待周仁熟试饮赐茶而作，有

溪阁清言图 明 蓝瑛

米芾书迹为证。我当然愿意相信前者，因为词里看得见有血有肉的故事。

人生是要讲缘分的。苏轼与米芾二人缘分不浅。先说书法造诣，"宋四家"中苏、米最为百姓熟知。苏轼年长米芾十五岁，贬谪黄州时与米芾相识。米芾不因苏轼被贬就轻慢失礼，反而对苏轼毕恭毕敬。苏轼也毫无保留，初次见面就点拨了米芾。

尔后，米芾也的确在晋人书风上下了苦功夫，钻研晋人书法，由唐人遗风向晋人雅韵转变。《跋米帖》云："米元章元丰中谒东坡于黄冈，承其余论，始专学晋人，其书大进。"终成一代书法大师。

在后来的日子里，米芾与苏轼多有交集，一起饮过茶喝过酒，对过诗写过字，米芾还将一方心爱之砚送给苏轼。苏轼写有《米芾石钟山砚铭》诗一首，诗写得俏皮："有米楚狂，惟盗之隐。"这种友谊二人一直延续到终。

宋徽宗建中靖国元年（1101年），苏轼北归途中，路过润州（今江苏镇江）金山寺，有人请他题字，苏轼笑着说：有元章在。言外之意是米芾字写得好。而米芾马上说：您在上，我不敢。苏轼抚摸着米芾的背说了一句：今则青出于蓝矣。米芾想了想感慨地说：还是您真正了解我。

东庄图册之一 明 沈周

苏轼由于在惠州和儋州久待，北归路上又舟车劳顿，加之人也过了花甲之年，染疾泻肚。米芾多次看望，又将麦门冬饮子送至苏轼居所。苏轼深受感动，写诗《睡起闻米元章冒热到东园送麦门冬饮子》铭谢："一枕清风直万钱，无人肯买北窗眠。开心暖胃门冬饮，知是东坡手自煎。"

仅月余，米芾得苏轼谢世的噩耗，作《苏东坡挽诗》五首，诗中哀叹："招魂听我楚人歌，人命由天天奈何。"又感喟："我不衔恩畏清议，束刍(chú)难致泪潸然。"

而苏轼也说过，岭海八年，独念元章。在贬谪海南的日子里，苏轼常常想念米芾。自黄州相识以来，君子之交，唯心往来。所以苏轼说："恨二十年相从，知元章不尽。"这句话已是朋友间的最佳褒奖了，一句足矣。

米芾有大才，没有官运，一辈子没有做过像样的官，但他活得明显比秦观好。秦观如不入仕途，可能会更加潇洒一些。官场的腐败之气坏了秦观的才气，而米芾则不然，一生致力于书法。《宋史·米芾传》评价中肯："特妙于翰墨，沉著飞翥(zhù)，得王献之笔意。"

# 贺 铸

(1052—1125年)

试问闲愁都几许

《行路难·缚虎手》
《青玉案·凌波不过横塘路》
《六州歌头·少年侠气》

贺铸（1052—1125年）自称是唐代大诗人贺知章的后人，字方回，自号庆湖遗老。庆湖就是镜湖（即今浙江绍兴镜湖），贺知章告老后的居住地，"唯有门前镜湖水，春风不改旧时波"，说的就是这湖。贺铸出生于卫州（今河南卫辉），是宋太祖贺皇后的族孙，娶的又是宗室之女。他觉得贵族身份远不如文人身份荣耀，尽管与贺知章相隔近四百年，他也一直以祖籍山阴（今浙江绍兴）为荣。

贺铸生得异相，长身耸目，面色如铁。身长必短腿，耸目即民间说的吊眼，人称"贺鬼头"。别看贺铸长相有鬼侠气，但词写得"雍容妙丽，极幽闲思怨之情"。贺铸的词兼豪放、婉约两派之长，他善于锤炼语言，又喜点化前人之句，尤擅写大格局的词作，忧国伤时悲壮激昂，充满任侠之气。例如《行路难·缚虎手》开篇就气势如虹：

缚虎手,悬河口,
车如鸡栖马如狗。
白纶巾,扑黄尘,
不知我辈可是蓬蒿人。
衰兰送客咸阳道,
天若有情天亦老。
作雷颠,不论钱,
谁问旗亭美酒斗十千?

酌大斗,更为寿,
青鬓长青古无有。
笑嫣然,舞翩然,
当垆秦女十五语如弦。
遗音能记秋风曲,
事去千年犹恨促。
揽流光,系扶桑,
争奈愁来一日却为长。

《行路难》,词牌名,本是古乐府杂曲歌名,内容多

观舞仕女图（局部） 南唐 周文矩

写仕途艰难。贺铸的另一首《行路难·城下路》为正体，这首是个变体。双调一百一十四字，上下阕各十一句，五仄韵，六平韵。

起句气魄颇大："缚虎手，悬河口，车如鸡栖马如狗。""缚虎手"，表明武力高强，伏虎降龙；"悬河口"，说明才思敏捷，口若悬河。车看起来像个鸡窝，马也只有狗大小。作者以一武一文说事，以描摹世相说理。

"白纶巾，扑黄尘，不知我辈可是蓬蒿人。"头戴白头巾，脚踏黄土尘，你们不知道我可是个出身草莽的人。这句点化李白的名句："仰天大笑出门去，我辈岂是蓬蒿人。"易一增二，反其意而用之。紧接着照搬李贺名句："衰兰送客咸阳道，天若有情天亦老。"此句内容紧接上句，加强悲愤情绪，引用得十分贴切。

"作雷颠，不论钱，谁问旗亭美酒斗十千？""雷颠"，典出汉代雷义被举荐，他想要让给陈重，刺史不从，他便假装疯癫，不应召命。我不在乎钱，完全癫狂状。"旗亭"，驿站，酒楼。此句套用王维"新丰美酒斗十千"之句，隐喻"咸阳游侠多少年"。在此开怀畅饮，一醉方休。上阕自喻，英雄无用武之地，空怀一身绝技，何时何地能让我来报效国家？上阕点化涉及王维、李白、李贺三位唐代大诗人，天衣无缝，恰到好处。

试问闲愁都几许　373

下阕与上阕反向,上阕由愁入酒,下阕由酒返愁:"酌大斗,更为寿,青鬓长青古无有。""大斗",酌酒的长柄勺。"酌",斟。大勺倒酒,大口喝酒,不要指望头发永远黑,青春不可能永驻。

回头看看卖酒女:"笑嫣然,舞翩然,当垆秦女十五语如弦。""当垆",卖酒;"秦女",秦地之女。笑得好看,舞姿也好看,卖酒的秦女声音像弹奏的音乐。"遗音能记秋风曲,事去千年犹恨促。""遗音",指汉武帝的《秋风辞》。还记得汉武帝当年的《秋风辞》吗?这事转眼过去千年却显得如此短促。

作者最后做了总结:"揽流光,系扶桑,争奈愁来一日却为长。""流光",流逝的光阴;"扶桑",日出之地。把消逝的光阴揽在怀里,不让其流走;把太阳拴死在日出之地,让时间停留。"争奈",怎奈,没办法。即使这样还是发愁,这一天的日子怎么这么长。

高手就是高手,贺铸从一开始就说光阴似箭,日月如梭;纵有报国之志,却无用武之地;但结尾最后一句煞住,一切断开,话说到此,忽然感到这一天无所事事的时光长之又长,无可奈何。

此词为乐府转化而来,还保留了乐府的一些节奏,句式三三七,三三九,七七,三三九;流畅而句句换韵,韵脚平仄转换，非常接近诗歌中的歌行体；加之大量化用唐诗，让这首词读来既有唐诗之风韵，又有唐人之风情。

如果比较宋词与唐诗，会发现其中的不同：唐诗表达丰富，宋词表达受限；唐诗最大限度地承担了社会责任，从政治的最高表现形式——战争与宗教，到政治的最低表现形式——市井生活，都有展现；而宋词往往只基于个人情感的抒发，或悲或喜，或怒或怨。所以宋词可以粗略地分为婉约派和豪放派，似乎每个词人都站队其中，或者每篇作品都可以分门别类。

贺铸就是这样一个词人，他的词风是英雄豪气与儿女情长并存的。他的《青玉案·凌波不过横塘路》就写得愁绪如雨丝：

凌波不过横塘路，但目送、芳尘去。
锦瑟华年谁与度？
月桥花院，琐窗朱户，只有春知处。

飞云冉冉蘅皋暮，彩笔新题断肠句。
试问闲愁都几许？
一川烟草，满城风絮，梅子黄时雨。

这是作者晚年之作,心态发生变化,变得沉稳成熟。贺铸仕途一生多蹇,致仕后卜居苏州。此时他已年近花甲,年轻时的豪气消退,面对暮春,多生闲愁。开篇起句已有惋惜声:"凌波不过横塘路,但目送、芳尘去。""凌波",典出曹植《洛神赋》:"凌波微步,罗袜生尘。"形容女子步态轻盈;"横塘",作者隐居之处。作者以美人侵入画面:你轻盈的脚步从家门口的横塘路走过,我只能目送你一程,你却很快地消失了。

摹洛神赋图（局部） 宋 佚名

作者开始有了想法："锦瑟华年谁与度？月桥花院，琐窗朱户，只有春知处。""锦瑟"，有装饰的瑟，典出李商隐名句"锦瑟无端五十弦，一弦一柱思华年"。这么美丽的女子，青春年华和谁共度呢，是月桥旁边的花院，还是雕有花窗朱门的大户？谁也无法知道，只有春光知道。

上阕由偶见美人引发愁绪，自问自答，属于无解；下阕紧承上阕，自寻烦忧："飞云冉冉蘅皋暮，彩笔新题断肠句。""蘅皋",长有香草的沼泽。一块块飘动的云慢慢升起,长满香草的沼泽地渐渐暗了下去,刚刚写下让人如此伤感的词句。那么,可以自问一句吗:"试问闲愁都几许?"到底这份闲愁会有多少?

作者写到此处,几乎以搁笔的态势说出与之无关的话:"一川烟草,满城风絮,梅子黄时雨。"这只是一段极为客观的景致描写,本身与前面所述愁之意象并无关联,但就是这个貌似离题的结尾,让贺铸之词光彩夺目,落下"贺梅子"的美称。

黄庭坚给贺铸写诗《寄方回》:"解道江南断肠句,只今惟有贺方回。"周紫芝在《竹坡诗话》中说:"贺方回尝作《青玉案·凌波不过横塘路》词,有'梅子黄时雨'之句,人皆服其工,士大夫谓之'贺梅子'。"罗大经在《鹤林玉露》中评价:"贺方回有'试问闲愁都几许?一川烟草,满城风絮,梅子黄时雨',盖以三者比愁之多也,尤为新奇,兼兴中有比,意味更长。"在词盛行的宋金时期,以《青玉案》之韵唱和以及效仿者至少达二十五人,作品达二十八首,可见这首词的影响力。

"一川烟草,满城风絮,梅子黄时雨。"乍看仅是三个物象,没什么特殊之处。"一川",二维平面,紧跟"烟草",青草如烟,漫无边际;"满城",三维立体,风来吹动，絮来表达，有风无絮无法表达三维，"满城风絮"不留空间，一眼望去，立体丰满；"梅雨"加入了时间长度，感受变成了四维，江南黄梅雨每年持续一季，淅淅沥沥，令人烦忧。二维平川，三维满城，四维梅雨，贺铸貌似漫不经心地写出三个意象，却以二维、三维、四维层层递进，满宫满调，让愁绪充满所有空间，将词之主旨全面释放。不如此释意，则不知贺铸为何在宋代就有"贺梅子"之称谓。

贺铸一生冷职闲差，抑郁苦闷，这与他性格有直接关系。他为官早年任巡检，武职不遂其愿。苏轼、李清臣还帮助过他，推荐他改为文职。然而，文职也是无权之职，天天混日子。友人程俱写的《宋故朝奉郎贺公墓志铭》说他"豪爽精悍""喜面刺人过，遇贵势，不肯为从谀（yú）"。当面痛刺别人的过错，不肯阿谀奉承，这种直率的脾气肯定使他在官场上障碍重重，导致他一生在官场没有什么大成就。

北宋元祐三年（1088年）秋，贺铸在和州（今安徽马鞍山和县）任管界巡检。这是个管理社会治安的小吏，位卑人微，但贺铸仍能以一个文人的襟怀看待国事。连续近二十年的新旧党争，让朝廷精疲力竭，主要对立人物王安石、司马光也相继去世。对内变法失败，对外恢复了岁贡求和，西夏骚扰日重，朝野上下飘浮着不安的气氛。贺铸觉得自己空有一身蛮力，空怀一腔热血，某日情感迸发，写下了《六州歌头·少年侠气》：

少年侠气，交结五都雄。
肝胆洞，毛发耸。
立谈中，死生同。一诺千金重。
推翘勇，矜豪纵。
轻盖拥，联飞鞚，斗城东。
轰饮酒垆，春色浮寒瓮，吸海垂虹。
闲呼鹰嗾犬，白羽摘雕弓，狡穴俄空。
乐匆匆。

似黄粱梦。辞丹凤，明月共，漾孤篷。
官冗从，怀倥偬，落尘笼，簿书丛。
鹖弁如云众，供粗用，忽奇功。
笳鼓动，渔阳弄，思悲翁。
不请长缨，系取天骄种，剑吼西风。
恨登山临水，手寄七弦桐，目送归鸿。

岩壑清晖册之十一（局部） 明 佚名

《六州歌头》是北宋新的词牌,以贺铸这首为正体,双调一百四十三字,上阕十九句八平韵八叶韵;下阕二十句八平韵十叶韵。宋代程大昌在《演繁露》中说:"《六州歌头》本鼓吹曲也,近世好事者倚其声为吊古词。"此词无长句,三四五字句,多为三字句,所以读来节奏如鼓点,行进很快,虽属长调,尚能一气呵成,振奋人心。

开篇便是行侠仗义的场面:"少年侠气,交结五都雄。肝胆洞,毛发耸。立谈中,死生同。一诺千金重。"年少时血气方刚,为朋友两肋插刀,喜欢结交各类朋友。"五都",泛指当时各大城市。"肝胆洞,毛发耸",肝胆相照,如洞透彻,怒发冲冠,表达正义。"立谈中,死生同","立谈",站立而谈,形容干脆不啰唆;生死与共,表达决心。"一诺千金重",典出《史记·季布栾布列传》:"得黄金百(斤),不如得季布一诺。"一诺千金,乃江湖之"肆行"的保证。信誉会让社会高效运转,失去信誉即增大了社会运营成本。

"推翘勇,矜豪纵。轻盖拥,联飞鞚,斗城东。"推出翘楚,释放勇气;骄矜俊杰,纵放豪情;簇拥轻车,纵鞚则行,揽鞚则止,出城向东。

"轰饮酒垆,春色浮寒瓮,吸海垂虹。"一哄而上,酒肆痛饮，只觉得酒瓮中泛起的都是春天的颜色，那就让我们如长鲸吸海般痛快喝一场吧！"闲呼鹰嗾犬，白羽摘雕弓，狡穴俄空。"喝美了就牵黄擎苍、弯弓搭箭去打猎，狡兔即便有三窟，也会在瞬间被掏空。

作者行文至此，全是年轻时的回忆，青春逼人，呼之欲出，画面层层推进：歃(shà)血为盟，一诺千金；豪情放纵，扬镳(biāo)飞沫；对酒当歌，人生几何；架鹰牵犬，剑拔弩张。待所有紧张的情绪充满画面后，作者用了"乐匆匆"三字煞尾，杀气浸透，乐意消融。"乐"字的出现，既在意料之外，又在情理之中，无一字可替换，可见贺铸的文采。

下阕以"似黄粱梦"衔接上阕，由回忆闪回到现实。"似黄粱梦。辞丹凤，明月共，漾孤篷。"年轻时的呼朋唤友如同大梦一场。"丹凤"，指丹凤门，借指帝都或朝廷。告别京城，一叶孤舟，唯有明月伴随。

然而官场却是另一番景象："官冗从，怀倥偬，落尘笼，簿书丛。""冗从"，散职侍从官；"倥偬"，事务繁忙。我这样的散职官员，天天忙于事务，俗务缠身，埋在文件堆中。"鹖弁如云众，供粗用，忽奇功。""鹖弁"，鹖冠，武官所戴。武官众多，不能物尽其用，无法让他们建功立业。

直到"笳鼓动，渔阳弄，思悲翁"。"笳鼓"，军队乐

云壑高逸图　明　蓝瑛

器;"渔阳",安禄山起兵叛乱之地,代指西北游牧民族;"思悲翁",一语双关,既指作者本人,又指汉代有关战事的乐曲。

"不请长缨,系取天骄种,剑吼西风。"此句悲愤交加,我无处请缨,不能亲上战场,直取西夏,连我腰下的宝剑也按捺不住,发出西风烈烈般的怒吼之声。此时此刻,我只能"恨登山临水,手寄七弦桐,目送归鸿"。惆怅悲恨地登高观水,手里抚弄七弦琴,远远看着归去的哀鸿。

这里可以听见一个怀有报国志的游子之声,思欲报国,却请缨无门;愿抛头洒血,却只能抚琴长哭。唐诗中描写游侠壮士的诗篇比比皆是,但宋词中却比较罕见。贺铸这首词算是别开生面:大开大合,悲愤凄凉;有回忆,有畅想;音韵铿锵,节奏沉毅,杀气、剑气、侠气、豪气喷涌而出。宋词至此,如登泰岳,如临沧海,高度和广度得以拓展。而贺铸上承苏轼之旷达,下启辛弃疾之豪放,他做了一辈子官也没达到这种成就,从而彪炳词坛。

书画册之戊午夏日仿松雪笔意(局部) 清 王时敏

# 晁补之

（1053－1110年）

自悔儒冠误

《忆少年·别历下》
《迷神引·贬玉溪对江山作》
《洞仙歌·泗州中秋作》

济州钜野（今山东菏泽巨野）晁氏家族，自汉代晁错之后一直门庭显赫。到了宋代，晁家依然不衰。晁补之（1053—1110年）的祖上晁迥在宋真宗、仁宗时代累官工部尚书、礼部尚书，入集贤院学士，国家诏令的修订多由他裁定。晁迥也是北宋著名的藏书家，晁补之自幼就受到祖上荫庇。

晁补之少年时随父亲去了杭州。到杭州之后，他拿着自己的作品敲开了时任杭州通判苏轼的家门。苏轼读了晁补之的作品，掩饰不住喜爱地说了一句：我今后可以搁笔了。他称赞晁补之的文章，说他将来一定会显名于世。

晁补之后来就成了著名的"苏门四学士"之一。苏门四学士依年龄排序分别是：黄庭坚，小苏轼八岁；秦观，小苏轼十二岁；晁补之，小苏轼十六岁；张耒，小苏轼十七岁。他们都是苏轼首先发现并竭力推荐的。

"苏门四学士"这一称谓，最初也是苏轼在《答李昭玘书》中先说出来的："独于文人胜士，多获所欲，如黄庭坚鲁直，晁补之无咎，秦观太虚，张耒文潜之流，皆世未之知，而轼独先知之。"苏轼说这番话时多少带些得意：世人不知这四人之时，我就预先判断出来了。"苏门四学士"大名由此而生，其实四人仅仅是接受过苏轼的指导，受过他的影响，并非一个文学流派。

元丰二年（1079年），晁补之考中进士，在两场重要考试中，晁补之都得了第一名。宋神宗就调来他的试卷看了，褒奖这个人"深丁经术，可革浮薄"。晁补之遂被调去澶州（今河南濮阳）任司户参军、北京（今河北邯郸大名）国子监教授。又过了七年，晁补之任太学正，宋哲宗面试后升为秘书省正字，又迁校书郎。这工作虽对口清闲，但俸禄微薄。于是在元祐五年（1090年），晁补之申请外补去了扬州。两年后朝廷缺人，又把他召回，任著作佐郎。后来，由于章惇拜相执政，贬斥旧党，外放诸臣，晁补之无端受牵累，也离开了京城，出知齐州（今山东济南）。

后来的日子里，晁补之宦海浮沉，升升降降，最后回到家修了一座归来园，自号"归来子"，开始羡慕陶渊明。可舒心日子没过几天，到了大观四年（1110年），又被起用任泗州（今江苏淮安盱眙（xū yí）知州。这一年秋冬之际，晁补之去世，享年五十七岁。

晁补之一生没得安宁，想报国却无门，空怀一身本领。绍圣二年（1095年），晁补之由齐州贬谪到应天府（今河南商丘），在离开齐州时写下一首《忆少年·别历下》：

无穷官柳，无情画舸，无根行客。
南山尚相送，只高城人隔。

罨画园林溪绀碧。算重来、尽成陈迹。
刘郎鬓如此，况桃花颜色。

《忆少年》，词牌名，又名《十二时》《桃花曲》《陇首山》，以晁补之这首为正体。双调四十六字，上阕五句两仄韵，下阕四句三仄韵。

此篇起句沉郁低婉，连续使用三个"无"字，给人无路可退之感："无穷官柳，无情画舸，无根行客。""柳"的文学意象是惜别。古人惜别，折柳送之，汉乐府即有"上马不捉鞭，反折杨柳枝"之句。过去一

桃源春昼图（局部） 清 王原祁

直说折柳习俗是因为"留"与"柳"谐音,送者希望行者留下来,故折柳送之;还有一种深层次的说法:柳树易活,随遇而安,折柳赠之,在哪都能生存,所谓"无心插柳柳成荫"。

作者第一句提到柳,反其意用之。"官柳",官路两旁的柳树;"无穷",一眼望不到头;"画舸",彩绘大船,官船;"无情",因为坐船离开,视船为无情;"行客",旅行之人,包括作者自己;"无根",是因为古人行进速度慢,一段行程,短则几日、几十日,长则几月甚至经年,所以"无根"的感受强烈。三个"无"字让人感到悲凉无奈,且又有情感依赖,感受复杂。

接下来的一句加重了这种感受:"南山尚相送,只高城人隔。""南山",指济州城西南的历山(千佛山)。南山有情尚能相送,高城却无情与佳人相隔。

下阕作者生发感慨:"罨画园林溪绀碧。算重来、尽成陈迹。""罨",本义是网,引申为掩盖;"罨画",彩色的画;"绀碧",深蓝色。离开了这座漂亮的城市,就算有机会再来,也一定物是人非了,一切都是过眼云烟。

写到此,作者引典说明:"刘郎鬓如此,况桃花颜色。"末句借刘禹锡诗句:"玄都观里桃千树,尽是刘郎去后栽。"刘禹锡当年被贬为朗州司马,十年后被朝廷召回。

他到京郊玄都观看桃花时，作此诗讽刺新贵，因此再次被贬连州刺史。晁补之引用此典故表明自己也有同样的怨恨。别说刘禹锡十年后老了，你看桃花不也一样吗？

晁补之从齐州被贬到应天府，又因其岳父之弟知应天府，为避亲嫌，改差亳州（今属安徽）通判。仅两年后，党争再起，因晁补之在元祐旧臣籍中，再度被贬至处州（今浙江丽水）。赶赴贬所途中，其母去世，晁补之悲痛至极，扶灵柩还乡，服丧不出。至元符二年（1099年）的夏天，服丧期满，晁补之去了信州（今江西上饶）改监盐酒税。在仕途屡屡受挫之际，他写下了《迷神引·贬玉溪对江山作》：

黯黯青山红日暮，浩浩大江东注。
余霞散绮，向烟波路。
使人愁，长安远，在何处？
几点渔灯小，迷近坞。
一片客帆低，傍前浦。

暗想平生，自悔儒冠误。
觉阮途穷，归心阻。

春山渔艇图 宋 张训礼

断魂素月,一千里、伤平楚。
怪竹枝歌,声声怨,为谁苦?
猿鸟一时啼,惊岛屿。
烛暗不成眠,听津鼓。

　　《迷神引》,词牌名。柳永自度曲。双调九十七字,上阕十一句六仄韵,下阕十三句六仄韵。自度曲亦称自度腔。通晓音律的词人如觉得现成的词牌不能很好地表达词意,就会自作词自谱曲调。自度曲也被认为是词人创作能力的体现。柳永、周邦彦、姜夔(kuí)、吴文英等都作过自度曲。

　　作者开篇雄浑壮阔:"黯黯青山红日暮,浩浩大江东注。余霞散绮,向烟波路。"傍晚时节,夕阳西沉,青山渐渐暗了下去,河水依然向东注入大海。晚霞散开,如同斑斓的锦绣,远远看去,道路上泛起一层雾霭。

　　此情此景,作者发问:"使人愁,长安远,在何处?"这句套用了李白的名句"长安不见使人愁",言外之意是"总为浮云能蔽日"。某种程度上晁补之"使人愁"强度远远高于李白的"使人愁",因为他加了一句"在何处",多了不确定的因素。

作者已将心境说到头了,于是王顾左右而言他:"几点渔灯小,迷近坞。一片客帆低,傍前浦。"远处渔火点点,看不清船远船近,是否已经靠上码头。船上的帆也已经解开收缩下来,小船停泊在眼前的水边。上阕从大全景写起,江山如画;到小近景收住,中间夹着一丝扯不断的忧愁。

进入下阕,开始点明主题:"暗想平生,自悔儒冠误。""暗"字用得好,静静地想,人生过半。此时晁补之已经四十六岁了,这年龄在古时已不算年轻,可以对前半生做出判断了:非常后悔踏上做官这条路。这句套用了杜甫的名句:"纨绔不饿死,儒冠多误身。"

紧接着,牢骚满腹:"觉阮途穷,归心阻。断魂素月,一千里、伤平楚。怪竹枝歌,声声怨,为谁苦?""阮途穷",借典说事:三国魏人竹林七贤之一阮籍(yáng),佯狂不羁,常驾车独行,直到无路可走才痛苦知返;"归心阻",我像陶渊明那样归隐田园也不行,处处受阻。看着一轮明月,千里大地上,魂断魄伤。只能怪《竹枝歌》的曲调如泣如诉,歌词婉转凄凉。

作者写到此还不甘心,引入外来力量,加强效果:"猿鸟一时啼,惊岛屿。"猿啼如哭,其声悠长感伤,古人多用于诗歌之中表达悲伤情绪。孟郊诗:"目极魂断望不见,猿啼三声泪滴衣。"贾岛诗:"雁过孤峰晓,猿啼一树霜。"晁补之牢骚结束后,借猿啼鸟鸣之声,宣泄了自己的情绪,一句"惊岛屿"并不限于地域,而是创造了一个可能的空间。

结尾处,完全回到现实之中:"烛暗不成眠,听津鼓。""烛暗"代表心情;"不成眠"表明内心纠缠;"津鼓",津口,更鼓。最后声音的介入,让作者的"对江山作"缓缓收尾,由画面起,由声音收,让这首词变得十分立体,余韵悠长。

晁补之的《迷神引·贬玉溪对江山作》倾吐出一个宋代文人的胸中块垒,报国无门,儒冠误身,虽全词情绪低沉,但仍可见作者的拳拳之心。上阕借景生情,下阕借情泄郁,使作者的一腔悲愤清晰可见,隐约可闻,让人掩卷长叹。

晁补之写这词时,还不知在后来的日子里,他至少还要去十余处地方为官,词中的情绪还算克制。人生无常,仕途艰辛,为官者理应知道自古至今都是险恶之道,顺境逆境都是人生。人生对谁都一样,知起点不知终点。大观四年(1110年),晁补之赴泗州任知州,这一年中秋,他写下了《洞仙歌·泗州中秋作》:

青烟幂处,碧海飞金镜。
永夜闲阶卧桂影。
露凉时、零乱多少寒螿,
神京远,惟有蓝桥路近。

水晶帘不下,云母屏开,
冷浸佳人淡脂粉。
待都将许多明,付与金尊,
投晓共、流霞倾尽。
更携取、胡床上南楼,
看玉做人间,素秋千顷。

《洞仙歌》,词牌名,又名《羽中仙》《洞中仙》等。正体双调八十三字,上阕六句三仄韵,下阕七句三仄韵。

起句气势逼人:"青烟幂处,碧海飞金镜。""幂",大巾为幂,引申为遮盖;"金镜",明月。在被如烟薄云覆盖的天空上,明月突然像从海中跃出的一块金色的明镜。"永夜闲阶卧桂影。""永夜",长夜不尽。漫长的夜晚,空空的台阶上留着月光下的桂树影子。

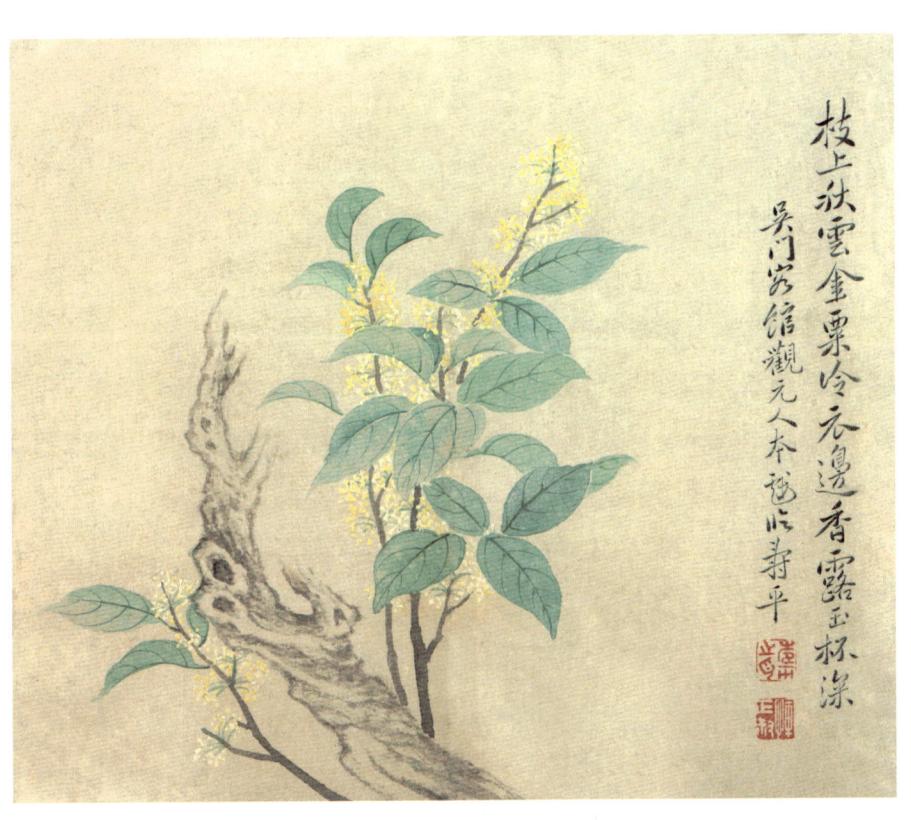

花卉册之桂花 清 恽寿平

"露凉时、零乱多少寒螀，神京远，惟有蓝桥路近。""寒螀"，小寒蝉，秋出而鸣；"神京"，指汴梁；"蓝桥"用典，宋代《太平广记·神仙五十·裴航》记载，唐朝有个秀才叫裴航，一次坐船遇樊夫人，追之，樊夫人回诗："蓝桥便是神仙窟，何必崎岖上玉清。"然后转身离开，裴航不解。后来某天，裴航途经蓝桥，问路旁老妇讨水喝。老妇让孙女云英倒水，裴航见云英绝色佳人，便想娶之。老妇因求长寿，要他用玉杵臼捣玄霜灵丹一百天。裴航费尽周折找到玉杵臼，然后回到蓝桥，日夜捣药，最终感动了月亮上的玉兔来相助。老妇深受感动，答应了裴航婚事。迎亲之日，裴航才知道樊夫人是云英的姐姐，暗中促成此事，二人遂双双成仙升天。

"蓝桥捣药"的故事在宋元明清多次被改编成各类题材的戏剧及话本。蓝桥在陕西蓝田蓝溪之上，尾生抱柱而死的故事就发生在蓝桥，至今已逾两千年了。这句意思是天气转凉了，连寒蝉之声都有气无力，想一想从这里去京城更远，反倒是去月宫路近。

下阕写室内之景："水晶帘不下，云母屏开，冷浸佳人淡脂粉。""水晶帘"，用水晶串起来的帘子，亦作"水精帘"，唐宋诗词多见，可见当时属于名贵物品。李白诗："却下水晶帘，玲珑望秋月。"顾况诗："月殿影开闻夜漏，水精帘卷近秋河。"高骈诗:"水晶帘动微风起,满架蔷薇一院香。"和凝诗:"出户忽看春雪下,六宫齐卷水晶帘。"

"云母屏",用云母做的屏风。云母是晶体矿物,唐宋亦流行用云母做透光屏风。李商隐诗:"云母屏风烛影深,长河渐落晓星沉。"欧阳修词:"云母屏低,流苏帐小。"曹组词:"云母屏开八面,人在青冥。"李京诗:"鸟从云母屏中过,鱼在鲛(jiāo)人镜里行。"下阕尽写室内豪华与香艳,卷起水晶帘,打开云母屏,让美丽佳人在中间穿梭,情与景均处于清冷的调性之中。

"待都将许多明,付与金尊,投晓共、流霞倾尽。""金尊",酒杯;"流霞",这里代指美酒。将月色与酒一同倾入酒杯,天亮前一同饮尽。

"更携取、胡床上南楼,看玉做人间,素秋千顷。""胡床",马扎;"素秋",秋季。最后再拿着马扎登上南楼,居高临下,欣赏广阔的秋景。

晁补之这首中秋赏月词有一种莫名的孤独感,月亮清冷,透出寒意,虽有佳人无数,眼中也似无人。作者从无月写到有月,由有月写到月影,又从月影写到月亮之上,然后回到人间。最后孤独一人登高远眺,呈现一个开放的结尾。

据说晁补之刚刚懂事的时候就会写文章,我觉得这

瑶台步月图 宋 刘宗古

实在有些夸张。但他年纪轻轻就得到苏轼的赏识却是事实。他诗、词、文皆佳，尤其词师承苏轼。他在苏轼家住过两年，得到苏轼的亲自点拨，风格缜密精致，骨力遒劲。尽管词风与苏轼相近，但由于性格的差异，他没有苏轼的超然豪放。清代冯煦对晁补之有个精准评价："无子瞻（苏轼）之高华，而沉咽则过之。"

清代张德瀛在《词徵》中将他与晏殊、苏轼、周邦彦、秦观并列评介："同叔之词温润，东坡之词轩骁，美成之词精邃，少游之词幽艳，无咎之词雄邈，北宋惟五子可称大家。"

再回过头来看《洞仙歌·泗州中秋作》，这是他的代表作，也是他的绝笔。这首词作完没多久，晁补之就因病与世长辞，走完了他磕磕绊绊的一生。好友张耒深为惋惜，为晁补之撰写了墓志铭。

江山秋霁图（局部） 清 允禧

作家榜

# 马未都讲宋词

II

马未都 著

清明上河图（局部） 宋 张择端

# 目 录

001 **周邦彦**
执手霜风吹鬓影

019 **赵佶**
玉京曾忆昔繁华

037 **周紫芝**
江北江南几度秋

053 **李清照**
人比黄花瘦

091 **曹勋**
南望泪如雨

103 **岳飞**
三十功名尘与土

121 **陆游**
但悲不见九州同

145 **范成大**
满窗晴日看蚕生

167 **周必大**
已谢浮名浮利

183 **杨万里**
映日荷花别样红

199 **朱熹**
为有源头活水来

217 **张孝祥**
何人为写悲壮

235 **辛弃疾**
气吞万里如虎

265 **姜夔**
今夕何夕恨未了

285 **史达祖**
相思未忘蘋藻香

301 **刘克庄**
老眼平生空四海

319 **吴文英**
隔江人在雨声中

339 **刘辰翁**
与君犹对当时月

359 **周密**
东风渐绿西湖柳

379 **文天祥**
人生自古谁无死

399 **蒋捷**
悲欢离合总无情

417 **张炎**
醉中不信有啼鹃

433 **后记**

蓬壶集胜册之桃坞停桡(局部) 清 董诰

# 周邦彦

（1056—1121年）

执手霜风吹鬓影

《少年游·并刀如水》
《苏幕遮·燎沉香》
《蝶恋花·早行》

民间传说中，周邦彦（1056—1121年）与李师师有一段风流艳事，这故事与宋徽宗有关。

青楼花魁李师师长相、唱功、情商、智商均是一流，佳客中宋徽宗和周邦彦最为重要。宋徽宗以亲王身份频频亲临，花钱无数；而周邦彦则是作词高手，歌伎都以能唱他的新词为荣。

一日，宋徽宗偶染小恙，李师师认为他不会来了，就约了周邦彦。谁知周邦彦刚到不久，宋徽宗人就到了，情急之下，周邦彦钻入床下，大气都不敢出。宋徽宗给李师师带来了新鲜的贡橙，二人分食，而周邦彦在床下不得已听了二人的调情。据说，事后周邦彦就把这一夜经历填写成新词《少年游·并刀如水》：

bīng dāo rú shuǐ　　wú yán shèng xuě
并刀如水，吴盐胜雪，

xiān shǒu pò xīn chéng
纤手破新橙。
jǐn wò chū wēn　　shòu yān bù duàn
锦幄初温，兽烟不断，
xiāng duì zuò tiáo shēng
相对坐调笙。

dī shēng wèn　　xiàng shéi háng sù
低声问：向谁行宿？
chéng shàng yǐ sān gēng
城上已三更。
mǎ huá shuāng nóng　　bù rú xiū qù
马滑霜浓，不如休去，
zhí shì shǎo rén xíng
直是少人行。

　　《少年游》，词牌名，又名《小阑干》《玉腊梅枝》，正体双调五十字，上阕五句三平韵，下阕五句两平韵。另有变体十余种。这首是变体。

　　作者开篇用了三个物象叙述，两静一动："并刀如水，吴盐胜雪，纤手破新橙。""并刀"，并州（今山西太原）自古精于冶炼，盛产刀剪。杜甫诗："焉得并州快剪刀，剪取吴淞(sōng)半江水。"周紫芝诗："已办并州快剪刀，为剪长条送春去。"

　　"并刀如水"是说刀之锋利，削铁如泥。"吴盐"，江南吴地所产精盐。水果经盐浸泡，去果酸，使之味道更香甜。李白诗:"玉盘杨梅为君设,吴盐如花皎如雪。"陆游诗:"梅青巧配吴盐白,笋美偏宜蜀豉(chǐ)香。"

作者用"并刀""吴盐"两个名物的特写开篇,下接动态描写:"纤手破新橙。""纤手",女子之手,纤纤十指。镜头由静及动,仍是特写,没有拉开,局限于近景。"纤手破新橙"写得性感美艳,色彩迷人:手之粉白,指甲晶亮,橙之鲜黄。一个"破"字带水而出,意象动人。

紧接着开始拉出中景:"锦幄初温,兽烟不断,相对坐调笙。""锦幄",漂亮的帷幕;"兽烟",兽形香薰。漂亮的帷幕让人感到温暖,瑞兽形的香薰散发着香气,二人面对面坐着,摆弄着乐器,各想着各的心事。上阕的整体意象连贯而出,一片温馨和睦的气氛让人心中微微感动。在没有摄影的年代写出摄影的感觉,这是周邦彦超越时代的绝活。

下阕突然变得暧昧:"低声问:向谁行宿?城上已三更。""低声"的"低"字让场景融入深情,其中包含尊重、企盼、商量、渴求等多层情绪。词人省略主语,不见其面,只闻其声:你去哪里住宿啊?问完又加上一句提醒:现在已经是半夜三更了。古人夜间以更鼓计时,两小时一更,三更正值子夜。

山水册之拟马远丹台夜月（局部） 清 华嵒

这句话的意图是留人，而不是轰人，委婉含蓄，意味深长，还包含着爱恋。

正当对方犹豫之时，女子及时补上一句："马滑霜浓，不如休去，直是少人行。"这句话换了角度，在替对方考虑：天太晚了，外面霜重路滑，马也不好行走，不如我们歇息吧，你看街上已很少有人走动了。

小词仅五十一字，写得生动曲折，香艳温暖。上阕六句是男子视角，下阕六句换了女子口吻，各怀各的心思，各有各的情绪。作者写出了二人交往的一幕，清晰有据。二人相熟，卿卿我我之时；偶然一宿，欲去欲留之刻。男女恋情中不知会有多少微妙时刻：生疏，熟稔(rěn)；相疑，相知；龃龉(jǔ yǔ)，融洽；羞怯，放肆。把握微妙时刻，描写细致入微，周邦彦这首词算是一绝。

据说周邦彦把这首词送给了李师师，李师师又在某次温存后唱给宋徽宗听，皇帝先惊后怒，遂逐周邦彦离京。待他再去看李师师，她眼眶湿润。皇上又追问周邦彦还为她写过什么，李师师答，填了一首《兰陵王·柳》。宋徽宗听罢说，是个人才，回来到大晟(shèng)府做个提举，主管朝廷乐舞吧！

这个故事最初记载于宋代张端义的《贵耳集》，后人添枝加叶才慢慢成了这个样子。尽管宋朝时君臣礼仪比较宽松，多位皇帝也风流倜傥、不拘小节，但我还是觉得故事不够真实——只是词写得真好，才会引发这样的故事。

王国维先生也考证过这件轶事。仅就年龄而言，周邦彦大宋徽宗二十四岁，争风吃醋似无可能。词若是周邦彦写给李师师的，要是他趴在床下冒着杀头的风险，恐怕没这份心情。

小词故事完整，情节清晰，细节感人。不管主角是谁，情感是共通的，穿越千年而不衰。清代周济在《宋四家词选》中对它评价准确："此亦本色佳制也，本色至此便足，再过一分，便入山谷恶道矣。"这就是所谓的"恰到好处"，过犹不及。

周邦彦早慧，年轻时生活不算检点，只是喜欢读书写词。他写词技高一筹，题材不外乎闺情羁旅，偶尔也写写咏物词。他是婉约派的代表人物，继承前人词风，又发扬光大。由于周邦彦讲究文字音律，特别在技巧上下功夫，注重声律，讲究辞藻，形成了独特的词风，开格律词派之先。比如他的《苏幕遮·燎沉香》：

liáo chén xiāng　　xiāo rù shǔ
燎沉香，消溽暑。

鸟雀呼晴，侵晓窥檐语。
叶上初阳干宿雨，
水面清圆，一一风荷举。

故乡遥，何日去？
家住吴门，久作长安旅。
五月渔郎相忆否？
小楫轻舟，梦入芙蓉浦。

  宋人活得仔细，注重生活细节。在宋代，上流社会盛行用香，《清明上河图》中就画有专卖香料的店铺。作者以此为题直接切入："燎沉香，消溽暑。"

  "沉香"也叫"沉水香"，由于富含油脂，遇水即沉，故名。沉香木主产于东南亚地区，对地理环境和气候有一定的要求。"燎沉香"是最质朴的用香方法，沉香受火即散，香气四溢。"燎沉香，消溽暑"，沉香确实有消除暑气、辟邪消瘟的作用，夏日可以防病防瘟。

  宋人用香的方式已划分得非常细致，香具已很完备。李清照的"香冷金猊"，柳永的"灯残香暖"，晏殊的"香残蕙

山水花鸟图册之出水芙蓉　清 恽寿平

执手霜风吹鬓影

山水册之一　清 髡残

柱",蒋捷的"心字香烧",仲殊的"篆香才点",朱敦儒的"宝篆香沉",黄庭坚的"香篆盘中字",辛弃疾的"茶瓯香篆小帘栊",如此多词人写香,表明宋代用香的普及。

"鸟雀呼晴,侵晓窥檐语。"由于阴天潮闷,连鸟雀都希望天气转晴;早晨醒了,可以听见鸟儿在屋檐下叽叽喳喳的叫声。

再往窗外望去,"叶上初阳干宿雨,水面清圆,一一风荷举"。早晨的太阳晒干了荷叶上经夜的雨水,水面上的荷叶挺直身子迎风晃动,一幅雨后生机盎然的景象。上阕犹如一延时长镜头,由焚香开始,由屋内向屋外、由低处向高处,再拉开全景,缓缓展示一片暑气全消的景色。

下阕一下子换了心境。"故乡遥,何日去?家住吴门,久作长安旅。"周邦彦是钱塘(今浙江杭州)人,为官久居北方。现代因为交通的便利与快捷,今人对异地距离感受没那么强烈。古人对距离的感受大大超过今人。古人离家出行是人生大事,加之中国传统文化有"父母在,不远游""在家千日好,出门一时难"等说法,离家久了非常思乡。尤其由于地域造成的南北方文化差异,更容易勾起思乡之情,所以周邦彦将地理位置清晰地写出:"家住吴门,久作长安旅。"只要不在家乡,在哪里住多久都是旅行。作者说的"长安"是代指,实际上作者长期为官之地是汴京(今河南开封)。

故乡有什么美好回忆呢?"五月渔郎相忆否?小楫轻舟,梦入芙蓉浦。"每年五月,时值仲夏,正是打鱼季节,回忆起来十分温馨,水面上的小船,像梦一样驶入荷花盛开的水湾。

周邦彦以游子之心怀念家乡,燃起沉香,听见鸟语,看见花开;想起故乡,心中惆怅,梦舟徜徉。一个平常的早晨,漫不经心的场景,引入思乡情绪。王国维评价周邦彦:"美成(周邦彦)深远之致不及欧(阳修)、秦(观),唯言情体物,穷极工巧,故不失为第一流之作者。但恨创调之才多,创意之才少耳。"王国维的评价比较客观,说周邦彦词格调不错,但少新意。其实在我看来,过于强调新意,只是文采过人的文人的通病而已。

周邦彦有一首《蝶恋花·早行》写得颇具特色。首先,这首词的"早行"之"早"与"羁旅"之"早"完全不同,大部分诗词中"早行"都是在写其辛苦。比如杜牧《早行》:"林下带残梦,叶飞时忽惊。"比如温庭筠《商山早行》:"鸡声茅店月,人迹板桥霜。"比如苏轼《太白山下早行至横渠镇书崇寿院壁》:"马上续残梦,不知朝日升。"再比如戴复古《秋日早行》:"晨炊何草草,

宿酒尚醺醺。"这些早行诗都在刻意表现羁旅之早,辛苦艰楚。而周邦彦的《蝶恋花·早行》却不是这样,起笔即是悲:

月皎惊乌栖不定,
更漏将残,辘轳牵金井。
唤起两眸清炯炯,
泪花落枕红绵冷。

执手霜风吹鬓影。
去意徊徨,别语愁难听。
楼上阑干横斗柄,
露寒人远鸡相应。

《蝶恋花》,词牌名,原是唐教坊曲,本名《鹊踏枝》。周邦彦的早行并不描写行进途中,而是着重描述早行前的情景:"月皎惊乌栖不定。""月皎",月色光明如水,语出《诗经·陈风·月出》:"月出皎兮。""惊乌",枝头乌鹊躁动不安。这里的意思是,月光太过明亮而使

廊桥山水图之四（局部） 清 佚名

乌鹊栖息不定，暗指人一夜未眠。

"更漏将残，辘轳牵金井。""更漏"，古时夜间计时工具，周代已有，以漏水速度计时，早期为泄水型，后发展为受水型，亦称"刻漏""漏壶"。"更漏将残"是说漏中水即将流尽，表明天即将亮了。"辘轳牵金井"是在描述早起人打水时辘轳发出的声响；"金井"，指富贵人家。

开篇三句，全部声音入画：第一句，乌鹊叫声；第二句，刻漏滴水声；第三句，辘轳汲水发出的声音。三种不同的声音都在渲染屋中人不愿分离的情绪，迫不得已时才将心上人叫醒。

"唤起两眸清炯炯，泪花落枕红绵冷。"女子也知道分别时刻马上就要到了，两眼满含泪水，泪花已使红色的枕头湿透。作者用了一个"冷"字，将女子心中的感受与腮边的感受一并说出，让最后一夜的最后一刻尽显凄冷。

下阕已从室内走到室外，省去了中间缠绵的环节，分手的一刻终于来临："执手霜风吹鬓影。"此刻声音消去，画面静中有动，二人手拉手不语，任凭清晨的寒风吹动散乱的头发。"去意徊徨，别语愁难听。""去意"，分别之意；"徊徨"，徘徊，彷徨；"别语"，告别的话；"愁难听"，惆怅的话让人不忍去听。

写到此处，作者笔锋一转，镜头摇向高远处："楼上阑干横斗柄，露寒人远鸡相应。"顺着楼看上去，满天晨星，北斗七星横在天空。此时此刻，分别的人已经走远，清晨的鸡鸣声像是在为人送行。

这首《蝶恋花·早行》实际上在写离情，在写二人分别的忧伤。作者由明月写起，到星斗结束，高开高走，但过程写得缱绻难舍，一唱三叹；尤其结束语"露寒人远鸡相应"，有感受，有视点，有听觉，全方位展现早行分别之悲，以景结情，戛然而止。

明代王世贞在《艺苑卮（zhī）言》中评价周邦彦："能作景语，不能作情语；能入丽字，不能入雅字；以故价微劣于柳（永）。然至……'唤起两眸清炯炯，泪花落枕红绵冷'，其形容睡起之妙，真能动人。"由此亦可见周邦彦这首词的文学魅力。

元丰六年（1083年），周邦彦在汴京做太学生时，写过一篇《汴都赋》，洋洋七千言，这长度在赋中极为罕见。因为这篇辞采丰赡的长赋，周邦彦受到神宗赏识，提为太学正，走上仕途。但他个性懒散，不太适合为官，所以在官场上混得平庸。

其实周邦彦诗词文赋无所不能，但词名太盛，掩盖了其他成就。他擅长写男女恋情，尤其慢词长调，曲折婉转，开合自如。在继承柳永、张先慢词的基础上，他强调语言缜密，抑扬顿挫之势，起承转合之姿，唯善唯美地表达心中所想，叙说心中所愿。

周邦彦应该没想到北宋在他身后仅六年就亡了，他感受到的到处都是纸醉金迷，靡靡之音。他的艺术世界里，爱情占据了极大的分量，"多少暗愁密意，唯有天知"（《风流子·枫林凋晚叶》）；"不似当时，小桥冲雨，幽恨两人知"（《少年游·朝云漠漠散轻丝》）；"拚今生，对花对酒，为伊泪落"（《解连环·怨怀无托》）。

周邦彦的艺术特点很难一语说清，他有温庭筠的秾(nóng)艳，冯延巳、李后主的深婉，还有晏殊、晏几道的蕴秀，柳永的艳冶，苏轼的旷达，这些都能在他的词中窥见一点影子。他像一名尽职守责的花匠，将百花盛开的花圃修整好，留下自己在雾中影影绰绰的形象。

# 赵佶

（1082－1135年）

玉京曾忆昔繁华

《燕山亭·北行见杏花》
《眼儿媚·玉京曾忆昔繁华》
《醉落魄·无言哽噎》
《在北题壁》

宋徽宗赵佶（1082—1135年）艺术天分极高，古代帝王如果按艺术天分排序，我看他仅排在唐玄宗之后。他自创了书法"瘦金体"，其绘画有大家风范，诗词歌赋无一不擅，的确是个少有的艺术天才。但他治国无能，滥用佞臣，最终导致北宋灭亡。

"靖康之难"中，徽、钦二帝连同后宫数千人被掳至五国城（今黑龙江哈尔滨依兰）。赵佶被软禁八年后死于囚禁之中，享年五十三岁。

赵佶自幼生长环境优越，加之宋神宗的宠爱，逐渐养成了轻佻放荡的性格。他自幼对能玩的事物都兴致勃勃，骑马射箭、蹴鞠斗鸡、奇花异石、飞禽走兽、笔墨丹青等，无一不有兴趣，尤其在书法绘画方面，堪称天才。艺术占用了他大部分精力，他对这以外的东西兴趣寡然，尤其治国平天下之事，基本与他无关。

可命运就是命运。宋元符三年（1100年），年仅二十三岁的宋哲宗驾崩。哲宗的独子早夭,皇位继承人只能从他的弟弟们当中挑选。虽宰相章惇说"端王(赵佶)轻佻,不可君天下",但选来选去,仍是赵佶被选中了。次年改年号为"建中靖国",宋徽宗开始了长达二十五年的统治。

宋徽宗生性不喜政治和管理国家,只好大量动用臣属,新旧党争遂越发激烈。到了崇宁元年(1102年),蔡京因书法精良老到,颇得宋徽宗赏识,连连擢升。甚至到了徽宗朝末年,蔡京已致仕多年,竟然还能以太师领三省事掌握朝政。整个执政时期,宋徽宗只顾游玩赏乐,由蔡京统管朝廷政事。

靖康元年(1126年),金军兵临城下,宋徽宗知道大事不妙,听从李纲之言,禅让皇位给太子赵桓(huán)。赵桓更是优柔寡断之人,父子俩除了遇事逃脱、遇难哀号之外,别无他法。

靖康二年(1127年)二月初六,金太宗下诏,宋钦宗被废为庶人。次日,赵佶父子携家眷及随仆一行,在金兵押解之下北行。据史籍记载,赵佶一行分乘八百六十余辆牛车,浩浩荡荡一路向北。更有文字记载,驱掳(lǔ)同行的北宋各色人等不下十万之众。这一事件标志着北宋的灭亡,史称"靖康之难"。父子二人被俘虏至黑龙江,一起在这冰天雪地的北方度过了人生最后的时光。

在北行途中,天气渐渐转暖,春暖花开。赵佶不知在何处看见绽放的杏花,白中带粉,一眼望去,漫山遍野,可这与在汴京看见杏花盛开时的心境完全不同。赵佶百感交集,写下一首《燕山亭·北行见杏花》,字字泣血:

裁剪冰绡,轻叠数重,
淡著胭脂匀注。
新样靓妆,艳溢香融,
羞杀蕊珠宫女。
易得凋零,更多少无情风雨。
愁苦。问院落凄凉,几番春暮。

凭寄离恨重重,这双燕,
何曾会人言语。
天遥地远,万水千山,
知他故宫何处?
怎不思量,除梦里有时曾去。
无据。和梦也新来不做。

梅花绣眼图（局部） 宋 赵佶

《燕山亭》,词牌名,亦称《宴山亭》。以这首为正体,双调九十九字,上阕十一句五仄韵,下阕十句五仄韵。其中上下阕第八句均为三四句式。

开篇三句以工笔描写杏花之态:"裁剪冰绡,轻叠数重,淡著胭脂匀注。""冰绡",洁白的丝绸;"胭脂",这里指颜色。杏花单生,先开花后长叶,故开放时不见绿叶陪衬;颜色由白色及淡粉,重重叠叠,满树生姿。

紧跟着的三句写的是一种感觉:"新样靓妆,艳溢香融,羞杀蕊珠宫女。"杏花有淡香,若隐若现。"蕊珠",道家指天上仙宫;"宫女",指仙女。这漫山遍野盛开的杏花如同打扮入时的美女,还散发着清香,这让天上仙宫的仙女如何是好。

描写完细节与感受后,笔锋一落,情绪急转而下:"易得凋零,更多少无情风雨。"杏花再盛开怒放,也是命苦,只几天就会凋落,更何况还有无情的风雨。

所以"愁苦。问院落凄凉,几番春暮"。"愁苦"在表达作者心中的感觉,"问院落凄凉"或许在忆旧,汴京的院落此时此刻一定凄凉无比,也不知这样的日子还会有几年。

上阕的"问"至此结束,其实已不必去问,也无须作答。但作者问了,算是扪心自问,明知故问,而且问心有愧，舍本问末，有点儿不知所措的意思。下阕触景生情，由表及里，内心充满了自责与悔意。看见杏花的盛开与凋零，想起自己曾经身为一国之君的荣华，如今却沦为屈辱的囚徒，心中无限悲痛。

"凭寄离恨重重，这双燕，何曾会人言语。""离恨"，离别的愁苦；"双燕"，燕子雌雄并飞，多作为象征爱情的文学意象。作者心痛如绞(jiǎo)，这爱恋的双飞燕，不会懂得人间的离仇别恨。"天遥地远，万水千山，知他故宫何处？"走过了万水千山，离故国天遥地远，怎么还知道那辉煌的皇宫今天在哪里呢？

长吁短叹到此，又揪心地添上一句："怎不思量，除梦里有时曾去。无据。和梦也新来不做。""无据"，不知何故。我又怎么不去想呢，只能偶尔在梦中去旧时的宫殿看看。不知什么原因，有时候我连梦都做不成啊！

这首词字字血、声声泪，将满树杏花引入自己营造的梦境之中。在长途跋涉中，又处于遭金兵押解的屈辱之下，一国之君的内心悲哀，只有他自己清楚。他做了二十五年养尊处优的皇帝，几乎过了大半生好得不能再好的顶级生活，但他万万不会想到，在自己年近半百之时，会有如此大劫，丢了江山，丢了百姓，成了金人的阶下囚。

从一呼百应到看人眼色，纸醉金迷的日子成了囚首垢面的押禁。人生落差，旷古罕有；命途多舛(chuǎn)，难以想象。但宋徽宗就赶上了，断送了北宋江山，苟延残喘，毫无尊严地活下来。人生之耻，莫过于此，所以写下这首《燕山亭·北行见杏花》就顺理成章。其声之哀，行号(xíng)巷哭；其情之悲，肝肠寸断；哀之悲之，如泣如诉。

赵佶在五国城的日子里，金人对他的管理属于软禁，生活条件虽比起在北宋都城汴京之时天差地别，但仍有比较宽松的生活环境。他由惊恐受辱，到渐渐适应了囚禁生活。据《靖康稗(bài)史·宋俘记》记载：与宋徽宗一起被俘的有封号的妃嫔和女官有一百四十三人，无名号的

歌乐图(局部) 宋 佚名

宫女多达五百零四人。这些女人除去被金人霸占和中途死亡的,余者悉数在赵佶身边。由此可见,徽宗的囚禁生活没有一般人想象的那样恶劣。

即便在这样的环境中,赵佶想起沦落的故国,想着曾经奢华的生活,仍悲愤交加,在囚禁的日子里,写下《眼儿媚·玉京曾忆昔繁华》:

yù jīng céng yì xī fán huá　　wàn lǐ dì wáng jiā
玉京曾忆昔繁华。万里帝王家。
qióng lín yù diàn　　zhāo xuān xián guǎn　　mù liè shēng pá
琼林玉殿,　　朝喧弦管,　　暮列笙琶。

<ruby>花<rt>huā</rt>城<rt>chéng</rt>人<rt>rén</rt>去<rt>qù</rt>今<rt>jīn</rt>萧<rt>xiāo</rt>索<rt>suǒ</rt></ruby>，<ruby>春<rt>chūn</rt>梦<rt>mèng</rt>绕<rt>rào</rt>胡<rt>hú</rt>沙<rt>shā</rt></ruby>。
<ruby>家<rt>jiā</rt>山<rt>shān</rt>何<rt>hé</rt>处<rt>chù</rt></ruby>，<ruby>忍<rt>rěn</rt>听<rt>tīng</rt>羌<rt>qiāng</rt>笛<rt>dí</rt></ruby>，<ruby>吹<rt>chuī</rt>彻<rt>chè</rt>梅<rt>méi</rt>花<rt>huā</rt></ruby>。

开篇即写回忆。"玉京"，北宋都城汴京的美称，"玉"有谐音"御"的隐义；"万里"，形容非常遥远。"玉京曾忆昔繁华。万里帝王家。"回忆从前那样繁华的开封城，在万里之外，那曾是我的家。起句就融入了极深的情感，声音悲怆。

"琼林玉殿，朝喧弦管，暮列笙琶。""琼林"，即琼林苑，北宋皇家园林名，在汴京城西；"弦管"，弦乐与管乐；"笙琶"，吹奏乐器和弹拨乐器。在豪奢的苑囿及宫殿里，从早到晚都是歌舞升平。上阕作者陷入了近乎自恋般的深深回忆之中，似乎忘记了被囚禁的现实。

下阕突然情绪低落，想起了自己此时的境地，猜想故国宫殿的状态："花城人去今萧索，春梦绕胡沙。""花城"，指汴京；"萧索"，萧条荒凉；"胡沙"，指金人领地。想着过去繁花似锦的汴京，如今一定是荒凉萧疏之景了，我的春梦也只能在金人领地徘徊，回不去了。

此刻作者无限伤感，自问了一句："家山何处，忍听羌笛，吹彻梅花。""家山"，故乡的山，这里代指家乡；

"羌笛",音色凄厉,最适合表达悲情;"梅花",指《梅花落》之曲,笛曲之一。相传为西汉李延年之作,此曲的内容与梅花傲雪欺霜有关,历代诗人多借用,比如李白诗:"黄鹤楼中吹玉笛,江城五月落梅花。"又比如高适诗:"借问梅花何处落,风吹一夜满关山。"这里说的"梅花"都是指名曲《梅花落》。而此时赵佶在金人的领地上,思念着万里外的家乡,"忍"泪"忍"痛地听着音调刺心、凄凉伤感的《梅花落》。这里的"忍"字是"难忍"之意,有被迫的含义。

抚今追昔,伤感不已,一个亡国之君的苦痛旁人很难感同身受。而赵桓看了父亲的这首词,情不自禁,潸然泪下,附和一首:

宸传三百旧京华。仁孝自名家。
一旦奸邪,倾天拆地,忍听琵琶。

如今在外多萧索,迤逦近胡沙。
家邦万里,伶仃父子,向晓霜花。

他写得努力,但文采与其父相差甚远,词中情绪也干瘪许多。不过明代文学家陈霆在《渚山堂(zhǔ)词话》中说："(此词)少帝有和篇,意更凄怆。"陈霆的诗词写得都好,因此很能理解徽、钦二帝的《眼儿媚》,"每一批阅,为鼻酸焉"。这是他的个人感受,聊备一说。

赵佶是个情种,除喜好艺术外,还特别热衷于男女之情。《宋史》记载,宋徽宗在北宋灭亡前有三十一子,三十四女;其中还漏报了一个,即赵相,《宋会要·后妃》有记载。

被俘之后,宋徽宗在八年囚禁中又生了六子八女,所有相加,宋徽宗子三十八人,女四十二人,总共八十人,可谓"人生硕果"。《靖康稗史·宋俘记》中有此记载。

即便如此,赵佶仍有深爱之人,刘贵妃就是其中一位。她出身微贱,长相明艳动人,入宫即得临幸,六年连升七级:才人、美人、婕妤、婉容、婉仪、德妃、淑妃、贵妃。刘贵妃生下益王赵棫(yù)、祁王赵模、信王赵榛(zhēn)。在宋徽宗的后宫中,美女不计其数,让风流成性的皇帝对她保持热度是件极难的事。但人要相信缘分,更要相信契合。宋徽宗一生风流,契合者不过三人。

可惜刘贵妃天不假年,于政和三年(1113年)因病早逝,赵佶觉得对她亏欠,遂追认刘贵妃为皇后,这在

宫女图（局部） 宋 刘松年

宫廷礼制上实属破例。二人的感情按常规思维似乎很难解释。在刘贵妃去世后的元宵佳节,他写下了一首《醉落魄·无言哽噎》:

无言哽噎。
看灯记得年时节。
行行指月行行说。
愿月常圆,休要暂时缺。

今年华市灯罗列。
好灯争奈人心别。
人前不敢分明说。
不忍抬头,羞见旧时月。

起句直奔主题,悲痛难已:"无言哽噎。"赵佶是动了真情的,否则写不出此语。"看灯记得年时节。"这句将起句具体化了,每年到了这个时候,都要一起观灯。"行行指月行行说。"我们一同走着,一边指着月亮一边说着话,他在描述曾经和谐的一幕。那时都说了什么呢?"愿月常圆,休要暂时缺。"这是个美好的愿望,不像出自后宫美人无数的皇帝之口，可宋徽宗就是这么写了，如同寻常恋爱中的青年男女。可惜的是，"愿月常圆"不能圆，"休要暂时缺"一定缺。月圆月缺是个任何人都无法改变的自然规律，不管你是帝王还是百姓。

下阕拉回现实，不想再去回忆。"今年华市灯罗列。好灯争奈人心别。"这么好的灯市，那么多的灯排列成行，良辰美景，奈何心境不佳，因为与当年观灯时不同的是，刘贵妃已不在了。

赵佶写至此，冒出了金句，与首句呼应："人前不敢分明说。不忍抬头，羞见旧时月。"哪怕曾经贵为天子，如今作为亡国之君，也不敢说清楚是什么原因让他如此低沉，连头也不敢抬起，没有脸去见月亮。这段情感表达属于真实情感，如没有刻骨铭心的爱恋，断然写不出这句。"旧时月"乃见证人，见证我们曾有过的过去。李白诗："今人不见古时月，今月曾经照古人。"赵佶深知其意，运用得体自如。

赵佶的感情很难用一两句话来概括。他至少不是薄情寡义之人，从他的词中就可以看出。他对郑皇后、刘贵妃，乃至歌伎李师师都怀有真挚的情感。感情这事永远说不清，尊居皇位之时，皇帝本人肯定是主导一方。看宋徽宗的真情流露，并没有做戏的成分。

高岩濺瀑图　清　恽寿平

刘贵妃生前住奉华堂。汝窑中底款刻有"奉华"二字的瓷器，是奉宋徽宗之命烧造的，可见他对刘贵妃多么上心。

宋徽宗一辈子不可谓不精彩，如一场大戏，喜剧开场，高潮迭出，情节丰富，最后悲剧收了场。他风流倜傥，才华四溢，艺术造诣极高，但政治能力弱如孩童。元朝政治家脱脱著《宋史·徽宗本纪》，写完后掷笔长叹一声："宋徽宗诸事皆能，独不能为君耳！"话说得发自肺腑。

赵佶刚被关押在五国城的日子里，一个冬夜，刮了一夜北风，屋里只有一盏忽明忽暗的油灯。清晨起来，他感慨万千，披衣套鞋，提笔写下了《在北题壁》：

彻夜西风撼破扉，
萧条孤馆一灯微。
家山回首三千里，
目断天南无雁飞。

意因情而在，诗乃心之声。

仿古山水图之痴翁沙碛图意（局部） 清 王翚

# 周紫芝

（1082－1155年）

江北江南几度秋

《鹧鸪天·一点残红欲尽时》
《踏莎行·情似游丝》
《卜算子·席上送王彦猷》

周紫芝（1082—1155年）寿数七十三，也有传闻说他活到近八十，其人生横跨北南二宋。

绍兴十二年（1142年），周紫芝以花甲之年中进士，后为礼部、兵部架阁文字，后又任枢密院编修官，大约古稀之年致仕，退隐庐山。周紫芝在北宋生活到四十五岁，又在南宋生活了近三十年，除却童年时期，他的人生真可以说饱览世道沧桑。

周紫芝是个文学家，文学情调极重，词重风花雪月。他小时候家里穷，学习非常刻苦，家境不好的人在学习上一定要比家境好的人付出得多，古今中外在这点上都一样。他活得小心翼翼，却分辨不清政治方向，所以写过一些阿谀奉承秦桧（huì）父子的诗，此后被人嘲讽，这很伤他的自尊。

周紫芝是宣城（今属安徽）人，字少隐，号竹坡居士，著有《竹坡诗话》《竹坡词》等。他以诗著称于世，尽管词写得也好，但数量远不如诗。他的存世诗文数量不小，逾二千篇，词只有一百五十余首。

周紫芝有极好的辞赋功底，他写诗词基本不用典，不追求华丽的辞藻，喜欢用朴实无华的文字，体现了他不事雕琢的风格。在政治层面上，宋室南渡风云四起，局势一时半会儿还不明朗。他这样只追求艺术、不在乎政治的文人并不愿意被搅入其中。

"靖康之难"给宋人带来的精神痛苦是巨大的，但由于宋与辽、金军事实力悬殊，只能忍气吞声，求和而不主战，这反而在某种程度上保全了南渡后社会安定、百姓富足的局面。随后一个文化现象是"诸儒彬彬辈出"，出现了"中兴四大诗人"：尤袤（mào）、杨万里、范成大、陆游。他们摆脱了北宋以黄庭坚为首的江西诗派的影响，写出了各自的风格，这也是宋朝诗歌的第二个繁荣时期。

周紫芝此时只钟情于小家碧玉式的创作，他的作品似乎有对象又似乎无对象，喜欢沉浸于一种文学遐想之中，比如他的《鹧鸪天·一点残红欲尽时》：

一点残红欲尽时，
乍凉秋气满屏帏。

梧桐叶上三更雨，
叶叶声声是别离。

调宝瑟，拨金猊，
那时同唱鹧鸪词。
如今风雨西楼夜，
不听清歌也泪垂。

    这首词似乎有个歌伎作为对象，否则读之会感到干巴。忆别歌女也是许多文人喜欢的主题。起句就很漂亮，充满了柔弱文人细腻的情感："一点残红欲尽时，乍凉秋气满屏帷。""残红欲尽时"指灯烛将燃尽时。天气突然凉了，能感到秋意已钻进了屋中的帷帐。

    屋外落雨了，"梧桐叶上三更雨，叶叶声声是别离。"梧桐原产中国，是最早入诗的植物之一，《诗经·大雅·卷阿》就有"凤凰鸣矣，于彼高冈；梧桐生矣，于彼朝阳"，这是"梧桐引凤"的来历。梧桐具有品格高洁和爱情忠贞的文化内涵。古代传说梧雄桐雌，同长同老，同生同死。梧桐树干挺拔，叶阔如掌，遇秋风而落，遇秋雨而湿，很多时候也被作为孤独忧愁的象征。

岩壑清晖册之二　明 佚名

李白诗:"人烟寒橘柚,秋色老梧桐。"白居易诗:"春风桃李花开日,秋雨梧桐叶落时。"李煜词:"辘轳金井梧桐晚,几树惊秋。"苏轼词:"昨夜霜风,先入梧桐。"梧桐叶阔且厚,落雨声声清晰,尤其夜深人静之时,这声音在作者心中完全是离别情绪的表达。

描写雨落于叶上的声音,让忧愁意象覆上了一层听觉感受。这层感受很重要,现代人每天听到的声音很杂,大多为工业声音,自然之声很少听见。古人则不然,一点点自然之声就会勾起不少联想,杜牧名句"一夜不眠孤客耳,主人窗外有芭蕉"写的就是这层感受。"雨打芭蕉"后来不仅成了孤客行旅的文化意象,还逐渐演化成一支器乐名曲。

下阕场景又回到屋内,不过全变成了回忆。"调宝瑟,拨金猊。那时同唱鹧鸪词。""瑟",古代乐器,二十五弦。《汉书·郊祀志》载:"泰帝使素女鼓五十弦瑟,悲,帝禁不止,故破其瑟为二十五弦。"李商隐的"锦瑟无端五十弦"就是这么来的。"宝瑟",典出《周礼·乐器图》:"饰以宝玉者,曰'宝瑟';绘文如锦者,曰'锦瑟'。""金猊",狻猊,龙所生九子之一,如狮,喜烟,故形象常用在香炉之上,"金猊"便指铜制香炉。"鹧鸪词",即《鹧鸪曲》,相传此曲效仿鹧鸪之声,曲调哀婉清怨,词多唱相思别恨。

回忆中，二人时而弹奏宝瑟，时而拨动沉香，兴致来的时候一同唱《鹧鸪曲》。可惜这只是一段回忆了。"如今风雨西楼夜，不听清歌也泪垂。"今夜只有我一个人了，听着风雨，想起旧日种种，潸然泪下。

周紫芝喜欢小晏（晏几道）的词，也追摹其风格。周紫芝利用室外景、屋中物，营造了一种迷离梦幻的感觉。他对这种悲喜参半情绪的把握恰到好处，尤其是声音的多层次运用，让感性在景物中穿插，在风雨中摇曳。

这类有关男女之情的词周紫芝写过不少，我估计他写着顺手。以他这种经历与性格而言，估计也写不出金戈铁马的词来。在卿卿我我中，他也许最能找到自我。《踏莎行·情似游丝》即为一例：

情似游丝，人如飞絮。
泪珠阁定空相觑。
一溪烟柳万丝垂，
无因系得兰舟住。

雁过斜阳，草迷烟渚。
如今已是愁无数。

湖州十八景图之小梅　明 宋旭

044　周紫芝

míng zhāo qiě zuò mò sī liáng,<br>
明　朝　且　做　莫　思　量，<br>
rú　hé　guò　dé　jīn　xiāo　qù<br>
如　何　过　得　今　宵　去？

　　唐代流行送别诗，到了宋代，尤其到了南宋，便成了缠绵的别情词。别情词中肯定看不见"挥手自兹去，萧萧班马鸣"的大度豪情，也听不见"平生不下泪，于此泣无穷"的痛快淋漓，它没有"无为在歧路，儿女共沾巾"的真心劝慰，也没有"几时杯重把，昨夜月同行"的情深意长，而是小情小调的"情似游丝，人如飞絮"。

　　"游丝"，空中飘浮的昆虫所吐的丝；"飞絮"，飘飞的柳絮；"阁"，止也，这个意思后来写作"搁"；"觑"，本义偷看，指悄悄看。起句定了调子，情感犹如似有似无的空中游丝，两个人虽然在一起，但总觉得没有根，像空中的飞絮，眼睛里噙着泪水，相互久久地看着对方。

　　下句延续了这种情绪："一溪烟柳万丝垂，无因系得兰舟住。"到处都是下垂的柳条，但它也无法将小船拴住。"兰舟"，船或床的雅称，此处指船。情人要乘舟远行，什么力量也拴不住。上阕

江北江南几度秋　045

二十九字，把委婉的别情表达得极为充分。

下阕透出些许不知所措。视线离开了眼前之景，往远处延展："雁过斜阳，草迷烟渚。如今已是愁无数。"大雁在傍晚回归，绿草像烟一样笼罩着水中小洲，让人愁上加愁。作者写到这里，冒出了神来之笔："明朝且做莫思量，如何过得今宵去？"明天怎么办先不用去想，眼前的惆怅今天晚上怎么才能过得去？

有情人都经历过送别场景，但古时送别比今天更让人心痛，因为一别会很久，而且会近乎杳无音讯。一旦对方从视野中消失，便难以得到对方的音讯，只剩下思念和苦苦的等待。所以古人特别在意送别，十八相送，一程又一程。

把别情词写得极尽缠绵，周紫芝这首堪为典范，以哀伤起，以无助终，只能等待别情一刻。最后还是落在了无可奈何上，和李清照的"才下眉头，却上心头"有异曲同工之妙。

从周紫芝的作品中可以看出他的性格，不急不躁，温惠敦厚。他自幼读书多，精心研究过《楚辞》，还研究过许多前辈大家的诗词，尤其喜欢梅尧臣。

梅尧臣与周紫芝是宣城老乡。中国人自古就重同乡情谊，对老乡中有成就者高看一眼。梅尧臣的身世与周紫芝有共同之处,都是仕途不得意,也无意在官场混。梅尧臣的含蓄平淡是周紫芝喜欢的,所以他一直以此为目标,让自己的作品在平易中获得成功。

词长于描写爱情,尤其最初花间派定了调子后,词人们不管有无恋爱经历都会在这上面下些功夫。周紫芝存世的百余首词中,涉及爱情的占了大约四分之一,他这部分作品流传得也最广,其中多首收录在其他选编集子中,比如前面提到的《鹧鸪天·一点残红欲尽时》《踏莎行·情似游丝》两首,皆收录于清代上彊(qiáng)村民编集的《宋词三百首》。

周紫芝一生的创作也不都是关乎儿女情长,偶尔也有对于世事无常的感怀。有一次,友人王之道赴任途中与周紫芝在江西相遇。在送别的宴席上,二人酒兴正酣时,周紫芝写了一首《卜算子·席上送王彦猷(yóu)》:

江北上归舟,再见江南岸。
江北江南几度秋,梦里朱颜换。

人是岭头云,聚散天谁管。
君似孤云何处归?我似离群雁。

这首词上阕言别情，不言儿女情，几度春秋，人生易老；下阕以物比人，云乃多情物，聚散无常，好自为之。行文通畅，从中亦可看出周紫芝的另一面。

周紫芝年逾古稀，但最终还是没有活透彻，晚年时为秦桧父子频频献诗。当时秦桧位高权重，周紫芝献的又是祝寿诗，但诗中内容实在不堪，极尽谄(chǎn)媚，故史家对他负面评价多，多有嘲讽。清乾隆时期的《四库全书简明目录·卷十六·集部四》说他"谀颂秦桧父子者，连篇累牍，殆于日暮途远，倒行逆施"，但同时又肯定了他的艺术成就，"其诗在南渡之初，则特为秀出，足以继眉山（三苏）之后尘，伯仲于石湖（范成大）、剑南（陆游）也"。

文人自古就强调"风骨"，"风骨"一词抽象，起源于魏晋，语出《晋书》"风骨魁奇"。"风"指文人顽强的风度，意气峻拔；"骨"指文人刚直的个性，宁折不弯。

可惜不是每一个文人都能具备这样的风骨，或者说，风骨是文人向往的境界，要做到并不容易。周紫芝就属于丢了风骨的文人，虽然文采过人，一生又小心翼翼，但由于内心不够强大，遇强权时犹疑不定，错以为借机奉上几首小诗就可以获得权臣的好感，从而保个平安。

风雨泊舟图（局部） 明 佚名

秋山渔隐图（局部） 明 蓝瑛

谁知道，就是这些对秦桧来说可有可无的"寿诗"，于他本人却成了抹之不去的耻辱。

　　周紫芝"少家贫并日而炊，嗜学益苦"，年届花甲考中进士，廷试第三。他本无心在官场钻营，想平平淡淡做一个文人，但世事难料，秦桧被钉在历史的耻辱柱上之后，周紫芝的负面评价也伴随着他，直至身后。这些都是周紫芝不愿意看到的，他晚年作《水调歌头·白发三千丈》，自序中说"世固未有自作生日词者，盖自竹坡老人始也"。"竹坡老人"是他的自称，这首生日词最后两句写得沧桑："莫问蓬莱路，从古少人知。"可以读出他的悔意。

设色山水册（局部） 清 石涛

# 李清照

(1084 — 约1155年)

人比黄花瘦

《如梦令·常记溪亭日暮》
《如梦令·昨夜雨疏风骤》
《点绛唇·蹴罢秋千》
《一剪梅·红藕香残玉簟秋》
《醉花阴·薄雾浓云愁永昼》
《凤凰台上忆吹箫·香冷金猊》
《声声慢·寻寻觅觅》

李清照（1084—约1155年），号易安居士，有"千古第一才女"之称，是宋词婉约派的代表。女性词人作为婉约派代表顺理成章，可李清照也写过"生当作人杰，死亦为鬼雄。至今思项羽，不肯过江东"这样豪放的小诗。

李清照寿七十余，其夫赵明诚只活了四十八岁。李清照的人生横跨北南二宋，南渡时她四十三岁。如果除去少女时代，李清照的人生基本上是北南二宋对半，故"靖康之变"对她的一生及创作产生了深刻的影响。

李清照出身书香门第，其父李格非为北宋文学家，宋神宗熙宁九年（1076年）中进士，一生守节清廉，这对李清照影响至深。由于父亲的藏书甚丰，她自幼对书籍有天然的亲近感，这种亲近感一直伴随她的一生，包括她为丈夫赵明诚搜集整理遗作《金石录》。

李清照虽有"千古第一才女"之称，但留下来的作品数量并不多，大约只有诗文百余篇，她的《易安居士文集》《易安词》惜今已散佚。宋代黄昇（黄玉林）编的《花庵词选》说《漱玉词》三卷，今亦皆不传。今人可以看到的《漱玉词》是后人的辑本，不全。《漱玉词》得名于李清照久居泉城济南时门前的漱玉泉。漱玉泉为济南七十二名泉之一，泉涌溢池，水石相激，故名"漱玉"。

李清照存世作品中也多有赝(yàn)作，可见她的影响力。宋代朱彧(yù)在《萍洲可谈》中说："本朝女妇之有文者，李易安为首称。……诗之典赡，无愧于古之作者；词尤婉丽，往往出人意表。"宋代王灼在《碧鸡漫志》中说："易安居士，……自少年便有诗名，才力华赡，逼近前辈，在士大夫中已不多得；若本朝妇人，当推词采第一。"宋代胡仔在《苕溪渔隐丛话》中也说："近时妇人能文词，如李易安，颇多佳句。"这些评介说明李清照在当朝就名满天下，文辞斐然。

李清照出名很早，二八芳龄时的习作就誉满京城。父亲李格非师从苏轼，进士出身，母亲又是当朝状元王拱辰的孙女。李清照从小耳濡目染，在文学上既有天赋，又有慧根，所以出手不凡，两首《如梦令》起点颇高。

第一首《如梦令·常记溪亭日暮》：

cháng jì xī tíng rì mù　　chén zuì bù zhī guī lù
常 记 溪 亭 日 暮 ， 沉 醉 不 知 归 路 。

兴尽晚回舟，误入藕花深处。
争渡，争渡，惊起一滩鸥鹭。

第二首《如梦令·昨夜雨疏风骤》：

昨夜雨疏风骤，浓睡不消残酒。
试问卷帘人，却道海棠依旧。
知否，知否？应是绿肥红瘦！

《如梦令》是词牌名，又名《忆仙姿》《宴桃源》，正体单调三十三字，七句五仄韵，一叠韵，另有变体。两首小令风格统一，一写外景，一写室内，相映成趣，相得益彰。

第一首以"常记"开篇，表明不是偶然，但行文时又写了偶然——"误入"，所以让小令一波三折，一唱三叹。起笔平淡："常记溪亭日暮"，缘由、地址、时间；"沉醉不知归路"，情景、状态、事由，迅速将自己的回忆及读者的视线拉至设定的情景之中，欢愉的心情，轻松的状况，十二个字已经尽显。

紧接着进一步说明："兴尽晚回舟，误入藕花深处。""兴尽"说明"晚回舟"的原因；"晚回舟"顺理成

荷花图（局部） 清 吴昌硕

章；笔锋一转，"误入"让剧情充满了变数，又极为合情合理：只有沉醉，方可能误入。作者将"误入"进行了美化处理——"藕花深处"，夏日荷花盛开，误入如此佳境，就真无所谓知不知归路了。

正在此时，作者用了叠韵："争渡，争渡，惊起一滩鸥鹭。""争渡"说的是心境，叠韵的应用加强了这份心境，然后远景一派放松，鸥鸟与白鹭惊起而飞，似乎给误入歧途的小舟指明了出路。

这首小令的精彩之处在于作者将复杂的心情与变幻的风景融为一体，在文字行进之中相互感染，配合得天衣无缝，毫不矫揉造作。每一句看似无心，实则有意，无一字不传神，无一景不添彩，使得小令如同水墨画一般，浓淡相宜，耐人寻味。

第二首场景完全不同，写的是室内。起句时空前置，"昨夜"做了什么未去描写，而是直接写气象"雨疏风骤"，接着以"浓睡不消残酒"将饮酒场面完全淡化，让人回味绵长。

早晨起来还有酒意，懒洋洋地问了丫鬟一句。作者醒来时，丫鬟卷帘一刻，一个"试问"将内心的某种担忧和忐忑表露无遗，而丫鬟不解其意，"却道海棠依旧"，一夜风雨未见什么变化，满树海棠花依旧开放。

作者用叠韵连续发问："知否，知否？"有埋怨，有宣泄，有担心，有释怀，接着给出了自己的结论："应是绿肥红瘦！"

"绿肥红瘦"是此令的点睛之笔。第一层含义是客观描述，一夜风雨后，绿叶显得肥润，而红花却凋零不少；第二层含义是主观感受，红花配以绿叶，主次分明，即便红花因风雨减少了很多，依然是视觉中心。

历代文人对此句称赞有加，宋代胡仔说："此语甚新。"明代沈际飞说："'绿肥红瘦'创获自妇人，大奇。"清代王士禛说："'绿肥红瘦'，……人工天巧，可称绝唱。"此句的新奇完全在于前文的铺垫，六句三十三字，用四句二十三字做足了铺陈，然后用两个"知否"拔高推出，最后将"绿肥红瘦"的意象释放，显示了作者的文字天分。而这一年，李清照大约仅有十六岁，天赋早慧。

这两首《如梦令》读之既有纯朴的天真烂漫，又有朴厚的人生态度；行文如同流水，落笔不见斧凿。无论室内室外，浑然天成；远观近看，大景小情，均得心得体，如后世对这两首词作判断无误的话，李清照被称作"千古第一才女"可谓实至名归。

另有一篇李清照的早期作品，《点绛唇·蹴罢秋千》写得俏皮：

蹴罢秋千,起来慵整纤纤手。
露浓花瘦,薄汗轻衣透。

见客入来,袜刬金钗溜。
和羞走。倚门回首,却把青梅嗅。

　　这首《点绛唇》在讲一个故事,其中情节细节充分,所以很多后人将这首词与李清照本人的真实恋爱故事搅在了一起。其实这在某种意义上体现了宋词较唐诗的不同之

有竹庄中秋赏月图(局部) 明 沈周

处。唐诗,多注重情感表达,比兴用典,对仗互文;而宋词则注重情节叙述,烘托联想,借景寓情。唐诗长于情,宋词喜于景。唐诗多写感觉,宋词爱写故事。此首《点绛唇》即为例证。

　　起句写一段故事告一段落:"蹴罢秋千,起来慵整纤纤手。"至于为何荡秋千,作者无须交代,只需读者想象。"秋千"在中国传统文化中多与女子风情有关,旨在描写心神不定。唐代李商隐诗:"十五泣春风,背面秋千下。"唐代韦庄诗:"好是隔帘花树动,女郎撩乱送秋千。"南唐李煜词:"谁在秋千,笑里轻轻语。"宋代唐琬词:"人成各,今非昨,病魂常似秋千索。"宋代晏几道词:"柳下

笙歌庭院，花间姊妹秋千。"宋代陆游词："宝钗楼上妆梳晚，懒上秋千。"李清照以秋千开场，并非无意，而是表明一个少女荡来荡去的春心。"起来慵整纤纤手"写得妩媚诱人，开篇局已设好。

嫌开篇力度不够，作者继续渲染："露浓花瘦，薄汗轻衣透。""露浓花瘦"，说的是早晨，早晨因为睡起刚醒，美人更美；"薄汗"，轻微沁出一层汗，又多一层妩媚；"轻衣透"，汗湿贴身已不仅仅是妩媚的表达，而多了一层性感。上阕叙述至此，寥寥四句二十字，有场景，有情节，有细节，有诱惑；把故事的女主角推至台前，等待结果。

下阕单刀直入："见客入来，袜划金钗溜。"上阕的情节实际上是为下阕做准备，男主人公终于出场了，也可以说女主人公等待的男主人公终于来了。"袜划金钗溜"，一头一脚，囊括了女子衣着的全部。"袜划"，只穿袜子着地。"划"，本义削去、铲平。"金钗溜"这一细节，让怀春女子的慌乱平添了一分妖娆。

行文至此，作者又重重加上了一句："和羞走。倚门回首，却把青梅嗅。""和羞走"只是表象，内心是欢喜；"倚门回首"更是刻意，要留给客人更深切的印象；"却把青梅嗅"已是表演了，"青梅"，寓意女子青春，"青梅竹马"是也。李清照让少女在下阕充分展示，把一切不自然行为放置于自然之中，让这场生活中的爱情邂逅成为定格。

李清照的《点绛唇·蹴罢秋千》名气很大，由于这首词是一个完整爱情的序曲，有人甚至猜测李清照是在写自己。但此词作者历史上存疑，有不少学者认为这不是李清照的作品，而是五代时期无名氏之作，明以后误收入其文集。我们在此不考证其真伪，此词的行文择词和意境表达是李清照的风格，就权当她的作品来解析。

宋徽宗建中靖国元年（1101年），李清照与赵明诚完婚。这一年李清照十七岁，赵明诚年长三岁。他们二人的婚姻有点儿自由恋爱的意思。赵明诚与李清照的堂兄外出游玩，在元宵节赏花灯时与李清照相识，赵明诚对她一见钟情，回家后委婉地向父亲谈及李清照，其父赵挺之心领神会，立刻派人向李家提亲。

世俗地讲，赵挺之官至礼部侍郎；李父李格非为礼部员外郎，赵李两家门当户对，两人结婚后琴瑟和鸣是有家庭基础的。

李清照与赵明诚的婚姻存续近三十年，直至赵明诚病故。这段婚姻可以分为两段，前甜后苦，这从李清照作品中就可以看出端倪。二人婚后不久，赵明诚就出远门了。这使新婚的李清照多了一份从未有过的感受。

元朝有个叫伊世珍的人，著有《琅嬛（láng huán）记》，这书算是

本荒诞不经的小说集，取材真真假假。书中引《外传》留下的一段相关文字："易安结缡未久，明诚即负笈(jí)远游。易安殊不忍别，觅锦帕书《一剪梅》词以送之。"这事听着的确像小说，不甚真实，但不管怎么说，至少说明李清照这首《一剪梅·红藕香残玉簟秋》在元朝就已非常流行了。

红藕香残玉簟秋。
轻解罗裳，独上兰舟。
云中谁寄锦书来？
雁字回时，月满西楼。

花自飘零水自流。
一种相思，两处闲愁。
此情无计可消除，
才下眉头，却上心头。

《一剪梅》，词牌名，双调六十字。李清照采用下平韵，上下阕各押三韵，使得全词声情并茂，低缓沉郁，读之极易被文字牵带入境。

"红藕香残玉簟秋"，李清照先交代时间，"红"字打头，本是强调暖色，粉红色的荷花开放时妖娆妩媚，略带香气。可紧跟着话锋一转，露出"残"意，使得这一意象异峰突起，突出"残"字后马上陷入另一平缓境象。"玉簟"，"簟"（qí）为蕲竹所编的竹席。蕲竹与普通竹子最大的不同是蕲竹绕节，不似普通竹子环节。蕲竹细腻，席滑如玉，据说最佳者柔软如棉，折叠如布，人卧其上，百病能愈。

李清照用"玉簟"是期望此席能治心病，但秋天已至，席凉如水，只能"轻解罗裳，独上兰舟"。"兰舟"，一般解释为船的代称，典出南朝梁任昉《述异记》，吴王阖闾（hé lǘ）植木兰构宫殿，鲁班刻木兰为舟。还有一种解释是"兰舟"为床的美称。这就有点儿问题了，如"兰舟"为船，"轻解罗裳"为何？秋天已冷，船上凉，为何还要宽衣解带？如"兰舟"为床，下阕的"花自飘零水自流"似乎难解。

我以为在此"兰舟"为床，至少李清照一语双关。否则无法解释"轻解罗裳"，"罗裳"指下衣，上衣下裳，"罗裳"即"罗裙"。解下罗裙上船令人诧异，解开罗裙躺在床上，下面文字皆可解读。

"云中谁寄锦书来？雁字回时，月满西楼。"一个人躺在床上盼望着夫君的家书寄来。但她用了一个深情的代词"谁"，表达相思的情绪。看着大雁已经开始南飞，天已渐晚，月上西楼。

这一组文学意象全部为了烘托作者独自思念之情，有企盼，有担心，有行为，有感受。李清照由静向动，再由动及静，极像电影里的慢镜头，缓缓移动，将一个新婚女子思夫的场景耐心地展现，最后作为大画面定格。

我们可以把上阕看成一个连贯的长镜头，由特写——"红藕香残"，至中景——"玉簟秋"；再由近景——"轻解罗裳"，至中景——"独上兰舟"；全景——"云中谁寄锦书来"，再接大全景——"雁字回时，月满西楼"。这一连贯的场景让李清照动用了三十个字就描述完毕，这里主客观两次交替，结合得天衣无缝，显示出作者高超的驾驭文字的能力。

下阕完全抛离了上阕写景写情的基调，只在意"思"。"思"与"想"性质略有差异，"思"字本义为"容"也，引申为"深通"；"想"有开动脑筋之意，"思"只是单纯的一种念头。

下阕李清照让词完全进入她个人沉静的思绪之中，开篇写:"花自飘零水自流。"此句平淡而起,承上启下,让上阕的景致进入下阕的情景,李清照用了诗词中常用的"互文"修辞手法,轻松自然地与上阕衔接,也与首句对应。

"互文"也叫"互辞",这种文学修辞的目的是参互成文,合而见义。一句话的两部分或上下两句貌似是说两件事,实际是说同一件事,只不过相互呼应,相互补充,相互阐发。典型的诗句有:王昌龄的"秦时明月汉时关",杜牧的"烟笼寒水月笼沙",《木兰辞》中的"将军百战死,壮士十年归"。理解互文修辞对解释作者的真实写作意图很有帮助。

首句"红藕香残玉簟秋"是室内外互文表达秋天来了的意思;"花自飘零水自流"是花落水逝互文,表达了作者内心的哀婉无奈,此句借喻,只是一种心境,而不是对景色的直接描述。理解此意,就能理解上阕的"独上兰舟"是上床而不是上船。让思念深沉的李清照独自一人上船去散心是大部分人的理解,但通观全篇,李清照的确是一人静卧床上,自我消化思念之苦。接着她说:"一种相思,两处闲愁。"这句假设丈夫赵明诚在外地也一样想她,这是相思的最高境界。

最后一句是使此词载入史册的点睛之笔——"此情无计可消除,才下眉头,却上心头"。词人观察力敏锐,理解力超群，否则写不出这么平实又深情的句子。这种思念的确没有办法消除掉，即便表面掩饰，也没有办法从内心去掉。"才下眉头"是表象，"却上心头"是实质，结尾两句平实却深入人心，更能唤起读者共鸣。李清照的这首词毫无疑问写于初婚小别的时期，时间再稍微久一些都难以写出这等词句，也不会有这种感受。

李清照是婉约派代表词人，而这首词可以说是她的代表作，充分展现出婉约之美。李清照很明显受了南唐李煜的影响，"无言独上西楼，月如钩"的意境似乎在此得以再现。至于韩偓《青春》中的"樱桃花谢梨花发，肠断青春两处愁"，范仲淹《御街行·秋日怀旧》中的"都来此事，眉间心上，无计相回避"，这些前人的意境都被李清照的神笔一一点化，"别是一般滋味在心头"。

李清照的婚姻外人看着很幸福，赵明诚的年龄大她三岁，二人情投意合，琴瑟和鸣，品味亦相近，都喜欢金石古物。但初婚的幸福没过多久，李清照之父李格非就卷入新旧党争。宋徽宗崇宁元年（1102年），李格非被列入元祐党籍，不得在京任职；而赵明诚之父赵挺之却一路升迁，由吏部尚书连迁至尚书右仆射，成为宰相。

李清照在生父被贬与公公升迁的夹缝中不知所措，为救父之危难，竟然写诗给公公赵挺之，此举在官场上颇显幼稚。李格非被罢官后只得携家眷打道回原籍济南。

李清照与丈夫赵明诚两地生活，思念是难免的，古人由于信息沟通不畅，思念比今人苦得多，也久得多，挥之不去。宋徽宗崇宁三年（1104年），李清照时年二十岁。"每逢佳节倍思亲"，重阳节时，她便写下这首《醉花阴·薄雾浓云愁永昼》，寄给丈夫赵明诚：

薄雾浓云愁永昼，瑞脑消金兽。
佳节又重阳，
玉枕纱厨，半夜凉初透。

东篱把酒黄昏后，有暗香盈袖。
莫道不消魂，
帘卷西风，人比黄花瘦。

《醉花阴》，词牌名，又名《醉春风》《醉花去》，双调五十二字，上下阕各五句，三仄韵。作者开篇写景兼写情绪："薄雾浓云愁永昼，瑞脑消金兽。"重阳时节本该秋高气爽，没料想却是"薄雾浓云"，这在北方是难得一

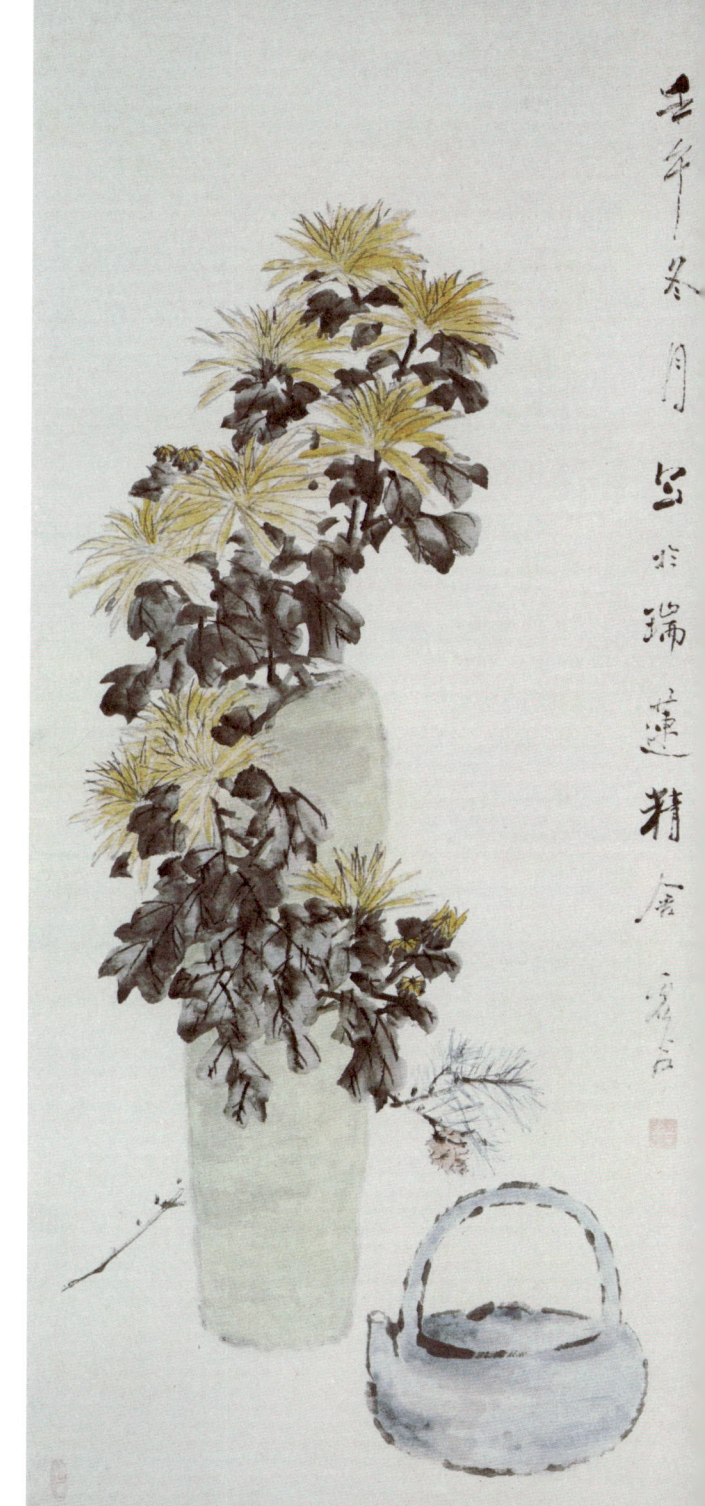

瓶菊图　清　虚谷

见的气象，会让人心情压抑，所以李清照借势说"愁永昼"，这没有意思的白天怎么老不过去呢，像是永远固定了下来。"瑞脑"，香料的一种，即冰片，亦称"龙脑"；"金兽"，兽形铜香炉，宋代流行的式样。焚香乃宋代上层社会的品位，由于焚香时香气袅袅，时间显得迟缓。以景色配上感觉，让香薰延长时间。

开篇两句在强调一种滞涩气氛。下面三句继续前两句的气氛，"佳节又重阳，玉枕纱厨，半夜凉初透"。一个"又"字透着无奈，说不出道不尽；"玉枕"，应为瓷枕，景德镇宋代青白瓷有"饶玉"之称；"纱厨"，有纱帐的床架，"厨"与"橱"通假，在这里借用概念；"半夜凉初透"，九月九日已近晚秋，天气转凉，作者的"凉初透"一语双关，既是气候，又是心境。

上阕写室内之景，下阕走出屋外。屋里实在难挨，索性走出去饮一杯酒，祛寒解毒。"东篱把酒黄昏后，有暗香盈袖。""东篱"，代指采菊之地，典出陶渊明的名篇《饮酒》："采菊东篱下，悠然见南山。""暗香盈袖"指采菊后有余香。这两句使上阕紧张滞涩的情绪得以缓解。

接着作者抛出了结尾句："莫道不消魂，帘卷西风，人比黄花瘦。"这三句是自宋以来文人评价极高的三句，宋代胡仔说："此语亦妇人所难到也。"元人伊世珍记载说："只三句绝佳。"明代杨慎说："凄语，怨而不怒。"清代许宝善说："幽细凄清，声情双绝。"

"莫道不消魂"，"消魂"同"销魂"，指极度悲愁，语出南朝江淹的《别赋》："黯然销魂者，唯别而已矣。""帘卷西风"，句式倒装，应是西风吹动帘子；"人比黄花瘦"，"黄花"即菊花，菊花深秋才开放，枝叶并不茂盛，因而"瘦"；"瘦"在中国文化意象中具有骨气之意，瘦梅，瘦马，瘦竹；诗瘦，花瘦，影瘦，凡瘦之象皆有骨，菊花尤甚。

李清照借景借物诉说思念之苦，不动声色，漫不经心，小词写得含蓄至极。"不着一字，尽得风流。"这是唐代司空图在《二十四诗品·含蓄》中的解释，以此来衡量这首《醉花阴》，再贴切不过。作者没有写苦愁忧郁，只有唯美的客观描写，将心中之事偷偷放在景物之中，让天气、香薰、家具、菊花、酒和帘都用于展现情绪，最后落下神来之笔，传诵千古。据说赵明诚当年接到妻子李清照这首词后，试图与她比试，遂三夜未眠，作词数阕，但仍没能比过她这首《醉花阴》。

其实赵明诚与李清照的夫妻关系很难用一两句话说清楚。他们婚后的次年秋天，朝廷下诏："宗室不得与元祐奸党子孙为婚姻。"尽管赵明诚与李清照的婚姻在前，也不算宗室，但由于时间相近，二人关系陷于一种尴尬

山水图　元　盛懋

的境地。李清照被迫返回原籍与父母同住，而赵明诚负笈出游，夫妻二人身居两地，只能靠鸿雁传书。

　　这种日子也没能过多久，宋徽宗大观元年（1107年），赵父赵挺之被罢相，赵明诚携李清照回到祖籍青州。这一年李清照二十三岁，次年为其室命名"归来堂"，自号易安居士。这期间李清照居家协助丈夫撰写《金石录》，而赵明诚却常常外出，也蓄养了几个侍妾。这虽在宋代文人中十分普遍，李清照也似乎并未表露过不满，但心中的波澜总能在文字中找到蛛丝马迹，《凤凰台上忆吹箫·香冷金猊》就写于这一时期：

香冷金猊，被翻红浪，
起来慵自梳头。
任宝奁尘满，日上帘钩。
生怕离怀别苦，
多少事、欲说还休。
新来瘦，非干病酒，不是悲秋。

休休！这回去也，

千万遍阳关，也则难留。
念武陵人远，烟锁秦楼。
惟有楼前流水，
应念我、终日凝眸。
凝眸处，从今又添，一段新愁。

《凤凰台上忆吹箫》，词牌名，又名《忆吹箫》，正体双调九十七字，上阕十句四平韵，下阕九句四平韵，另有变体若干。本篇为变体，九十五字。

开篇便是一派狼藉景象："香冷金猊，被翻红浪，起来慵自梳头。任宝奁尘满，日上帘钩。""金猊"，铜鎏金狻猊香薰，香已灭，故说"香冷"；"红浪"，形容被子胡乱堆放，犹如波浪；"宝奁"，华贵的梳妆镜匣；"帘钩"，卷帘用的钩子。所有对物品的描述都呈静态，承载着负面情绪，缺乏生机，连主人也是慵懒地独自梳头，一副不得已的状态。头五句旨在表达女主人公愁闷的心绪。

接着再写心理活动，由外在侵入内心："生怕离怀别苦，多少事、欲说还休。""离怀"，离别的情怀；"别苦"，分别的痛苦。很怕这种离别的痛苦，心里有多少事，想说又说不出口。

"新来瘦,非干病酒,不是悲秋。"最近身体消瘦,既不是因为饮酒伤身,也不是因为看见秋叶而悲伤。上阕作者客观描述景物,主观表达心境,说自己又像是在说别人,正是这种冷静客观的写法,让词句深深打动人。

下阕场面转换,由别前一刻换到最后一刻。"休休!这回去也,千万遍阳关,也则难留。""休休",含义丰富,此处为失意之态。此一去不知归期,即使唱上千万遍《阳关三叠》,也留不住你的心。《阳关三叠》,古琴曲名,是一首据王维《送元二使安西》谱写的离曲,李商隐有诗:"红绽樱桃含白雪,断肠声里唱阳关。"

李清照借古曲表达离别之苦,接着便是:"念武陵人远,烟锁秦楼。"作者继续用典,"武陵"一语双关,既是东晋陶渊明《桃花源记》中渔夫的故事,又是南朝刘义庆《幽明录》中刘阮遇仙的故事;"秦楼",春秋时期秦穆公之女弄玉的居所,寓意独居。

发完历史的感慨,作者冷静下来:"惟有楼前流水,应念我、终日凝眸。"我不心疼自己,流水也会心疼我。"凝眸",注视,眼神集中不动。作者用"凝眸"一词生动道出了一种痴情的沉思。

为加强力度,结尾句写道:"凝眸处,从今又添,一段新愁。"下阕至结尾,仍没有走出"离怀别苦"的境地，给人无可救药的无力感，让别之苦愁成为离之伤悲，如盐溶水，苦涩自知。

李清照的这首《凤凰台上忆吹箫》是其离伤词的代表作，文字清冷流畅，情感真实动人，读之能感同身受。最为高超的写作技巧是写我中无我，无我中有我，如真如幻，似梦似实，把自己的一段内心感受付诸文字，"雨洗梨花，泪痕有在；风吹柳絮，愁思成团"（明代竹溪主人《丰韵情词》）。

一个人很难平平坦坦走完一生，尤其社会地位高的人，在仰俯之间取舍，在左右之间平衡，如赶上世道变化，则看天命。"靖康之难"不仅对朝廷对皇帝是千古一难，对李清照及丈夫赵明诚亦是灾难。宋钦宗靖康二年（1127年），金人俘获徽、钦二帝北去，北宋亡。同年五月，康王赵构即位，改元建炎，南宋始。

北方局势日趋紧张，赵明诚南下奔母丧，八月知江宁府。李清照独自一人整理多年庋(guǐ)藏之物，计十五车，一人押解，水路旱路奔波，心惊肉跳，苦不堪言，最后有惊无险地将这批宝贝于次年春押解至江宁府，与丈夫团聚。

李清照抵达江宁后，休整身心，息养了一段日子。宋代周烨(huī)虽比李清照小四十几岁，但仍属同时代人，著有

《清波杂志》，记载了宋人杂事。据他记载，李清照在这段日子里，遇下雪天就头戴斗笠，身披蓑衣，在城楼上远远观览雪景，以寻求诗思词意。如得佳句，还要邀请丈夫赓（gēng）和。

但好景不长，仅一年后，宋高宗建炎三年（1129年）二月，赵明诚因处置叛乱不当被罢免江宁知府。三月，夫妻二人乘小船经过乌江楚霸王自刎（wěn）处，李清照有感而发，写下著名的五绝《夏日绝句》，借古说今，抒发一腔悲愤。五月，赵明诚又接旨知湖州。

李清照在《〈金石录〉后序》中说，赵明诚独自一人赴任，离开小船时"精神如虎，目光烂烂射人"，挥手告别。李清照心中升起不祥之兆，急忙问：如果金兵打过来，城里告急怎么办？赵明诚手臂微屈，伸出食指说：从众而行，逼不得已之时先扔辎（zī）重，再扔衣被，再扔书册卷轴，再扔古器，唯独宗器需要抱着它，与之共存亡，千万别忘了！然后策马而去。两个月后，赵明诚途中染病，卒于建康（今江苏南京）。

赵明诚去世时，李清照时年四十五岁。她写文祭奠夫君，安葬赵明诚后大病一场。尽管李清照是女中豪杰，但突然失去丈夫，身边又有这么多古物书籍，实在不知所措。赵明诚任兵部侍郎的妹夫当时在洪州（今江西南

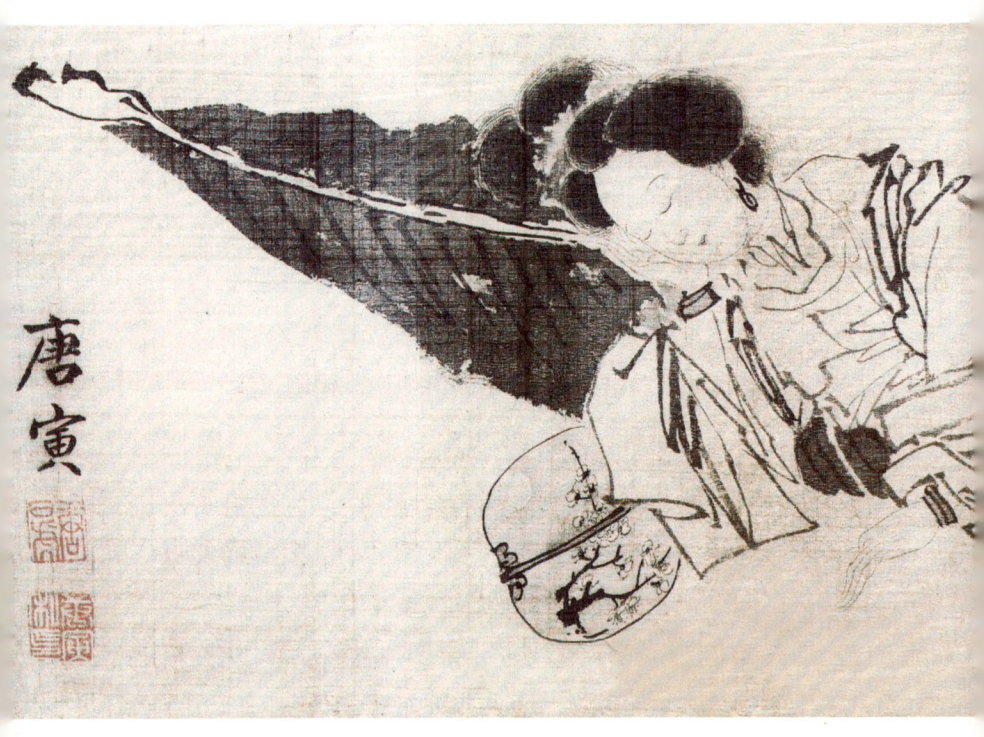

蕉叶睡女图（局部） 明 唐寅

昌），李清照将大量古籍托人送至洪州。谁知当年十一月洪州失守，所有古书被付之一炬，这对她而言是又一次打击。

于是，李清照一路追随宋高宗赵构，寄希望于把所携带的古物托付给朝廷。宋高宗绍兴元年（1131年），李清照住在绍兴一普通人家，半夜墙被挖洞，又丢失了大量书画，迫不得已又悬赏收赎，心痛不已，难以诉说。

直到宋高宗绍兴二年（1132年），李清照抵达杭州，连续五年颠沛流离，夫妻二人收藏半生的古籍书画散失殆尽，让李清照心力交瘁。这时一个叫张汝舟的男人出现了，对她嘘寒问暖，殷勤有加。李清照在丈夫去世三年后，再度相信爱情，嫁给了张汝舟。谁知张汝舟只是盯上了她的收藏，发现东西并没有想象中那么多时，竟然谩骂李清照，甚至对她拳脚相加。这让李清照忍无可忍，冒着被判刑的危险，告发张汝舟营私舞弊，要求离婚。

虽然李清照最终被官府批准离婚，但还是被关押了九天，因亲友营救才获自由。这事对李清照打击很大，从那以后，李清照埋头静心整理赵明诚的遗作《金石录》近十年。

李清照晚年最重要的作品《声声慢·寻寻觅觅》究

竟写于何时已无从考证，但是可以看出，如果她没有经过如此苦难，是很难有这份情感的。她破天荒连续用了七个叠词，让这首词开篇就与众不同：

寻寻觅觅，冷冷清清，
凄凄惨惨戚戚。
乍暖还寒时候，最难将息。
三杯两盏淡酒，
怎敌他、晚来风急！
雁过也，正伤心，却是旧时相识。

满地黄花堆积，
憔悴损，如今有谁堪摘？
守着窗儿，独自怎生得黑！
梧桐更兼细雨，
到黄昏、点点滴滴。
这次第，怎一个愁字了得！

《声声慢》，词牌名，又名《胜胜慢》《凤求凰》等。

有平韵仄韵两体，正体双调九十九字，上阕九句四平韵，下阕八句四平韵；另有五种变体。这首是变体，九十七字。"慢"即慢曲子，慢词。慢曲子是相对急曲子而言，快慢都源于乐曲的节奏。

李清照开篇连用七组叠字，使得这首词出场即有声律，节奏感清晰。在她之前尚未有人这么用过。词原本是用于演唱的，叠字叠音使得词句无需演唱便自带声韵。"寻寻觅觅"，写主观感觉，没有答案；"冷冷清清"，写客观环境，引发想象；"凄凄惨惨戚戚"，写只有自己知道、外人无法感受的一种强烈的内心感觉。这种感觉余音袅袅，吟唱完毕时仍挥之不去。它是一种流动之水，吹拂之风，完全是作者积累了多年的心声。

七组叠字过后，作者发出一声叹息："乍暖还寒时候，最难将息。""乍暖还寒"本是描写春天无规律的冷暖交替，此时却是用来描写秋天；"将息"，休养调理。在这样冷暖不定的日子里，几乎无法调养自己。

"三杯两盏淡酒，怎敌他、晚来风急！"李清照喜欢喝酒，年轻时常饮醉，而此时仅"三杯两盏淡酒"，年龄大了，心力也不如从前，对外界变化敏感，知道自己已挡不住晚风侵扰。

抬头望去，"雁过也"，大雁守时，春北秋南，历来是节候的象征,也是亲人思念的寄托。杜甫诗:"肠断江城雁,高高向北飞。"朱敦儒词:"旅雁向南飞,风雨群初失。"秋季大雁南飞,从地理到心理都给作者以暗示,所以作者说:"正伤心,却是旧时相识。"一个"旧时相识",融进千言万语,也融进不尽的眷恋。

下阕作者环顾四周:"满地黄花堆积,憔悴损,如今有谁堪摘?""堆积",表示程度;"憔悴",拟人化;"损",说明毁坏程度极高;"堪",可,能。眼前一片狼藉不堪,落下的菊花堆作一团,还有谁能去采摘它呢?作者一人"守着窗儿,独自怎生得黑"!我看着这萧瑟景象,独自一人怎么能熬到天黑?

"梧桐更兼细雨,到黄昏、点点滴滴。""梧桐"在唐宋时常用于秋意,王昌龄诗:"金井梧桐秋叶黄,珠帘不卷夜来霜。"李煜词:"寂寞梧桐深院锁清秋。"梧桐一叶落,天下尽知秋,何况天上又下着淅淅沥沥的小雨,与作者心情仿佛。

作者写到这里,发出了一声叹息:"这次第,怎一个愁字了得!""次第",场合,光景。眼前这光景,一个"愁"字囊括不尽啊!

李清照这首《声声慢》为其晚年力作,以愁带悲,悲从愁来。以苦闷进入无聊,再以无聊生出悲戚,全词不

杏花双燕图 清 邹一桂

疾不徐，不生枝蔓，就完全表现出一个"愁"字，让人之愁成为词之愁，让词之愁无尽蔓延，一直蔓延至词句之外，如青烟袅袅，如溪水潺潺。

李清照一生十分坎坷，生命曲线不仅曲折，总体上还是由高向低走。她出身不低，其祖父和父亲都是宋仁宗宰相韩琦的门下，父亲又是苏轼的学生，官至礼部员外郎；母亲是宋仁宗天圣八年（1030年）的状元王拱辰的孙女，王拱辰是科举史上有名的"诚信状元"，做官五十五年，口碑绝佳。所以李清照自幼既有祖荫，又有文化滋养，这是一般人所不能及的。

至破瓜之年，李清照以两首《如梦令》一鸣惊人。随后她就处在一派祥和中，恋爱结婚，收藏创作。谁知好景不长，小两口新婚未几，由于双方父辈被卷入新旧党争而受到牵连，两派水火不容，未来混沌不清。

由于两地分居，聚少离多，李清照有感而发，写下《醉花阴》，一句"人比黄花瘦"让其思念苦至极处；写下《一剪梅》，一句"此情无计可消除，才下眉头，却上心头"让多少痴男怨女感同身受。虽然秦观写过"两情若是久长时，又岂在朝朝暮暮"，但每一对恩爱夫妻在乎的正是"朝朝暮暮"。

李清照没有办法享受到这"朝朝暮暮"，又赶上"靖康之难"，南逃路上，劫难连连：国破，家亡；夫死，失财；遭窃，上当。这让李清照心如死灰，阴郁凄惶，当她写下《声声慢》开头的七个叠词之时，我猜想她一定以泪洗面，仰面啜泣。人生就是如此，赶上了就要面对，无论吉凶。

我甚至觉得李清照的这首《声声慢》是春天开始写、秋天完成的。这可以解释许多学者不解的问题，"乍暖还寒"只能描写春季，强说秋季显然生硬。当李清照写完《声声慢》的上阕之后，忽然思路断了，因为那七个叠词如珠，滴滴答答相继落入玉盘，发出悦耳的声响。人非草木，孰能无情，上阕连贯而下，到"正伤心"时戛然止笔，并非没有可能。等气候到了深秋，看见满地黄花，李清照又想起了春天的搁笔，当拿起笔时，花已谢，天已黑，风雨皆已到来，这番境地，"怎一个愁字了得！"

李清照的词相当部分散佚之不幸，亦如她人生中所有的不幸让人遗憾，《易安居士文集》《易安词》著录于《宋史·艺文志》中，可惜不知何年何月在何地消融在历史的长河之中。劫后的《漱玉词》也是多种版本汇集的，可以确定出自李清照亲笔的仅五十余首，余下几十首存疑，有宋元以后伪托之可能。宋元之后，程朱理学兴盛，推崇女子无才便是德，李清照不受重视。直至清末民国初年，流行《花间集》一类的词作，加之女性解放，地位不断攀升，且李清照的作品行文通俗，老少咸宜，价值才被重新评估，李清照即成为宋词婉约派的代表人物。

潇湘八景图之江天暮雪（局部） 明 张复

# 曹勋

（1098—1174年）

南望泪如雨

《新岁七十，以人生七十古来稀为韵，寄钱大参七首》
《饮马歌·边头春未到》
《清平乐·秋凉破暑》
《出塞》

曹勋（1098—1174年）也是人生横跨北南二宋的臣子，亲眼目睹了这场世道突变。他在《宋史》有传，所记录的基本上是他周旋于宋金之间的事，算得上惊心动魄。一个皇上的贴身臣子一生中有这样的经历实在难得。

徽、钦二帝被金兵俘获，押解北去，渡过黄河十余日后，徽宗有事没事地问了曹勋一句："不知中原之民推戴康王（宋高宗赵构）否？"这话等于徽宗自问，也无须曹勋回答。后来，徽宗在自己的衣服上写诏书，又把赵构生母韦贤妃、赵构之妻邢夫人的信一并给了曹勋，托他带到南宋。

曹勋领旨后，趁金兵抵达燕山后疏于防范，逃遁回到南京（今河南商丘）的高宗身边，亲展徽宗圣旨，并请求高宗恩准他组织招募敢死之士，由海上北路营救徽宗。当时赵构刚刚登基，改元建炎，自顾不暇，没有搭理曹勋的这一建议。曹勋这一不揣上意的举动，导致了他后来官运不畅。

幽人燕坐图（局部） 明 唐寅

直到绍兴十一年（1141年），宋金两国关系大大缓和，第二次议和基本达成，徽宗也已去世六年。在这种情况下，曹勋被起用，首次出使金国，其主要目的是劝金人归还宋徽宗灵柩。

国人千百年来固有的死亡观是魂归故里，入土为安。曹勋此行卓有成效，金人答应了这个请求。次年春，宋徽宗的棺椁(guǒ)灵柩被运送回南宋，安葬于绍兴，是为永佑陵；韦贤妃也被迎回南宋领地。可惜元朝时绍兴南宋诸帝陵墓皆被盗掘，无一幸免。

曹勋后又在绍兴十四年（1144年）、绍兴二十九年（1159年）两次出使金国，为宋金和平相处竭尽全力，至宋孝宗时，官至太尉。此时曹勋已年近古稀。古稀之年的曹勋一口气写了七首诗庆贺，诗题为《新岁七十，以人生七十古来稀为韵，寄钱大参七首》。第三首是：

一(yī) 二(èr) 三(sān) 四(sì) 五(wǔ) 六(liù) 七(qī)，
行(xíng) 年(nián) 临(lín) 之(zhī) 如(rú) 电(diàn) 疾(jí)。
只(zhǐ) 将(jiāng) 香(xiāng) 火(huǒ) 对(duì) 清(qīng) 闲(xián)，
古(gǔ) 井(jǐng) 无(wú) 波(bō) 应(yīng) 委(wěi) 悉(xī)。

"新岁七十",是作者自嘲;"以人生七十古来稀为韵",是向杜甫诗句"酒债寻常行处有,人生七十古来稀"致敬;"钱大参",即钱良臣,华亭(今上海松江)人,宋孝宗时任参知政事;大参,参知政事的别称。曹勋起句出奇:"一二三四五六七",貌似玩笑语,实则真心言。人生就是这样,每十年一个台阶,过来人都知光阴过得有多快。

所以他接着说:"行年临之如电疾。""电疾",如闪电一样迅速,古人说的电就是闪电,杜甫"人生七十古来稀",不过"一二三四五六七",行年如闪电迅疾而过。

结尾两句:"只将香火对清闲,古井无波应委悉。"对于曹勋而言,他一生经历过生死劫,见证过一国之君沦为阶下囚的惨境,经历过九生一死的逃亡,还肩负过为国出使的重任,他有如此经历,看见什么都会见怪不怪,宠辱不惊,面对香火,只讨清闲。

"古井无波"一语出自白居易诗:"无波古井水,有节秋竹竿。"孟郊也写过:"波澜誓不起,妾心古井水。"用此比喻内心宁静。"委悉",本义"细说",详细知晓。曹勋年届古稀,在宋朝乃长寿之人,经历沧桑,心如古井,告诉世人他的人生道理与价值。

在历史上,做国家使节生命风险很大。苏武作为汉武帝的使节出使匈奴,历尽艰辛,啮(niè)雪吞毡,十九年不

石壁看云图　宋　马远

改初衷。曹勋当然知道出使金国的风险,尤其他又是当年从燕山金国领地出逃的,所以他很清楚宋金两国之间的矛盾,个人行事也谨慎。在出使的过程中,他写下一首《饮马歌·边头春未到》,显露出他的真实情感:

边头春未到,雪满交河道。
暮沙明残照,塞烽云间小。

断鸿悲,陇月低,泪湿征衣悄。
岁华老。

《饮马歌》,词牌名,产生于金国,单调三十四字,以曹勋这首为正调。曹勋在词前有一小序:"此腔自虏中传至边,饮牛马即横笛吹之,不鼓不拍,声甚凄断。闻兀术每遇对阵之际,吹此则鏖战无还期也。"序中说得明白,《饮马歌》是从金人统治地区传至宋国边境的。金人给牛马喝水的时候,在一旁横笛吹之,不需要打鼓点,也不需要打节拍,其声音凄厉悲壮。金国名将兀术喜欢这支曲子,每次对阵出兵之前,都要吹这支曲子,鏖战不惧,逢战必胜。

小令起句写景："边头春未到，雪满交河道。""边头"，边疆。王昌龄诗云："边头何惨惨，已葬霍将军。"岑参诗云："边头幸无事，醉舞荷吾君。"刘过词云："堂上谋臣尊俎（zǔ），边头将士干戈。"苏洞（jiǒng）诗云："边头奏凉风，战士送寒衣。""交河"，古县名，今新疆吐鲁番西北方向有交河城故址，这里指塞外。这里毕竟是塞外边疆，春天一定来得晚，眼前大雪还覆盖着干涸古老的河道。

接下来两句写景："暮沙明残照，塞烽云间小。""暮沙"，日落时的沙漠；"塞烽"，塞上的烽火。由于沙子里有结晶体存在，反射落日余晖显得很亮；旷远的空间使得塞上烽火仿佛在云天之间，显得格外细小。如果没有身临其境走过大漠，是不会有这种感受的。王维的"大漠孤烟直，长河落日圆"是在描写线与面、点与线之间的结构关系，曹勋写的则是明与暗、大与小之间的关系转换；王维说的是白天，曹勋描述的是傍晚。

此时曹勋引入声音："断鸿悲，陇月低，泪湿征衣悄。"掉队的大雁发出悲鸣，月亮低悬，这一音一景引发了戍边战士的思乡之情，不禁泪洒衣襟。这是一个常见的出征戍边的场景。"愿得此身长报国，何须生入玉门关。"戴叔伦的豪言与曹勋的这句并不矛盾，献身与思乡均说明将士们有血有肉。

最后作者用了三个字干净利索地煞尾："岁华老。"年华老去，光阴似箭，日月如梭。曹勋用这句貌似与前面毫无关联的短句结尾，点名了自己预设的主题，让整首词的结尾表面暗，实则亮，余韵悠长。

曹勋毕竟是个文人，祖上是颍昌阳翟（今河南禹州）人，字公显，号松隐。从他的号上看，他还是有隐士思想的。他父亲曹组也是个词人，因思路敏捷，善占对，深得宋徽宗宠幸，曾奉徽宗旨，作《艮岳百咏》。大约在宣和末年去世，没赶上"靖康之变"，算是有福之人。

曹勋凭父荫踏上仕途，对皇帝也真心效忠，甚至从燕山逃回来时，想身先士卒地成立敢死队，由海路划船北上营救徽宗。尽管想法不现实，但表明了他的一片忠心。有些作品，也可以看出他心事重重，例如《清平乐·秋凉破暑》：

qiū liáng pò shǔ　　shǔ qì chí chí qù
秋 凉 破 暑 。 暑 气 迟 迟 去 。
zuì xǐ lián rì fēng hé yǔ
最 喜 连 日 风 和 雨 ，
duǎn sòng liáng shēng tíng hù
断 送 凉 生 庭 户 。

wǎn lái dēng huǒ huí láng　　yǒu rén xīn jiǔ chū cháng
晚 来 灯 火 回 廊 ， 有 人 新 酒 初 尝 。

且喜薄衾围暖，却愁秋月如霜。

　　开篇点明主题："秋凉破暑。暑气迟迟去。"古人因为难以调节室温，对气候敏感，暑气难耐的日子就盼着暑气过去。北方一到立秋之日，无论天气多热，身体立刻不再发黏，少汗透气，所谓"秋凉破暑"。此时的暑气容易致病，仅次于瘴气，一旦暑气退去，就是秋高气爽，令人心情大好。

　　"最喜连日风和雨，断送凉生庭户。"连续暑闷的日子后，谁都喜欢连日的秋风与秋雨。"断送"一词为推送、迎送之意，"连日风和雨"送夏迎秋，家家户户都感到了秋凉。

　　下阕开始进入具体事宜："晚来灯火回廊，有人新酒初尝。"天晚了才到家，忽然发现家中灯火通明，原来是有人送来新酿的酒，大家在一起品尝。

　　古人饮酒比今人多一层情趣，每年还有几千家乃至上万家酒坊酿酒，口味都有所区别。秋天新酒酿成大约在农历八九月份。周密《武林旧事》载："户部点检所十三酒库，例于四月初开煮（酒），九月初开清（酒）。"

　　主人回来后高兴，"且喜薄衾围暖，却愁秋月如霜。"

找来一条薄被裹在身上取暖,突然又把欢乐情绪打住,千头万绪涌上心头。一个"却"字把作者久贮(zhù)的心事托出,干净利索地释放了主题。

  一个文官,通常舞文弄墨可以,舞枪弄棒则不行。曹勋不易,身为文官,一生三次冒死出使金国,肩负朝廷重任,心境忐忑而复杂。他写过一首《出塞》,这题材在宋诗中不多见。诗中不见豪情,只有担忧:

闻道南使归,路从城中去。
岂如车上瓶,犹挂归去路。
引首恐过尽,马疾忽无处。
吞声送百感,南望泪如雨。

  这首诗是写身处金国的宋国女子赶来送宋使回国时的感受。女子感叹自己还不如车上的油瓶,还能挂在车上回到宋国。身处金国,忍气吞声,唯一可以宣泄的方式就是泪飞如雨。泪飞如雨不一定是懦弱,也不一定是委屈,此时一定是情感迸发,为大宋的美好江山,也为自己坎坷的一生。

山水册之六（局部） 清 高其佩

# 岳飞

（1103 — 1142年）

三十功名尘与土

《满江红·写怀》
《满江红·登黄鹤楼有感》
《小重山·昨夜寒蛩不住鸣》

岳飞（1103—1142年）一直是百姓熟悉的抗金英雄。尤其清乾隆年间的《说岳全传》刊行后，岳飞更是家喻户晓。其《满江红·写怀》气壮山河，读之令人振奋：

怒发冲冠，凭栏处、潇潇雨歇。
抬望眼、仰天长啸，壮怀激烈。
三十功名尘与土，
八千里路云和月。
莫等闲、白了少年头，空悲切。

靖康耻，犹未雪。
臣子恨，何时灭！
驾长车，踏破贺兰山缺。

<pre>
zhuàng zhì jī cān hú lǔ ròu
壮 志 饥 餐 胡 虏 肉，
xiào tán kě yǐn xiōng nú xuè
笑 谈 渴 饮 匈 奴 血。
dài cóng tóu      shōu shí jiù shān hé      cháo tiān què
待 从 头 、 收 拾 旧 山 河 ， 朝 天 阙 。
</pre>

《满江红》，词牌名，又名《上江虹》《念良游》《烟波玉》《伤春曲》等。正体双调九十三字。上阕八句四仄韵，下阕十句五仄韵。另有变体若干。

开篇先表明作者态度："怒发冲冠。"典出《庄子·盗跖(zhí)》："盗跖闻之大怒，目如明星，发上指冠。""冠"，帽子。紧接着的五句诉说这种情绪："凭栏处、潇潇雨歇。抬望眼、仰天长啸，壮怀激烈。""凭栏"，倚靠围栏；"潇潇"，指小雨声；"长啸"，呼号；"壮怀"，豪壮的胸怀。

此四句，六停顿，四三四三四四，皆短句如歌，如同开场锣鼓般急促刚烈，一气呵成。这种起势即为高台的创作很难把握，容易虎头蛇尾。"怒发冲冠"突兀如高台，居高临下，有一夫当关、万夫莫开之势；随后雨停风住，任其宣泄。"仰天长啸"，引入声音，以人的声音盖住自然的声音，凸显人的存在。"激烈"一词本指动作及语言的外在情绪表现，在此全部收入胸中；不可见但可以闻，可以隔时空感受。

"三十功名尘与土，八千里路云和月。"这两句忽然冷静下来，不动用形容词，甚至连动词也不使用，罗列冰冷的时间和无情的空间，让功名最终归于尘土，任道路暴露在云月之下。

"三十""八千"都是约数，一说作者写这首词时年值三十。"功名"，泛指功业与名声。《庄子·山木》："削迹捐势，不为功名。"李白诗："功名不早著，竹帛将何宣？"杜甫诗："匡衡抗疏功名薄，刘向传经心事违。"陆游词："功名梦断，却泛扁舟吴楚。"辛弃疾词："千古风流今在此，万里功名莫放休。"岳飞年届三十，非常在意自己的成就，古人说"三十而立"，宋代亦有"三十之节"殊荣，三十而立之年尚不能报国，于男儿于文人都是遗憾。

所以岳飞说："莫等闲、白了少年头，空悲切。"这虽是一句劝诫，但发自肺腑，与前两节中一节急一节缓不同，这句冷静客观，真诚专注，有评书之效，有结论之果。

上阕抒情，下阕写意。"靖康耻，犹未雪。臣子恨，何时灭！""靖康之耻"与"安史之乱"同为中国历史转折的节点。

"靖康"年号取自《诗经·周颂·我将》中"日

云峰远眺图　宋　夏圭

三十功名尘与土

靖四方"和《尚书·周书·周官》中"永康兆民"二句。"靖",本义安定;"康",本义安宁。取"靖康"为年号是企盼宋代社会安定安宁,谁知事与愿违。"靖康之耻"让宋人尊严扫地,徽、钦二帝被俘北迁,让宋人心如刀割。

　　帝制社会,皇权为大,皇帝是国家权力与尊严的象征,皇帝沦为阶下囚,是臣子的心头之痛。宋人本以为宋金局势可以速战速决,没想到久拖不决;那什么时候才能战胜金国,还我大好河山呢?岳飞的这四句又是短句,以鼓点般的节奏说出双层含义,先是雪耻未能,后是泄恨何时,一时没有答案。

　　下面开始写决心:"驾长车,踏破贺兰山缺。""贺兰山"在西北宁夏,岳飞借其说东北五国城。"长车",战车;"山缺",山口。我真想驾战车,与敌人去拼命。

　　"壮志饥餐胡虏肉,笑谈渴饮匈奴血。"这两句作者加大了表达力度,发泄愤怒。"胡虏",汉时对匈奴的称呼;"匈奴",秦汉时北方的一个强悍的游牧民族,诗词中多代指边疆敌人。全词中这两句情绪愤慨、表达激越,有畅言詈骂之语的快感,正是这种不和谐之音,使得作品铿锵(kēng qiāng)有力。

　　最后,作者表达了决心:"待从头、收拾旧山河,朝天阙。""旧山河",指被金人占领的北宋江山;"天阙",

指朝廷。岳飞自认为自己有能力把失去的江山夺回来，再向朝廷汇报战功。

一首《满江红》，让岳飞的男儿热血充分展现，显示了英雄的家国情怀。明代沈际飞在《草堂诗余正集》中评价："胆量、意见、文章，悉无今古。"清代陈廷焯在《白雨斋词话》中赞叹："何等气概！何等志向！千载下读之，凛凛有生气焉。'莫等闲'二语，当为千古箴铭。"

岳飞的《满江红》创作于何时，说法不一，一说在宋高宗绍兴二年（1132年）前后；一说在绍兴四年（1134年）岳飞克复襄阳六郡，晋升清远军节度使之后；还有一种说法，说岳飞的《满江红》是明朝人伪托之作。伪托之说的理由是明代之前这首词未见收录于任何著述，在岳飞去世后，其子岳霖、其孙岳珂不遗余力地搜集先人手稿，编纂（zuǎn）《岳王家集》，都没有收录这首《满江红》。至于何人伪托又众说纷纭。

此事我不作判断，也无力判断。历史就是这样，永远没有真相，只残存一个道理。读史不是要知道故事，而是要懂得道理，即所谓"史观"。对历史有自己的观点，才算懂得历史的价值，所以说，《满江红》是不是岳飞写的不重要，重要的是宋金之间的历史冲突遗留给我们的道理，文化与文化之间怎样相融。

岳飞，字鹏举，相州汤阴（今河南安阳汤阴）人。传说他出生之时，有大禽若鹄(hú)，飞鸣室上，故起名"飞"。岳飞小时候不爱说话，喜读《左传》与《孙子兵法》等书，他很小就开始学习骑射，能左右开弓；再长大一些又学习刀枪之法，在当地没有对手；岳飞比常人有力，成年后能挽弓三百宋斤，大约相当于现在的三百六十斤，当时人都啧啧称奇。

宣和四年（1122年），宋与辽交战不利，遂开始招募"敢战士"，以备与辽一战。岳飞听说后马上应募，通过选拔，成为"敢战士"的分队长。不到二十岁的岳飞从此就开始了军旅生涯，并初建战功。结果事有不顺，岳飞之父岳和这一年突然病逝，年仅三十六岁。岳飞立刻返回家中为父守孝。

靖康元年（1126年），宋钦宗反悔割地，与金兵再起冲突，岳飞目睹金兵入侵后烧杀掠抢，意欲再度投军，但又担心老母及妻儿。岳飞之母姚氏深明大义，勉励岳飞从戎报国，并在他的后背上刺字"尽忠报国"。

这段故事后在文学作品中被演义成"精忠报国"，流传极广。仔细品一下，"尽忠"比"精忠"更为具体，更为个人化一些。

山水花卉册之五（局部） 清 樊圻

三十功名尘与土

岳飞文学才华出众,但留下的作品并不多,连诗带词仅留下二十首左右。词仅有三首,其中两首调寄《满江红》,除去前一首《满江红·写怀》知名度大以外,另一首《满江红·登黄鹤楼有感》也写得有声有色:

遥望中原,荒烟外、许多城郭。
想当年、花遮柳护,凤楼龙阁。
万岁山前珠翠绕,
蓬壶殿里笙歌作。
到而今、铁骑满郊畿,风尘恶。

兵安在?膏锋锷。
民安在?填沟壑。
叹江山如故,千村寥落。
何日请缨提锐旅,
一鞭直渡清河洛。
却归来、再续汉阳游,骑黄鹤。

开篇文字苍凉,"中原"一词,在传统文化中代表正宗，中华文明的发源地；它的本义是"天下至中的原野"，《诗经》中反复提及："瞻彼中原，其祁孔有。""中原有菽(shū)，庶民采之。"诸葛亮在《出师表》中说："当奖率三军，北定中原。"陆游名句："王师北定中原日，家祭无忘告乃翁。""中原"，在宋人心目中就是家园。

所以岳飞起笔即大视野："遥望中原，荒烟外、许多城郭。""城郭"，本指城墙，泛指城市。"遥望"与"远望"区别在于："遥望"是一种想象，可望而不可即；"远望"相对具体，可望而可及。例如，陈子昂诗："远望多众容，逼之无异色。"王昌龄诗："青海长云暗雪山，孤城遥望玉门关。"李白诗："长松入霄汉，远望不盈尺。"李贺诗："遥望齐州九点烟，一泓海水杯中泻。"

所以岳飞站在鄂州黄鹤楼登高，只能想象中原的现状，作者用"荒烟外"一笔带过，未做具体描述，但紧接着用回忆对比写出："想当年、花遮柳护，凤楼龙阁。""凤楼龙阁"指当年北宋的奢华宫殿。

作者还嫌不够，又添加笔墨："万岁山前珠翠绕，蓬壶殿里笙歌作。""万岁山"，宋徽宗于政和四年（1114年）建于汴京城的东北角；"珠翠"，奇花异石，亦作宫女解；"蓬壶"，蓬莱仙山；"笙歌"，本义合笙之歌，后泛指演奏唱歌。曾经的宋朝都城一派歌舞升平景象。

而此时，作者笔锋一转："到而今、铁骑满郊畿，风尘恶。""郊畿"，国都四周之地。这样的大好河山，今天却是铁骑践踏，空中弥漫着一股恶气。

上阕融进了作者的情感与热血，下阕以发问开局："兵安在？膏锋锷。民安在？填沟壑。"当兵的如何了？武器上沾满了鲜血。"膏"，此指凝固的鲜血。老百姓如何了？死亡众多，填满了沟壑。岳飞写到此长叹一声："叹江山如故，千村寥落。"江山没有变化，但世间已物是人非。

"何日请缨提锐旅，一鞭直渡清河洛。"清代顾炎武曾说："天下兴亡，匹夫有责。"我什么时候才能请缨带着精锐部队出战，挥鞭北伐，渡过长江清扫障碍，收复家乡？"河洛"，黄河洛水，代指中原。只有到了那时，"却归来，再续汉阳游，骑黄鹤"。"汉阳"，武汉三镇之一。等江山收复，我会再来游览黄鹤楼，体会"黄鹤一去不复返，白云千载空悠悠"的意趣。

岳飞的两首《满江红》，前一首流传甚广，知道后一首的人恐怕要少九成；前一首佳句频出，如歌，后一首悲壮沉郁，如曲；但体现的宗旨都是岳飞"敌未灭，何以家为"的一腔热血。《宋史·岳飞传》中记载，有人问岳飞什么时候能天下太平，岳飞说："文臣不爱钱，武臣不惜死，天下太平矣。"

与两首《满江红》不同，岳飞的《小重山·昨夜寒蛩不住鸣》写的是作者忧患时事、夜不能寐：

昨夜寒蛩不住鸣。
惊回千里梦，已三更。
起来独自绕阶行。
人悄悄，帘外月胧明。

白首为功名。
旧山松竹老，阻归程。
欲将心事付瑶琴。
知音少，弦断有谁听？

岳飞是武将，也是文人，文字细腻感人，让人身临其境。开篇即忧："昨夜寒蛩不住鸣。""寒蛩"，本指蚂蚱，也指蟋蟀，诗中一般指夏秋之际以振翅发音的秋虫。唐戴叔伦诗："风枝惊暗鹊，露草泣寒蛩。"唐贾岛诗："麈尾同离寺，蛩鸣暂别亲。"宋苏轼词："夜凉枕簟已知秋，更听寒蛩促机杼。"宋李清照词："闻砧声捣，蛩声细，漏声长。"

蛩声的文学意象与愁绪联系在一起，岳飞开篇提"寒蛩"就是传达这个意思。然后写现象："惊回千里梦，已三更。"忽然醒了，不一定是蛩声唤醒的，但的确从千里之外的杀敌战场回到了现实，看看时间，现在已是半夜时分。

醒了索性起来："起来独自绕阶行。"作者在描写一种状态，一种心境。独自一人绕着台阶走，环顾四周："人悄悄，窗外月胧明。"这时不会有人，高悬的月亮也朦朦胧胧的，传达出一种不确定的情绪。

下阕重在抒情，说了心里话："白首为功名。"又是"功名"，文人武将的操守。传统文人认为一个人的操守最重要，"有猷有为有守"，有谋划，有作为，还得有操守。"旧山松竹老，阻归程。""旧山"，家乡之山。家乡的山上松竹都老了，我还不能回去。

"欲将心事付瑶琴。知音少，弦断有谁听？""瑶琴"，即古琴，有七弦；"知音"，典出《列子·汤问》，俞伯牙善弹琴，钟子期善听琴，子期死，伯牙绝弦，以无知音者。知音者，内心也。岳飞最后用典收尾，惋惜之情若高山流水。

伯牙鼓琴图（局部） 元 王振朋

这首《小重山》大约创作于绍兴八年（1138年），宋金议和时期。岳飞反对议和，他认为已取得抗金的节节胜利，应该坚持抗敌。但宋高宗及秦桧力主议和，迫使主战派不能动。岳飞此时极度郁闷悲愤，身为朝臣又无可奈何，在秋日某夜，夜不能寐，写下这首文学分量很重的词。

这首词写得极尽沉郁还有一个原因，即岳飞之母姚氏于前一年病故，享年接近古稀。岳飞得知母亲去世，悲痛不已，导致眼疾复发，边报朝廷边自行解职，安排母亲后事。

母亲去世后，岳飞水米不进三日，为母守孝，并与长子岳云一道，赤足扶柩千里，从鄂州出发，将母亲安葬在江州庐山。岳飞说："若内不能克尽事亲之道，外岂复有爱主之忠？"他安葬母亲后上书朝廷，表示要尽孝丁忧三年。此时正值金兵压境之时，朝廷再三催促岳飞回到军中待命，岳飞对天长叹。自古忠孝不能两全，要为国尽忠，便无法为母尽孝了。

绍兴四年（1134年）夏、六年（1136年）夏、六年冬、十年（1140年）夏，岳飞四次北伐，皆完胜归朝，但高宗主和，对金军心有余悸，最后决定以杀岳飞换取太平。绍兴十一年冬（1142年1月），岳飞含冤被害，时年三十九岁，狱卒隗顺冒死背出其遗体，偷偷安葬。二十一年后，宋孝宗为之平反，岳飞得以沉冤昭雪，隗顺之子才敢将岳飞遗体的埋葬处告知朝廷，朝廷遂以礼制将其隆重改葬于西湖栖霞岭。十六年后，宋孝宗又追赠岳飞谥号"武穆"。又十余年后，宋宁宗追封岳飞为"鄂王"；再十余年后，宋理宗改岳飞谥号为"忠武"，此时已是他被害八十余年之后了。

仿古山水图册之九（局部） 明 恽向

山水八景之一(局部) 清 龚贤

# 陆游

（1125－1210年）

但悲不见九州同

《钗头凤·红酥手》
《卜算子·咏梅》
《夜游宫·记梦寄师伯浑》
《诉衷情·当年万里觅封侯》
《示儿》

"山重水复疑无路,柳暗花明又一村。"这恐怕是陆游(1125—1210年)最有名的诗句了。

陆游,字务观,号放翁,越州山阴(今浙江绍兴)人。一生自称作诗万首,"六十年间万首诗",至今留存九千三百余首,数量位列宋朝第一。

陆游生于北宋末年,但他幼年时已入南宋了,对北宋之事并不会有太深记忆,陆游的复国情怀都是家族慢慢熏陶的。陆游高祖陆轸(zhěn),宋真宗时进士,官至吏部郎中;祖父陆佃(diàn),师从王安石,官至尚书左丞。父亲陆宰,宣和七年(1125年)冬,奉诏入朝,偕夫人走水路,于淮河舟上喜得第三子,取名陆游。然而陆宰靖康元年(1126年)就落职退居乡里,建有藏书楼"双清堂",藏书逾万卷。

陆游的童年是在国家动荡中度过的。他的家族是江南望族,虽偏安南宋,但仍能感到种种不安。父亲带给他的都是失去家国的遗恨，在这样情绪中成长的陆游，慢慢认定了复国思想，这思想伴随了他整整一生。

中国家庭教育自古主张慈母严父，古代有身份的家庭，父亲无论多么喜欢儿子，也会不苟言笑，而母亲则充当温暖的角色。可陆游自幼获得的父母之爱与传统所倡导的相反，慈父严母，母亲对他要求不仅严格，甚至苛刻。尤其在他个人的情感问题上，母亲的介入让陆游一生都有阴影。

绍兴十四年（1144年），十九岁的陆游娶了唐琬为妻。唐琬多年被误传为陆游表妹，其实不然。第二年，因陆母不接纳唐琬，唐琬遂被逐出家门。陆游虽痛苦万分，但又不敢违抗母命，只好与唐琬离婚。离了婚，陆游还曾天真地想背着母亲为唐琬筑别院，随时找机会鸳梦重温，结果被其母发现。母亲严厉禁止二人往来，并令陆游娶王氏女为妻。

唐琬后来嫁给了赵士程。赵家为皇室后裔，赵士程为人宽厚，对唐琬极好，同时又是陆家世交，深知陆游为人。他不计较过去，同情唐琬，二人的生活慢慢平静下来，过着安安稳稳的日子。

绍兴二十五年（1155年），春游时，在绍兴城外沈园偶遇唐琬与其丈夫赵士程。时间虽过去了八九年，但往事似乎就发生在昨天。二人不期而遇，也不知从何说起。唐琬派人送来了酒菜与点心，表示对陆游的想念与关怀，然后他们夫妻二人离去。陆游百感交集，在园子的墙壁上写下了一首《钗头凤·红酥手》：

红酥手，黄縢酒。
满城春色宫墙柳。
东风恶，欢情薄。
一怀愁绪，几年离索。
错，错，错。

春如旧，人空瘦。
泪痕红浥鲛绡透。
桃花落，闲池阁。
山盟虽在，锦书难托。
莫，莫，莫！

陆游起句冷静，以物入题："红酥手，黄縢酒。满城春色宫墙柳。"过去可能有个比较大的误会，何为"红酥手"？是女人之手，还是一种点心？明清文人常常认为是女子之手，例如明代王彦泓诗"杯行醉按红酥手"，清代王策词"佯推罚酒，暗捻红酥手"。而除了陆游，唐宋诗人的作品中未再见有"红酥手"一词，但大量出现"红酥"一词。李清照词："红酥肯放琼苞碎。"此"红酥"为含苞欲放的红梅。王建诗："红酥点出牡丹花。"元稹诗："钿头云映褪红酥。"和凝诗："红酥点得香山小。"这里的"红酥"指向多样，不确定为某一种事物，与手也没有任何关系。

如果把"红酥手"理解为女子之手，那第一个问题出现了，这是谁的手？唐琬送完酒菜及点心就和丈夫离开了。是婢女之手？陆游在深深怀念唐琬而作词时，开篇竟然写别的女人之手，似乎也不合人情。再者，用"红酥"修饰女人之手实在也不美，所以我不认为"红酥手"是女子之手，它可能是一种点心，类似北京点心蜜耳朵、牛舌饼、佛手酥一类。

"黄縢酒"，宋代官酒，用黄纸封口，故称。"縢"为绳子，用于捆扎。一盘点心，一杯小酒，正值春天，满城柳树绿了。

起句平平，不加情感，作者也并没有接上这个情绪，而是逆势而上："东风恶，欢情薄。一杯愁绪，几年离索。""东风"在此本指春天,但陆游可能借指母意;"离索",离群索居。在这样美好的春天,却因春风刮得过急,让美好的情绪很快消失,只剩下没有了结的惆怅,让我几年精神上离群索居,孤单一人。叹惜至此,陆游利用词牌最后的叠韵发力:"错,错,错。"

三个"错"字发自陆游的心底。他与唐琬的爱情是初恋,初恋的情感最深,印象最深,大部分人对失去的第一次爱情刻骨铭心。陆游不敢违抗母命,只能委屈自己,所以才有了"错,错,错"的强烈感受。

下阕陆游回到现实,不再回忆。"春如旧,人空瘦。泪痕红浥鲛绡透。""浥",湿透;"鲛绡",神话传说中鲛人织的绡,后泛指薄纱,这里代指手帕。春天还是老样子,但人却无缘由地瘦了,泪水冲洗了脸上的妆容,把手绢全部湿透。这段描述不是现实所见,而是作者内心的一种想象,唐琬与丈夫走远,未必没有幸福的生活。但陆游站在自己的角度,可以这般猜想。

此时作者笔锋向外:"桃花落,闲池阁。山盟虽在,锦书难托。"桃花被风吹落了,池塘及楼阁静静地闲在一旁,当时我们二人悄悄说的海誓山盟都还记在我心中,但此时此刻我已无权再向你说些什么,更别说写信了。情感到此,他只能痛心疾首地说出:"莫,莫,莫！""莫"，在这里当"不要"讲。《钗头凤》写于陆游三十岁时，还带有年轻人的气盛。

陆游与唐琬这段情感记录在南宋人陈鹄的《耆旧续闻》中，之后同为南宋人的刘克庄在《后村诗话》中亦有记载；直到宋元之际，周密在《齐东野语》中加了一句："陆务观（陆游）初娶唐氏，闳之女也，于其母为姑侄。"从这以后，陆游与表妹的故事就成百姓津津乐道的话题。经学者考证，和陆游有亲族关系的是赵士程，后人张冠李戴了。

陆游自幼聪慧过人，十二岁能诗能文，因祖辈有功，以恩荫授予登仕郎。到了绍兴二十三年（1153年），陆游已近而立之年，赴临安参加锁厅考试。所谓"锁厅"就是现职官员及恩荫子弟的闭门进士考试。主考官陈之茂阅卷后取陆游为第一，因秦桧之孙秦埙(xūn)位于陆游之后，秦桧大怒，欲治陈之茂的罪。次年，陆游又参加礼部考试，秦桧公报私怨，干脆下令不得录取陆游。

直到秦桧死后，陆游才迈入仕途，先去宁德县（今福建宁德）任主簿，后调入京师临安，任敕令所删定官。陆游入朝后，应诏上策，他不讲情面，连高宗酷爱珍玩这事也看不惯，进言说这样会"亏损圣德"，希望皇上严于律己。这五六年时间，陆游忠心耿耿，其工作又颇见成效，升为大理寺司直兼宗正簿。

陆游走上仕途之后,慢慢领略了官场的风雨。尤其南宋的前三四十年,朝廷动荡,国家压力时紧时松。他以文人的准则要求自己,不与世俗同流合污。在深有感触之时,将理想写入诗词,其中《卜算子·咏梅》极具代表性:

驿外断桥边,寂寞开无主。
已是黄昏独自愁,更著风和雨。

无意苦争春,一任群芳妒。
零落成泥碾作尘,只有香如故。

梅花是唐宋文人都喜欢表达的题材,唐人写梅没有宋人多,多注重写景。王维诗:"来日绮窗前,寒梅著花未。"杜甫诗:"雪岸丛梅发,春泥百草生。"柳宗元诗:"早梅发高树,迥映楚天碧。"齐己诗:"前村深雪里,昨夜一枝开。"

宋人写梅开始注重言志。杜耒诗:"寻常一样窗前月,才有梅花便不同。"卢梅坡诗:"梅须逊雪三分白,雪却输

冰魂冷蕊图（局部） 明 王谦

梅一段香。"苏轼词:"玉骨那愁瘴雾,冰姿自有仙风。"辛弃疾词:"更无花态度,全是雪精神。"陆游没少写梅花,梅花欺霜傲雪,在他眼中是一种不屈的风骨,所以他常常以梅自比。

《卜算子·咏梅》开篇就表达了这个意思:"驿外断桥边,寂寞开无主。""驿外",驿站以外,清冷之地;"断桥",无人能走,隐喻无人。在这样无人的地方,梅花寂寞地独自开放,没有人会来欣赏。

至此,作者仍嫌气氛不够,加重了这种情绪的渲染:"已是黄昏独自愁,更著风和雨。""著",着,当遭受讲。本来就在"驿外断桥"处无人欣赏,心中惆怅之际,天又暗了下来,还刮起了风雨,这种境地让梅花情何以堪。

下阕进入主题:"无意苦争春,一任群芳妒。"这句说得深刻而富于哲理。在如此寒冷的凄风苦雨里,我并不是有意来受这份罪而盛开;尽管外界不理解,所有鲜花都会嫉妒,可我仍我行我素,照样迎雪绽放。

陆游的这首词实际上是一种自我表达,最后说出了有力度的话:"零落成泥碾作尘,只有香如故。"借物言志,说到这分上方可理解了。即使凋零化作尘土,我的骨气和精神也永远会在。"只有香如故"是一种低调而倔强的表达,不惜代价,不屈不挠。

陆游仕途一直不畅。宋高宗禅位后，孝宗即位，任命陆游为枢密院编修官，赐进士出身。陆游以为朝廷重用他，于是上疏朝廷，建议整饬(chì)吏治军纪，固守江淮阵地，再慢慢图谋中原。孝宗没把陆游的建议当回事，只顾自己在宫中寻欢作乐。陆游见皇上不理他，立刻找大臣张焘(tāo)，让他入宫质问皇上。孝宗一怒之下，让陆游做了镇江府（今江苏镇江、丹阳、金坛一带）通判。

隆兴二年（1164年）春，陆游在镇江结识了张浚(jùn)，这一年陆游三十九岁，张浚已六十七岁了。张浚有着极为传奇的一生，幼失怙恃，但学习刻苦，行为端正，于政和八年（1118年）登进士第。"靖康之变"后，张浚弃张邦昌投奔高宗，擢升为殿中侍御史。

金人南侵，高宗一路南逃。在扬州时，张浚进言：中原是天下的根本，希望修葺东京、关陕、襄邓以待巡幸。高宗对他说：你知无不言，言无不尽，朕将要有所作为，正如想一飞冲天而无羽翼，你留下来辅佐朕吧！此时张浚官至礼部侍郎，又被授予御营使司参赞军事。御营使司就是高宗在建炎元年（1127年）设置的，总领行朝军政。参赞军事大概相当于参谋长一类官职，可见高宗很是看重张浚。

后来的日子里，在联讨叛军、经营川陕、安定江左

雪景山水图（局部） 宋 梁楷

等问题上,张浚功过皆有。直至绍兴五年(1135年),徽宗驾崩于金五国城,张浚请辞罢相,但高宗不允。随后的日子里,张浚升升降降,仕途坎坷,直到孝宗即位的次年,也就是隆兴二年(1164年),张浚还奉诏视察江淮一带,部署抗金措施,但阻力颇大。这一年秋天,张浚在余干(今江西上饶)病逝,孝宗闻讯震悼,为之辍朝,追赠太保。孝宗盛赞张浚:"朕倚公如长城,不容浮言摇夺。"

陆游于不惑之年遇近古稀之年的张浚,一定感慨良多。后来他为朝廷积极建言,但遭人陷害,激怒孝宗,被一贬再贬。五年之后,即乾道五年(1169年),朝廷再遣陆游入蜀,任夔州(今重庆奉节)通判,陆游因病未启程。次年夏,陆游携家眷由山阴老家启程,逆流而上入蜀,并写下名作《入蜀记》。

入蜀后的八年中,陆游东奔西走,为国献计;在乾道七年(1171年)时,他有机会亲赴战略要塞,到大散关巡逻,这段日子仅有八个月,但这是陆游唯一一段军旅生活,对他一生影响至深。

乾道九年(1173年),陆游在眉山结识了当地隐士伯浑,一见如故,遂写下《夜游宫·记梦寄师伯浑》:

雪晓清笳乱起，
梦游处、不知何地。
铁骑无声望似水。
想关河，雁门西，青海际。

睡觉寒灯里，
漏声断、月斜窗纸。
自许封侯在万里。
有谁知，鬓虽残，心未死！

《夜游宫》，词牌名，又名《新念别》等。正体双调五十七字，上下阕各六句四仄韵，另有变体。

题目写"记梦"，所以上阕写的就是梦境，情景十分逼真："雪晓清笳乱起，梦游处、不知何地。""雪晓"，下雪之晨；"清笳"，清脆的胡笳声，"笳"为古代西北少数民族的军乐器；"乱起"，表达急促的意境。在梦里不知身在何处。

随着镜头拉开，大全景式的表达："铁骑无声望似水。"这句描绘高明，马蹄本声碎，但远望却无声；因为数量大，移动起来似流动的河水。

　　此时作者融进了自己的情感："想关河，雁门西，青海际。"遥想沦陷的关塞山河，雁门关外，还有青海湖边。这些地方历史上都是边塞要地。作者的描写到此成为静态，不过多施展笔墨，留有极大的想象空间。山河沦落，是心中挥不去的痛。

　　下阕写梦醒时分："睡觉寒灯里，漏声断、月斜窗纸。"一觉醒来，回忆梦境，现实却是在寒冷的夜里。古人以漏计时，壶中水漏尽，滴水声就断了，预示天要亮了；月亮西斜，继续说明天要亮了。

　　作者在心中对自己说了一句："自许封侯在万里。"这是陆游的一贯态度，从生到死，从未改变；我如果在万里之外的边疆指挥，就一定能班师回朝。

　　但是事实残酷："有谁知，鬓虽残，心未死！"结句与前一句对比强烈，理想与现实之间存在巨大差异。尽管我怀有一颗报国之心，但谁能给我这个机会呢？陆游从心底发出一声感慨，两鬓虽已斑白，但报国之心未死。

　　在这首给友人的词中，抒发的不是小情小调的个人友谊，而是金戈铁马的报国之心；没有局限于儿女情长，而是落笔在祖国山河；没有发牢骚，发泄对朝廷或佞臣们的不满，而是只注重自己的感受，只在意家国永安。

寒秋晓烟图 清 张风

对比他早年的作品，明显可以看出他的胸襟日渐宽广，眼界日渐开阔。对于一个文人、一介书生，当枪已无力救国，笔却能当枪，发出凄厉的喧嚣，放射慑人的寒光。读这首小词，即有这种感受。

陆游词写得不算多，远少于诗的创作。但其词质量上乘，风格多样。他时时不忘时代重任，欲复国还家，他的《诉衷情·当年万里觅封侯》很能体现一个文人武将的心境：

当年万里觅封侯，匹马戍梁州。
关河梦断何处？尘暗旧貂裘。

胡未灭，鬓先秋，泪空流。
此生谁料，心在天山，身老沧洲。

《诉衷情》，词牌名，又名《桃花水》《渔父家风》等。正体单调三十三字，十一句五仄韵。此为变体。这首词与前一首《夜游宫》比较起来，相同的是家国情怀，不同的是景况。《夜游宫》是记梦，彼时彼地彼事，而这首《诉衷情》却是回忆一段往事。往事如烟，虽缥缈但可见，不清晰却真实。

开篇陆游陷入深深的回忆之中："当年万里觅封侯，匹马戍梁州。"典出《后汉书·班超传》："（班超）为人有大志，不修细节。……尝辍业投笔叹曰：'大丈夫无他志略，犹当效傅介子、张骞(qiān)立功异域，以取封侯，安能久事笔砚间乎？'"班超博览群书，文采超众，但他不甘于为官府抄写文书，于是投笔从戎，奉命出使西域，三十一年的时间里收复大小五十余国，最后官至西域都护，封定远侯。

陆游以此激励自己，向班超学习，想在万里之外为国家效劳，但一个人势单力薄，所以他说"匹马戍梁州"。"梁州"，古九州之一，代指今陕西、四川及云贵部分地区。陆游是在回忆当年在蜀地的军旅生涯。

"关河梦断何处？尘暗旧貂裘。""关河"，关隘河防，泛指边疆。一觉醒来，不知身处何地。"尘暗旧貂裘"借典《战国策·秦策》，说自己和苏秦一样不受重用，未能施展才能。上阕调子浓郁，不疾不徐，完全一派诉说之态。

下阕继续沉郁的情绪："胡未灭，鬓先秋，泪空流。"三字一句，层层递进，第一层结果，第二层状态，第三层情感。敌人还没有消灭，我的双鬓已经白了，想起来就双泪长流。陆游用了一个"空"字，将情感中的可惜、无奈、后悔等情绪表达到位。

然后发出了自己痛苦的心声:"此生谁料,心在天山,身老沧洲。""天山",此处指宋金交战的前线,代指宋金边界;"沧洲",古人指临水的地方,泛指隐居之所。例如李白诗:"我有紫霞想,缅怀沧洲间。"高适诗:"天长沧洲路,日暮邯郸郭。"秦观词:"最好金龟换酒,相与醉沧洲。"米芾诗:"几番画角催红日,无事沧洲起白烟。"这里所说的"沧洲"都是滨水的隐居之地。陆游在晚年发出心声:不曾想一辈子想报效国家,老了却只能在这世外桃源图个安逸。

很明显,这首《诉衷情》是陆游晚年蛰(zhé)居家乡山阴时写的,此时陆游已年逾古稀,但仍有一颗拳拳之心,不忘国忧,心系使命,把复国理想时时刻刻系在心上。不论是年轻时的血气方刚,还是年老时的老骥(jì)伏枥(lì),陆游都以一个文人的风骨屹立在寒风之中,任凭风雨雷电。他的这些诗词,充满了人生的愤懑但从不消沉,聚焦了悲壮的情绪但仍可控制,八百年后读来,仍让人深受感动,掩卷长叹。

陆游宦海一生,起起伏伏,由于诗名大,宋孝宗还召见过,但也就是聊聊诗词,没给什么像样的官职。陆游也发挥不出自己的能力,平生的抱负一次又一次地被耽误了。

到了嘉泰二年（1202年），陆游再次应诏入京，担任同修国史、实录院同修撰，主持编修孝宗、光宗两朝实录和三朝国史。因为年纪大了，免上朝请安之礼。嘉泰三年（1203年）四月，国史编撰完成，宋宁宗很满意，遂升陆游为宝谟阁待制。陆游思索再三，向皇上申请致仕，得以获准，这一年陆游已近八十高龄了。

陆游回到山阴后，当时的浙东安抚使兼绍兴知府辛弃疾慕名前来拜访。二人相谈投机，辛弃疾看见德高望重的陆游住房如此简陋，还多次诚恳提出为其重建田舍，但均被陆游婉拒。陆游说，我一生心都不在这上面，晚年就更不需要了。

陆游的诗词创作主要是诗，并不是词，他的许多诗句耳熟能详，传播极广，随便翻检他的诗集，就会看见那些熟悉的句子：

夜阑卧听风吹雨，
铁马冰河入梦来。
——《十一月四日风雨大作》

利欲驱人万火牛，

jiāng hú làng jì yī shā ōu
江湖浪迹一沙鸥。

qiū sī
——《秋思》

zhǐ shàng dé lái zhōng jué qiǎn
纸上得来终觉浅，
jué zhī cǐ shì yào gōng xíng
绝知此事要躬行。

dōng yè dú shū shì zǐ yù
——《冬夜读书示子聿》

jiāng shēng bù jìn yīng xióng hèn
江声不尽英雄恨，
tiān yì wú sī cǎo mù qiū
天意无私草木秋。

huáng zhōu
——《黄州》

xiǎo lóu yī yè tīng chūn yǔ
小楼一夜听春雨，
shēn xiàng míng zhāo mài xìng huā
深巷明朝卖杏花。

lín ān chūn yǔ chū jì
——《临安春雨初霁》

lóu chuán yè xuě guā zhōu dù
楼船夜雪瓜洲渡，
tiě mǎ qiū fēng dà sàn guān
铁马秋风大散关。

shū fèn
——《书愤》

位卑未敢忘忧国，
事定犹须待阖棺。

——《病起书怀》

国仇未报壮士老，
匣中宝剑夜有声。

——《长歌行》

在宋朝，陆游高寿八十五岁，已是难得有福之人。他晚年多次感慨自己："双鬓多年作雪，寸心至死如丹。"体现了一个文人的品格与风骨。陆游临终前，将儿子们叫到床前，没有世俗的交代，只留下最后一首七言绝句《示儿》，然后安然而逝，驾鹤回归道山：

死去元知万事空，
但悲不见九州同。
王师北定中原日，
家祭无忘告乃翁。

山水册之八（局部） 清 髡残

新畲耕耧图（局部） 清 董诰

# 范成大

（1126—1193年）

满窗晴日看蚕生

《眼儿媚·萍乡道中乍晴卧舆中困甚小憩柳塘》
《水调歌头·细数十年事》
《霜天晓角·梅》
《四时田园杂兴六十首》

中国士大夫要有一颗兼济天下之心。读万卷书固然重要，走万里路更加重要。在没有现代媒体的古代，了解人情世故、风土人情需要多走多看。南宋人范成大（1126—1193年）就是这样一位喜欢"走万里路"之人，堪称那个时代的旅行家。与明代旅行家徐霞客相比，他的旅行路途长度、专业记录皆不如徐霞客，但他比徐霞客早四百多年，视角有所不同，精神别有一种境界。

范成大，字致能，号石湖居士，平江府吴郡（今江苏苏州）人。他和许多名人一样，自幼显露出天分，聪慧过人，十二岁时便已经读遍经史。古人读书比今人早，一般五岁就开始诵读，背诵经典是古人读书的捷径。参加科举考试者背不下经典是没法参试的，因为考官出一题目，你若不知出自哪部经典的哪个章节，几乎无法作答。范成大从十四岁起，就开始创作诗文。他也是南宋"中兴四大诗人"之一，存诗近两千首。

绍兴十二年（1142年），宋高宗的母亲韦贤妃（后称显仁皇后）由金人放回。前一年，曹勋出使金国时，把返还宋徽宗灵柩、释放韦贤妃回国作为"绍兴和议"的两个重大交换条件。宋高宗生母回朝彰显高宗的孝道，故朝廷诏令天下文人臣属就此敬献赋颂，范成大应试，名列前茅。

但范成大觉得这种应景文章信手拈来，不能体现个人价值，然后就选择到昆山的荐严资福禅寺（今江苏苏州昆山东禅寺）苦行读书，十年不出，还取唐代贾岛诗句"只在此山中"，自号"此山居士"。整整十二年后，也就是绍兴二十四年（1154年），范成大登进士第，这一年他已近而立之年了。

绍兴二十六年（1156年），范成大步入仕途，从最基层的徽州司户参军做起，一步一个脚印，十年时间内做到了礼部员外郎。

宋孝宗赵昚（shèn）即位后，欲收复中原，便动用老将张浚发动"隆兴北伐"，结果败北。隆兴二年（1164年），宋廷自"绍兴和议"后签订了屈辱的"隆兴和议"。其中难堪的是，金、宋以叔侄相称，在这种情况下，宋廷在该和议书上谈的条件十分笼统，并未议定受书礼仪等细节，而之前宋朝皇帝须向金使行跪拜接受"诏书"等屈辱之礼。

乾道六年（1170年），宋孝宗授予范成大一大堆头衔,让他充当祈请国信使,与金国再谈诸事细节。到了金国后,范成大将草拟的请求更改受书礼的奏章藏于怀中,呈进国书时忽然上奏道:两朝已经结为叔侄,而受书礼仪未定,我这里有奏章。而按金法,使臣不许私递奏章。金世宗完颜雍有点惊讶:你这难道是进献国书吗?范成大的冒死举动差一点让自己丢了性命,但保全了气节,金国最终并没有追究。秋天,范成大启程归朝。他将这段经历写成了《揽辔录》,记录了出使金国的行程、沿途所见景物等。

范成大出使金国是他人生的重要时刻,回来之后,人生就有些变动,先被任命为中书舍人。这一官职自南朝到隋唐都参与起草诏令,宋时仍沿袭基本职能,涉及朝廷机密,权力日重。但由于范成大的性格极刚正,得罪人后被迫外调。

乾道七年(1171年),范成大以集英殿修撰的身份出知静江府(今广西桂林),兼广西经略安抚使。次年他从家乡出发,一路南行,水陆行程逾三千里,眼界大开,边走边写,著游记《骖鸾录》。书名取韩愈咏桂林的"远胜登仙去,飞鸾不假骖"诗意。这期间他在乾道九年(1173年)闰正月路过萍乡(今属江西),阴雨方晴,人困马乏,不经意间写下一首《眼儿媚·萍乡道中乍晴卧舆中困甚小憩柳塘》:

酣酣日脚紫烟浮,妍暖破轻裘。
困人天色,醉人花气,午梦扶头。

春慵恰似春塘水,一片縠纹愁。
溶溶泄泄,东风无力,欲皱还休。

《眼儿媚》,词牌名,又名《秋波媚》《小阑干》《东风寒》等。正体双调四十八字,上阕五句三平韵,下阕五句

两平韵，另有变体。

这首词有小序，用以为题。"萍乡"，今江西萍乡；"乍晴"，路途中突然放晴；"舆"，本义车厢，引申为轿；"憩"，小睡。躺在轿子中困得要命，于是在一个柳塘边小睡一会儿。

开篇即充满睡意："酣酣日脚紫烟浮，妍暖破轻裘。""酣酣"，词义多解，在此是炽盛貌；"日脚"，太阳穿过云隙的光线；"紫烟"，烟霞之色；"妍暖"，温暖；"轻裘"，轻暖皮衣。尽管地处江西，正月还是有寒意的，设身处地方能理解范成大的词意：炽盛的阳光从厚云间隙中射下，一片紫红色的霞光，身上被暖阳照射，像披上

湖山春暖图（局部） 清 恽寿平

了一件暖衣。

"困人天色,醉人花气,午梦扶头。"这句紧接着前句情景,因长阴乍晴,暖阳高照,困意袭来,连路边的花卉也发出醉人的香气,中午睡上一觉,竟然做起梦来,昏沉沉不知身在何处。"扶头",扶头酒的简称,指易醉之酒,此谓醉态。

下阕移景,由舆中到柳塘,"春慵恰似春塘水,一片縠纹愁"。"春慵",春困而慵懒;"縠纹",有皱的纱类织物。春天的困劲儿真好像眼前的春塘水,一片浅浅皱纹,让人略感惆怅。

"溶溶泄泄,东风无力,欲皱还休。""溶溶泄泄",水波荡漾貌,亦可写作"溶溶曳曳";"东风无力",引自李商隐"东风无力百花残";"欲皱还休"是说风时有时无。结句让"春慵"彻底放松,一懈到底,所以明代沈际飞在《草堂诗余别集》中评介说:"此词字字软温,着其气息即醉。"

从这首词可以看出范成大心境大好。小词不长,上下阕后三句皆出彩。上阕说慵懒如醉,下阕说萦愁似縠。比喻俗中带雅,词意平中有峰,不说作者春风得意,至少是心安理得。

词中也可以看出范成大的文学修养。文学感受有一部分是天赋,与生俱来的。这部分天赋实际上决定了大文人的历史价值,没有天赋也可以成为文人,但不可能成为大文人。中国历史上留下记载的文人无一例外,只是天赋或多或少罢了。除去天赋,那就是修养了,自幼读书必不可少。文学性的表达很大程度上是记忆中的潜意识,实际上是天赋加上努力学习而来的,别无他法。

范成大回朝之后,被任命为中书舍人,位高职虚,不久又因得罪朝廷而外调。那些年,他几乎一年换一个地方,直至淳熙四年(1177年),范成大从成都离任,坐船一路经三峡,过湖北、江西,入江苏,从镇江转常州到苏州,写下两卷游记,名为《吴船录》,取自杜甫"门泊东吴万里船"之句。这一年中秋,他在湖北武昌黄鹤楼与友人聚会,感慨良多,遂找来纸笔,写下了一首《水调歌头·细数十年事》:

细数十年事,十处过中秋。
今年新梦,忽到黄鹤旧山头。
老子个中不浅,此会天教重见,
今古一南楼。
星汉淡无色,玉镜独空浮。

敛秦烟,收楚雾,熨江流。
关河离合,南北依旧照清愁。
想见姮娥冷眼,应笑归来霜鬓,
空敝黑貂裘。
酹酒问蟾兔,肯去伴沧洲?

《水调歌头》这个词牌在范成大之前,多人用它写过中秋,苏轼开篇就是"明月几时有,把酒问青天",米芾也写过"自有多情处,明月挂南楼"。

范成大用此词牌,开篇不是情绪,是故事:"细数十年事,十处过中秋。""细数",仔细计算。算起来十多年的宦海生涯,至少在十个地方度过中秋。这独特的为官经历,说明了范成大走过的地方之多。老子的《道德经》中有这样一句:"九层之台,起于累土;千里之行,始于足下。"做事就是积累,没有积累的过程就不会获得成果。所以范成大说得带一点点自豪。

下面他接着说:"今年新梦,忽到黄鹤旧山头。"所谓"新梦",是站在过去的角度而言,去年的时候我还不知道今年在哪里过呢,怎么忽然到了黄鹤楼了呢?"黄鹤山",今称"蛇山",在今湖北武汉武昌区长江南岸,传说仙人王子安曾乘黄鹤来此,故名。

紧接着范成大说了一句大话:"老子个中不浅,此会天教重见,今古一南楼。""南楼",典出《世说新语·容止》:庾亮为东晋名士,姿容俊美,玉树临风。在武昌时,正值中秋时节,他的下属在南楼吟唱,正在兴头之时,他也来了,与大家一同吟咏,尽情欢乐。因庾亮字元规,这个典故就叫"元规啸咏",南楼又名"庾亮楼"。"老子",此处为自称,犹如老夫;"个中",此中。范成大此时信心满满地说,老夫今天运气不错,想起当年庾亮在此守鄂州,上天教这一景象重现,此时的南楼和庾亮的南楼已相差八九百年了。

此时此刻,他仰望天空:"星汉淡无色,玉镜独空浮。""星汉",银河;"玉镜",月亮。由于月亮太亮,银河都显得暗淡,天空太干净了,月亮就像独自飘浮在天上。

下阕接着写月色:"敛秦烟,收楚雾,熨江流。""敛"与"收"、"秦"与"楚"、"烟"与"雾"分别互文。秦楚交界,秦北楚南,借指南北分开;"熨",使之平,江流如练。

"关河离合,南北依旧照清愁。""关",关隘;"河",河防;"关河"即"山河";"离合",指分裂。在这里望过去,南北两地云山雾罩,长江像绸缎一样平静地流淌着,可国家分成了南北两块，几十年了，每年月亮照着分裂的国家。

到此作者开始发挥想象，"想见姮娥冷眼，应笑归来霜鬓，空敝黑貂裘"。"姮娥"，嫦娥；"空敝黑貂裘"，典出《战国策·秦策》，苏秦游说秦王，十次未果，资用耗尽，连身上的黑貂皮衣也破旧不堪，只好离秦而归。比喻理想未能实现。想必嫦娥在月亮上嘲笑我头发都白了，仍一事无成，就像苏秦游说秦王一样，无功而返。

最后作者发问："酾酒问蟾兔，肯去伴沧洲？""酾"，词义复杂，可以理解为倒酒，苏轼《赤壁赋》有"酾酒临江，横槊(shuò)赋诗"之句。"酾酒问蟾兔"就是"举杯邀明月"之意，是否愿意与我一起回故乡？

范成大这一年五十一岁了，过了知天命之年，一生起起伏伏，还舍命深入金国，虽为使节，仍有风险。在这个中秋之夜，面对一轮满月，他没有苏东坡"把酒问青天"的豪情万丈，也不是李清照"雁字回时，月满西楼"的喁(yú)喁私语，他中规中矩地记录自己的半生。对已逝岁月的眷恋，对国家无能的惋惜，对历史警示的担心，对神话传说的向往，都交织融合在一首《水调歌头·细数十年事》之中，这首词遂成为他的代表作。

范成大喜欢梅花，他的喜欢不是一般的喜欢，而是深入骨髓的喜欢。当年他在江西临江军（今江西宜春樟树）游芗(xiāng)林和盘园时，有几株古梅给他留下了深刻印象。晚年致仕隐居石湖后，"以其地三分之一与梅"，与之为伴，写出了《范村梅谱》。

这是中国古代第一种有关梅花的书，其中记载了十二种梅花，书的前后都有他写的序，开篇文字就极富个人情感："梅，天下尤物，无问智贤愚不肖，莫敢有异议。"书中记载，他的私宅叫作范村，有梅花数百株，可见他对梅的喜爱程度。范成大晚年，姜夔拜见他时的见面礼，就是两首写梅花的自度曲，范成大阅后十分高兴，在家宴后将歌妓小红赠予了姜夔，令姜夔欣喜不已。

范成大的《霜天晓角·梅》收录于《宋词三百首》，表面借梅花写春愁，实则感慨人生。小词不长，仅四十三字，却有数层画面：

晚晴风歇，一夜春威折。
脉脉花疏天淡，云来去、数枝雪。

胜绝，愁亦绝。此情谁共说。
惟有两行低雁，知人倚、画楼月。

《霜天晓角》，词牌名，又名《月当窗》《长桥月》《踏月》等。正体双调四十三字，上阕四句三仄韵，下阕五句四仄韵。这词牌是林和靖首用，取名于他的咏梅词。

开篇在写过去时："晚晴风歇，一夜春威折。""晚晴"，傍晚天晴；"风歇"，风停了；"春威"，倒春寒；"折"，此处当反转讲。傍晚时节风停了，一夜之间倒春寒过去了。

再去看"脉脉花疏天淡，云来去、数枝雪。""脉脉"，含情之貌。梅花落了不少，显得稀疏，天高云飘，白梅胜雪。作者上阕落笔在意时间情景，寥寥几句，一幅梅花小景。

下阕写情绪。"胜绝，愁亦绝。此情谁共说。"这景色绝佳，胜于一切，但随之而来的愁绪亦很绝，还没有人可以去诉说。无奈之中，作者将笔触放远："惟有两行低雁，知人倚、画楼月。"此时大雁北归，低飞浅鸣，由于低飞，可以看见地上的我，和画楼上初升的月。

范成大这首小词写得一反常态。一般顺势写法是春寒料峭，梅花苦寒，人见景生情，情与景贴合；但范成大逆势而作，倒春寒已经过去，天蓝云白，梅花疏影，景色极佳，但我依然觉得愁绪绵长，无人诉说，能理解我的只有路过的大雁。以景衬情，不借势反逆势是这首

墨梅图（局部） 明 金俊明

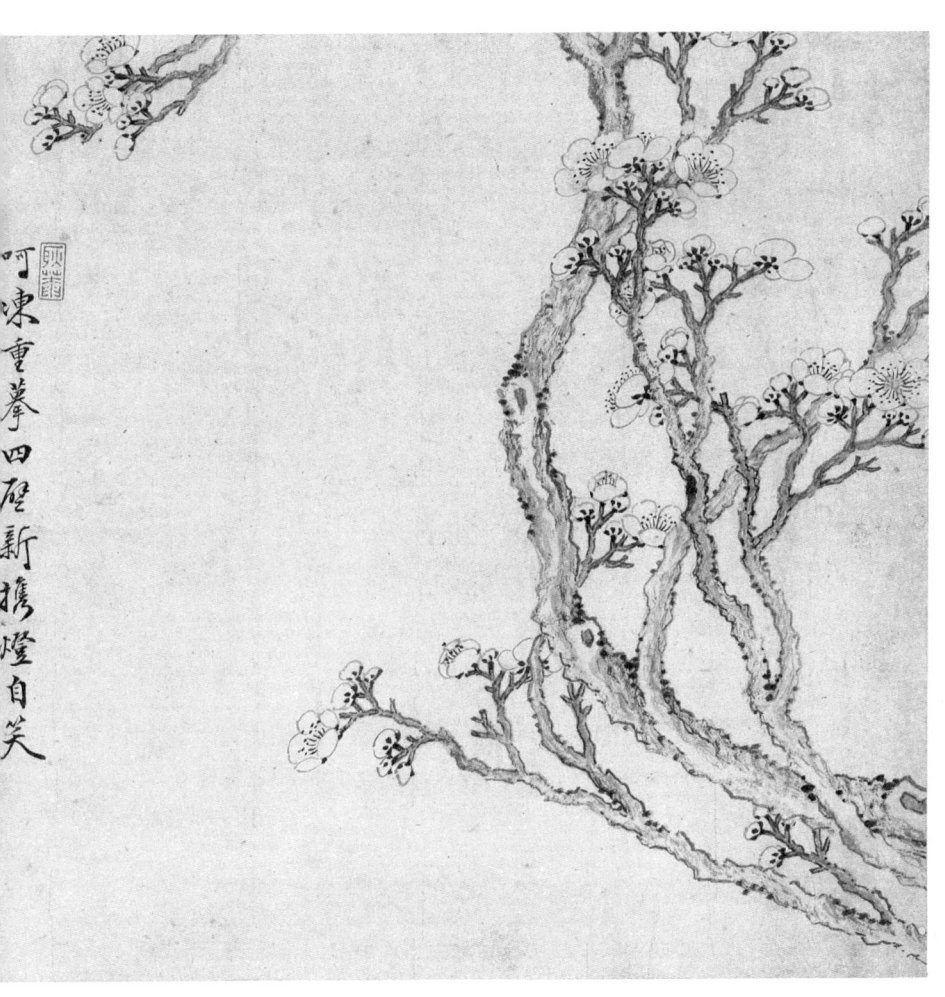

满窗晴日看蚕生

小词的特点，所以在高手看来，文无章法，随性而为，有时反倒是神来之笔。

淳熙十年（1183年），范成大尚不足花甲之岁，那一年他患了风眩症，无心再在仕途上有所作为。从夏天到秋天，他连续五次申请致仕，终获批准。此后十年，范成大活得清闲自在，回到苏州石湖（今江苏苏州西南）过着舒适且富裕的生活。

淳熙十三年（1186年），范成大作诗，纪念自己的花甲之年。《四时田园杂兴(xìng)六十首》分春日、晚春、夏日、秋日、冬日五部分，每部分十二首，共六十首。这组诗反映了宋代农民的劳作以及生活的不易。

组诗以七言绝句为体裁，每首一个画面，犹如古代绘画之册页，由不同的画面构成一个完整的故事。例如春日部分第一首：

柳花深巷午鸡声，
桑叶尖新绿未成。
坐睡觉来无一事，
满窗晴日看蚕生。

无须解释,谁都可以看懂,作者只写了两个场景:第一个是摇镜头,深巷飘着的柳絮带出了中午的鸡鸣,中午的鸡鸣不是公鸡打鸣,只是咕咕的低声呼唤,再去看看桑树上刚刚吐绿的新叶;第二个是推镜头,一个老翁坐着睡着了,忽然醒来了,没有事情做,只好呆呆地看着窗前刚刚孵出的蚕宝宝。这是一个普通得不能再普通的农村场景,在作者的笔下,不仅前后呼应,更感人的是不经意间传达了农家的温馨与人情,在貌似平静的生活中,暗藏着涌动的幸福。

再看晚春部分第三首:

hú dié shuāng shuāng rù cài huā
蝴 蝶 双 双 入 菜 花,
rì cháng wú kè dào tián jiā
日 长 无 客 到 田 家。
jī fēi guò lí quǎn fèi dòu
鸡 飞 过 篱 犬 吠 窦,
zhī yǒu xíng shāng lái mǎi chá
知 有 行 商 来 买 茶。

这首只需要解释"吠窦"一词。"窦",孔洞,狗洞。前两句写静,蝴蝶双飞静谧无音,菜花地里蝴蝶翻飞,白昼一天天越发长了,也没有客人来;后两句写动,突然鸡飞狗叫,不用问就知道有商人来买茶了。这里用"犬吠窦"表明普通人家,用"行商"表明小生意人,一幅和谐的田园生活画面。

再看夏日部分第一首:

梅子金黄杏子肥,
麦花雪白菜花稀。
日长篱落无人过,
惟有蜻蜓蛱蝶飞。

夏天到了,先是水果快熟了,梅黄杏肥快能吃了,麦花正在盛开,但油菜花已经开败了,剩下稀稀拉拉几朵。后两句引入蜻蜓蛱蝶,让画面充满了动感。"日长"一词是夏天的代名词。北宋诗人唐庚诗句:"山静似太古,日长如小年。""篱落",篱笆。"日长"的一天再配上"篱笆无人过",让夏天显得更加漫长,因此突显蜻蜓蛱蝶动态飞行的勃勃生机。静中有动,是小诗的核心。

再看秋日部分第四首:

静看檐蛛结网低,

山水册之渔村稻畦　清 恽寿平

满窗晴日看蚕生

无端妨碍小虫飞。
蜻蜓倒挂蜂儿窘,
催唤山童为解围。

前两句为儿童最常见的情景,看房檐下蜘蛛结的网,蛛网旁边仍有许多小虫在飞;后两句描写一个特别的情节,蜻蜓脱壳时常常原蜕在上,新身倒挂,儿童会对这种景象感到新奇,所以大人会催唤儿童来观察这一现象,替之解围。画面生动,情趣盎然。

最后看冬日部分第六首:

放船闲看雪山晴,
风定奇寒晚更凝。
坐听一篙珠玉碎,
不知湖面已成冰。

江南冬季与北方是有区别的,范成大写的是苏州的冬季,自然就是别样风景。前两句写全景,冬季风停以后天晴万里,气温下降,晚上更加寒冷;后两句写出江南特色,"坐听一篙",在船上一篙扎下去,湖面已经有薄冰了,如同珠玉碰撞之声。这就是江南特有的风景,薄冰行船,伴随着破冰的声音,在北方人看来颇为奇特。

范成大的《四时田园杂兴六十首》写得朴实,一看就知他心态平和,没有负担,可以为自己写诗抒发情感,为农民说话赞美。范成大骨子里是文人兼济天下的情怀,不能为国肩负使命之时,还可以为百姓画像,替他们排忧解难。这组田园诗虽然以"杂兴"的形式出现,但仍能看出这是集作者一生之心力去完成的,由此范成大获得了一个"田园诗人"的称号。

范成大一生有远大的抱负,无论逢大事替国出使,还是遇小事为民请命,他都只求无愧于自己的良心,这良心体现了一个文人的使命。《宋史·范成大传》这样评价他:"成大致书北庭,几于见杀,卒不辱命。俱有古大臣风烈,孔子所谓'岁寒,然后知松柏之后凋'者欤?"此语中肯有加,褒扬得体。

溪山草阁图册之柳塘独钓（局部） 明 沈周

# 周必大

（1126 — 1204年）

已谢浮名浮利

《朝中措·乘成台上晓书云》
《点绛唇·醉上兰舟》
《入直召对选德殿赐茶而退》

周必大（1126—1204年）位极人臣时几乎天天与皇帝促膝长谈。宋孝宗赵昚对他极为欣赏。一次，宋孝宗直接对他说：每次我看见宰相不能处理的事情，你几句话就解决了，三省根本少不了你啊！按说皇帝对臣子说这话有些过头，这种话很容易滋长大臣的不良心态，变得专横跋扈（hù），历史上这样的教训很多。可周必大并不给皇帝面子，也不给自己台阶，该说的话一定要说，也不管皇帝爱不爱听。

淳熙十五年（1188年），宋高宗出殡，明堂大礼时，宋孝宗加恩群臣，封周必大为济国公。大礼上获如此殊荣，周必大竟然不领情，留在最后请求皇帝让他离职。皇帝动之以情，晓之以理，周必大才流着眼泪退下了。

第二年，宋孝宗又令周必大草拟诏书，专门论述太子之事，事后又任命他为左丞相。周必大知道孝宗要禅让皇位，拜见皇帝时说：陛下传位给皇子，流芳千古，但我无法再侍奉皇帝了。孝宗流着眼泪说：以后只能靠你们这些老臣辅佐新君。尔后，周必大仍再次请辞。

宋光宗即位后，因皇后李凤娘干政，几无政绩。其父太上皇赵昚去世后，光宗也立刻禅位于次子，史称"光宗内禅"。宋宁宗即位后，令大臣直言朝政得失，周必大立刻毫无顾忌地面陈四事：至孝，敬天，崇俭，久任。事事有所指，然后连续三次上表请求致仕，终获宁宗批准。

这样一位三朝元老，年轻时读书并不顺利。周必大生于靖康元年（1126年），他祖籍本是郑州管城（今属河南郑州），其祖辈在庐陵（今江西吉安）为官，并在此定居。他四岁时父亲去世了，只好养在外祖母家，由母亲陪他读书。可少年时，母亲又不幸去世，周必大遂成了孤儿，无家可归，只好去广东投奔伯父。两年后他随伯父又回到庐陵，随后的日子一直动荡，随伯父辗转各地，但他仍刻苦学习，终成人才。

在古代，如周必大这样幼时经历坎坷的人想成才很难，那时各地语言差异性大，沟通费力，各地文化差异也大。周必大就凭借自己一点一滴的努力，日积月累，终于在绍兴二十一年（1151年）二十五岁时登进士第。与范成大一样，第一份职务都是徽州司户参军。这一年周必大娶了老师王葆(bǎo)的女儿，之后回到了江西。

六年后,周必大再举博学宏词科,又升了一职,直到绍兴三十二年(1162年)宋孝宗即位,周必大拜官起居郎。孝宗对他极其信任,他多次上呈的奏本也让皇帝十分满意,随后孝宗又提拔他为中书舍人。

周必大是"三位一体"的太平宰相,他集官宦、文人、学者于一身。由于政绩显赫,他的文学创作反而长期被忽视,他的诗、词、文均典雅庄重。他开始学黄庭坚,后来学白居易,最后又学杜甫。他一直追随江西诗派,大半是因为他与江西庐陵的渊源。他诗比词写得多,但词中仍能听见他的心声,比如《朝中措·乘成台上晓书云》:

乘成台上晓书云。
黄色映天庭。
已谢浮名浮利,
也知来应长生。

边亭卧鼓,余粮栖亩,
朝野欢声。
从此四时八节,弟兄常醉金觥。

"乘成台"，具体不详，周必大至少有一诗一词提过乘成台；杨万里也有三首诗提过乘成台，其中的《题周子中司户乘成台三首（其一）》这样写道：

不烦营筑便成台，
自有青松不用栽。
只道先生忙更懒，
也须一日一回来。

杨万里与周必大算是同乡，二人相识相交逾半个多世纪，虽然政见不合，但往来不少。杨万里诗中，乘成台是一座天然形成的高台，上面长有松树，是大家闲聚之处。

周必大这首词开篇写："乘成台上晓书云。黄色映天庭。""书云"，观察天象加以记录，以卜吉凶。"黄色"，指曙色；"天庭"，天宫。早晨聚在乘成台上，曙光映红了天空。

"已谢浮名浮利，也知来应长生。"这两句达观，已经谢绝名利，也知道今世来生。司马迁说过："天下熙熙，皆为利来；天下攘攘，皆为利往。"司马迁说得如此深刻，几千年不过如此。佛教讲人生有三世，过去、现在、未来；三生亦同三世。牟融(móu)诗："三生尘梦醒，一锡衲衣轻。"羊士谔(è)诗："一灯心法在，三世影堂空。"白居易诗："世说三生如不谬，共疑巢许是前身。"朱熹诗："三生漫说终无据，万法由来本自闲。"既然这么多诗人都说过人的前世、今生、来世，也知道天下熙熙攘攘，皆为利来利往，那么为什么不看淡一些呢？

上阕是人生态度，下阕是世俗描绘："边亭卧鼓，余粮栖亩，朝野欢声。""边亭"，边塞之亭堠，犹今之哨所。王勃诗："他乡临睨(nì)极，花柳映边亭。"陈子昂诗："孟秋首归路，仲月旅边亭。""卧鼓"，息鼓，表示无战事。钱起诗："南州初卧鼓，东土复维城。"陈亮诗："万幕从兹无减灶，笑看卧鼓旧边城。"太平盛世，没有战争，余粮吃不了，还放在地里未收割，朝廷与百姓都很高兴。

写到这里，周必大很高兴地说出了结尾："从此四时八节，弟兄常醉金觥。""四时"，春夏秋冬；"八节"，立春、春分、立夏、夏至、立秋、秋分、立冬、冬至；"金觥"，酒器。过去，古人注重节气，凡重要节气即为节日。我们今天过的节日不少是百多年来的新节日。"四时八节"在农耕社会十分重要，所以欢乐过节是常态。周必大用了"从此"二字，表明自己希望国家长治久安，日日欢歌。

周必大生于北宋的最后一年靖康元年（1126年），次年就是南宋的第一年建炎元年（1127年）。这一年是宋朝的命数大劫，徽、钦二帝被俘，押解北上。建炎三年（1129年），高宗慌忙南下，泥马渡江，后择都临安。南宋继承了宋室正宗，宗室血脉相通。北南二宋在中国历史上共历三百一十九年，周必大经历了高宗、孝宗、光宗、宁宗四代。庆元元年（1195年），周必大请辞告老时，已年近古稀了。也就是说南宋经过了近七十年的整饬发展，脚跟站稳了。周必大高龄致仕后仍活了近十年，算是有大福之人。

有福之人写的诗词就少锐气，也不见怒气，全是平和之气，他的《点绛唇·醉上兰舟》就读之绵软，思之无力：

醉上兰舟，羡他沙暖鸳鸯睡。
月波金碎。愁海深无底。

太守新词，解释无穷意。
高歌起。浮云闲事，
浑付烟中翠。

秋渚眠禽图（局部） 清 杨大章

开篇起句就写得懒散:"醉上兰舟,羡他沙暖鸳鸯睡。""兰舟"两解,一为床的雅称,一为船的雅称。李清照的"轻解罗裳,独上兰舟"说的是床;柳永的"都门帐饮无绪,留恋处,兰舟催发"说的是船。此处应为船。"沙暖鸳鸯睡"套用了杜甫诗"泥融飞燕子,沙暖睡鸳鸯"。我带有醉意上了船,真羡慕岸边睡在沙地上的鸳鸯。

紧接着下句是感受:"月波金碎。愁海深无底。"时间交代了,是夜晚,月亮高悬,映在水面细碎的波纹上,忧愁如水深不见底。这个忧愁不是真愁,是一副自作多情、无病呻吟的"愁",可以忽略不计。

下阕开朗:"太守新词,解释无穷意。""太守",秦汉时期一郡之长为郡守;汉景帝更名太守,权力很大;南北朝以后,州制增多,郡之辖境缩小;至隋初存州废郡,太守被刺史替代;唐宋以后,太守只作为刺史或知府的别称,欧阳修的《醉翁亭记》中以"太守"自谓。周必大这里的"太守"虽不知指何人,但新词写得好,所以才"解释无穷意"。

最后作者写道:"高歌起。浮云闲事,浑付烟中翠。""浮云闲事"指的是世间日常之事。韦应物名句"浮云一别后,流水十年间"说的是两个人久别相遇,李白的名句"浮云游子意,落日故人情"说的是二人马上分别，所以无论"浮云闲事"多重，最终都是过眼云烟。"浑"，全、整个、都。高歌一曲，把那些世俗之事，全部交付给这烟雾缭绕的碧水吧！

《点绛唇·醉上兰舟》的写作时间和背景不详，在周必大的作品中并不显眼，但这却是他一生追求的生活态度，冷眼看社会，热心佐江山。他身为臣子，以社稷中兴为己任，不计较个人得失荣辱，得势不张狂，失势不惊慌。孝宗时欲求中兴，急需人才，周必大在辅佐皇帝的时候，献计献策，并用"分格"方式储备人才。这个创举，让君主得以了解熟悉人才，也让地方政府急用人才之时，可以按图索骥，高速有效，但周必大并不认为这些是自己的大功劳，而只是日常本职工作。在他眼中，"太守新词，解释无穷意"，一切都付平淡中，方能做到表面平和，内心强大。《宋史·周必大传》中，孝宗赵昚对周必大有一评价："卿不迎合，无附丽，朕所倚重。"显然，皇帝也是个明白人，知孰轻孰重，谁能倚靠。

周必大希望自己看淡名利，他一生也的确朝这个方向在努力，但在这个社会上，尤其又常与皇帝接触，有时难免也会有世俗之念，比如他的《入直召对选德殿赐茶而退》：

拙政园十二景图之一（局部） 明 文徵明

绿槐夹道集昏鸦，
敕使传宣坐赐茶。
归到玉堂清不寐，
月钩初上紫薇花。

此诗虽只四句，但传递了周必大政治生涯中的重要一事。《宋史·周必大传》有记载，宋孝宗召周必大等三人在选德殿应对。古代社会，臣子被皇帝召见询问国事是莫大荣誉，周必大也在面见皇帝时说出了自己的主张。宋代叶绍翁的《四朝闻见录》也记载了此事。周必大本可以写一首叙事长诗或组诗记录下来，但不知什么原因，他只写了首七言绝句，以最简洁的方式表达了自己的心情。

起句写景："绿槐夹道集昏鸦，敕使传宣坐赐茶。""绿槐"，路树；"昏鸦"，说明时间；"赐茶"，皇帝赐茶慰问。起句中规中矩，时间、地点、事件、来由一一交代，言简意赅。

中间部分全部省略，后两句已是散场了："归到玉堂清不寐，月钩初上紫薇花。""玉堂"，指翰林院；"紫薇"，暗指紫微，唐开元元年中书省改紫微省，中书令改紫微令。应对饮茶回到翰林院，有些兴奋不能入眠，看着如钩的新月照着盛开的紫薇花。余兴不知所言的状态一笔带出，十分传神。

仔细琢磨，发现周必大还是很有操守，没有刻意逢迎阿谀皇上，不过就是喝喝御茶，聊聊天，不值得大书特书。周必大有意省去中间章节，只描述开始与结束两个时间点，既给了皇帝面子，又保留了文人的淡泊。

周必大一生头脑清醒，大事有原则，小事不糊涂，也赶上了南宋最好的一段时光，所以才有了"太平宰相"的称谓。他不畏权贵，诤言直表，宁肯不为官也绝不说违心话，又赶上孝宗、宁宗看重他。他一生虽起起伏伏，但保持了文官本色。嘉泰四年（1204年）秋，周必大卒于家中，享年七十八岁。宁宗闻讯后悲痛哀伤，追赠周必大为太师，为他辍朝两日。

溪口白云图（局部） 清 王翚

山水册之荷香水榭（局部） 清 恽寿平

# 杨万里

(1127—1206年)

映日荷花别样红

《晓出净慈寺送林子方二首》
《闲居初夏午睡起二绝句》
《小池》
《宿新市徐公店》
《好事近·七月十三日夜登万花川谷望月作》
《昭君怨·咏荷上雨》
《忆秦娥·初春》

杨万里（1127—1206年），字廷秀，号诚斋，宋光宗曾为其亲书"诚斋"二字，故后世常称"诚斋先生"。杨万里一生作诗词二万余首，惜只存约五千首，四分之三的创作都散佚了。

他的诗浅显易懂，清新自然，又富于幽默感，所以民间流传杨万里的诗句很多，甚至大量的诗句用在瓷器、家具等日常用具上，可见百姓对他诗歌的喜爱，随便挑几首即耳熟能详。

比如《晓出净慈寺送林子方二首（其二）》：

bì jìng xī hú liù yuè zhōng
毕 竟 西 湖 六 月 中，
fēng guāng bù yǔ sì shí tóng
风 光 不 与 四 时 同。
jiē tiān lián yè wú qióng bì
接 天 莲 叶 无 穷 碧，
yìng rì hé huā bié yàng hóng
映 日 荷 花 别 样 红。

荷花鸳鸯图 明 陈洪绶

又如《闲居初夏午睡起二绝句(其一)》:

梅子留酸软齿牙,
芭蕉分绿与窗纱。
日长睡起无情思,
闲看儿童捉柳花。

再如《小池》:

泉眼无声惜细流,
树阴照水爱晴柔。
小荷才露尖尖角,
早有蜻蜓立上头。

再比如《宿新市徐公店》:

篱落疏疏一径深,
树头新绿未成阴。
儿童急走追黄蝶,
飞入菜花无处寻。

杨万里的诗许多无需解释，朗朗上口，带着质朴的情趣，很多常人熟视无睹的情景让他写入诗后竟流传千古，可见他诗歌的魅力。

杨万里生于南宋建炎元年（1127年），吉州吉水（今江西吉水）人。他八岁丧母，人生三大不幸"早年丧母，中年丧妻，晚年丧子"，他遭遇了"早年丧母"。

其父杨芾精通《周易》，对父母至孝。绍兴五年（1135年）灾年大饥，杨芾为父母于百里之外背米，遇到拦路抢劫者，大哭说：我为父母背米，已三天没有吃东西了，放过我吧！抢劫者遂心动放之。这一年杨万里八岁，对此事记忆深刻。

杨芾喜书，忍饥挨饿也要买书。在父亲的影响下，杨万里自幼读书勤奋，于绍兴二十一年（1151年）赴临安科考，落第而归，三年后进士及第，踏上仕途。

杨万里为官一生谨慎，虽有机会高升，但他似乎心不在此。他刚刚入仕之时，锋芒毕露，指摘时弊毫无顾忌，写过政论《千虑策》，提出一整套振兴方略，但无人理会。于是他视仕宦富贵为敝屣（xǐ），不许家人置办财产，只存一些盘缠，准备随时归隐。退休之后，仅有老屋几间，安贫乐道。正是因为如此，杨万里具有极强的平民意识，常常以百姓视角观察事物，写出百姓的心声。

杨万里的诗被誉为"诚斋体",活泼自然,饶有情趣,近乎口语。他的词只有十五首,写得类似诗,浅显易懂,例如《好事近·七月十三日夜登万花川谷望月作》:

月未到诚斋,先到万花川谷。
不是诚斋无月,隔一林修竹。

如今才是十三夜,月色已如玉。
未是秋光奇绝,看十五十六。

在这首词中,杨万里开篇便直接介入,乍一看有点突兀,细一读新意满满:"月未到诚斋,先到万花川谷。"这是正话反说,因为这一天杨万里恰巧到了万花川谷。他只好说月亮没有到他的书房,先到了万花川谷。这种表达带有儿童般的天真,月亮升起,普照大地,本没有先后,但在儿童眼中就有先后。杨万里童心未泯,方有此句。

接下来:"不是诚斋无月,隔一林修竹。"又是儿童思维,这种解释有些幼稚,不是我的书房没有月亮,是因为前面隔着一大片竹林。"修竹",长长的竹子,语出王羲之《兰亭集序》:"此地有崇山峻岭,茂林修竹。"杜

竹亭对棋图（局部） 明 钱榖

甫诗:"天寒翠袖薄,日暮倚修竹。"司空图诗:"坐中佳士,左右修竹。"杨无咎词:"烟笼修竹,月在寒溪。"辛弃疾词:"断崖修竹,竹里藏冰玉。""修竹"的文学意象是高雅而有气节,杨万里漫不经心地写了出来,自有这层含义。

下阕写得更加离奇。"如今才是十三夜,月色已如玉。"完全大白话。今天是农历的七月十三日,离中秋尚有月余,但看见月亮高悬在天上,已经如玉色温润。八月十五日中秋赏月之所以成为文化习俗,是因为这时暑气全消,空中没有雾气,所谓秋高气爽,此时观月清晰如画。杨万里这样描述尚未到来的中秋。

下面作者憧憬:"未是秋光奇绝,看十五十六。"今日月亮已如此清亮,但还没有到最好的时候,再过两天,到十五、十六的时候,那是它最美的时刻。民间有句俗语:"十五的月亮十六圆。"这是有天文依据的,农历中"朔"是指初一,也称"新月",而"望"则是十五或十六、七日,满月称之"望","十五的月亮十六圆"经统计是大概率事件,所以民谚自有其道理。

杨万里的词看似平铺直叙,浅白通俗,但它蕴含了一些人生道理。在月亮盈亏之间本没有明确的转折点,只有一个由亏到盈、由盈到亏的循环往复过程。杨万里把它融于生活，貌似漫不经心地点出道理所在，这就是高手手笔。杨万里还有别的作品也是如此，《昭君怨·咏荷上雨》即是一例：

午梦扁舟花底，香满西湖烟水。
急雨打篷声，梦初惊。

却是池荷跳雨，散了真珠还聚。
聚作水银窝，泻清波。

《昭君怨》，词牌名，又名《洛妃怨》《宴西园》。正体双调四十字，上下阕各四句，两仄韵、两平韵，另有变体。

作者先写梦境，而且是个午梦。"午梦扁舟花底，香满西湖烟水。"睡个午觉，坐着小船驶入荷花之中，荷花的香气环绕西湖，像一股缥缈的烟气。"扁舟"，小船。李白诗："人生在世不称意，明朝散发弄扁舟。"李商隐诗："永忆江湖归白发，欲回天地入扁舟。"苏轼词："我梦扁舟浮震泽。雪浪摇空千顷白。"欧阳修词："扁舟岸侧，枫叶荻花秋瑟瑟。""扁舟"的文学意象多与江湖概念纠缠在一起，但寄予了文人的清高。

忽然"急雨打篷声,梦初惊"。突然一阵急雨落在乌篷船上,发出"砰砰"的声音,一下子把我的梦惊醒。上阕至此打住,让被惊醒的作者有片刻时间清醒。

下阕梦醒了,发现自己根本没有上船,但梦中声音都接得上,这是作者巧妙的地方:"却是池荷跳雨,散了真珠还聚。""却是",语气反转;"跳雨"是说雨滴打在荷叶上弹跳了一下;"真珠"即珍珠。雨滴打在荷叶上迅速散开,然后马上又聚在一起。这段描写客观、准确、传神。

紧接着:"聚作水银窝,泻清波。""水银窝",是形容

莲舟新月图（局部） 宋 赵伯驹

雨珠聚集在大张荷叶的中间凹处，雨大时，大如锅盖的荷叶上很快就会聚集一窝水，反射出水银般的光泽。当聚集到极限量时，荷叶会马上倾斜一下，将叶上的水一股脑儿倒下，形成水泻状，所以作者说是"泻清波"。

我觉得作者真可能把自己的午梦写成了这首词，清晰真实。他把雨水在荷叶上聚集泻出和落雨的声音都再现出来，极具画面感，午梦花下，雨打初醒，雨跳珠聚，银窝清泻，把常见的不经意的小景，写成生活的乐章。杨万里勤于观察，方能信手拈来。

杨万里的诗词风格与周必大迥然不同,周必大庄重典雅,而杨万里自然清新。两个同时代的文人惺惺相惜,周必大有一段评语发自肺腑:"诚斋(杨万里)大篇短章,七步而成,一字不改,皆扫千军、倒三峡、穿天心、出月胁之语。至于状物姿态,写人情意,则铺叙纤悉,曲尽其妙;笔端有口,句中有眼。""月胁",比喻险奥的意境;"纤悉",细微详尽。周必大对杨万里的夸赞也显露出他江西诗派"无一句无出处"的特性,而杨万里则不然,他是无一句不自然,随心所欲,不在乎出处。

杨万里还有一首《忆秦娥·初春》更为有趣,完全一副老小孩的腔调:

新春早。春前十日春归了。
春归了。落梅如雪,野桃红小。

老夫不管春催老,
只图烂醉花前倒。
花前倒。儿扶归去,醒来窗晓。

杨万里晚年幽居不出,与世隔绝。这段日子他最放松自由,作品也显示出这种状态。开篇起句如同问好:"新春早。春前十日春归了。"这一年春天来得早,至少早了十天。"春归",春天来了。

下面一句写现象:"春归了。落梅如雪,野桃红小。""落梅如雪"是形容天暖,"野桃红小"也是说春天来早了,桃花来不及发育。这些早春现象被杨万里捕捉到了,随手写进词里,构成了一幅早春图。

下阕笔锋一转,由景及人。"老夫不管春催老,只图烂醉花前倒。"这就是老小孩的心态。今年春天早,每当新春到来,人就会老一岁。可杨万里说我不管这一套,还是要喝酒,不仅喝,还要喝醉,不仅喝醉,还要烂醉,充满了老态童真。"花前倒。儿扶归去,醒来窗晓。"老了有儿子真好,可以撒娇,一直睡到日上三竿。

杨万里的《忆秦娥·初春》犹如儿童歌谣,温馨得令人怜爱。一生忙碌于官场的杨万里,呕心沥血地上疏,兢兢业业地为民请命,让他心累体累。老了放松心情,看看幼童闲捉柳花,看看蜻蜓落在叶上,看看孩子追逐蝴蝶,再看看水上的映日荷花,人生美好不过如此。

作为官员,他既有过与百姓一同遇灾赈灾的痛心,也有过对皇帝直言相告的忠诚。当他发现官场就是官场,民间就是民间的时候,他决意倒向民间。所以杨万里的诗与丰子恺的绘画有异曲同工之妙，深得百姓青睐。

几十年的时间里，杨万里勤于为民作诗作词，不肯傍人篱下，也不会随人脚踵，而是自成一派，师法自然，活出了自己的姿态，写出了自己的风格，成了文学史上有名的"诚斋体"。

杨万里的"诚斋体"之名得来不易，他把早期师承江西诗派以及模仿晚唐诗作的诗，决绝地付之一炬，这也是他作诗多、存诗少的原因。

岩壑清晖册之四（局部） 明 佚名

茂林秋树图（局部） 清 髡残

# 朱熹

(1130－1200年)

为有源头活水来

《观书有感》
《水调歌头·隐括杜牧之齐山诗》
《菩萨蛮·晚红飞尽春寒浅》
《菩萨蛮·次圭父回文韵》

宋明理学最重要的流派是程朱理学。理学始于北宋程颢、程颐兄弟，到南宋朱熹时集为大成。实际上二程与朱熹相隔几十年，他们之间没有任何交集，只是思想上一脉相承，被后世称为"程朱理学"，有时候简称为"理学"。朱熹（1130—1200年）作为程朱理学的集大成者，一生著作等身，世尊称"朱子"。他是唯一一位非孔子亲传弟子而享祀孔庙的尊者，对南宋后期及以后的中国影响至深，其学问被视为元、明、清三朝的官方正统。

朱熹，字元晦，一字仲晦，号晦庵，又号晦翁，别称紫阳。祖籍徽州婺(wù)源（今属江西上饶），生于南剑州尤溪（今属福建三明），后徙居建阳考亭（位于今福建建阳西南）。据说朱熹出生时就有异相，右眼角有七颗黑痣，排列如北斗。

朱熹自幼就与众不同，五岁能读懂《孝经》，并在书上写下："不若是，非人也。"幼时朱熹"问天"的故事记于

东山草堂图（局部） 元 王蒙

《宋史·朱熹传》中，可见他学术精神的启蒙。

朱熹七岁时，其父朱松离家，将妻祝氏及子女送到建州浦城（今属福建南平）寓居。仅六年后，朱松于贬谪饶州（治所在今江西鄱阳）知州上任前病逝，死前将朱熹托付给好友刘子羽，刘子羽遂成朱熹义父。朱松放心不下，又写信给刘子翚、刘勉之、胡宪三位大儒，托付他们代为教育朱熹。刘子翚视朱熹如己出，在其家旁建一房，让朱熹母子住下。其时，朱熹的两个哥哥不幸夭折，其母含辛茹苦将他养大成人，可见朱熹早年生活之艰辛。

绍兴十七年（1147年），朱熹十七岁就在建州乡试中考取贡生。第二年他又入都科举考中，赐同进士出身，这一年其恩师刘勉之将女儿许配给他，可谓双喜临门。

三年后，朱熹踏上仕途。随后的二十年，他并不求仕进，只通过民情民愿加深了解社会。他为自己写"鸢飞鱼跃"的匾额激励自己。"鸢飞鱼跃"出于《诗经·大雅·旱麓》："鸢飞戾天，鱼跃于渊。"形容万物各得其所，自展其能。

宋乾道五年（1169年），其母祝氏去世，朱熹大悲，建"寒泉精舍"，守孝治学连续六年。其间，曾任太学博士的大儒吕祖谦来访，在寒泉精舍小住，二人长谈十余日,相见恨晚。淳熙二年(1175年)六月,吕祖谦邀请陆九龄、陆九渊兄弟到江西上饶的鹅湖寺,与朱熹展开心学与理学的辩论,这是中国思想史上著名的"鹅湖之会",作为中国哲学史上堪称典范的学术讨论会而名垂青史。

朱熹治学严谨,读书有六法:"循序渐进,熟读精思,虚心涵泳,切己体察,着紧用力,居敬持志。"他以一种哲学思辨看待读书,有一首诗极为著名,即《观书有感》:

bàn mǔ fāng táng yī jiàn kāi
半亩方塘一鉴开,
tiān guāng yún yǐng gòng pái huái
天光云影共徘徊。
wèn qú nǎ dé qīng rú xǔ
问渠那得清如许,
wéi yǒu yuán tóu huó shuǐ lái
为有源头活水来。

起句通透豁亮。"方塘",亦称"半亩塘",在福建尤溪南溪书院内。朱熹之父朱松写过一首《蝶恋花·醉宿郑氏别墅》,其中有"清晓方塘开一镜。落絮如飞,肯向春风定"。"鉴",铜镜;"天光",倒映在水中的天空。这半亩大小的方水塘像一面磨光的铜镜,蓝天与云彩一起在水中飘来飘去。

后两句说重点:"问渠那得清如许,为有源头活水来。""渠",人称代词,他。此字与水渠无涉。这个方塘怎么这么干净,如铜镜一般?是因为永远有活水注入。后两句表面意思浅显,可隐藏其中的道理深刻:读书学习如果想有成效,每天必须有适量的知识补充,这知识就好比活水。朱熹这一首看似简单的写景小诗,实际上包含了关于读书的大道理,所以历史上文人以此为鉴的诗词文赋很多,皆认可朱熹这读书道理。

朱熹关于读书写过《训学斋规》,其中很重要的一段,如同老师对幼童当面讲授:"凡读书,须整顿几案,令洁净端正。将书册整齐顿放,正身体,对书册,详缓看字,仔细分明读之。须要读得字字响亮,不可误一字,不可少一字,不可多一字,不可倒一字,不可牵强暗记。只是要多诵遍数,自然上口,久远不忘。古人云:'读书千遍,其义自见。'"从朱熹对读书的基本要求——几案"洁净端正""书册整齐顿放"等,就可以看出他读书的虔诚。这样一个大学问家,对读书这等事要求貌似简单,实际上却是严而有效。八百多年后读之,仍令人感佩。

写作诗词对于宋代文人来说是必备技能。宋词虽竭力摆脱了唐诗的影响,以长短句形式展现,但它仍留有唐诗的影子,许多宋人特别愿意用词的形式改编一首唐诗,叫作"隐括词"。这种形式算是宋代的创新,一般认为是苏轼发明的。"隐括"一词本身有矫正、修正的意思。宋代许多文人都作过隐括词,朱熹也作过《水调歌头·隐括杜牧之齐山诗》:

江水浸云影,鸿雁欲南飞。
携壶结客何处?空翠渺烟霏。
尘世难逢一笑,况有紫萸黄菊,堪插满头归。
风景今朝是,身世昔人非。

酬佳节,须酩酊,莫相违。
人生如寄,何事辛苦怨斜晖。
无尽今来古往,多少春花秋月,那更有危机。
与问牛山客,何必独沾衣?

解读朱熹的这首词,首先需要了解一下杜牧的原诗《九日齐山登高》:

山庄客至图（局部） 明 文徵明

江涵秋影雁初飞,
与客携壶上翠微。
尘世难逢开口笑,
菊花须插满头归。
但将酩酊酬佳节,
不用登临恨落晖。
古往今来只如此,
牛山何必独沾衣。

　　杜牧这首诗中,"与客携壶"的"客"是张祜。张祜比杜牧年长,且诗名早著,因受元稹排挤不得志;杜牧同情他,愤愤不平地表达了两个怀才不遇之人的愤懑,相互鼓励。其中颔联"尘世难逢开口笑,菊花须插满头归"夹叙夹议,为唐诗名句。朱熹隐括杜牧这首诗,实际上是赞同杜牧的态度,向杜牧致意。

　　起句写明秋意:"江水浸云影,鸿雁欲南飞。"时间交代得巧,曲写。云彩映在江水之中,大雁准备南飞了。"携壶结客何处?空翠渺烟霏。"杜诗是肯定句式,而朱熹改为疑问句式。带着酒壶和客人去哪里呢?得找一个满目青翠又烟雾缭绕的地方。

"尘世难逢一笑,况有紫萸黄菊,堪插满头归。"这世间真让人失望啊,好在还可以将紫萸、黄菊插满头而回。唐宋人郊游,男人亦爱头上插花。"风景今朝是,身世昔人非。"风景永远不会改变,只是人不一样罢了。

下阕:"酬佳节,须酩酊,莫相违。"赶上佳节就是要酬劳自己,必须喝醉,不要推辞了。"人生如寄,何事辛苦怨斜晖。""寄",寄生。人活在世上如同寄生,没有多长的日子,那就没有必要再去埋怨人生苦短了。

"无尽今来古往,多少春花秋月,那更有危机。"古往今来,花开花谢,月圆月缺,那不也是危机四伏吗?"与问牛山客,何必独沾衣?""牛山客"比喻哀叹人生短暂的人,化用春秋时期齐景公泣牛山的典故,这件事发生在今天的山东淄博。你可以去问问齐景公,何必为人生短暂而哭哭啼啼?

朱熹点化杜牧名诗,并不是简单移植,而是加入了自己的理解,如同读书须消化一样,朱熹一改杜牧略消极的人生情绪,借机生发感慨,积极面对人生。

与黄庭坚那首压缩而成的《瑞鹤仙·环滁皆山也》不一样,这是放量而制。五十六字放至九十五字,字数涨出近一倍,调性由低沉向高昂转换,词境开阔,贯穿古今,让人耳目一新。朱熹为人的襟怀从这首词即可窥见一二。

朱熹的词中还有一些炫技之作。比如《菩萨蛮·晚红飞尽春寒浅》：

晚红飞尽春寒浅，
浅寒春尽飞红晚。
尊酒绿阴繁，繁阴绿酒尊。

老仙诗句好，好句诗仙老。
长恨送年芳，芳年送恨长。

这是一种回文诗，两两相对，每下句都是上句的回文，读之有游戏之感。从字义上讲，意思并不同。起句："晚红飞尽春寒浅，浅寒春尽飞红晚。"上句"晚红"指残花，残花快落了，春天只是略微有点寒；下句"浅寒"指春寒，春寒结束了，鲜花才迟迟开放，非常辩证的两层关系。以下若干句都需要仔细品味作者的文字游戏带来的快乐，才能体会中国文字独有的魅力。

朱熹还有一首《菩萨蛮·次圭父回文韵》，也是一样的文体：

仿宋元山水图册之二（局部） 明 蓝瑛

暮江寒碧萦长路，
路长萦碧寒江暮。
花坞夕阳斜，斜阳夕坞花。

客愁无胜集，集胜无愁客。
醒似醉多情，情多醉似醒。

看得出朱熹对这类文字游戏还是情有独钟，对于文人，有时候做做这种文字游戏可以提神醒脑。黄庭坚、苏轼等都曾作过回文词，这种形式北宋始见。"回文"也叫"回纹""回环"，利用汉字的特性，使用时一字一音一义，按一定规则重新排列，形式多变，读法各异，颇为有趣。例如黄庭坚的《西江月·用僧惠洪韵》：

细细风清撼竹，
迟迟日暖开花。
香帏深卧醉人家，
媚语娇声娅姹。

姹姹声娇语媚，
家人醉卧深帏。
香花开暖日迟迟，
竹撼清风细细。

与朱熹的两首不同，黄庭坚这首不是两两相对，而是上下阕相对，注意字数与韵脚的变化，颇为神奇。再看苏轼的《菩萨蛮·闲情》：

落花闲院春衫薄，
薄衫春院闲花落。
迟日恨依依，
依依恨日迟。

梦回莺舌弄，
弄舌莺回梦。
邮便问人羞，
羞人问便邮。

这与朱熹的词从词牌到形式均一致，可见当时文人对回文词的喜爱程度。更神奇的是，全词回文式，一首词可以从头读到尾，然后从尾读到头，创作难度极大，比如宋代王齐愈的《虞美人·寄情》：

黄金柳嫩摇丝软，永日堂堂掩。
卷帘飞燕未归来，
客去醉眠欹枕、殢残杯。

眉山浅拂青螺黛，
整整垂双带。
水沉香熨窄衫轻，
莹玉碧溪春溜、眼波横。

回文词由宋人发明，宋人重"意"，注重情调、内容，不单单将之视为游戏。可到了清代，回文诗词完全变成了游戏，种类多多，有综合式回文、异体式回文，虽技巧上有所突破，但情趣远不如宋词。

朱熹是中古时代的儒家大学者，一生以教育为己任，对儒家之外的学科也多有涉猎，对中国最古老的医书《黄帝内经》、东汉天文学家张衡的《灵宪》，甚至对北宋沈括的《梦溪笔谈》都花费时间钻研。

古人认为读书必须有三个阶段：诵读，背诵全部经典；学贯，学会相互贯通；涉猎，多读庞杂书籍。三个阶段每个不低于十年，即便五岁开始读书，完成这三个阶段也得三十五岁了，将至不惑之年。他这种"涉猎"的读书法，正是古人认为的读书第三阶段。

朱熹读书所下的苦功夫，从他阐述"格物致知"的话中就可以理解一二："上而无极、太极，下而至于一草一木一昆虫之微，亦各有理。一书不读，则阙（缺）了一书道理；一事不穷，则阙了一事道理；一物不格，则阙了一物道理。须要逐一件与他理会过。"

朱熹教人读书的态度是：天下凡事都有道理。我也常说，历史没有真相，只留存一个道理，就是受朱熹"格物致知""穷理尽性"思想的启发。

朱熹曾奉诏为宋宁宗讲学。他讲《大学》时，反复强调"格物、致知、诚意、正心、修身、齐家、治国、平天下"八目，希望通过匡正君德来限制君权，这一思想在那个时代显然难能可贵。为皇帝讲经让朱熹知道了讲学的重要性，后来他几十年如一日地著书立说。

淳熙年间（1174—1189），朱熹完成了《四书章句集注》的撰写，经学史上第一次出现"四书"之名。宋元以后"四书"被定为士子的修身准则与科举考试必读书，对后世影响巨大。

庆元六年（1200年）春，朱熹病危，左眼已失明，右眼几近失明，他为自己一生的事业坚持到了最后时刻。他去世后，正值"庆元党禁"的腥风血雨之时，当权者下令控制参加悼念活动的人数，即便这样，送葬者仍有千人之多，自愿送先生朱熹最后一程。辛弃疾闻之，悲痛地说："所不朽者，垂万世名；孰谓公死，凛凛犹生。"

五百多年后，清康熙皇帝在《御纂朱子全书》序言里写道："集大成而绪千百年绝传之学，开愚蒙而立亿万世一定之规。"此语当为总结，今天高悬于各地的朱熹纪念馆中。

仿古山水册之霜树柴门　清 恽寿平

# 张孝祥

(1132－1170年)

何人为写悲壮

《水调歌头·闻采石战胜》
《六州歌头·长淮望断》
《念奴娇·风帆更起》
《木兰花慢·紫箫吹散后》

张孝祥（1132—1170年），字安国，别号于湖居士，历阳乌江（今安徽马鞍山和县）人。其七世祖张籍为唐代大诗人，最有名的诗句"恨不相逢未嫁时"道出了多少痴男怨女的心声。

张孝祥有大才，绍兴二十四年（1154年）状元及第，授承事郎。科举考试中状元及第是难上加难之事，一千三百多年的科举史，大致平均两年出一位，其难度可想而知。

张孝祥的状元是宋高宗钦点的，当时他才二十二岁。这一年的廷试群星璀璨，同榜进士有范成大、杨万里、虞允文（虞世南后人）、秦埙（秦桧之孙）等人。当时秦桧权势如日中天，本拟其孙秦埙为状元，由于高宗的直接干预，擢张孝祥为状元。这次意外擢升对张孝祥说不上是福是祸。

张孝祥性格直率，与他同时代的张栻(shì)说他"谈笑翰墨，如风无迹"。中了状元后，张孝祥立刻表态主战，上言为岳飞鸣冤，然后当场拒绝了秦桧姻党曹泳的提亲。由于他旗帜鲜明，立刻招致灾祸，其父被诬告谋反下狱，他也受到牵连。幸亏秦桧不久便死了，张孝祥才躲过一劫。

张孝祥一直没有离开临安就职，由于文思敏捷，很快升为中书舍人，为皇帝草诏。但因其年轻气盛，又恃才傲物，遭大臣弹劾丢官赋闲。

绍兴三十一年（1161年），虞允文在采石矶（位于今安徽马鞍山）大胜金兵，迫使完颜亮改道由扬州渡江。后金兵作战时内讧（hòng），完颜亮死于部下之手。张孝祥闻讯大喜，当即作了一首《水调歌头·闻采石战胜》：

雪洗虏尘静，风约楚云留。
何人为写悲壮，吹角古城楼？
湖海平生豪气，关塞如今风景，
剪烛看吴钩。
剩喜然犀处，骇浪与天浮。

忆当年，周与谢，富春秋。

赤壁图　宋 佚名

小乔初嫁，香囊未解，
勋业故优游。
赤壁矶头落照，
肥水桥边衰草，
渺渺唤人愁。
我欲乘风去，击楫誓中流。

采石矶大战对于宋金关系至关重要，可以说此战成败决定了宋金关系后来的走向。虞允文一介书生，文官上阵指挥，以少胜多实属不易，再加上天遂人愿，完颜亮死于军队内部的自相残杀，之后金世宗只好派人与南宋议和。

张孝祥起句就激动万分："雪洗虏尘静，风约楚云留。"终于一洗国恨，把多年积攒的尘垢雪洗干净。"风约楚云留"，说得隐晦，"风"暗指朝廷，"楚云"暗指自己，因为自己管辖之地古属楚地，朝廷又把我留在这块土地上。

"何人为写悲壮，吹角古城楼？""何人"，非问，而是自豪地指自己一方，我们用生命抵抗，号角吹响，凯歌高奏。

"湖海平生豪气，关塞如今风景，剪烛看吴钩。"第一句化用东汉末许汜评价大将陈登的话"湖海之士，豪气不除",比喻自己有湖海豪气。第二句"关塞如今风景"也费解,作者本意是说今天的风景是因为打胜仗而不同了。第三句"剪烛看吴钩"写得极巧。"剪烛",夜里时分;"吴钩",春秋时吴国流行的弯刀。这句是说,自己一个人偷偷欣赏手中武器,言外之意是按捺不住内心的得意。

最后说出:"剩喜然犀处,骇浪与天浮。""剩",更、很;"然",同"燃","燃犀"典出南朝宋刘敬叔《异苑》:东晋温峤来到牛渚矶,听说水下多水怪,便点燃犀角照看,看见水下灯火通明,千奇百怪,后世用"燃犀"比喻照妖。上阕结尾的意思是,很高兴看到各类妖魔死于手下,不怕掀起惊涛骇浪。

下阕开始先拉出两个历史人物。"忆当年,周与谢,富春秋。""周",东吴周瑜;"谢",东晋谢玄。周瑜大败曹操,谢玄在淝(féi)水之战中以少胜多,击溃前秦大军;"富春秋"是说二人都是年轻时建立伟业。

"小乔初嫁,香囊未解,勋业故优游。"这句有些钦慕的口吻,周瑜当年刚刚娶了小乔,谢玄风流倜傥,身上还系有香囊,而且他们这么年轻就有了丰功伟绩。

"赤壁矶头落照,肥水桥边衰草,渺渺唤人愁。"到如今,当年的赤壁矶只剩夕阳残照,淝水桥边也只有年年败落的秋草，想想这些，真令人忧愁。

张孝祥到此用了两个典故煞尾——"我欲乘风去，击楫誓中流"，真诚表达了自己的报国雄心。《南史·宗悫(què)传》载，宗悫少有大志，对其叔父说："愿乘长风破万里浪。"东晋祖逖(tì)闻鸡起舞，中流击楫，豪气冲天。张孝祥用这两个历史人物激励自己，壮志凌云。

张孝祥是宋词豪放派的重要词人，忧国忾敌，词风豪壮典雅，尤其以爱国词著称。采石矶大战后，张孝祥奔赴建康（今江苏南京），拜谒主战派重臣张浚，宴席上一时情动性起，即席赋得《六州歌头·长淮望断》：

<small>cháng huái wàng duàn　　guān sài mǎng rán píng</small>
长淮望断，关塞莽然平。
<small>zhēng chén àn　　shuāng fēng jìn　　qiāo biān shēng</small>
征尘暗，霜风劲，悄边声。
<small>àn xiāo níng</small>
黯销凝。
<small>zhuī xiǎng dāng nián shì　　dài tiān shù　　fēi rén lì</small>
追想当年事，殆天数，非人力；
<small>zhū sì shàng　　xián gē dì　　yì shān xīng</small>
洙泗上，弦歌地，亦膻腥。
<small>gé shuǐ zhān xiāng</small>
隔水毡乡，
<small>luò rì niú yáng xià　　ōu tuō zòng héng</small>
落日牛羊下，区脱纵横。
<small>kàn míng wáng xiāo liè　　qí huǒ yī chuān míng</small>
看名王宵猎，骑火一川明，

何人为写悲壮　223

笳鼓悲鸣，遣人惊。

念腰间箭、匣中剑，
空埃蠹，竟何成！
时易失，心徒壮，岁将零。
渺神京。
干羽方怀远，静烽燧，
且休兵。
冠盖使，纷驰骛，若为情！
闻道中原遗老，
常南望、翠葆霓旌。
使行人到此，
忠愤气填膺，有泪如倾。

  全词激昂振奋，开篇大气辽阔："长淮望断，关塞莽然平。""长淮"，淮河；"关塞"，边境。站在淮河边上远远望去，一眼望不尽，边境草木茂盛，莽然连成一片。

  "征尘暗，霜风劲，悄边声。"这三句是说北伐的征尘静了下来，北风正刮得起劲，边塞静悄悄的。"黯销

太平乐事册之试射 明 戴进

凝。"上三句客观描述,这句说自己的主观态度,黯然神伤,消沉凝望。

"追想当年事,殆天数,非人力;洙泗上,弦歌地,亦膻腥。""当年事"是"靖康之难";"殆",似乎是。现在想想那场劫难,应该是天意,不是人力可抗衡的。下面用典,在孔子弟子求学的洙水和泗水边,礼乐典章之文明地,如今被他们搞得如此腥膻。

"隔水毡乡,落日牛羊下,区脱纵横。""毡乡",指金国;"区脱(ōu)",匈奴语,守望处的土堡。隔着河看见金国的毡房,落日下牛羊懒散,可以看见到处都是瞭望用的土堡。

"看名王宵猎,骑火一川明,笳鼓悲鸣,遣人惊。"望着对方将帅在夜里打猎,手持火把将整个河川照得灯火通明,胡笳与鼓一起奏响,悲壮的声音让人吃惊。

下阕开始抒情写意。"念腰间箭、匣中剑,空埃蠹,竟何成!"想一想我自己腰间的弓箭,再看看剑鞘中的宝剑,不是被虫蛀就是落满了尘埃,到今天为止,我还一事无成。

"时易失,心徒壮,岁将零。"时机容易失去,心中徒有一腔壮志,日子很快就被虚度了。"渺神京。""渺",渺茫;"神京",汴京。收回北宋都城汴京越来越没有希望。

"干羽方怀远,静烽燧,且休兵。""干羽",舞具,文舞执羽，武舞执干（盾牌）。谓文德教化。怀远，安抚感化远方之人。让边境无战事，刀枪都入库，马放南山。

"冠盖使，纷驰骛，若为情！""冠盖"，本义是冠服和车乘，此指使者；"驰骛"，奔走不绝。穿着华丽的使者，坐着马车奔来跑去，真是让人难为情啊。

"闻道中原遗老，常南望、翠葆霓旌。"我听说中原的父老乡亲，常常盼着南方皇帝的仪仗队能来此。"使行人到此，忠愤气填膺，有泪如倾。""膺"，胸膛。连到这里的路人，都会怀一腔愤怒，挥泪如雨。

张孝祥不愧为当年的状元，直抒胸臆，用词诡谲(jué)，用典娴熟，利用长短句式的变化，如鼓点急促敲击，一气呵成，把个人的主战观点无遮无拦地释放出来，体现了个人的性格特点与创作风格。

宋金两国交战议和的历史反反复复，自"靖康之难"起就没有彻底消停过，直到金被元所灭。南宋的士子一直分为两派，即主战派与主和派，许多文人都被裹挟进两派之争。

许多人出生于南宋，但对光复山河一直耿耿于怀。从某种意义上讲，南宋词中豪放派基本上是主战的，是恨金国的，这造就了他们与北宋的豪放派截然不同的风格特质。北宋王安石有词曰："念往昔，繁华竞逐，叹门外楼头,悲恨相续。"苏轼词曰:"大江东去,浪淘尽,千古风流人物。"到了南宋,岳飞词曰:"靖康耻,犹未雪。臣子恨,何时灭!"辛弃疾词曰:"千古江山,英雄无觅,孙仲谋处。"比较一下,马上可以看出北南二宋在同类风格词上的区别:北宋气畅,南宋气郁;北宋心宽,南宋心强;北宋雄浑,南宋悲愤;北宋是"江山如画,一时多少豪杰",南宋是"金戈铁马,气吞万里如虎"。

张孝祥虽个性豪迈,但亦有温情的一面。他有过两段感情,正妻时氏为其表妹,在张孝祥三十岁之前就去世了,张孝祥只写过简短悼文,未见写一诗一词,猜测他们的情感应该比较平淡。

可他婚前有过一段轰轰烈烈的情史,大约十六岁时就与一李姓女子同居并生一子,取名张同之。张同之的墓葬在1971年才被发现,出土有墓志一方,弥补了史料的不足。

可李氏未得到张家承认,在张孝祥与时氏婚前,李氏就被迫携子出走,一说后来入道观出家了。从那以后,张孝祥与李氏再未见过面。原先张孝祥有几首含义晦涩、与他的常规创作不同的词,令人非常费解,但他儿子张同之墓志的出土,让这段尘封的感情大白于天下。

远水扬帆图（局部） 宋 佚名

这几首词,可以看出张孝祥柔情似水的另一面。先看他的《念奴娇·风帆更起》:

风帆更起,
望一天秋色,离愁无数。
明日重阳尊酒里,
谁与黄花为主?
别岸风烟,孤舟灯火,
今夕知何处?
不如江月,照伊清夜同去。

船过采石江边,
望夫山下,酌水应怀古。
德耀归来,虽富贵,
忍弃平生荆布!
默想音容,遥怜儿女,
独立衡皋暮。
桐乡君子,念予憔悴如许!

上阕只需要理解"黄花"即李氏。这是一首送行词，船帆被风刮起，望秋水长天一色，全是离别之愁。明日就是重阳节了，谁与你一起饮酒？这一别，不知你在哪儿休息，我还不如江上的月亮，能照着你一同远去。

下阕"采石"，即采石矶，在今安徽马鞍山；"望夫山"在采石矶旁，这里是隐喻；"蘅"，杜蘅；"皋"，高地；"桐乡"，今安徽安庆桐城市北，"桐乡君子"，作者自指。你乘船路过采石矶旁的望夫山下，一定想念我，怀念过去；我虽获取了功名，光宗耀祖，大富大贵，但从心里也不忍抛弃糟糠之妻。我没有办法呀，只能默默地遥想你和儿子，一个人站在这开满花的高地，感伤不已，憔悴自知。

张孝祥用文字记下了自己的心声，为自己年少的行为担责，只是无奈当时社会的羁绊，在痛苦中自我疏解。他的另一首《木兰花慢·紫箫吹散后》：

紫箫吹散后，恨燕子、只空楼。
念璧月长亏，
玉簪中断，覆水难收。
青鸾送碧云句，

道霞扃雾锁不堪忧。
情与文梭共织,怨随宫叶同流。

人间天上两悠悠,暗泪洒灯篝。
记谷口园林,
当时驿舍,梦里曾游。
银屏低闻笑语,
但醉时冉冉醒时愁。
拟把菱花一半,试寻高价皇州。

  此词写作者在二人分开后收到李氏来信的感受。"青鸾",青鸟,信使;"扃",外面的锁。作者上阕用典,先是"紫箫",弄玉与萧史的典故;后是"宫叶",红叶题诗的典故。我们夫妻分别后,恩情已断绝,似燕子归来,只剩下空巢。月亮也是常亏不圆,如同玉簪折断,覆水难收。尽管青鸟捎来了你的书信,但远隔千山万水,连云霞雨雾都锁住我们见面的道路。我们的情如苏惠的锦书、宫女的红叶,都是无奈之举。

  下阕写了温情的回忆。我们现在像是人间与天上两相隔,我一个人灯下落泪。记得当年在谷口园林,还有住宿的小旅馆，我在梦里都去过多次。这么美好的梦境一旦醒来便只剩忧愁。我只好拿着一半菱花镜，看看能不能破镜重圆，不管花多大代价也在所不惜。

　　从张孝祥的这两首词中可以读出他细腻柔情的一面。这段为世俗所不容的婚姻，给他留下了美好回忆，也留下了一段痛苦，更重要的是给他留下了唯一的儿子——张同之。张孝祥可能生前没能亲自抚养这个儿子，但儿子却可能承认了他，因为他儿子的墓志铭上清晰地记载着："世为和州乌江人……父孝祥，显谟阁直学士。"

　　顺便说一句，张孝祥在乾道六年（1170年）夏得急症猝死，享年仅三十八岁。幸有这个儿子，还算争气，一生谨慎为官；墓志铭虽短，却父子情长。

仿巨然燕文贵山水图（局部） 清 王翚

# 辛弃疾

（1140－1207年）

气吞万里如虎

《永遇乐·京口北固亭怀古》
《南乡子·登京口北固亭有怀》
《青玉案·元夕》
《丑奴儿·书博山道中壁》
《清平乐·村居》
《鹊桥仙·己酉山行书所见》

辛弃疾（1140—1207年）为南宋人，他出生时北宋已亡十数年，他的祖父辛赞在金国为官，但骨子里与金人不共戴天，常常带着他"登高望远，指画山河"，所以辛弃疾从小就有一颗不羁之心。

绍兴三十一年（1161年），二十一岁的辛弃疾召集两千多人，组织了起义军。次年奉命南下与南宋朝廷联络，回来的路上听说起义军出了叛徒，遂带人擒获了叛徒，交由南宋朝廷处理。宋孝宗极为赏识辛弃疾的果敢行为，便任命他在江阴（今属江苏无锡）做官。

所以南北文化对辛弃疾都有影响。辛弃疾本是文人，他在十四五岁时参加科举考试未中，相关记载也是语焉不详，后来再未参加过科举考试。辛弃疾以武闯天下，却以文名天下，所以他人是"武中文人"，创作的诗词却是"文中之武"，存世量很大。据统计，辛词现存逾六百首，纵观两宋，他存词量第一，且大多站在国家和民族的角度上写作，从来不遮掩他那颗炽热的爱国之心。

奠定辛弃疾"豪放派"词人地位的作品是《永遇乐·京口北固亭怀古》。"京口"，古城名，在今江苏镇江。"京口"之名取自京岘(xiàn)山、长江口；"北固亭"为东晋蔡谟所建，在北固山上，北临长江，亦称"北顾亭"。

京口在西周时属宜侯的封地，是吴文化的发祥地之一。秦始皇在公元前210年东巡会稽，途经京岘山时，见此山有王者气，便下令凿断龙脉，以败王气。京岘山的西北方就是北固山，其后峰、中峰、前峰三峰连绵起伏，其前峰环抱开阔地块，古人称之为"京"，取义"丘绝高曰京"，与北固山下的长江口合称"京口"。

赤壁之战后，孙权称霸江东，于公元209年将治所由苏州迁至京口，在北固山前峰建筑铁瓮城。到了东晋蔡谟，为贮军实筑楼于山上，后来谢安也在此安营扎寨，修复过这座最初用于军事的"楼"。直到南朝大同十年（544年），梁武帝萧衍登临此地，感叹了一句："此岭不足固守，然京口实乃壮观。"此楼被称为"北固楼"，是北固亭的前身。梁武帝亦写过《登北固楼》诗。了解一下京口北固亭的历史，对理解辛弃疾的这首名作《永遇乐·京口北固亭怀古》大有益处：

江山小景图（局部） 宋 李唐

千古江山，英雄无觅，孙仲谋处。
舞榭歌台，风流总被，雨打风吹去。
斜阳草树，寻常巷陌，
人道寄奴曾住。
想当年金戈铁马，
气吞万里如虎。

元嘉草草，封狼居胥，
赢得仓皇北顾。
四十三年，望中犹记，
烽火扬州路。
可堪回首，佛狸祠下，
一片神鸦社鼓。
凭谁问：廉颇老矣，尚能饭否？

《永遇乐》，词牌名，又名《永遇乐慢》《消息》。正体双调一百零四字，上下阕各十一句、四仄韵，另有变体若干。《永遇乐》系长调，明刊本《类编草堂诗余》说九十一字以上都为长调，但没有依据，不过几百年来一直沿袭此说法。最长的长调为《莺啼序》,有二百四十字。另,五十八字以下者为小令,五十九字至九十字为中调。长调由于字数多,所以往往内容丰富,辛弃疾的这首词内容就极为丰富。

开篇即用典:"千古江山,英雄无觅,孙仲谋处。""孙仲谋"即"孙权",三国鼎立时期东吴一方的霸主。江山千古不变,唯独英雄不常有,所以无处觅得孙仲谋那样的英雄。开篇一句,调子颇高,搬出历史上的英雄人物,又与"京口怀古"的主题相契。接着描述细节:"舞榭歌台,风流总被,雨打风吹去。"曾经的奢华和风流,在历史风雨面前,不过是过眼云烟。

再回首看看:"斜阳草树,寻常巷陌,人道寄奴曾住。""寄奴",南朝宋武帝刘裕的小名。刘裕,南朝刘宋的开国君主,虽仅在位两年,却是历史上杰出的军事家。由于他出身孤寒,不喜奢华,同情百姓,轻徭薄赋,历史上对其评价多为正面,王谧就曾说"卿当为一代英雄"。辛弃疾笔下先是一幅温情的画轴:夕阳映照在小草和大树之间,普通平常的街巷田野,早年刘裕也曾经在这里住过。"寻",八尺为寻,倍寻为常,这里指街巷不宽。

"想当年金戈铁马,气吞万里如虎。"就是这个寄奴,当年的军事天才,一路横扫千军,气势如虹亦如虎;"金戈铁马",闪着金属光泽的戈,配备了铁甲的马,展开了一幅壮烈的画卷。

下阕紧接上阕,无缝衔接:"元嘉草草,封狼居胥,赢得仓皇北顾。""元嘉",南朝宋第三位皇帝刘义隆的年号,此为代指;"封狼居胥",典出《汉书·卫青霍去病传》,元狩四年(公元前119年)漠北之战,西汉名将霍去病与卫青大破匈奴,歼敌七万余人,封狼居胥山,临瀚海而还;"赢得",正话反说,可以理解为剩得、落得;"仓皇",匆忙而慌张;"北顾",当年南朝宋军北伐失利,北魏军南侵直抵扬州,宋文帝十分紧张地登临建康幕府山向北观望。

这句是以"元嘉北伐"的失利影射南宋的"隆兴北伐"。虽然宋金此战后达成了"隆兴和议",但在南宋主战派士大夫眼中,这仍属于投降派的妥协。张孝祥写下《六州歌头·长淮望断》,陆游写下《书愤》《关山月》等,都体现了文人对投降派的愤慨。

辛弃疾在这里以史为鉴,怀古伤今:"四十三年,望中犹记,烽火扬州路。""四十三年"指从绍兴三十二年(1162年)到开禧元年(1205年),共计四十三年,这是作者抗金的经历。绍兴三十二年,辛弃疾二十二岁,奉主将耿京之命南下,完成使命后,名重一时;开禧元年（1205年），辛弃疾知镇江府，时年六十五岁，老骥伏枥，抚今追昔。"烽火扬州路"是说到处都是宋人抗金的战火硝烟；"路"，宋代的行政区划分单位。

"可堪回首，佛狸祠下，一片神鸦社鼓。""可堪"也是正话反说，本义是哪堪、岂堪；"佛狸祠"，"佛狸"乃拓跋焘的小名。拓跋焘，北魏第三位皇帝太武帝，一生战绩卓越，史学界对其评价不一。元嘉二十七年（450年），宋文帝刘义隆下诏北伐，拓跋焘反击，长驱直入，抵达长江岸边，实现了"饮马长江"的宿愿。佛狸祠是拓跋焘在长江北岸瓜埠(bù)山所建的行宫，瓜埠山自古是兵家必争之地。虽佛狸祠是拓跋焘的行宫，但时过境迁，在百姓眼中，这也不过是求神拜佛的地方，所以"一片神鸦社鼓"。

行文至此，辛弃疾发出了灵魂一问："凭谁问：廉颇老矣，尚能饭否？"典出《史记·廉颇蔺相如列传》。古人认为能吃就是身体好，如果饭量不行了，则身体堪忧。辛弃疾用此典自比，虽自己如廉颇一般忠心耿耿，仍想奔赴疆场，老当益壮，但报国无门，仍有佞臣设障，猜忌不满，不给他报国机会。

辛弃疾的《永遇乐·京口北固亭怀古》，一首词涉及六个历史人物——孙权、刘裕、刘义隆、霍去病、拓跋

赤壁图（局部） 明 仇英

焘、廉颇；用典七个：孙权霸业、寄奴决心、元嘉北伐、封狼居胥、文帝北望、佛狸今昔、廉颇老矣。辛弃疾史学扎实、文采飞扬，借古喻今恐怕是最能说明他此时此刻的心态了。

六十五岁的辛弃疾已到了迟暮之年，但他仍打起精神，将一生的爱国情怀淋漓尽致地展现。全词写得悲凉之至，却让人热血奔涌；写得苦涩苍劲，又显出情深义重。

对辛弃疾的这首词，历代文人评价甚多，明代杨慎说得中肯："稼轩词中第一。发端便欲涕落，后段一气奔注，笔不得遏；廉颇自拟，慷慨壮怀，如闻其声。谓此词用人名多者，当是不解词味"，辛词当以《永遇乐·京口北固亭怀古》为第一。

辛弃疾还有一首《南乡子·登京口北固亭有怀》写于同时期，此词风格较之上篇更明快，行文并不悲凉，雄浑豪迈，意境高远，读之另有一番感受：

何处望神州？满眼风光北固楼。
千古兴亡多少事？悠悠。
不尽长江滚滚流。

年少万兜鍪，坐断东南战未休。
天下英雄谁敌手？曹刘。
生子当如孙仲谋。

此首词只需要解释两处:"兜鍪",本指士兵头盔,这里指千军万马;"曹刘",曹操与刘备。三问三答,自问自答,一问江山何在,历史风云变幻;二问古往今来,唯有长江悠悠;三问天下英雄,胆略超越武功。辛弃疾别开生面的写法,使这首《南乡子》成为《永遇乐》的另面注解,相辅相成,相得益彰,成为辛弃疾豪放风格作品的双璧。

宋词豪放派词人中,北宋苏轼第一,南宋辛弃疾第一。但从某种角度来看,"豪放派词人"的分类算是误区。苏轼写过《贺新郎·乳燕飞华屋》《水龙吟·似花还似非花》,前者写人,后者写物,这两首词皆为婉约词;辛弃疾写过《青玉案·元夕》《念奴娇·梅》,同样,前者写人,后者咏物,两首词亦皆为婉约词。由此看来,以豪放、婉约划分作品尚可,划分作家有失周全。

实际上两宋词人自己并未有意识地划分豪放、婉约两大流派,第一次提出这一概念的是明代人张綖(yán),他在《诗余图谱》中首提"豪放""婉约"之说,对后世产生了深远影响。五百年来,一说宋词就是"豪放"与"婉约",实际这两类作品并不占宋词多数。多数宋词还是雅正派作品,亦称醇(chún)雅派、清雅派;其中还有一部分被称为格律派,更强调写作规制的严谨。

南宋俞文豹所著《吹剑续录》有一段故事流传甚广。东坡在玉堂，有幕士善讴，因问："我词何如柳七？"对曰："柳郎中词，只好十七八女孩儿执红牙板，唱'杨柳岸、晓风残月'；学士词，须关西大汉，铜琵琶，铁绰板，唱'大江东去'。"公为之绝倒。

这故事最早给了"婉约"与"豪放"两大宋词流派以提示，才有了三百年后张綖的分类。

辛弃疾的词作中豪放作品占比并不多，大量作品还是中规中矩的雅正作品，因为他的爱国思想，加之他的个人情怀，他的豪放作品给人印象深刻，"醉里挑灯看剑，梦回吹角连营"（《破阵子·为陈同甫赋壮词以寄之》），"把吴钩看了，栏杆拍遍，无人会，登临意"（《水龙吟·登建康赏心亭》）。这些豪放之句激情四射，让人过目不忘，故辛词被划分为豪放派顺理成章。

但辛弃疾毕竟还是个文人，在壮志难酬的环境中归田闲居，学习五柳先生，建自己的瓢泉别业。在这期间他饮酒赋诗，过着闲云野鹤般的生活。很多时候，百姓的质朴、田园的恬静让他感动，灵感频现，因而写下了大量追求艺术的诗词。

《青玉案·元夕》大约作于淳熙元年（1174年）或次年，辛弃疾正值血气方刚之年，以他的性格与心态，很难完成这样的作品。他是宋词豪放派代表，词作给人的印象是"金戈铁马，气吞万里如虎"的气概。而这首《青玉案·元夕》一反辛词的"豪放"，非常"婉约"，暗藏怨恨，笔墨之沉，心思之苦，在辛词中难得一见。

东风夜放花千树。
更吹落，星如雨。
宝马雕车香满路。
凤箫声动，
玉壶光转，一夜鱼龙舞。

蛾儿雪柳黄金缕，
笑语盈盈暗香去。
众里寻他千百度，
蓦然回首，
那人却在，灯火阑珊处。

这首"婉约"词某种程度上讲比辛弃疾的那些"豪放"词更加知名。上半阕写事，下半阕写人，笔触由大及小，另辟蹊径。

开篇就写："东风夜放花千树。"在古代汉语中，东南西北四个方向刮来的风含义大有不同，含义最多的就是"东风"。辛弃疾此时的"东风"代指春风，隐含春天。"花千树"，此"花"非花，乃花灯，元宵之夜最主要的活动就是赏花灯。这一民俗始于西汉，唐代已十分盛行。开篇只一句就热闹非凡，没有序曲序幕，拉开大幕就是中场，不铺垫不渲染，让读者有种来晚了的感觉，这个感觉贯穿全词。

作者此时将大动态加上："更吹落，星如雨。"一个"更"字强调气氛，说明此时灯会已达到高潮，进一步加强迟到之感。焰火都放了，如星雨坠落，晚上加晚，这种感觉让读者能迅速"入戏"。

"宝马雕车香满路。"非常客观，没有情感的表述，但场景仍吸引目光。在中国自周代起，在欧洲自古希腊起，马车就已成为社会瞩目的公共焦点，至今在各种社交场合，公众还喜欢对车品头论足。

秦汉时期"宝马雕车"之奢华，秦始皇陵出土的四驾安车可以为证。唐宋时期的马车在诗歌中也多有体现，王维诗"清川带长薄，车马去闲闲"，李白诗"门有车马宾，金鞍曜朱轮"，白居易诗"帝城春欲暮，喧喧车马度",欧阳修词"车马九门来扰扰,行人莫羡长安道"。在"宝马雕车"之后,诗人用了一个"香"字铺路,让静态画面充满了动态感受,似乎每个人都参与其中,嗅得见香,看得见路。

紧接着:"凤箫声动"——听觉;"玉壶光转"——视觉;"一夜鱼龙舞"——感觉。三觉之间连贯而无缝对接,使读者融入场景之中而浑然不觉。高手的笔下会悄悄嵌入自我意识,让人听不觉听,看不觉看,有点忙不迭之感。"凤箫"与一般的箫有异,凤箫排竹为之,形如凤翼之参差,故名"凤箫";"玉壶"乃借用,本借指明月,这里指明灯;"鱼龙舞",鱼灯和龙灯都是灯节的主角,一夜舞动,景象万千。作者强调"一夜"是刻意把时间轴线拉长。

上半阕作者用众多华丽的字词与句式,尽可能渲染元宵灯节的气氛,热闹繁华,摩肩接踵,使人目不暇接,但这些只是铺垫,为下半阕的剧情登场做好准备。

下半阕开始仿佛是一个貌似不重要的松散之景。"蛾儿雪柳黄金缕,笑语盈盈暗香去。""蛾儿",古代妇女在元宵节前后插戴的头饰,蝶状饰物,也称"闹蛾";"雪柳",顾名思义,为丝状头上饰物,宋代妇女立春日或元宵节插戴;"黄金缕",有丝状悬垂感的饰物。

这是一组动态头饰，那么辛弃疾为什么用它们来表述呢？因为人类视觉对动态物比对静态物敏感得多，头饰可以分为动态与静态两类。"步摇"为动态代表，"头簪"是静态代表，人在行动中，动态首饰非常容易吸引他人的注意力。

辛弃疾捕捉了这一细节入画，再刻意配上声音——"笑语盈盈"，再送上适度气味——"暗香"，让场面充满了诱惑。最后一个"去"字将前面所认真描绘的情景从眼前抹去，让画面重新变干净，在视觉上留白。

全词的高潮紧跟着开始了。"众里寻他千百度，蓦然回首，那人却在，灯火阑珊处。"此时辛弃疾把主观视角完全暴露了出来，不再藏掖(yē)，放弃了最初的全空间视角，加入情感，加入目的，变成自我空间，由他视变成了自视。

"众里寻他千百度"，目标有了，情感也在，由全空间落地，站在了一个最应该站的地方，"蓦然回首"。这种场景最容易理解，每个人都感同身受。"那人却在，灯火阑珊处。"一个"却"字包含了许多含义：惊讶、喜悦、后悔、惋惜、自责等，正面情绪与负面情绪交织在一起，五味杂陈。

这首词至此戛然而止，结尾让人摸不着头脑。"那人"是谁？为什么待在灯火阑珊处？为何要寻找"那人"？常规的理解是"我"在寻找心上人，在人流如织的元宵节之夜，终于在最后一刻看见了那人；深一层次的理解，"那人"是我自己，在官场不得意之时，还能够独善其身地待在"灯火阑珊处"；最深的说法是"那人"谁也不是，只是辛弃疾笔下一种幻觉，什么都可能是，什么都可能不是，只是不经意恍惚之际的虚幻。在心上人、本人、虚幻之间，本不存在谁是必然，如果一定要有一个必然，那便是作者自己。

辛弃疾的婉约词还有一首脍炙人口，即《丑奴儿·书博山道中壁》：

少年不识愁滋味，爱上层楼。
爱上层楼，为赋新词强说愁。

而今识尽愁滋味，欲说还休。
欲说还休，却道天凉好个秋！

从词的情绪上讲，辛弃疾处在仕途困蹇的时刻。淳熙七年（1180年），四十岁的辛弃疾预感官场风雨将至，于是在江西上饶建庄园，安置家人定居。次年，带湖庄园落成，政治风雨随之而至，因辛弃疾与主和派政见相左，遭朝廷弹劾，被罢免了官职。辛弃疾随后举家迁至此地居住，时间长达十年。

带湖庄园以辛弃疾"高处建舍，低处辟田"的理念布局，他一贯秉承"人生在勤，当以力田为先"的信条，将自家庄园取名"稼轩"，并作为中年以后的号。"稼轩居士"遂成为辛弃疾一生中最知名的称谓，其作品集《稼轩词甲集》《稼轩长短句》等，均以"稼轩"命名。

这期间辛弃疾赋闲在家，词作风格有多样的展现，《丑奴儿·书博山道中壁》就作于这段时期。他多次到博山游览，某次心血来潮，有感而发，在博山道中将这首词题写于壁上。《丑奴儿》，词牌名，又名《采桑子》《罗敷媚》等。此为双调小令，四十四字，上下阕各四句、三平韵。

开篇直白，如同白话："少年不识愁滋味，爱上层楼。"登高赋诗自古以来就是文人的最爱，陶渊明诗："春秋多佳日，登高赋新诗。"王维诗："遥知兄弟登高处，遍插茱萸少一人。"李白诗："登高望山海，满目悲古昔。"杜甫句："万里悲秋常作客，百年多病独登台。"柳永词："不忍登高临远，望故乡渺邈(miǎo)，归思难收。"范仲淹词："谁会山公意，登高醉始回。"苏轼词："岁岁登高，年年落帽，物华依旧。"陈师道诗:"登高怀远心如在,向老逢辰意有加。"

辛弃疾句式倒置,先说结论,后说现象。这现象在成年人眼中似乎有些幼稚,登高赋诗并不是有感而发,所以紧接下句:"爱上层楼,为赋新词强说愁。"

上阕辛弃疾把古人登高远眺、感物伤怀这一现象总结勾勒,让王勃"落霞与孤鹜齐飞,秋水共长天一色"的视野,让王之涣"欲穷千里目,更上一层楼"的劝勉,让崔颢"黄鹤一去不复返,白云千载空悠悠"的思虑,让范仲淹"先天下之忧而忧,后天下之乐而乐"的襟怀,都事先融入句式之中,不动声色,令其肆意发挥。"为赋新词强说愁"的"强"字,包含了年幼时的无知,年少时的恣情,年轻时的不羁,让这首小令清新而耐人寻味。

下阕作者仍按上阕思路无缝衔接:"而今识尽愁滋味,欲说还休。"一笔带过人生几十年沧桑,时间跨度虽任意,但长度足以概括人生,"欲说还休"中透出中年人的成熟,这成熟之中有自省、自知,自检、自惭,自隐、自得,自重、自觉。凡此种种自我感觉,都融入了"欲说还休"的贴切状态之中。

然后重复这种境界:"欲说还休,却道天凉好个秋!"欲说又止,转移话题,人生经历了大江大河,会无视于溪流;攀登过高山巅峰,则不屑于丘陵。辛弃疾用了一

山水册页之四　清 叶欣

个"却"字,将准备好的话题一转,把全部内容省略掉,这一句貌似无用,可谁知,一切尽在这句赘言中。"天凉好个秋"是一年中暑气全消的时刻,乌烟瘴气在此刻消散。秋天又是收获的季节,果实累累,收获多多。那面对人生的烦忧,还需要刻意去说吗?

这首《丑奴儿·书博山道中壁》也是辛弃疾知名度最高的作品之一,"为赋新词强说愁""却道天凉好个秋"是人生的两种境界。明代卓人月在《古今词统》中有一句评价,说得有道理:"前是强说,后是强不说。"年轻人示强是假强真弱,中年人示弱是假弱真强,一个人弄懂了这道理,至少要走完半生。辛弃疾在不惑之年后方得省悟,为我们留下这千古名篇,道理平实却醇厚绵长。

辛弃疾才大如海,能武能文,但他一生磕磕绊绊,自感怀才不遇,有志无成。他那些豪气冲天的抱负,激动人心的词作,一直反衬着他的挫折。他青年之后生活在南宋,对中原的印象更多来自之前的记忆,可他一生以收复中原为志,尽管命运多舛,但他从未动摇,身体力行。只不过在南宋,主和才是大趋势,主战派一直处于下风,导致他报国无门,饮恨一生。

辛弃疾在被贬的日子里写过许多小令,如同简笔风俗画,诙谐、有趣,小中见大,弦外有余音。这类作品与豪放派作品大相径庭，也与婉约派作品不同，非常朴实地反映出时代的民风特征，最具代表性的是《清平乐·村居》：

茅檐低小，溪上青青草。
醉里吴音相媚好，白发谁家翁媪？

大儿锄豆溪东，中儿正织鸡笼。
最喜小儿亡赖，溪头卧剥莲蓬。

这首小词仅四十六字，一幅日常村居图跃然纸上。如此画面感极强的词作，有风景，有人物，有情节，有故事，还有看不见的"吴音"。只需要解释一下，"亡赖"即"无赖"，"亡"亦读"无"。"无赖"一词多解，此为顽皮之意。这首词所描绘的内容，都是农村司空见惯的，让一个和谐家庭中忙碌的一幕代表了宋代农村的平静生活，这也许正是辛弃疾的本意。

还有一首《鹊桥仙·己酉山行书所见》，异曲同工。这一年辛弃疾年届四十九，词作于上饶带湖庄园：

鸣弦泉图(局部) 清 梅清

松冈避暑，茅檐避雨，
闲去闲来几度？
醉扶怪石看飞泉，
又却是、前回醒处。

东家娶妇，西家归女，
灯火门前笑语。
酿成千顷稻花香，
夜夜费、一天风露。

又是一幅乡居图。大处略几笔："松冈避暑，茅檐避雨，闲去闲来几度？"夏天闲散的日子，也不知有过多少回了。避暑避雨所见之景都是过去乡居最常见的夏日景色。

小处描述细腻："醉扶怪石看飞泉，又却是、前回醒处。""怪石"，宋以太湖石为最，瘦皱漏透，配醉汉扶石看泉情景，光怪陆离；点睛之笔是酒醒时又是老地方，幽默诙谐。

上阕是散写，其事物不必较真，作者只是在记录一种生活状况，有点儿"知者乐水，仁者乐山"的意味。下阕则开始写具体的场景："东家娶妇，西家归女，灯火门前笑语。"娶妻古今中外都是大喜事。"归女"，即媳妇回娘家门，婚嫁风俗，几千年不衰。东西两家喜事连连，以至于到了晚上还灯火通明，欢声笑语。婚嫁之事最具人间烟火气，作者寥寥几笔，火暖灯红，气氛热烈，生活气息温馨感人。

最后宕开一笔："酿成千顷稻花香，夜夜费、一天风露。"所有这些温馨场面，有赖于丰收之年；因为每天每夜耗费的风雨露水，才有"酿成千顷稻花香"。

同为风俗小品，《清平乐·村居》着笔于一户人家其乐融融的平静日子，《鹊桥仙·己酉山行书所见》则描绘一幅乡村画卷，写一段时光。前者丰而满，后者满而丰，反复咀嚼，余味绵长，代表着辛弃疾这类作品的水准。

这类烟火气十足的作品还有《清平乐·独宿博山王氏庵》《西江月·夜行黄沙道中》《鹧鸪天·陌上柔桑破嫩芽》《清平乐·检校山园书所见》等，都是辛弃疾热爱生活的侧面反映，也是他文学创作风格的补充。

辛弃疾佳作佳句不胜枚举，其风格迥异，读之感慨良多：

鲸饮未吞海，剑气已横秋。
——《水调歌头·和马叔度游月波楼》

今古恨、几千般，只应离合是悲欢。
——《鹧鸪天·送人》

若教眼底无离恨，不信人间有白头。
——《鹧鸪天·晚日寒鸦一片愁》

平生塞北江南，归来华发苍颜。
——《清平乐·独宿博山王氏庵》

小楼春色里，幽梦雨声中。
——《临江仙·金谷无烟宫树绿》

我见青山多妩媚，料青山见我应如是。
——《贺新郎·甚矣吾衰矣》

青山遮不住，毕竟东流去。
——《菩萨蛮·书江西造口壁》

仿张僧繇山水图（局部） 明 蓝瑛

这些耳熟能详的词句，展现了辛弃疾的精神世界。豪放与婉约并举，华丽与平实共存。

辛弃疾有个难言的身份，像一根刺深深扎在肉里，永远也拔不出。这个身份就是"归正人"，他由金投宋，尽管一片丹心，忠心耿耿，但归正人在南宋朝廷总得不到完全信任，也就没有得到重用。

辛弃疾仕途坎坷其实可以解释，他直言上书，谏言献策，但在南宋官场上阻碍多多。例如宋孝宗时有个叫史浩的参知政事，这个职位相当于副宰相，范仲淹、欧阳修、王安石都任过此职。史浩就对归正人颇有微词："中原决无豪杰，若有之，何不起而亡金？"他就不赞成重用归正人，所以归正人无论官职大小，皆无实权。

辛弃疾的一颗拳拳之心在南宋朝廷看来不过尔尔，南宋也慢慢失去民心与军心，"北定中原"渐渐就成了一句空洞的口号。辛弃疾晚年郁郁，抱憾而殁，民间传说他临终时还大呼"杀贼，杀贼"。至于朝廷，在辛弃疾逝去六十八年后追封他为少师，谥号"忠敏"。辛弃疾若九泉有知，定会长叹一声。

万横香雪图（局部） 清 恽寿平

# 姜夔

(约1154—约1221年)

今夕何夕恨未了

《秋宵吟·古帘空》
《鹧鸪天·元夕有所梦》
《暗香》
《疏影》
《过垂虹》

姜夔（约1154—约1221年）才大如海，诗词文赋，书法音乐，无一不善，无一不精。有人认为他的才华可以与苏轼媲美，可他一辈子都靠朋友接济或鬻(yù)字为生，这样的生活仿佛与他的才华不相匹配。

他终生未仕，非不为也，而是不能也。姜夔屡试不第，让人诧异，这可能与他的性格有关。有大才的人内心都有一种不忿的情绪，这种情绪很容易带入试卷，尤其是年轻的时候。如果被考官觉察出来，通不过考试再正常不过了。儒家思想讲究"温良恭俭让"，忌锋芒毕露，我猜想姜夔文章的锋芒可能会刺痛考官，埋下祸根。

姜夔喜欢游历，结交的名士很多，与许多名人有过酬唱。他认识了诗人萧德藻之后，两人成了忘年交，萧德藻还将侄女许配给姜夔。萧德藻无意做官，归隐不仕的思想对姜夔也有一定影响。

山水花卉册之杨柳月中疏(局部) 清 傅眉

萧德藻将杨万里介绍给了他,杨万里随后又将范成大介绍给了他,这些文人的相遇、唱和都成了文化史上的传奇。萧德藻曾深情地说:"学诗数十年,始得一友。"姜夔也对萧德藻有知己之情,作过好几首词纪念他们之间的情谊。

姜夔这种不近官场的人不仅有与文人雅士打交道的机会,还有更多机会走入风月场所。早年他寓居庐州(今安徽合肥)时,结识了一对歌女姐妹,曾有过一段感情纠葛。后来的二十年间,他断断续续到庐州数次,每次都与这对姐妹缠绵,直到绍熙二年(1191年)他再次来到这里,写下《秋宵吟·古帘空》:

古帘空,坠月皎。
坐久西窗人悄。
蛩吟苦,渐漏水丁丁,箭壶催晓。
引凉飔、动翠葆。
露脚斜飞云表。
因嗟念,似去国情怀,暮帆烟草。

带眼销磨,为近日、愁多顿老。
卫娘何在,宋玉归来,

两地暗萦绕。
摇落江枫早。
嫩约无凭,幽梦又杳。
但盈盈、泪洒单衣,
今夕何夕恨未了。

《秋宵吟》,词牌名,姜夔自度曲。双调九十九字,上阕十句六仄韵,下阕十句五仄韵。宋元不见人继声。

作者开篇语沉心重:"古帘空,坠月皎。坐久西窗人悄。""古帘",旧帘;"坠月",下半夜之月。从前的旧帘子还在,但人却不在了;月亮快要落入地平线了,我坐在老地方西窗前,人还是没有到来。

"蛩吟苦,渐漏水丁丁,箭壶催晓。"这一节在寂静的等待中,作者着重描述声音。"蛩",秋虫;"漏",古代计时器;"丁丁",落水声;"箭壶",即"漏",漏中有杆,上有刻度,称之为"壶箭"。古代夜间没有方便直观的计时器,漏壶是重要的计时工具,而漏声的节奏也就成为重要的文化意象,如杜甫诗"五夜漏声催晓箭",韦庄词"夜夜相思更漏残",李煜词"烛残漏滴频欹枕",王安石诗"金炉香烬漏声残"。

姜夔此时引入的声音将夜长孤寂衬托到了极致，一个"苦"字，不是秋虫苦而是人生苦；一个"催"字，不是箭壶催而是心在催，在这样的气氛中，天快要亮了。

"引凉飔、动翠葆。露脚斜飞云表。""飔"，凉风；"翠葆"，形容草木茂盛，在此指草木。"露脚"，露滴。忽然凉风来了，草木被风吹动，云中的露滴漫天斜飞。

"因嗟念，似去国情怀，暮帆烟草。""嗟"，感叹声。姜夔写到此，叹息一声说，我怎么像即将离开家一样，此时的感受非常像傍晚起帆远行，看着如烟的草木忧伤萦怀。上阕作者完全沉浸在等待情人出现的意境之中，用旧景催生旧情，借滴漏怀念过去，在清苦的现实中发现自己不像有了归宿，倒像即将远行的孤客。

下阕进入主题。"带眼销磨，为近日、愁多顿老。""带眼销磨"即衣带渐宽；"顿老"是说自己受折磨后迅速消瘦。这些日子愁绪太多，以至于自己很快老了。

什么原因？"卫娘何在，宋玉归来，两地暗萦绕。""卫娘"，汉武帝的第二位皇后，以发美得宠，借指冶容女子；"宋玉"，楚国辞赋作家，美男子。至此作者写出惆怅的原因，以卫娘比喻歌女姐妹，以宋玉自比。我回来了，你们在哪里？肯定也在想我，分别在各自的地方情思不断。

"摇落江枫早。嫩约无凭，幽梦又杳。"这一节接得无理，与上句并不衔接，似乎还有埋怨之意。"摇落"，凋残、零落；"嫩约"，男女间不可靠的信约；"杳"，无影无声。今秋江边枫叶落得早，口头约定见面本来就无凭，你还像梦境一样，不见了踪影。

这是个残酷的现实，而作者最后被迫接受了现实："但盈盈、泪洒单衣，今夕何夕恨未了。""今夕何夕"最初出自《诗经·唐风·绸缪(chóu móu)》："今夕何夕，见此良人。"意为今夜是哪夜啊，这么好的日子，才能见到这么好的人。唐宋诗人极愿引用，杜甫诗："今夕何夕岁云徂，更长烛明不可孤。"周紫芝词："不知今夕何夕，相对语羁愁。"

姜夔用"泪洒单衣"宣泄了自己的情感，又用"今夕何夕"让本应美好的夜晚充满了遗憾和怨恨。这首词有情节，有故事；作者抒发情绪的同时，漫不经心地透出情节，显露故事。词的叙述比诗更富于变化，适合融进情节，继而有故事发生，姜夔的这首《秋宵吟》算是这类创作的典型。

姜夔存世的词只有八十多首，并不算多，可有关庐州歌女的竟占四分之一，达二十多首，可见这对姐妹和他之间的情感。不知为什么，这情丝长久地缠绕在姜夔心头，后世多不能理解，甚至误解。王国维在《人间词话》中就说:"白石(姜夔)有格而无情。"

感情这事,外人是不能理解的,尤其是男女之情,其交往过程中的每一句话,每一个眼神,每一个细节都决定了他们未来感情的深度。这其中有时候不需要海誓山盟的话语,也不需要山崩地裂的故事,两人惺惺相惜,心心相印,不一定有世俗的道理。我想姜夔与歌女姐妹就是这样,再看他另外一首情词《鹧鸪天·元夕有所梦》便可知:

肥水东流无尽期,
当初不合种相思。
梦中未比丹青见,
暗里忽惊山鸟啼。

春未绿,鬓先丝,
人间别久不成悲。
谁教岁岁红莲夜,
两处沉吟各自知。

花鸟册之古树寒鸦 明 蓝瑛

"肥水"即"淝水",合肥因东淝河与南淝河均发源于此而得名。姜夔起句就深沉有度:"肥水东流无尽期,当初不合种相思。"

　　中国地势西高东低,水势基本向东,水流多用来象征恨愁。李颀诗:"忆君泪落东流水,岁岁花开知为谁。"李白诗:"古情不尽东流水,此地悲风愁白杨。"高适诗:"年代凄凉不可问,往来唯见水东流。"韦庄诗:"今日乱离俱是梦,夕阳唯见水东流。"李煜词:"自是人生长恨水长东。"张辑词:"英雄恨,古今泪,水东流。"

　　文学意象中的"东流水"都离不开愁思与怨恨,所以作者起句利用这个文学意象,表明自己内心的惆怅,并立即说明原因:"当初不合种相思。"情感没有结果时,最容易陷入长久的相思。姜夔用了一个"种"字,将种子深埋,这句意思正话反说,早知今日受如此相思之苦,当初不该陷得如此之深。

　　"梦中未比丹青见,暗里忽惊山鸟啼。"这两句对仗,梦中看见的你还不如画上的你清晰,好梦之时还被山鸟叫声意外惊醒。上阕在用反衬手法描绘爱恋给自己造成的伤痛,深入骨髓,令人恍惚。

　　下阕诉说苦恋。"春未绿,鬓先丝,人间别久不成悲。"春天还没有绿呢,我的鬓角已经开始变白,两个人分别过久会忘记悲痛。这句词乍一看与全词意境背向而驰，实际上是作者埋下的伏笔，让结句更加有力："谁教岁岁红莲夜，两处沉吟各自知。""红莲夜"，元夕，因莲花彩灯而借其名。虽然两人的伤悲久了会减轻，可我们并没有，每年正月十五元宵节，双方身处两地思念对方。

这首词是姜夔在宋宁宗庆元三年（1197年）元宵节作的，距初见歌女姐妹已有二十多年了，可见姐妹二人在他心中的地位。

而在此之前，绍熙元年（1190年）冬，姜夔应邀拜见致仕的范成大，他知范成大喜欢梅花，既有梅园，又写过《范村梅谱》，所以填自度曲《暗香》《疏影》两首并序赠之：

辛亥之冬，予载雪诣石湖。止既月，授简索句，且征新声，作此两曲。石湖把玩不已，使工伎肄习之，音节谐婉，乃名之曰《暗香》《疏影》。

## 暗香

旧时月色,
算几番照我,梅边吹笛?
唤起玉人,不管清寒与攀摘。
何逊而今渐老,都忘却、春风词笔。
但怪得、竹外疏花,香冷入瑶席。

江国,正寂寂。
叹寄与路遥,夜雪初积。
翠尊易泣,红萼无言耿相忆。
长记曾携手处,千树压、西湖寒碧。
又片片吹尽也,几时见得?

## 疏影

苔枝缀玉,
有翠禽小小,枝上同宿。
客里相逢,篱角黄昏,

无言自倚修竹。
昭君不惯胡沙远,
但暗忆、江南江北。
想佩环、月夜归来,
化作此花幽独。

犹记深宫旧事,
那人正睡里,飞近蛾绿。
莫似春风,不管盈盈,
早与安排金屋。
还教一片随波去,
又却怨、玉龙哀曲。
等恁时、重觅幽香,
已入小窗横幅。

这两首词写得不算难懂,它给姜夔带来了多个好处。第一个好处最直接,范成大看完词后非常高兴,将家里的歌女小红赠予姜夔,以示感谢。姜夔也十分高兴,携小红在返回路上作诗十首，其中《过垂虹》最为有名：

自作新词韵最娇，
小红低唱我吹箫。
曲终过尽松陵路，
回首烟波十四桥。

这首七绝中掩饰不住姜夔的得意与欢欣，得宰相级致仕官员的嘉奖，他还是很在意的。"垂虹"是吴江的一座名桥，范成大《吴郡志·桥梁》有记载。"松陵"，吴江县别称；"十四桥"，比喻桥多。

这里起句"自作新词"是第二个好处，因为《暗香》《疏影》二词在姜夔之前并没有词牌。通晓音律的词人如果自写词自谱曲，叫作"自度曲"。这两首自度曲后来被合成一个词牌《暗香疏影》，《暗香》为上阕，《疏影》为下阕。这个新词牌算是姜夔偶得，后来的吴文英填过此词牌。

第三个好处是《暗香》《疏影》获得极高的评价。南宋晚期词人张炎，写过《词源》，这是中国第一本词论专著。在《词源》中他如此评价这两首写

春游晚归图（局部） 明 戴进

梅花的词:"诗之赋梅,唯和靖(林逋)一联而已,世非无诗,不能与之齐驱耳。词之赋梅,惟姜白石(姜夔)《暗香》《疏影》二曲,前无古人,后无来者,自立新意,真为绝唱。"这里所说的林和靖一联就是他的名句:"疏影横斜水清浅,暗香浮动月黄昏。"姜夔因特别喜欢这两句诗,故用句首各二字作自度曲名,一举成名。

姜夔在宋词史上非常重要,他可以算江湖词派的领军人物。江湖词派脱胎于《江湖集》。这是南宋书商陈起刊刻发行的一部以身份低微的布衣或底层官僚的作品为主的诗词集,其中以戴复古、姜夔等文人成就最大。

姜夔的词灵动高洁,富于想象,按张炎的说法,它具有"清空"和"骚雅"的特点。"清空"一词抽象,张炎解释为"如野云孤飞,去留无迹";"骚雅"一词更加抽象,本是《楚辞》中的"离骚"与《诗经》中的"大雅""小雅"的合称,最初出自杜甫句:"有才继骚雅,哲匠不比肩。"到了张炎笔下,他说姜夔"不惟清空,又且骚雅,读之使人神观飞越。"至此,江湖词派领军人物姜夔就成了"清空""骚雅"的代表。只可惜这云里雾里的风格绝大部分人难以领悟。

还有一种说法,说姜夔的"清空"出自苏轼,"骚雅"则脱胎于辛弃疾。虽然苏轼与辛弃疾并称"苏辛",同属豪放派词人,但二人风格还是不同的。苏轼以诗济词,使之通达灵动,诵之如流;而辛弃疾则是以词为词,恪守法度,开拓题材,善化用前人典故,风格沉雄与细腻兼顾。

而姜夔熟通音律,在南宋后期词学理论形成之际,尽心竭力地阐释自己的作品,让词品迅速提高,他甚至可以自度新词,并做到游刃有余。诗与词不同,诗从《诗经》开始,到汉晋古风,再到唐代律绝,都重规矩,不求过量变化,最自由的诗也只是乐府一类。但词完全不同,因有词牌选择,至少有上千个词牌可选,还可以自度作曲,加之唱词最初都是歌女生存的必备技巧,所以词的起点低于诗,至少在北宋时期,士大夫还是低看词一眼的。词在唐后期至宋三百多年的滋养下,逐渐丰腴俊朗起来,最终成为与诗并肩的文学形式。

姜夔一生未仕,我认为对他而言是个幸事,让他有机会认知下层社会,结交各类朋友。他本人潇洒不羁,以唐人陆龟蒙自许,张炎评价其词作:"姜白石词如野云孤飞,去留无迹。"

姜夔在晚宋词人中颇受重视。北宋词人柳永在词上的贡献是"变雅为俗",后来二百年间,词都是这样一个

态势，雅俗并存。无论"苏辛"，还是"周秦"，都是既有雅调，又有俗词；而到了姜夔这里，彻底抛却旧习，反俗为雅，使得南宋后期的文人雅士都弃俗尚雅，形成醇雅之风。姜词自然就成了雅词的典范，姜夔成为骚雅派的代表人物。

姜夔中年后偶然结识的一个富家子弟张鉴，非常欣赏姜夔，看他久考不中，就说我出钱帮你买个官吧，姜夔说这个万万不成，有辱名声。张鉴在后来的日子里特别关照姜夔，甚至劝他搬到杭州来住。再后来张鉴去世，姜夔悲痛万分，"十年相处，情甚骨肉"，并作诗哀挽。张鉴去世后，姜夔也步入晚年，生活渐渐困顿，亲朋好友相继故去，他投靠无依，鬻字求生。

嘉定十四年（1221年），姜夔在贫困中离世，朋友吴潜等人凑钱将他安葬于杭州钱塘门外西马塍(chéng)，离西湖不算远，远水近山，好让姜夔陪伴着他词中营造的"数峰清苦，商略黄昏雨"那个梦幻般的意境。

人物山水册之四（局部） 清 柳如是

# 史达祖

（1163—约1220年）

相思未忘蘋藻香

《寿楼春·寻春服感念》
《绮罗香·咏春雨》
《双双燕·咏燕》

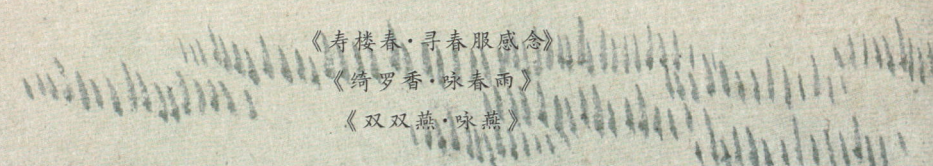

史达祖（1163—约1220年）是南宋风雅派的重要词人。由于大量文人的参与和推动，南宋后期宋词基本定型并走向成熟。而五代北宋的词"诗意"极重，最明显的特点是诵之朗朗上口，通达流畅，比如李煜的《虞美人·春花秋月何时了》，行云流水；又比如苏轼的《水调歌头·明月几时有》，流水行云。这类词都诗意十足，都残留有明显的词之韵味。此时，五代到北宋词中残留的"诗意"消失了，词人特别讲究"词意"，讲究词牌的变化，词用于演唱的原始功能逐渐弱化，最终成了独立的文学形式。

到了南宋后期姜夔、史达祖、吴文英、王沂孙等人时，词的诗意消退，作词者讲究章法缜密，字琢句炼，协洽清畅。简单地说，南宋后期的人看不上唐到北宋的词，他们认为早期的词不纯粹，尤其诗人填词，全是诗意，不是词意。

再举个通俗的例子，可以帮助理解。唱歌唱戏本同根同源，当一个戏种逐渐形成个性时，戏就有了戏味儿。

书画册页之学洪谷子法（局部） 清 王士祯

唱歌者唱戏可以，但一定不可避免地带有歌味。宋词是戏，唐诗是歌，歌是戏之源，戏是歌之成。戏歌分离与词诗分离同理。这需要慢慢体会。

史达祖很少写诗，以写词为主，著有《梅溪词》。他字邦卿，号梅溪，汴梁人（今河南开封），一生从未中第，与仕途无缘。早年做过主战派权相韩侂(tuō)胄(zhòu)的堂吏，负责撰拟公文。

韩侂胄参与策划"绍熙内禅"，拥立宋宁宗赵扩即位，后官至太师、平章军国事。但后来韩侂胄在宫廷内讧中被暗杀，宋人将他的首级装入匣中，送与金国，以此为条件签订了《嘉定和议》，这就是宋史上十分屈辱的"函首安边"事件。

史达祖曾颇受韩侂胄倚重，韩侂胄死后他受重大牵连，被施以黥(qíng)刑。黥刑是上古五刑之一，即脸上刺黑字，主要施刑目的是精神羞辱，直至清末才废除。这一事件对史达祖余生影响至深，他后来的许多作品都未来得及结集出版，就永远遗失在历史长河之中。

史达祖其实是个心细重情的人，从他写给亡妻的词就可以感受到其内心的柔情。史上有关他妻儿的信息不多，只能从他的作品中捕捉信息，看看他的私人情感生活。他有一首《寿楼春·寻春服感念》：

裁春衫寻芳。
记金刀素手,同在晴窗。
几度因风残絮,照花斜阳。
谁念我,今无裳?
自少年、消磨疏狂。
但听雨挑灯,欹床病酒,
多梦睡时妆。

飞花去,良宵长。
有丝阑旧曲,金谱新腔。
最恨湘云人散,楚兰魂伤。
身是客,愁为乡。
算玉箫、犹逢韦郎。
近寒食人家,相思未忘蘋藻香。

  这是他一个人独处异乡时,忽然忆起亡妻而写下的一首情深意长的词。双调一百零一字,声情低抑,全作凄音,使人读之深感悲切。

开篇忆旧:"裁春衫寻芳。记金刀素手,同在晴窗。""寻芳",雅词,就是春季赏花,过去古人逢重要事务都要裁制新衣,以示隆重;"金刀",剪刀。想做件新衣服去赏花,记得早年时光,每次都是你那白嫩的手为我剪裁一件新衣,两个人同在晴天窗户下的日子,至今记忆犹新。

"几度因风残絮,照花斜阳。"已经好几年了,花开花落,柳絮飞扬,夕阳照在花上。"谁念我,今无裳?自少年、消磨疏狂。"你不在了,如今谁还惦念我,有没有换洗的衣裳?当年年少张狂,把时间都浪费掉了。

日子转瞬即逝,"但听雨挑灯,鼓床病酒,多梦睡时妆。"现在年龄大了,迟睡听雨挑灯,靠在床上喝酒,经常梦见你睡时模样。"睡时妆"是一个极为温馨的场景,充满了怜爱,呈现了作者心中曾经最为柔软的一幕。

下阕开始抒情。"飞花去,良宵长。"花很快会谢,夜晚怎么显得如此之长。"有丝阑旧曲,金谱新腔。""旧曲"与"新腔"互文,指生活中总是有可唱的地方,生活需要和谐。

"最恨湘云人散,楚兰魂伤。""湘云"与"楚兰"的文学意象既具浪漫,又有悲伤。李益词:"处处湘云合,郎从何处归。"徐夤(yín)诗:"琼玖鬶来燕石贵,蓬蒿芳处楚兰

画兰(局部) 清 沈世杰

衰。"晏殊词:"秋露坠,滴尽楚兰红泪。"姜夔词:"荡湘云楚水,目极伤心。"史达祖也是此意,表达深切哀伤。"身是客,愁为乡。"我一个人孤独在外,也因此进入愁苦的境地。

"算玉箫、犹逢韦郎。""玉箫",典出唐代《云溪友议》,诗人韦皋(gāo)未仕时寓江夏(今湖北武汉),与玉箫互生情愫，相约七年后结为夫妻，留玉指环为凭。八年后韦皋不至，玉箫绝食而死。后韦皋得一侍妾，乃玉箫转世，中指肉起一圈隐如玉环。"玉箫"后来多借指姬妾。史达祖在这里引典感叹：我们能否如玉箫和韦皋一样重新团圆？

"近寒食人家，相思未忘蘋藻香。""蘋藻香"，古时贵族女子出嫁前，要去宗庙受教成礼，祭祀之物就有蘋藻。"蘋藻"含义丰富，可以指祭品，也可以指祭祀，还可以借指妇女美德。韩愈诗："蘋藻满盘无处奠，空闻渔父扣舷歌。"说的是祭品。于石诗："水流不尽湘江恨，俗奠空陈蘋藻盘。"说的也是祭品。陈师道诗："佩环无晓日，蘋藻自春风。"说的是美德。李觏诗："俗态竞朱粉，古心慕蘋藻。"说的也是美德。"蘋藻香"这里暗指新婚的温馨。临近寒食节，实在忘不了在一起时那些温馨的日子。

史达祖用了一百零一字写下《寿楼春》，这是一个他新创的词牌，也许他当年写词的地方就叫"寿楼"，此词牌不能望文生义，不适合作祝寿之词。全篇情绪控制有度，不急不疾，不压不放，娓娓道来，既像对自己，又像对妻子，还像对别人说，把两人的旧情表达得细腻入微，写之情不自禁，读之莫不感动。

词在北宋与南宋时有别，北宋词近诗，南宋词近词；

词在南宋早期与南宋晚期又不同，南宋早期近俗，南宋晚期近雅。这是由于南宋偏安一隅，渐渐丧失了复国斗志的缘故。在赏山悦水、吟风弄月的总体氛围下，风雅词派悄然而生，领袖人物是姜夔、吴文英、史达祖，有人说此乃"雅词三杰"，其实还有周密、王沂孙、张炎等人。

风雅词派在宋词中名声远不及豪放词派和婉约词派。豪放词的胜在势在质，势如骑虎，质直浑厚；婉约词的胜在柔在韧，柔心弱骨，坚韧不拔；而风雅词派则在严在谨，严于修辞，笃厚恭谨。正由于这一特性，导致风雅词派的受众远远小于前两者，只是在士大夫中受到青睐，风行于文人层面，对大众的影响力有限。

但有一点不能忽略，风雅词派在文人中的影响力不容小觑（qù），自南宋末以来就在士大夫中一直保留着相当的地位。一直到清代，以大儒朱彝（yí）尊为代表的浙西词派，仍竭力推崇姜夔和张炎，并得到许多文人的响应。甚至到了民国，王国维的《人间词话》亦对其中的姜夔、吴文英、史达祖、张炎多有中肯评价。

史达祖的词以咏物见长，描摹事物时极尽细致，字字推敲，句句琢磨。他的《绮罗香·咏春雨》最能体现这一特点：

做冷欺花，将烟困柳，

千里偷催春暮。

尽日冥迷，愁里欲飞还住。

惊粉重、蝶宿西园，

喜泥润、燕归南浦。

最妨它、佳约风流，

钿车不到杜陵路。

沉沉江上望极，

还被春潮晚急，难寻官渡。

隐约遥峰，和泪谢娘眉妩。

临断岸、新绿生时，

是落红、带愁流处。

记当日、门掩梨花，剪灯深夜语。

　　开篇三句如梦幻一般："做冷欺花，将烟困柳，千里偷催春暮。""做欺""将困""偷催"，这样的词汇表达奇诡，易懂不涩，惊艳称奇。这种文字表达介于似懂非懂

相思未忘蘋藻香　295

之间，是作词的最佳表达。换言之，不论怎么译成白话，也不能准确表达原句的意思，也不及原句设置的意境。主角是"春雨"，夹杂冷气，欺凌春花；团团水雾，锁住柳树；横扫千里，不作声地促使春天过去。

"尽日冥迷，愁里欲飞还住。""冥迷"，迷茫。整天迷茫一片，忧愁似走非走。"惊粉重、蝶宿西园，喜泥润、燕归南浦。""粉重"，蝶翅有粉，遇湿即重，只好落在西边的小园；"泥润"，水边湿地，燕子衔泥做巢，又回到南边的湿地。"最妨它、佳约风流，钿车不到杜陵路。""钿车"，装饰漂亮的车，贵族妇女所乘；"杜陵"，在今陕西西安东南。秦置杜县，汉宣帝筑陵于此，得名"杜陵"。春雨好是好，但道路泥泞，它会妨碍我们东行约会。

上阕将春雨之态描述到位，下阕开始将春雨融入人情。"沉沉江上望极，还被春潮晚急，难寻官渡。"江上一眼望去，雨雾沉沉；又赶上春天潮水急，竟然找不到官家的渡口。"隐约遥峰，和泪谢娘眉妩。""谢娘"，原型谢道韫（yùn），东晋谢安的侄女，因其才华出众，后世借喻才女或心爱的女子。韩翃诗："承颜陆郎去，携手谢娘归。"李贺诗："春迟王子态，莺啭谢娘慵。"远山若隐若现，像佳人含泪的眉眼一样妩媚。

仿古山水图册之十（局部）明 恽向

"临断岸、新绿生时,是落红、带愁流处。"临近水边的断岸,看见新发的绿叶,水中的花瓣带着惆怅漂流远处。

结尾时,作者安静地问了一句:"记当日、门掩梨花,剪灯深夜语。"记得有一年,春雨来得急,怕梨花吹落才关上院门,然后能与心上人在灯下私语。"剪灯",古代灯烛点燃时间长了,烛芯结炭,用灯剪剪去后会使灯光更亮,这里有让我再看清楚你一些的言外之意。

最后两句点化李商隐《夜雨寄北》:"何当共剪西窗烛,却话巴山夜雨时。"李重元(chóng)《忆王孙》:"欲黄昏,雨打梨花深闭门。"作者至此把开篇由春雨带来的景色,慢慢融进了人的情绪,并留下无尽的遐想空间。

史达祖的高明在于"咏春雨"中,自始至终未提一个"雨"字,笔触所及都是雨带来的景象,更多的是内心感受。这是一种极为高超的技巧,尤其到了宋词成熟之际,词人们更加在意这种技巧性的表达,这种技巧也可以理解为是词性的组成部分。

史达祖的另一篇代表作《双双燕·咏燕》亦是这类作品,句句写燕,全词除题目不见"燕"字,可与《绮罗香·咏春雨》对照着看,品味作者的刻意追求:

过春社了，
度帘幕中间，去年尘冷。
差池欲住，试入旧巢相并。
还相雕梁藻井。
又软语、商量不定。
飘然快拂花梢，翠尾分开红影。

芳径，芹泥雨润。
爱贴地争飞，竞夸轻俊。
红楼归晚，看足柳昏花暝。
应自栖香正稳，
便忘了、天涯芳信。
愁损翠黛双蛾，日日画阑独凭。

    史达祖以物寄情，描摹事物穷尽辞藻，强调声韵圆转，寓意含蓄，获得后世学者嘉评。姜夔在为其词集作序时说："奇秀清逸，有李长吉（李贺）之韵。盖能融情景于一家，会句意于两得。"姜夔与史达祖词风接近，故历史上也以"姜史"并称。

# 刘克庄

(1187 – 1269年)

老眼平生空四海

《满江红·夜雨凉甚忽动从戎之兴》
《贺新郎·九日》
《一剪梅·袁州解印》
《一剪梅·余赴广东实之夜饯于风亭》
《卜算子·片片蝶衣轻》
《长相思·劝一杯》
《长相思·寄远》
《长相思·惜梅》

刘克庄（1187—1269年）为晚宋时期文坛领袖，他寿数八十二，德高望重。我觉得他对文学最大的贡献还不是他的诗词创作，尽管他作品的存世量在宋代文人中名列前茅，达五千多篇，但都不及他苦心戮力编纂的《千家诗》（祖本）重要。《千家诗》在晚宋问世以来，迅速成为最著名的大众诗歌读本，它成书要比《唐诗三百首》早五百多年，选择篇目也都是律诗绝句中容易上口的作品，在诗的普及方面功德无量。

"三百千千"为蒙童小四书，指的是宋代王应麟的《三字经》、宋初的《百家姓》、南朝梁周兴嗣的《千字文》，以及宋刘克庄的《千家诗》。"三百千千"去掉重复，大约有三千字，这也是过去学童的基本识字量。这虽非儒家经典，但也包含了儒家文化的基本内容。所以"三百千千"一直是蒙童读物。

刘克庄初名灼，字潜夫，号后村，福建莆田人。

与蔡襄、蔡京为老乡。莆田历史上文化名人辈出，有文化传统，用莆仙方言诵读唐诗宋词十分合韵，莆仙戏还是南戏的活化石。

宋宁宗嘉定二年（1209年），刘克庄沾了祖上的光，荫补将仕郎，后来一直小步晋升，兢兢业业为官。一直到了淳祐六年（1246年），宋理宗赵昀觉得刘克庄文采好，又做了这么久的官，遂赐同进士出身，任秘书少监，后官至工部尚书。景定五年（1264年），在位四十年的宋理宗赵昀去世，刘克庄也以焕章阁学士致仕返家，五年后安详去世。

刘克庄的创作诗词兼有。他认为诗应该有教化功能，所以他的诗比较理性；论词，他则推崇辛弃疾和陆游，尤其青睐辛弃疾。刘克庄诗与词的创作都有理论支持，缘情为本。

刘克庄的词只有二百多首，诗有四千多首，但在历史上仍多被归为词人，他的词豪放且爱国，与刘过、刘辰翁并称"辛派三刘"。他爱国情深，言语沉郁，读《满江红·夜雨凉甚忽动从戎之兴》即可感受：

<ruby>金<rt>jīn</rt></ruby><ruby>甲<rt>jiǎ</rt></ruby><ruby>雕<rt>diāo</rt></ruby><ruby>戈<rt>gē</rt></ruby>，<ruby>记<rt>jì</rt></ruby><ruby>当<rt>dāng</rt></ruby><ruby>日<rt>rì</rt></ruby><ruby>辕<rt>yuán</rt></ruby><ruby>门<rt>mén</rt></ruby><ruby>初<rt>chū</rt></ruby><ruby>立<rt>lì</rt></ruby>。

磨盾鼻,一挥千纸,龙蛇犹湿。
铁马晓嘶营壁冷,
楼船夜渡风涛急。
有谁怜、猿臂故将军,无功级?

平戎策,从军什;
零落尽,慵收拾。
把茶经香传,时时温习。
生怕客谈榆塞事,

qiě jiào ér sòng huā jiān jí
**且教儿诵花间集。**
tàn chén zhī zhuàng yě bù rú rén　　jīn hé jí
**叹臣之壮也不如人，今何及！**

　　与一般填词无题有所不同，这首词的题目是全词宗旨：夜里下了一宿雨，感到一阵秋凉，不知为什么，作者忽然动了一个念头，想参军报国。

　　"金甲雕戈，记当日辕门初立。""金甲"，铠甲。王昌龄诗："黄沙百战穿金甲，不破楼兰终不还。"李白诗："天兵照雪下玉关，虏箭如沙射金甲。"卢纶诗："醉和金甲舞，雷鼓动山川。"李贺诗："莫嫌金甲重，且去捉飘

闽游图（局部）　明　项圣谟

风。"一提"金甲"即是战争场面,"金甲"的文学意象在唐诗中根深蒂固,刘克庄手到擒来。

"辕门",古代帝王巡猎,以车为藩,两车辕相对为门,称辕门,后引申为军营之门。刘希夷诗:"将军辟辕门,耿介当风立。"岑参诗:"纷纷暮雪下辕门,风掣红旗冻不翻。"杜甫诗:"虏其名王归,系颈授辕门。"欧阳詹诗:"心诵阴符口不言,风驱千骑出辕门。""辕门"的文学意象亦如此,摆阵设营,表示雄心。刘克庄开篇三句用了两个唐代边塞诗最喜欢用的文学意象——"金甲"与"辕门",为自己这首《满江红》先定下调子。

接着,"磨盾鼻,一挥千纸,龙蛇犹湿。""磨盾鼻"用典,"盾鼻",盾牌的把手,《北史·文苑列传·荀济传》:"会楯(dùn)上磨墨作檄文。"借喻下战书。"一挥千纸",喻檄文之长。"龙蛇犹湿",战书书法如龙蛇般灵动,墨迹未干。

"铁马晓嘶营壁冷,楼船夜渡风涛急。"这两句对仗,干净利索,一陆一水,一晨一夜,有声有画,有感觉有心境。"有谁怜,猿臂故将军,无功级。"再次引典,"猿臂故将军"指汉将李广,有功无奖,作者以此自况。史载刘克庄年轻时从军,任建康李珏军幕时曾有出谋而不被采纳的往事,"主谋者忌之",这让他一生耿耿于怀,对上阵杀敌心怀神往,却苦于报国无门。上阕激情亢奋,有形象,有典故,有情绪,有态度,不拖泥带水,一气呵成。

下阕突然笔锋调转:"平戎策,从军什;零落尽,慵收拾。""平戎策",东夷西戎南蛮北狄,平定西戎的策略,此处"戎"是泛指;"从军什","什",指书篇,古人以十篇为一什,"篇什"又指诗篇。这里是说,收拾一下从军时平定西戎的谋划策路及写下的诗文,但一看零零落落的,又懒得收拾了。

接着场景换了,"把茶经香传,时时温习。"只好每天看看《茶经》《香谱》,饮饮茶,焚香诵经。"生怕客谈榆塞事,且教儿诵花间集。"人到了这分上,反而怕别人问及边塞堵心之事,暂且花时间教儿女诵读《花间集》。

最后作者长喟一声:"叹臣之壮也不如人,今何及!"我年轻的时候都不如别人,更何况今天人都老了。下阕没有上阕一气呵成的连贯感,语显婉曲,用残酷的现实,反衬美好的理想。

刘克庄的这首《满江红》风格迥异,上阕有辛弃疾之风,下阕有李清照之意,总体形成一种阴阳对撞之势,如同杜甫《望岳》中所说的"造化钟神秀,阴阳割昏晓",看上去显立体。这种在一首词中用笔割出昏晓之效的作品实不多见,足见刘克庄之功力。

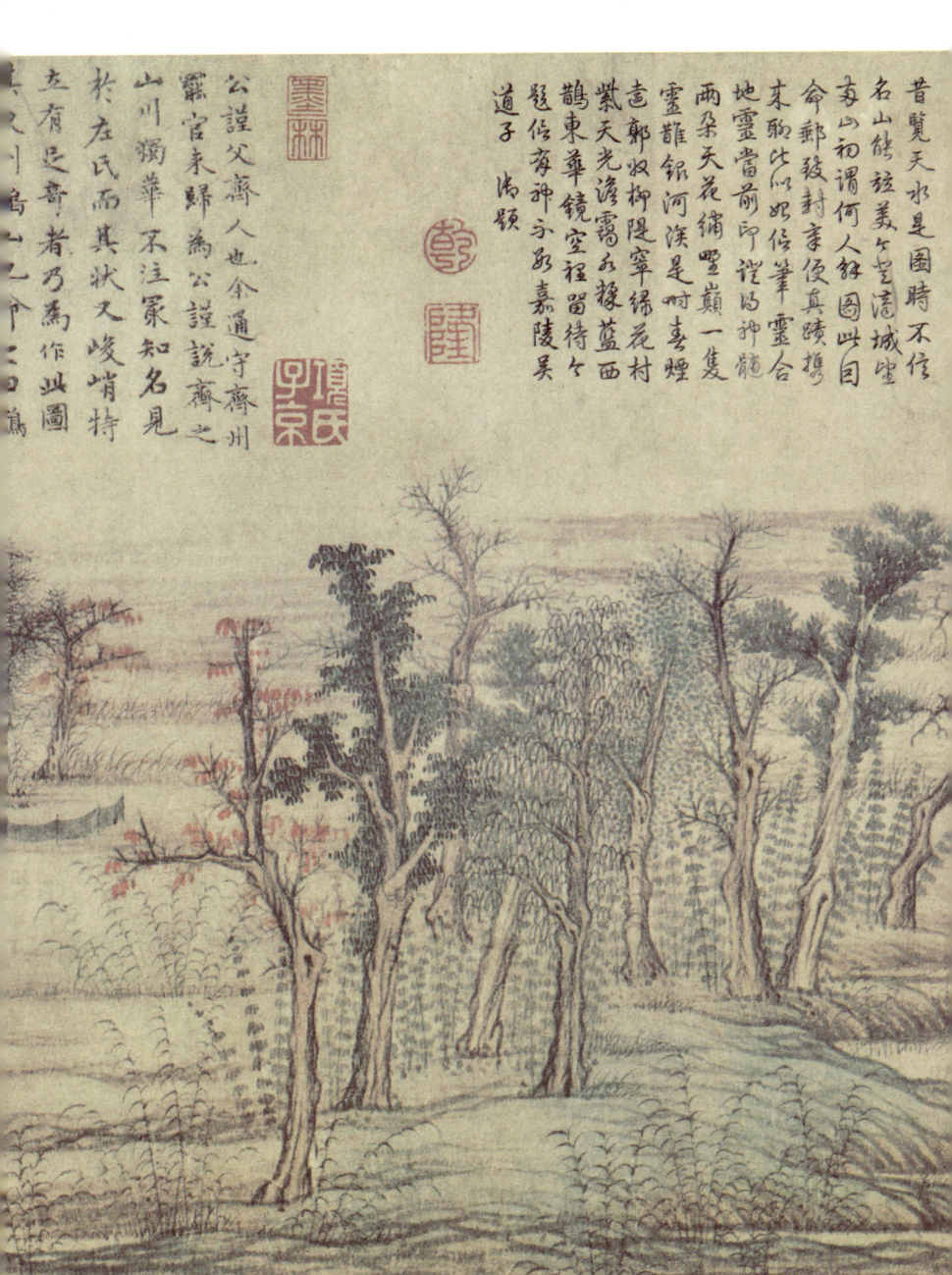

鹊华秋色图（局部） 元 赵孟頫

刘克庄还有一首《贺新郎·九日》。某年重阳,作者登高,谁知天不作美,不见秋高气爽:

湛湛长空黑,
更那堪、斜风细雨,乱愁如织。
老眼平生空四海,赖有高楼百尺。
看浩荡、千崖秋色。
白发书生神州泪,
尽凄凉、不向牛山滴。
追往事,去无迹。

少年自负凌云笔。
到而今、春华落尽,满怀萧瑟。
常恨世人新意少,爱说南朝狂客。
把破帽年年拈出。
若对黄花孤负酒,
怕黄花也笑人岑寂。
鸿北去,日西匿。

起句与唐宋重阳登高名句反之："湛湛长空黑，更那堪、斜风细雨，乱愁如织。"本来应该湛蓝的天空黑了下来，又刮起了风下起了雨，解愁不成反而添愁。这语境实在与重阳气氛不符。王维诗："遥知兄弟登高处，遍插茱萸少一人。"杜甫诗："重阳独酌杯中酒，抱病起登江上台。"戴复古词："江山登览长如昨，飞鸿影里秋光薄。"寇准诗："且尽登临兴，余欢尚未忘。"

作者不顾古诗之意，接着说："老眼平生空四海，赖有高楼百尺。"我本来就喜欢登高，"欲穷千里目，更上一层楼"，幸亏还有百尺高楼，使得视野一览无余。

"看浩荡、千崖秋色。"重阳正是秋天最宜人的时候，可我"白发书生神州泪，尽凄凉、不向牛山滴"。我尽管已经白发苍苍了，看着大好河山仍热泪盈眶，尽管内心如此悲怆，我也不肯去牛山哭哭啼啼。"牛山"，在山东淄博临淄区南。春秋时齐景公泣于牛山，哀叹人生短暂，此句借典表达心境。上阕结尾处，作者做了总结："追往事，去无迹。"在此追寻以往的兴衰荣辱，好像早就无踪无影了。

下阕开始回忆："少年自负凌云笔。"我年轻的时候壮志凌云，书生意气，可是"到而今、春华落尽，满怀萧瑟"。春天的芳华到了秋天只剩下萧瑟之景。"常恨世人新意少,爱说南朝狂客。"今天的人也没有了创意,只能说说南朝那些猖狂之士的故事。

"把破帽年年拈出。"典出东晋名士孟嘉"龙山落帽"一事。孟嘉随上司桓温重阳节登高,风将孟嘉的帽子吹落而孟嘉不觉。桓温趁孟嘉离开时让手下捡帽,并写短文嘲弄他。孟嘉回来拿起帽子戴好,又看了一眼短文,然后要纸笔,即席写文为自己落帽失礼辩护,结果桓温及手下击案叹服。唐代元稹曾有诗句:"登楼王粲望,落帽孟嘉情。"作者的意思是,这些老事不值得反复提及,刘克庄用了一个"拈"字,将神态准确传达出。"拈",本义取物,也指两三指头轻轻夹住。这个字的使用流露出作者的主观厌烦情绪。

"若对黄花孤负酒,怕黄花也笑人岑寂。"如果对着秋天的菊花不喝酒,估计菊花亦会笑话你装出一副高洁寂静的样子。"孤负",辜负。写到这里,作者从眼前宕开,极目远望:"鸿北去,日西匿。"大雁往北飞去,夕阳渐渐地消失在地平线上。

重阳大雁是南飞的,作者写其北飞,表达了对报国无门的深深惋惜。全词与天气一样阴暗压抑,虽登高但无登高之趣,虽远望却无远望之情。读之可以感受到刘克庄曾有的一腔热血,还可以体会到他满腔的愤懑。这首诗不仅在技巧上代表了作者的风格，也彰显了作者的爱国之心。

  刘克庄算是江湖派诗人，可江湖派诗人、词人大多是布衣或底层官僚，刘克庄最后官至工部尚书，似乎不符合"江湖"这个条件。其实刘克庄花甲之前一直就在底层为官。宝庆三年（1227年），奸臣史弥远请皇帝下诏查禁《江湖集》，该集惨遭劈版禁毁，诗人多被贬谪流放，刘克庄因此事又闲废十年。

  刘克庄在官场上至少三起三落，但仍不改初心。远放在外，反倒让他有机会多接触了解底层社会，扩大眼界，写出了众多贴近百姓生活的诗词。他个人也注重诗词的理论研究，注重诗词风格的形成。例如他的下列六首词作。

### 一剪梅·袁州解印

mò shàng xíng rén guài fǔ gōng
陌 上 行 人 怪 府 公，
hái shì shī qióng　　hái shì wén qióng
还 是 诗 穷， 还 是 文 穷？
xià chē shàng mǎ tài cōng cōng
下 车 上 马 太 匆 匆，
lái shì chūn fēng　　qù shì qiū fēng
来 是 春 风， 去 是 秋 风。

阶衔免得带兵农,
嬉到昏钟,睡到斋钟。
不消提岳与知宫,
唤作山翁,唤作溪翁。

## 一剪梅·余赴广东实之夜饯于风亭

束缊宵行十里强,
挑得诗囊,抛了衣囊。
天寒路滑马蹄僵,
元是王郎,来送刘郎。

酒酣耳热说文章,
惊倒邻墙,推倒胡床。
旁观拍手笑疏狂,
疏又何妨,狂又何妨!

## 卜算子·片片蝶衣轻

片片蝶衣轻,点点猩红小。
道是天公不惜花,百种千般巧。
朝见树头繁,暮见枝头少。
道是天公果惜花,雨洗风吹了。

## 长相思·劝一杯

劝一杯,复一杯。
短锸相随死便埋,
英雄安在哉?

眉不开,怀不开。
幸有江边旧钓台,
拂衣归去来。

## 长相思·寄远

朝有时,暮有时。
潮水犹知日两回,
人生长别离。

来有时,去有时。
燕子犹知社后归,
君行无定期。

## 长相思·惜梅

寒相催,暖相催。
催了开时催谢时,
丁宁花放迟。

角声吹,笛声吹。
吹了南枝吹北枝,
明朝成雪飞。

刘克庄这类小令写得很顺手，直白精巧，易懂易读，朗朗上口，与他的长调风格明显不同。所以说词牌是风格成型的初级约束，作者会根据内容选择小令、中调、长调及相应词牌。

刘克庄晚年成为文坛领袖绝非偶然。首先是见识多，无论在朝在野，他都抱有一颗真诚之心；其次是阅人无数，去的地方多，又乐于交友，说明他情商也高；第三是他在诗、词上都下过功夫，作品数量极大，能说服人。

晚宋的江湖诗词之风对文人的诱惑极大，幸好刘克庄在官场虽大起大落，但最终停在高位，创造了极佳的客观地位。同朝诗人胡仲弓《王用和归从莆水寄呈后村》一诗中有一句说得中肯："江湖从学者，尽欲倚刘墙。"刘克庄门墙桃李，尽是芬芳。

石湖图（局部） 明 钱穀

# 吴文英

（约1200－约1260年）

隔江人在雨声中

《风入松·听风听雨过清明》
《高阳台·落梅》
《踏莎行·润玉笼绡》

吴文英（约 1200 — 约 1260 年）有"词中李商隐"之誉，他不像李商隐那样有那么多脍炙人口的名句，尽管也有"落絮无声春堕泪，行云有影月含羞"这种唯美含情的词句，但流传不广。比较一下李商隐的诗句"沧海月明珠有泪，蓝田日暖玉生烟"，就会发现李商隐的表达悲情大气，吴文英的表达则黯然神伤。

吴文英是四明（今浙江宁波）人，字君特，号梦窗，晚年时又号觉翁。其实他本姓翁，后来出嗣吴家。出嗣就是过继。中国古代社会极其重视传宗接代之事；"不孝有三，无后为大"，没有儿子，对一个家族来说乃天大之事，所以出嗣现象普遍。

吴文英的亲弟弟叫翁元龙，也留有几首好词："一夜海棠如梦，半窗银烛多情。"写得就很有感觉。吴文英还有个哥哥叫翁逢龙，嘉熙元年（1237 年）进士，官至平江通判。兄弟三人就属吴文英名气大，在词史上留下了浓重的一笔，可见文学之魅力。

　　吴文英的一生平平淡淡，终生未第，游幕为业，一辈子给人家出出不疼不痒的主意。由于他文采过人，得到了许多朋友的赏识。宋代崇尚文化强国，修文偃武是国策，对文人一直高看一眼，所以宋代文人在社会上总会有人赏识，官僚商贾以结交各类文人为荣。

　　吴文英没有出过远门，一生都在苏浙游历，最北也就到过淮安，最南不过绍兴。人的一生时间有限，名川大山、穷乡僻壤，多走多看固然是好事，但只在一地久居也算不上坏事，至少可以吃透风土人情，让自己对家乡或久居地有更为深刻的了解。他的《风入松·听风听雨过清明》就有这样细腻的情感：

听风听雨过清明，愁草瘗花铭。
楼前绿暗分携路，
一丝柳，一寸柔情。
料峭春寒中酒，交加晓梦啼莺。

西园日日扫林亭，依旧赏新晴。
黄蜂频扑秋千索，

yǒu dāng shí、xiān shǒu xiāng níng。
有当时、纤手香凝。
chóu chàng shuāng yuān bù dào, yōu jiē yī yè tái shēng。
惆怅双鸳不到，幽阶一夜苔生。

《风入松》，词牌名，又名《风入松慢》《松风慢》《远山横》《销夏》。以晏几道《风入松·柳阴庭院杏梢墙》为正体，双调七十四字，前后段各六句、四平韵。另有双调七十二字，前后段各六句、四平韵；双调七十六字，前后段各六句、四平韵等变体。

起句就精彩，风雨不去看去听，风声雨声愁煞人，却是春天清明时。文人高手写风雨时，有时看有时听，意境各有不同。骆宾王诗："谷静风声彻，山空月色深。"张继诗："萧萧茅屋秋风起，一夜雨声羁思浓。"白居易诗："卧迟灯灭后，睡美雨声中。"陆游诗："风声翻海涛，雨点堕车轴。"

开篇定下调子："听风听雨过清明，愁草瘗花铭。""愁"，发愁；"草"，草拟；"瘗"，埋葬，南朝庾信写过《瘗花铭》。作者说在这个风雨凄凄的清明时节，我没有心思去写一篇《瘗花铭》。

原因呢？"楼前绿暗分携路，一丝柳，一寸柔情。"楼前那条山路就是我们分手的地方，如今春天又来了，芳草嫩绿,垂柳鹅黄,每一寸柳枝都含有一寸曾有的柔情。

"料峭春寒中酒,交加晓梦啼莺。""料峭",风冷尖利;"中酒"之"中",读仄声,动词,"中酒"即醉酒之意,杜牧诗句"残春杜陵客,中酒落花前"即有此意。在春寒料峭的日子里喝醉了酒,早起时分听见纷杂的鸟鸣声,心中怅然。

下阕心情突然大好:"西园日日扫林亭,依旧赏新晴。"起床后每天都去西园打扫院中的小亭,顺便欣赏雨后的晴天。忽然看见"黄蜂频扑秋千索,有当时、纤手香凝"。"黄蜂",蜜蜂,暗示逐香。这三句似镜头叠化,想象大胆。看见蜜蜂落在秋千绳上,想起当时被女子香艳之手握过,令人回味与感慨。

此时此刻,作者发出遗憾之声:"惆怅双鸳不到,幽阶一夜苔生。""双鸳",绣着鸳鸯的一双绣鞋,借指女子。满心惆怅女子未来,幽暗的台阶上一夜长出了青苔。

吴文英的这首词层层推进,丝丝入扣,上阕伤春、伤别、伤感有条不紊;下阕风雨已过,但仍不能忘怀,触景生情,睹物思人,想象出奇,暗喻凄美。尤其终尾一句"幽阶一夜苔生",有隐喻,有意境,有文学想象,有情感介入,如同一夜白头,让人喟然长叹。

对于这首《风入松·听风听雨过清明》,后人亦多好评。"情深而语极纯雅，词中高境也。"（清代陈廷焯《白雨斋词话》）说的是诗词之境界。"'黄蜂'二句，是痴语，是深语。结处见温厚。"（清代谭献《谭评〈词辨〉》）说的是词之技巧。"结处'幽阶'六字，在神光离合之间，非特情致绵邈，且余音袅袅也。"（俞陛云《唐五代两宋词选释》）说的是词之宗旨。"情深语雅，写法高绝。"（张伯驹《丛碧词话》）说的是词之感觉。文学评论家的评论常常只是站在个人的角度，每个人都有不同，不见高低，只见角度。这首词的历代评价就说明这点。

《风入松·听风听雨过清明》写人，《高阳台·落梅》咏物，写落梅：

宫粉雕痕，仙云堕影，
无人野水荒湾。
古石埋香，金沙锁骨连环。
南楼不恨吹横笛，
恨晓风、千里关山。
半飘零，庭上黄昏，

梅溪凫市图（局部） 宋 崔愨

月冷阑干。

寿阳空理愁鸾。
问谁调玉髓，暗补香瘢？
细雨归鸿，孤山无限春寒。
离魂难倩招清些，
梦缟衣、解佩溪边。
最愁人，啼鸟晴明，叶底清圆。

　　梅花从开到落，从常态到病态都是文人吟咏的对象。梅开，如王安石诗："墙角数枝梅，凌寒独自开。"梅落，如李煜词："砌下落梅如雪乱，拂了一身还满。"梅之常态，如宋之问诗："明朝望乡处，应见陇头梅。"梅之病态，如刘克庄词："想见瘦梅疏竹下，深衣如雪鬓须苍。"梅花的文学意象体现在其各种形态之中，孤独桀骜不驯，绽开不惧寒冷，断魂一往情深。凡文人赞美梅花之时，不吝溢美之词，皆因飘雪的日子只有梅花在悄悄绽放。

　　开篇用词雕琢："宫粉雕痕，仙云堕影，无人野水荒湾。""宫粉"，宫中粉黛，借指梅花；"仙云"，指梅花飘落的形态。本是宫中的粉黛，又是神仙般的倩影，竟然沦落在无人的荒郊野外的水边，起句不凡。

"古石埋香，金沙锁骨连环。""古石埋香"，原指美人死去。李贺诗："汉城黄柳映新帘，柏陵飞燕埋香骨。"这里借喻梅，描述梅花零落的状态。

"锁骨连环"，典出唐代李复言的《续玄怪录》。书中记载，延州（今陕西延安）来一妇人，肤白貌美，和当地一小伙子同床共寝几年，女子死，因为无家，只好埋在道边。大历年间来了一个胡僧，胡僧围着女子墓行礼焚香，有人好奇，问他为何这样。胡僧说，这女子乐善好施，是个锁骨菩萨，不信可以开棺查验。结果大家打开坟墓，看见女人肉烂骨在，全身骨头如同锁一样相互连着。当地人立刻斋戒盖塔，以示纪念。这典引用有些晦涩，意思是梅花即便零落化泥，香魂犹在。

"南楼不恨吹横笛，恨晓风、千里关山。"这句也是借用，"吹横笛"指《梅花落》。李白诗："黄鹤楼中吹玉笛，江城五月落梅花。"五月哪来梅花，此处也是指《梅花落》。这句也绕圈，梅花曲无须埋怨，只能埋怨吹过千里关山的晓风。

"半飘零，庭上黄昏，月冷阑干。"上阕最后一句向林和靖致敬，点化"疏影横斜水清浅，暗香浮动月黄昏"。

林和靖梅花图　宋　马远

下阕再次引用典故:"寿阳空理愁鸾。问谁调玉髓,暗补香瘢?""寿阳",寿阳公主,着梅花妆;"愁鸾",鸾鸟铜镜;"调玉髓",典出东晋王嘉《拾遗记》,三国吴人孙和在月下舞动水晶如意,误伤邓夫人脸颊,太医以獭髓杂玉与琥珀合药敷之,愈后没有瘢痕。作者两典合用,是说寿阳公主需要补妆,但已经没有医技那么高超的太医了,无法做到补妆后无瘢痕。

"细雨归鸿,孤山无限春寒。"此处又是在说林和靖"梅妻鹤子"的故事。

"离魂难倩招清些,梦缟衣、解佩溪边。""离魂难倩招清些","些"(suò),语气助词,楚辞句法;"缟衣",白衣;"解佩",解下玉佩。这句写浪漫梦境,似有鬼神。

"最愁人,啼鸟晴明,叶底清圆。"最让人烦愁的是天气一旦晴朗,鸟儿就从叶底发出清亮圆润的叫声。

这首《高阳台·落梅》的确比较费解,写梅花大量运用典故,或者点化他人之句,原因在于作者的潜在追求。作者写梅,从头到尾不见一个"梅"字,故必须借典、借句、借人说明他在写梅:借"金沙锁骨连环"说梅之精神;借"南楼不恨吹横笛"说名曲《梅花落》;借"半飘零,庭上黄昏,月冷阑干"说林和靖的梅花名句;借"寿阳空理愁鸾"说寿阳公主的梅花妆;借"孤山无限春寒"说林和靖的梅妻鹤子；借"梦缟衣，解佩溪边"说梅花离魂难招。总之，写"梅"不见"梅"是吴文英这首词的特色。

即便这样，仍能看出来他笔下藏有一部分内容不能明说。翻检史料，发现吴文英曾在苏州、杭州各纳一妾，一遣一亡，或许作者在此首词中寄托了许多往事与旧情，也未可知。

关于吴文英苏杭二妾之事，历史上文字记载少，故更具神秘感。由于吴文英在正史无传，方志又罕有记载，除他自己存世的三百多首词作外，几乎无其他文字佐证，连他的生卒都没有准确的说法。苏杭二妾，亦有同为一人之说，但这些都没有铁证。

尽管对此事的认知并不统一，但后世一般认为吴文英为妾所写的词是他创作的重要部分。推测与此事有关的作品占其词总量的十分之一左右，比如有人认为前面的《风入松·听风听雨过清明》就是怀念其妾之作，而《踏莎行·润玉笼绡》则是他怀念苏州之妾的佳作：

> rùn yù lǒng xiāo　　tán yīng yǐ shàn
> 润 玉 笼 绡 ，　檀 樱 倚 扇 ，
> xiù quān yóu dài zhī xiāng qiǎn
> 绣 圈 犹 带 脂 香 浅 。
> liú xīn kōng dié wǔ qún hóng
> 榴 心 空 叠 舞 裙 红 ，
> ài zhī yīng yā chóu huán luàn
> 艾 枝 应 压 愁 鬟 乱 。

> 午梦千山，窗阴一箭，
> 香瘢新褪红丝腕。
> 隔江人在雨声中，
> 晚风菰叶生秋怨。

开篇极尽渲染，择词香艳。"润玉""笼绡"，偏正词组。滋润白玉，笼罩生丝。女子的臂膊如滋润的白玉，肤色又如洁白的生丝。"绡"，生丝。"檀樱"，也是偏正词组。浅红色的樱桃小口，用团扇轻轻遮住。开篇八个字，有情有色。

这还不算，作者马上跟上气味："绣圈犹带脂香浅。""绣圈"，女子衣服的领口，常常带有绣花，形成圆圈状。吴文英在这里用了一个"浅"字，将动作不经意间融入词句中。"脂香浅"说明气味淡，气味淡却能嗅到，说明凑得近，衣领口的绣圈最靠近女子的脸庞，看得见绣圈，嗅得见脂香，说明主人离女子的脸庞很近，可以感受到女子的气息。

开篇一句十五字，情色温馨，交感细腻。

接着："榴心空叠舞裙红，艾枝应压愁鬟乱。"这句是

苦瓜妙谛册之春水绿波　清 石涛

写端午时令特征，石榴花开映照裙红，艾枝做虎形头饰，压住发髻，与前一句的温馨细腻形成对比。这一句拉开距离，远观遥想，让上阕景况的描述像梦境又非梦境。

直到下阕首句，才说出上阕完全是一场梦境："午梦千山，窗阴一箭。"这梦还不是夜梦，仅仅是一场午梦，就已跨过"千山万水"，但时间很短促，不过"窗阴一箭"。"箭"，漏箭，古人计时器具漏壶的计时部件，此借作计时单位；"窗阴"，窗户阴影，由于古人糊纸做窗，形成多重阴影，不似今之玻璃窗，对时间无感。窗阴变化之小，说明人生虽短暂，亦可能变化巨大。

作者写到此仍不甘心，又一笔将自己拽回梦境回味："香瘢新褪红丝腕。"红丝系腕为端午风俗，将五色丝系于腕可驱鬼祛邪，名"长命缕"，又名"续命缕"。吴文英高明之处在此，上阕五句写梦境，下阕夹在中间的这句回味梦中另一场面，情色俱佳，余韵绵长。

至此，梦境结束，回味思念亦结束，场景及思绪，视角及情绪全部宕开，完全置身于旁观者角度："隔江人在雨声中，晚风菰叶生秋怨。""隔江"拉开了空间，"秋怨"拉开了时间，凡事只有拉开了时空，方可领略其中三昧。难怪对吴文英颇有微词的王国维也对此二句另眼看待，他在《人间词话》中说："余览《梦窗甲乙丙丁稿》

中，实无足当此者。有之，其'隔江人在雨声中，晚风菰叶生秋怨'二语乎？"

吴文英的艺术思维不落窠臼，其创作中最特别的就是将虚幻写实，或将实景写虚，这首《踏莎行》即为一例。上阕的梦境让人有身临其境之感，亦真亦幻。他可以将心中的虚幻化为真景，这种能力既能感动别人，也能感动自己；或者说先要感动自己，再去感动别人。当他掌握了这个能力时，许多作品就有了难以名状的真假难辨的感觉，而这感觉正是其作品的价值所在。

除去前面的两首词外，写实景如幻的《八声甘州·陪庾幕诸公游灵岩》，写幻景如实的《思佳客·赋半面女髑dú髅》，都淋漓尽致地展现了这一独特写作技巧。

词发展到了晚宋大大飞跃了一次，其特征是不再考虑为唱而写，所以晚宋的词作不如早期词作朗朗上口。南宋人认为，不为唱而写的词才是真正意义上的词，也正因晚宋这一理念，让宋词慢慢追上了唐诗，成为中华文学的双璧之一。

其实，词作为一种文学形式很早就有雏形了，大概在南北朝时期与胡乐一起出现在民间里巷，开始就是一种音乐演奏的唱词，主要功能是娱乐。隋以后曲子词迅速兴起，《敦煌曲子词集》就收录了不少作品。

词起源于民间俚俗活动，士大夫正经介入创作从盛唐才开始。由唐到北宋，文人常对诗高看一眼，对词持保留态度。尽管许多唐代诗人如李白、白居易、刘禹锡、王建、张志和、戴叔伦、温庭筠、皇甫松、韦庄等都多少写过词，但词在唐朝的影响力仍较为有限。

进入宋代后，世俗平静的生活让词这种长短句形式得心应手，加之宋人爱唱词，唱词便一发不可收拾。进入南宋后，江南的环境给予词以人文滋养，让词的写作逐渐完备独立起来。

吴文英幸运地出现在宋词最成熟的时期，加之有个人天赋，词作成就斐然。《宋词三百首》收录他的词作最多，达二十五首，其次才是周邦彦二十首，再次是姜夔十七首，可见吴文英词之地位。

对吴文英评价最高的是《四库全书总目提要》卷一百九十九集部五十二："词家之有文英，亦如诗家之有李商隐也。"能得此评，可见后世之尊崇。

雨余春树图　明　文徵明

仿黄公望山水图（局部） 明 蓝瑛

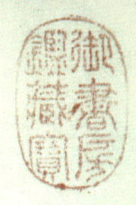

# 刘辰翁

（1232—1297年）

与君犹对当时月

《忆秦娥·中斋上元客散感旧》
《柳梢青·春感》
《兰陵王·丙子送春》
《江城子·春兴》
《唐多令·明月满沧州》
《六州歌头·向来人道》

刘辰翁（1232—1297年）性格耿直，从他的履历就可以看出他的性格。宋景定三年（1262年），而立之年的刘辰翁赴临安参加廷试。廷试对策时，他旗帜鲜明地写道，忠良固然可以被陷害，但气节无法被撼动。这话权臣贾似道听着十分刺耳，非常不高兴。权倾一时的贾似道，连宋理宗都称其为"师臣"，可见其势力之大。

贾似道要惩治刘辰翁，宋理宗赶紧打圆场，亲自将刘辰翁置为进士丙等，这才让他躲过大劫。刘辰翁深知得罪贾似道的后果，但仍不愿低头，于是以亲人年迈为由，请职赣州（今属江西）濂溪书院山长。山长，宋代对官办书院主讲兼书院负责人的称谓。

早在考进士前，刘辰翁去临安时，就受到国子监祭酒江万里的赏识，补录为太学生。国子监祭酒的职务与地位很高，相当于国家教育管理机关的主要负责人，韩愈曾任此职。江万里一生传奇，官至丞相，曾一人独自

长江万顷图（局部） 宋 马远

创立三所书院，即白鹭洲书院、道源书院、宗濂书院。江万里提掖人才，桃李满天下。

咸淳九年（1273年），七十五岁高龄的江万里与三十七岁的文天祥在潭州（今湖南长沙）相见，师生二人感慨万千。谈论国事时，江万里说："吾老矣，观天时人事当有变。吾阅人多矣，世道之责，其在君乎？君其勉之。"文天祥感动不已，涕泪俱下。

断桥残雪图　清　董邦达

两年后，饶州被元军攻破，江万里从容不迫，坐守家中，说："大势不可支，吾虽不在位，当与国家共存亡。"然后携族人及左右投水而死，朝野听闻为之震动。《宋史·江万里传》记载了其殉国的壮烈场面："万里竟赴止水死。左右及子镐相继投沼中，积尸如叠。翌日，万里尸独浮出水上，从者草敛之。"

江万里知刘辰翁亦是耿介之士，让他入幕，随己奔波仕途。江万里任参知政事后，荐举刘辰翁为中书省架阁。任职仅一个半月，遭母病故，刘辰翁丁忧返乡。得知恩师殉国，他痛不欲生，作《祭师江丞相古心先生》以表门徒忠心，他写道："我欲见公，泪洗模糊。公非无子，有子有弟。其存其亡，讯莫予以寄。畴昔之言，历历托孤。门生满眼，责独在余。"刘辰翁写得声泪俱下，读之莫不感动。

宋恭帝德祐二年（1276年），元军破临安城，刘辰翁从此过上遗民生活。直到宋末帝祥兴二年（1279年），末帝跳海而亡，刘辰翁悲愤万分，开始寻访恩师江万里埋葬之地，未果。直到第二年初，他才得到音讯，安葬了恩师，并将恩师的石山庵更名为"归来庵"，又作《归来庵记》。安葬完恩师后，刘辰翁返回家中著书立说，传授学业，过上了遗世独立的生活。

元大德元年（1297年），刘辰翁在家中安详去世，享年六十五岁。

刘辰翁这样的性格、这样的经历，使他的诗、词、文均藏有不可言状的深沉，如同老酒，沉郁浓烈。在宋亡之后，文天祥的幕僚邓剡于上元节与旧友小聚，散归后写下一首《忆秦娥》赠给刘辰翁，刘辰翁步韵回赠一首《忆秦娥·中斋上元客散感旧》：

中斋上元客散感旧，赋《忆秦娥》见属，一读凄然。随韵寄情，不觉悲甚。

烧灯节，朝京道上风和雪。
风和雪，江山如旧，朝京人绝。

百年短短兴亡别，与君犹对当时月。
当时月，照人烛泪，照人梅发。

"中斋"，邓剡之号。"见属"，意为嘱咐我，"属"，通"嘱"。刘辰翁小序声悲情伤。因邓剡、文天祥、刘辰翁均为白鹭洲书院同学，情感笃深，上元节聚会散场之后,有感于老友旧情,邓剡先写《忆秦娥》相赠,刘辰翁读后感到凄凄然,步韵寄上作品,心中觉得悲凉无限。

起句情景兼融:"烧灯节,朝京道上风和雪。""烧灯节"就是上元节,也称灯节,俗称元宵节。"朝京道上风和雪",通向京城之路,刮起了风,下起了雪。作者让喜庆的灯节置于严酷的环境之中,暗示天下已变。"风和雪,江山如旧,朝京人绝。"此处重复为叠韵,旨在强调。作者的"风和雪"是文学意象,并非单纯的自然现象,且充满悲凉,江山依旧是原来的样子,可去往京城路上的人却都不见了。

下阕刘辰翁从内心发出感慨:"百年短短兴亡别,与君犹对当时月。""百年",人生,亦可指国家。人生短暂,如白驹过隙,转瞬即逝,兴亡不过弹指一挥间。我们俩心里明白,还要观灯赏月,月亮虽然还是那个月亮,但人却不是当时的人了。

"当时月,照人烛泪,照人梅发。""烛泪",蜡烛燃烧时滴下的蜡油,状似流泪。杜牧诗:"蜡烛有心还惜别,替人垂泪到天明。"周邦彦词:"铜盘烛泪已流尽,霏霏凉露沾衣。"以"烛泪"的文学意象加强对人心人情的理解,事半功倍。"梅发",白发。结句是说,只有月亮永恒,照着人间的悲情,蜡烛落泪,人生白发。

刘辰翁的这首小令虽短犹长，一切尽在不言中。作者对文化的理解融入其中，对元军的野蛮入侵既恨之入骨，又无可奈何。当大势已去之时，文人处在最弱势阶段，只能寄情于笔墨，发出自己的心声。失去家国的痛苦不是每个人都能理解的，尽管这种事情在中国历史上多有出现，但就个人的切肤之痛而言，毕竟还是少数，能留下这样感人文字的就更少了。

与《忆秦娥·中斋上元客散感旧》堪称姊妹篇的词是刘辰翁的另一名篇《柳梢青·春感》：

铁马蒙毡，银花洒泪，春入愁城。
笛里番腔，街头戏鼓，不是歌声。

那堪独坐青灯，
想故国、高台月明。
辇下风光，山中岁月，海上心情。

这首词写于上一首的前两年，应该是元军破临安城的德祐二年（1276年）。这一年正月，是南宋都城临安历史上最屈辱的日子，因前有常州顽强抵抗元军被屠城的威慑，

廊桥山水图之六（局部） 清 佚名

临安被迫投降,宋恭帝退位,元军和平入城。

开篇起句就是既成事实:"铁马蒙毡,银花洒泪,春入愁城。""铁马",带有铠甲的马;"蒙毡",蒙古搭建的毡房。这里有一个细节,当年临安投降的条件就是元军严整军纪、不杀无辜。因此这一年灯节依然举行。

"银花"指灯节状态,"泪洒"暗示南宋遗民的心态。"春入愁城"修辞精彩,让本来应该欢庆的场景进入一个不寻常的状态,让春不见春,让愁凸显愁,非常压抑地表达了作者的心境。到处是元军的马匹和毡房,上元灯节依旧举行,每个赏灯的人内心都有说不出的伤悲,虽然春天如期来了,但今年这座城似乎并不高兴,相反还有一缕忧愁。

"笛里番腔,街头戏鼓,不是歌声。""番",番邦;"番腔",外来的曲调。虽然城市也有乐声,但那是不熟悉的异域音调,街头的杂耍也透着外来的气息,虽然也唱歌跳舞,但在宋人听来,心里不是滋味。这几句浅显的描述最为真实,反映了一个宋儒士子的心声和万般无奈。

下阕回到了自己的天地:"那堪独坐青灯,想故国、高台月明。""青灯",光线青荧的油灯,这里代表孤寂清苦。韦应物诗:"坐使青灯晓,还伤夏衣薄。"崔与之词:"对青灯,搔白首,漏声残。"独坐青灯前本已是孤寂之境,心中所想更是苦不堪言。回忆临安繁华的生活,每年上元节都在高高的楼台之上赏月,一派祥和,可此时此刻只能回忆。

"辇下风光,山中岁月,海上心情。""辇",指帝后乘坐的龙凤车。"辇下",代指京城。当年京城的热闹风光,山中隐居的日子,都已是好日子了,可那逃往海上的君臣们呢,现在究竟怎么样了?结尾的三句大幅度跳跃,首句忆旧,次句叙今,尾句猜想,相互之间没有关联,可以尽情想象连缀。这也就是诗词的魅力,以短胜长,以少带多,给予读者极大的想象空间。

刘辰翁作词数量居宋朝前列。他既喜欢写长调,也喜欢填小令,长短皆有佳作。小令起源早,五代时期就时兴小令,当时慢词还没有出现,第一个大量填慢词的词人是柳永。慢词是相对小令的短促而言的。小令最短的是《竹枝》,只有十四字,但需要唱和,例如皇甫松的《竹枝》:

芙蓉并蒂(竹枝),一心连(女儿)。
花侵槅子(竹枝),眼应穿(女儿)。

去掉唱和之声,只十四个字。如果严格算最短小令,《归字谣》仅十六个字,例如张孝祥的《归字谣》:

归，猎猎熏风卷绣旗。
拦教住，重举送行杯。

因为《归字谣》只有十六个字，所以又叫《十六字令》。最长的词是《莺啼序》，有四段，计二百四十个字，例如吴文英的《莺啼序·残寒正欺病酒》：

残寒正欺病酒，掩沉香绣户。
燕来晚、飞入西城，
似说春事迟暮。
画船载、清明过却，
晴烟冉冉吴宫树。
念羁情、游荡随风，化为轻絮。

十载西湖，傍柳系马，
趁娇尘软雾。
溯红渐招入仙溪，
锦儿偷寄幽素。

倚银屏、春宽梦窄，
断红湿、歌纨金缕。
暝堤空，轻把斜阳，总还鸥鹭。

幽兰旋老，杜若还生，
水乡尚寄旅。
别后访、六桥无信，
事往花委，瘗玉埋香，几番风雨。
长波妒盼，遥山羞黛，
渔灯分影春江宿。
记当时、短楫桃根渡。
青楼仿佛，
临分败壁题诗，泪墨惨淡尘土。

危亭望极，草色天涯，
叹鬓侵半苎。
暗点检、离痕欢唾，尚染鲛绡，
亸凤迷归，破鸾慵舞。

玉洞桃花图（局部） 明 孙枝

殷勤待写，书中长恨，
蓝霞辽海沉过雁，
漫相思、弹入哀筝柱。
伤心千里江南，
怨曲重招，断魂在否？

以字数论，一篇《莺啼序》相当于十五首《归字谣》。词人要看表达什么内容、什么情绪，再去选择或长或短的词牌。实在不行就自度曲，但自度曲亦有内在规律，随意不行。

刘辰翁的长调名篇有不少，最著名的是《兰陵王·丙子送春》：

送春去，春去人间无路。
秋千外，芳草连天，
谁遣风沙暗南浦？
依依甚意绪？漫忆海门飞絮。
乱鸦过，斗转城荒，
不见来时试灯处。

春去,最谁苦?
但箭雁沉边,梁燕无主。
杜鹃声里长门暮。
想玉树凋土,泪盘如露。
咸阳送客屡回顾,斜日未能度。

春去,尚来否?
正江令恨别,庾信愁赋。
苏堤尽日风和雨。
叹神游故国,花记前度。
人生流落,顾孺子,共夜语。

刘辰翁的创作还有一个特点,即大量运用数字,读之十分有趣,比如他的《江城子·春兴》:

一年春事几何空,
杏花红,海棠红。

看取枝头,无语怨天公。
幸自一晴晴太暖,
三日雨,五更风。

山中长自忆城中,
到城中,望水东。
说尽闲情,无日不匆匆。
昨日也同花下饮,
终有恨,不曾浓。

又比如他的《唐多令·明月满沧洲》:

明月满沧洲。
长江一意流。
更何人、横笛危楼。
天地不知兴废事,
三十万、八千秋。

落叶女墙头。
铜驼无恙不?
看青山、白骨堆愁。
除却月宫花树下,
尘埃莽、欲何游?

再比如他的《六州歌头·向来人道》：

向来人道,真个胜周公。
燕然眇,浯溪小,万世功,再建隆。
十五年宇宙,宫中赝,堂中伴,
翻虎鼠,搏鹢雀,覆蛇龙。
鹤发庞眉,
憔悴空山久,来上东封。
便一朝符瑞,四十万人同。
说甚东风,怕西风。

甚边尘起,
渔阳惨,霓裳断,广寒宫。
青楼杳,朱门悄,
镜湖空,里湖通。
大纛高牙去,人不见,港重重。
斜阳外,芳草碧,落花红。
抛尽黄金无计,
方知道、前此和戎。
但千年传说,夜半一声铜。
何面江东!

　　一年春事,三日雨,五更风;一意流,三十万,八千秋;十五年,四十万,千年传说万世功。每个词人或诗人都有自己喜爱的表达习惯,久了就成为风格。某种意义上讲,风格是给学者研究用的,对于读者而言,风格似乎没有那么重要。读者只在乎作品是否能到达他的内心、能引起共鸣,这也是作者所追求的。不谋而合。

潇湘八景图之潇湘夜雨(局部) 明 张复

# 周密

（1232—1298年）

东风渐绿西湖柳

《高阳台·送陈君衡被召》
《玉京秋·烟水阔》
《一萼红·登蓬莱阁有感》

周密（1232—1298年）是个全才。他对宋词的贡献虽不小，但远不及他对宋代其他文化的贡献。他写有多部著作，其中《齐东野语》《武林旧事》《癸辛杂识》《志雅堂杂钞》《云烟过眼录》等"杂书"对南宋文化及风土人情描绘精到，具有极大的史料价值。了解南宋风貌，周密的著作必不可少。

周密一直以史学家自居，所以他对宋朝史料极为关注，下笔言之有物。他甚至对治病疗疾也感兴趣，记录了很多行之有效的医方，而这些方子经后世验证大都有效。

从周密著作的内容可以窥见他的兴趣爱好。他除了在诗词歌赋上有造诣外，其他杂学知识也极为丰富，比如古董、医药、仙佛、图书、绘画、书法、碑帖、阴阳、算术等。他书中的掌故见闻活灵活现，多数可以弥补史传之阙。简单地说，周密笔下的临安（今浙江杭州）正是宋元变动时期真实的临安。

周密六十六岁而殁。他祖籍济南（今属山东），其先祖随高宗南渡，落籍吴兴（今浙江湖州），后来又举家迁至临安。周密生于临安，所以可以称之为临安人。他出身望族，家庭富裕，仅从其书中就可以知道他年轻时眼界开阔，历事纷杂。从他可见的成就来看，周密精力旺盛，才气过人。这样背景的人如果去做官，易入旁门左道，可能把一生耽误了。周密应该深谙其道理，所以他更想选择为文不为官，尽管他人生履历中也有为官的记录，但都可有可无，不甚重要。宋灭元兴后，周密彻底解脱，隐居弁山，后不慎家中失火，一把火烧毁了家业，他只好又移居杭州癸辛街。

周密写词追求典雅，是南宋末年雅词派的领袖。"雅词"是南宋文人对词提炼、修饰之后的新体裁。词起源俚俗，在五代之前，多是民间唱词曲子，登不了大雅之堂。"凡有井水处，皆能歌柳词"，这话是南宋叶梦得在《避暑录话》中说的。到了南宋末年，由于国家形势彻底变化，首先是"复国"成为泡影，二是元人渐渐逼近，更重要的是朝廷佞臣当权，朝野皆无奈，故许多文人只求个人乐趣，不再为国担忧，即便有爱国心，也仅限于纸上，形成了一种独特的哀腔。

周密的朋友陈允平应元朝廷之召,前往大都(今北京)任职,周密写了首《高阳台·送陈君衡被召》作别:

照野旌旗,朝天车马,
平沙万里天低。
宝带金章,尊前茸帽风欹。
秦关汴水经行地,
想登临、都付新诗。
纵英游,叠鼓清笳,骏马名姬。

游骑图  宋 佚名

酒酣应对燕山雪,
正冰河月冻,晓陇云飞。
投老残年,江南谁念方回?
东风渐绿西湖岸,
雁已还、人未南归。
最关情,折尽梅花,难寄相思。

陈允平，字君衡，四明（今浙江宁波）人。德祐年间任沿海制置司参议官，有词集《日湖渔唱》。陈允平与周密、王沂孙都有过诗词唱酬，可见关系亲密。

开篇全景："照野旌旗，朝天车马，平沙万里天低。""旌旗"，旗帜总称；"朝天"，朝见天子。起句是想象陈君衡已在赴任的路途之中，原野中旌旗猎猎，赶赴大都的车马浩浩荡荡，大漠平展万里，显得天低云暗。

全景镜像宏大，紧接着笔锋折回，近中景："宝带金章，尊前茸帽风欹。""宝带"指官服上用珍宝装饰的绶带；"金章"，指高级官服。"尊"，酒杯；"茸帽"，皮草；"欹"指歪向一边。穿戴整齐的官服，帽子被风吹得微微倾斜，正与《北史·独孤信传》中所载"慕信而侧帽"的典故暗合。

"秦关汴水经行地，想登临、都付新诗。""秦关"今在陕西洛川，历史上为重要关隘，这里泛指沿途经过的山峦；"汴水"，在今河南开封，历史上古汴渠是泗水的重要支流。赴任途中，如果想停下来登临看看，也一定会吟诗作赋。

"纵英游，叠鼓清笳，骏马名姬。""英游"，英俊游士；"叠鼓清笳"，指载歌载舞。这一路上欢乐歌舞，还有骏马歌姬相随。最后这句又落回行进队伍中，具体且画面感十足。

下阕写得谨慎小心:"酒酣应对燕山雪,正冰河月冻,晓陇云飞。"喝酒已到脸红耳热,北方大雪纷飞,江河上冻,耳中响起柳永的《曲玉管·陇首云飞》词句:"陇首云飞,江边日晓。"

上句写对方,下句接写自己:"投老残年,江南谁念方回?""投老",临老;"方回",指贺铸,字方回,其《青玉案》最负盛名。黄庭坚赞曰:"解道江南断肠句,只今唯有贺方回。"作者在此以贺铸自指。

"东风渐绿西湖岸,雁已还、人未南归。"等到来年,春风一起,西湖柳绿,大雁都回来了,人却不一定能够回来。"最关情,折尽梅花,难寄相思。""折尽梅花"典出北朝诗人陆凯赠范晔的一首五绝:"折花逢驿使,寄与陇头人。江南无所有,聊赠一枝春。"最让我动情的是,即便折梅寄与你,也无法寄托我的思念。

周密的送别词一反常态,因与所送行人的态度有些矛盾,所以词中处处隐含他意。词在现实与想象中交错而行,在不舍与无奈中胶着反复。朝天车马,宝带金章,茸帽风欹,叠鼓清笳,骏马名姬,都包含着丝丝贬义;而平沙万里,秦关汴水,登临赋诗,燕山冰雪,晓陇云飞,西湖渐绿,大雁已归,折尽梅花,都寄托着满腔热血。

周密以知天命之年的人生感悟,以坚隐不仕的明确态度,送好友应召,既尊重个人的选择,又表明自己的态度。在冰冷的环境中凸显出词坛领袖的大度,真诚关心,不挖苦,不揶揄,善意提醒,告知朋友不能忘记自己,更不能忘记家乡……作者的老道,让这首送别词分量极重,读之久久不能忘怀。

周密的词作分为宋亡前和宋亡后两个时期。前期作品以风花雪月、宴饮唱和为主,虽然南宋已危如累卵,国势已颓,但他的创作中并无具体体现,而是着重于技巧,呈现出多样的美学风貌。当现有词牌不能满足时,则自度曲以寄情,《玉京秋·烟水阔》即为一例:

长安独客,又见西风,素月丹枫,凄然其为秋也。因调夹钟羽一解。

烟水阔。高林弄残照,晚蜩凄切。碧砧度韵,银床飘叶。衣湿桐阴露冷,采凉花,时赋秋雪。叹轻别,一襟幽事,砌蛩能说。

客思吟商还怯。怨歌长、琼壶暗缺。
翠扇恩疏，红衣香褪，
翻成消歇。
玉骨西风，
恨最恨、闲却新凉时节。
楚箫咽，谁倚西楼淡月？

小序中"长安"借指临安，因南宋人或多或少都有故国情节，不便直言时就借指。"夹钟羽"是一种律调。作者孤独一人在临安，秋天来了，枫叶初红，感觉凄凉，没有找到合适的词牌，自度一曲。

"烟水阔"，开篇强调视野。"高林弄残照，晚蜩凄切。"高高的树林与夕阳形成一种残落的景象，晚秋寒蝉的声音让人心酸感慨。先视觉后听觉，让声音控制全篇情绪，这句也是向柳永《雨霖铃》的"寒蝉凄切"致敬。

"碧砧度韵，银床飘叶。""碧砧"，青色的石砧；"银床"，井上辘轳架。青石上的捣衣声富有节奏韵律，井架旁落满了秋叶。捣衣声和银床叶都是秋天的典型意象。"衣湿桐阴露冷，采凉花，时赋秋雪。"不顾衣服湿，也不怕天气凉,采来水边白色的芦花,真想吟诗一首,把它比作秋雪。

"叹轻别,一襟幽事,砌蛩能说。"在这样的日子里,我只能轻轻叹息,满腹的心事只能由阶下的秋虫替我诉说。

下阕继续上阕情绪:"客思吟商还怯。""商",五音之一,《礼记·月令》:"孟秋三月,其音商。"商调即秋。安居在临安吟咏着秋天,可我的心情竟然有一丝不安甚至害怕。

"怨歌长、琼壶暗缺。""琼壶",玉壶,敲击为节拍。悲秋之歌长又长,以致敲击节拍的玉壶都有了缺口。"翠扇恩疏,红衣香褪,翻成消歇。""翠扇",漂亮的扇子;"恩疏",不再受宠;"红衣",指花卉。天气转凉,扇子收起来了,花卉也不开放了,夏天的景色翻过去了,暑气开始歇息。

"玉骨西风,恨最恨、闲却新凉时节。""玉骨",作者自指。在这秋高气爽的时节,我恨自己耽误了这凉爽季节。"楚箫咽,谁倚西楼淡月?""楚箫咽",典出李白词《忆秦娥》:"箫声咽,秦娥梦断秦楼月。""谁倚",另本作"谁寄"。此时此刻又传来箫声呜咽,是谁倚着西楼在看一轮秋月?

山水册之二（局部） 清 王槩(gài)

东风渐绿西湖柳

周密善画，所以写词画面感强。上阕景色由广入微，下阕情绪由怯到悲。这种气质与周密的家庭背景有关。周家自南渡以来，一百多年都属于富裕士大夫阶层，到了周密时，祖上几代人收藏了各种图书四万二千余卷，有"书种""志雅"两座藏书楼。

读书多的人大多敏感，社会嗅觉敏锐，一有风吹草动自己先惊，这首自度曲极好地体现了周密这一特质。全词结构严谨，语言老道，引经据典，层层渲染，在作者设下的声响世界中，读者依次感受蝉声、砧声、蛩声、歌声、风声，到最后的箫声，仅声音就构成了悲凉伤感的秋曲，由此可见作者的功力之深。

周密出身豪门，五世官宦。入元后，周密不仕，潜心著述。他的重要著作都是写于晚年。宋元鼎革之时，周密四十七岁，入元后又活了近二十年。他冷眼看待这个巨变的社会，留下了许多珍贵的史料，其笔记体著作对后世影响深远。

宋元沧桑巨变之后，周密以独善其身的态度度过了后半生。他有一首词写得大气开阔，颇具豪放派的气韵，所以有人认为这首《一萼红·登蓬莱阁有感》是《草窗词》的压卷之作：

步深幽。正云黄天淡,
雪意未全休。
鉴曲寒沙,茂林烟草,
俯仰千古悠悠。
岁华晚、飘零渐远,
谁念我、同载五湖舟?
磴古松斜,厓阴苔老,一片清愁。

回首天涯归梦,几魂飞西浦,
泪洒东州。
故国山川,故园心眼,
还似王粲登楼。
最负他、秦鬟妆镜,
好江山、何事此时游!
为唤狂吟老监,共赋消忧。

《一萼红》,词牌名,正体双调,一百零八字。上阕十一句五平韵,下阕十句四平韵,另有变体。

江山行旅图（局部） 金 太古遗民

"蓬莱阁"，五代吴越王建造，旧址在浙江绍兴卧龙山下。作者开篇三字举重若轻："步深幽。"步履沉重，缓缓而至，给人以无形的压抑感。接着描写天空："正云黄天淡，雪意未全休。""云黄"一词少见使用，给人一般感受是黄沙欲起，但作者又用"天淡"修饰，令其煞气似有还无。"雪意"也是一样，残雪的寒意未消。

"鉴曲寒沙，茂林烟草，俯仰千古悠悠。"这句在向先贤致敬。"鉴曲"，鉴湖一曲。鉴湖位于绍兴西南，晋王羲之、唐贺知章、宋陆游都在此生活或终老。"茂林"，借指兰亭，《兰亭集序》中有"此地有崇山峻岭，茂林修竹"之句，仰观俯察，宇宙之大，品类之盛，终将成往事。

然后作者发出感慨："岁华晚、飘零渐远，谁念我、同载五湖舟？""五湖舟"，借范蠡功成名就后泛舟五湖之典，含意无穷。作者笔锋一转："磴古松斜，厓阴苔老，一片清愁。"山路台阶被踩得坑坑洼洼，路边的松树歪斜，山崖阴面植被稀疏，苔藓也干枯毫无生机，此景象不由得使人生发愁绪。

上阕将本应繁华的蓬莱阁景色，以一片萧疏景象和盘托出，说自己开始步入晚年，有谁还愿意一同五湖泛舟？大量引出经典，用美好与理想比照现实，使人怀古伤今。

下阕抛开现实，开始抒怀："回首天涯归梦，几魂飞西浦，泪洒东州。"回首往事，漂泊天涯，永远怀念家乡，无数次梦归故里，泪洒家乡。西浦、东州都在绍兴蓬莱阁所在区域。"故国山川，故园心眼，还似王粲登楼。"作者使用了"故国""故园"字眼，委婉表明了自己的态度。"心眼"，在这里当"心思"讲。东汉末年王粲避乱时在荆州作《登楼赋》，其中一句"虽信美而非吾土兮，曾何足以少留"，表明了对乱世客居他乡、怀才不遇的忧虑，作者借典言简意赅地说出了自己的心境。

"最负他，秦鬟妆镜，好江山、何事此时游！"面对大好河山，如女子发髻的秦望山，如梳妆美镜的鉴湖，这些都让我辜负了，我为什么在此时此刻来这里一游呢？作者以反问句式，否定了来游的意义。

最后借古说今："为唤狂吟老监，共赋消忧。""狂吟老监"，指唐代贺知章，唐肃宗为太子时，贺知章任太子宾客兼秘书监，在唐已被称"贺监"。李白《对酒忆贺监二首》有"四明有狂客，风流贺季真""狂客归四明，山阴道士迎"之句。

《旧唐书·贺知章传》载："知章晚年尤加纵诞，无复规检，自号'四明狂客'，又称'秘书外监'，遨游里巷。醉后属词，动成卷轴，文不加点，咸有可观。"作者在结尾引出唐人贺知章,实际在说只有贺知章这样有大名气、大才华的人,才能一起赋诗消愁。

诗词引典的好处就在于用原典的含义,许多典故有时代背景,又有人物故事,所以嵌入诗词中事半功倍,余味绵厚。这首词言外之意多且重,大量引经据典,有的轻松一笔带过,有的则深难见底,不易了解作者的本来意思。而所有这些,正是诗词的魅力,深者看深,浅者看浅,各有所获。

这首词写于临安失守那年的初春,作者以冬景的阴暗天气开篇,融进思念故国之情,以曲笔写世道交替之变,在国运不佳时力图保全自己。文人的好处是,只要有一支笔,即可抒发个人情感,无视环境影响。环境优时亦可能个人不顺,环境劣时仍可能独善其身。一首《一萼红》,作者半生功。

周密最大的成就还是他的笔记,读南宋历史不可不涉猎周密的笔记,其价值自不待言。这些笔记的内容,有名胜古迹,皇家园林;有皇家制度,民风民俗;有市井街肆,娱乐杂耍;有文坛掌故,闲人轶事……总之,五花八门,林林总总,是了解南宋不可多得的百科全书。

至于词作,周密融姜夔、吴文英两家之长,形成了典雅清丽之风。他与吴文英交往频繁,因周密号"草窗",

吴文英号"梦窗",周密有《草窗词集》,吴文英有《梦窗词集》,因此世称"二窗"。从词的创作数量来看,吴文英多于周密;至于其他著作,周密高于吴文英。二人构成了宋末的独特文化现象,透过这"两扇窗户"窥探宋末时光,不失为一个捷径。

山水册之竹崖秋籁　清 恽寿平

# 文天祥

（1236 — 1283年）

人生自古谁无死

《过零丁洋》
《酹江月·和友驿中言别》
《正气歌》

宋理宗宝祐四年（1256年），文天祥（1236—1283年）时年二十岁，这一年在集英殿廷试答对策论，他以"法天不息"为题，洋洋万言，一气呵成，宋理宗看后亲自选拔他为第一名。主考官王应麟上奏皇帝说：试卷以古为鉴，忠心肝胆如铁石，国家能有这等人才可喜可贺。这一年文天祥成为中国历史上最年轻的状元之一，并改字"宋瑞"。

中国一千三百余年的科举史上，弱冠之年即中状元非常难得，在没有人生历练的年纪，想要在策试中拔得头筹，眼界心胸必须居人之上，尤其是对大政方略的理解以及对治国平天下的认知，这些内容构成一个人的人生格局。

历史也证明，文天祥最终慷慨赴死殉国，彰显了民族气节：山崩地裂，坚持操守；威逼利诱，不改初衷。他被后世誉为"状元中的状元"，获此殊荣，一生足矣。

文天祥是吉州庐陵（今江西吉安）人，说起来和欧阳修算是老乡，此外杨万里、周必大也是庐陵人。庐陵自古人杰地灵，才子辈出，这种文化氛围对人的早期教育影响很大，文天祥就是在这种氛围中成长起来的。他幼时在乡学看到学官中祭祀的欧阳修等人的画像，就发誓说：如不能成为他们那样的人，就不是真正的男子汉。

开庆元年（1259年）初，元军攻打南宋，宦官董宋臣建议宋理宗迁都，众人明知是昏招也无人敢言，只有文天祥上书皇帝，请求斩杀董宋臣，以统一人心。因理宗优柔寡断，不敢采纳其建议，文天祥请辞回乡。在他为官的日子里，凡奸佞之臣都会遭到他毫不留情的抨击，显示了一颗忠心，一身正气。

咸淳九年（1273年），文天祥在湖南拜见曾为宰相的江万里，江万里平时对其志向就十分赞赏，在国家大势已去之时，师生二人见面，心中有无限悲哀。江万里表达了对国家的担忧，而文天祥面对师长的谆谆教诲涕泪交垂，更是暗下决心，要做一个为国家为民族至死不辞的人。

文天祥相貌堂堂。《宋史·文天祥传》记载，他"体貌丰伟，美皙如玉，秀眉而长目，顾盼烨然"，可见文天祥的相貌出众。

雕台望云图(局部) 宋 马远

咸淳十年（1274年）文天祥任赣州知州。次年，长江中下游告急，朝廷诏令天下兵马勤王，文天祥应召，他身边的各路豪杰响应者过万。有人劝文天祥说：这些乌合之众赴京入卫，如同以卵击石。文天祥回答：这我知道，但国家抚养臣民三百年，现在危急，征召天下无人应声，我只好不自量力，以身殉国，希望由此唤起民众。

文天祥家境丰厚，衣食无忧，声伎满堂，平日高朋满座，此时却变卖了家产，遣散了家伎，筹集军费，为国分忧。德祐二年（1276年）正月，文天祥任临安知府；同月，宋朝投降，朝廷大臣携幼帝开始流亡，留下文天祥为枢密使，与元军和谈。

后来的日子里，文天祥就是明知不可为而为之，且战且退，几次躲过杀身之祸。但景炎二年（1277年）年底，在潮阳（今广东汕头潮阳区），文天祥被元军大将张弘范捕获，自杀未果。所有僚属或自杀，或战死，或遭处决，无一生还。

文天祥被押解至潮阳，张弘范以宾客礼节接待，同他一起入崖山，要他写信招降张世杰。文天祥说："吾不能捍父母，乃教人叛父母，可乎？"随后将所书七言律诗《过零丁洋》给了张弘范。此诗是文天祥被俘后写的：

辛苦遭逢起一经,
干戈寥落四周星。
山河破碎风飘絮,
身世浮沉雨打萍。
惶恐滩头说惶恐,
零丁洋里叹零丁。
人生自古谁无死,
留取丹心照汗青。

开篇起句调子定得深沉阴郁,由自己的身世说起:"辛苦遭逢起一经,干戈寥落四周星。"此时文天祥四十一岁,离中状元过去了二十余年,读经书读成状元之辛苦只有读书人自己知道。读书辛苦,为官亦辛苦,所以说起句一语双关。"起",由于;"一经",经书;"干戈","干"为盾,"戈"为平头戟,兵器的统称,代指战争;"寥落",此处指冷落,意为战争停止了。"周星",即岁星。"四周星",即四年。文天祥从德祐元年(1275年)起兵勤王,至祥兴元年(1278年)被俘,已四个年头。

首联画面呈现静态感,有一切静止的感觉。紧接着是颔联:"山河破碎风飘絮,身世浮沉雨打萍。""山河"

四万山水图之万壑松风 明 文伯仁

山河,指国家社稷;"身世",指作者自己。杜甫诗:"国破山河在,城春草木深。"李商隐诗:"欲问孤鸿向何处?不知身世自悠悠。"李煜词:"四十年来家国,三千里地山河。"辛弃疾词:"身世酒杯中,万事皆空。"

　　颔联是主观感受,山河破碎,满目疮痍,犹如风中飘絮;自己的半生在宦海浮浮沉沉,现在感觉与水中浮萍没什么区别。前半首的基调灰暗,画面感极强,由静转动,将国家败亡的场景和个人内心的失落感受融为一体,唇齿相依。

　　颈联写得巧妙,利用了两个地名:"惶恐滩头说惶恐,零丁洋里叹零丁。""惶恐滩",赣江中的险滩,位于今江西吉安万安县。景炎二年(1277年)文天祥兵败江西,死伤惨重,妻妾子女被俘;文天祥经惶恐滩撤到福建。"零丁洋",即伶仃洋,在今广东珠江口外。景炎三年(1278年),文天祥率军与元军在广东海丰五坡岭交战被俘,囚船经过伶仃洋。

　　文天祥运用两处具有纪念意义的地点,写下了内心的强烈感受。文天祥是一个文官,并没有打仗经验,率军打仗几乎是"以卵击石",全凭民族气节,所以他说出了内心的"惶恐"。经江西一役,文天祥逃脱,至广东再次交战被俘获,此时只剩下他一人了,孤苦伶仃之感涌上心头,所以文天祥说"零丁"。颈联写出了文天祥内心的无奈,但没有惧怕退缩,也没有埋怨后悔,而是借势发力,为尾联做铺垫。

尾联为千古名句:"人生自古谁无死,留取丹心照汗青。"以最平白的语言,最简单的表达,说出了一个最朴素的道理——"人生自古谁无死",然后表达自己视死如归的决心——"留取丹心照汗青"。"汗青",竹简写字需要先烤去水分,在此过程中青竹出水如汗,所以称此工序为"汗青"。

文天祥的《过零丁洋》是他诗词里最著名的一首。这首诗的写作时机极为特殊,身为阶下囚的文天祥有这样的勇气及才华,赋诗一首,表明他意志坚强,信念坚定。

前两联把国家与个人命运紧密相连,起句国家,对句个人,让人知道国家之运势与个人之命运的关联;后两联是仿若信手拈来的绝对,既精巧又耐人寻味,对仗工整,语出自然,在反思中流淌着一腔热血。尤其是结尾一联,如黄钟大吕,声震天地。

文天祥从被俘到就义有四年时间,其间他写了大量的诗词,尤其是在被俘北去的路途当中,他曾绝食八天,意欲魂归故里,但过了江西地界,他又开始进食,而意志未变。一位年轻时高中状元、家境富裕、家庭幸福的文官,本可以冷眼看世界,也可以归隐山林,但他非要热血洒江山。

赤壁图（局部） 金 武元直

在押解到大都（今北京）途中，好友邓剡因病留在金陵（今江苏南京）就医，而文天祥还要继续北上。二人分手时，邓剡写了一首《酹江月·驿中言别》相送，文天祥遂作《酹江月·和友驿中言别》酬答好友，二人心领神会地都步苏轼《念奴娇·赤壁怀古》原韵：

乾坤能大，
算蛟龙、元不是池中物。
风雨牢愁无著处，那更寒蛩四壁。
横槊题诗，登楼作赋，
万事空中雪。
江流如此，方来还有英杰。

堪笑一叶漂零，
重来淮水，正凉风新发。
镜里朱颜都变尽，只有丹心难灭。
去去龙沙，江山回首，
一线青如发。
故人应念，杜鹃枝上残月。

开篇即放言:"乾坤能大,算蛟龙、元不是池中物。""乾坤",天地;"蛟龙",龙族神兽。天地本来广阔,我们都是蛟龙,那蛟龙上天入地原本就不能在池中生活。

"风雨牢愁无著处,那更寒蛩四壁。"这些日子,凄风苦雨,愁肠百结,还要听寒虫四处鸣叫。本来我们"横槊题诗,登楼作赋",却事业未成,一切好似空中之雪,看似纷纷扬扬,实际上落地即化。"横槊题诗",用三国曹操典故,是说曹操能文能武;"登楼作赋",指"建安七子"之一的王粲,生逢乱世,怀才不遇,作《登楼赋》以倾诉建功立业之心。文天祥引用两典和"万事空中雪"表达了壮志未酬的感慨。上阕最后两句语重心长:"江流如此,方来还有英杰。"自古江水向东流去,不可逆转,我们老了,一定还会有人接班。

下阕落回现实:"堪笑一叶漂零,重来淮水,正凉风新发。""堪笑",可笑。可笑自己竟然如一片树叶,飘零如此;再次来到秦淮河畔,正是凉风初起天气,好像听见"商女不知亡国恨"的靡靡之音。

"镜里朱颜都变尽,只有丹心难灭。"人一夜之间变老了,但那颗忠心始终未变。"去去龙沙,江山回首,一线青如发。""龙沙",指北方沙漠,出自《后汉书·班梁列传》:"坦步葱雪,咫尺龙沙。""葱",葱岭,今帕米尔高原,与昆仑山相邻;"葱雪",此指昆仑山雪。"一线青如发",借苏轼语"青山一发是中原"。我要去北方大漠了,回过头来再看看故国,中原山色苍苍。

在最后结尾处,作者作了比喻:"故人应念,杜鹃枝上残月。""杜鹃",杜鹃啼血,声音哀怨,又有望帝化为杜鹃的传说,文学意象情思深沉,哀怨悲鸣。白居易诗:"其间旦暮闻何物,杜鹃啼血猿哀鸣。"李商隐诗:"庄生晓梦迷蝴蝶,望帝春心托杜鹃。"高翥诗:"纸灰飞作白蝴蝶,泪血染成红杜鹃。"陈人杰词:"为问杜鹃,抵死催归,汝胡不归。"文天祥借用杜鹃,是在表达必死的信念,如果你们将来怀念我,就听听杜鹃啼血,看看枝头上的残月吧!

此时此刻,文天祥被俘四月有余,行程过了大半,冷静不失豪情,平和亦含真诚,所有平静的表达,都显示了一颗忠心,显示了一身正气,显示了一腔热血,显示了崇高的风骨。难怪王国维评价说:"文山(文天祥)词,风骨甚高,亦有境界。"

中国自儒家学说成为正统之后,文人讲究风骨,官员强调气节,文人官员二者兼顾。人的品格与性格构成了一个人的风骨,文天祥本可以躲在家里安然度日,但他非要以卵击石为国捐躯。他不幸被俘后,在种种威逼利诱之下，坚守初心，是为气节——没有事由显不出气节。

文天祥被俘的前三年，元朝统治者想尽所有办法让他投降，威逼利诱，参与者之多，手段之复杂，许诺条件之高，待遇之优厚，所有这些都不能撼动文天祥效忠故国的信念。

直到元至元十九年十二月初八（即1283年初），元世祖忽必烈召文天祥入宫，亲自劝降，文天祥拱手作揖不跪拜。忽必烈说："汝以事宋者事我，即以汝为中书宰相。"文天祥回话："天祥为宋状元宰相，宋亡，惟可死，不可生，愿一死足矣。"忽必烈看劝降无效，又退了一步说："汝不为宰相，则为枢密。"文天祥说："一死之外，无可为者。"忽必烈遂无奈命其退下。

忽必烈怎么也搞不明白，一个相貌白净、身材修长、眉目清澈的文人，为什么骨头这么硬，心眼这么不灵活，于是仰天发问：我身边能有这么忠诚的人吗？

当年囚禁文天祥的土牢位于现今的北京东城，那里在明清两代都是纪念他的祠堂，今天则是文天祥祠。当年文天祥就是在这土牢中写下了《正气歌》：

余囚北庭，坐一土室。室广八尺，深

可四寻。单扉低小，白间短窄，污下而幽暗。当此夏日，诸气萃然：雨潦四集，浮动床几，时则为水气；涂泥半朝，蒸沤历澜，时则为土气；乍晴暴热，风道四塞，时则为日气；檐阴薪爨，助长炎虐，时则为火气；仓腐寄顿，陈陈逼人，时则为米气；骈肩杂遝，腥臊汗垢，时则为人气；或圊溷、或毁尸、或腐鼠，恶气杂出，时则为秽气。叠是数气，当之者鲜不为厉。而予以孱弱，俯仰其间，于兹二年矣，幸而无恙，是殆有养致然尔。然亦安知所养何哉？孟子曰："吾善养吾浩然之气。"彼气有七，吾气有一，以一敌七，吾何患焉！况浩然者，乃天地之正气也，作《正气歌》一首。

  天地有正气，杂然赋流形。
  下则为河岳，上则为日星。
  于人曰浩然，沛乎塞苍冥。

五清图（局部） 清 恽寿平

皇路当清夷，含和吐明庭。
时穷节乃见，一一垂丹青。
在齐太史简，在晋董狐笔。
在秦张良椎，在汉苏武节。
为严将军头，为嵇侍中血。
为张睢阳齿，为颜常山舌。
或为辽东帽，清操厉冰雪。
或为出师表，鬼神泣壮烈。
或为渡江楫，慷慨吞胡羯。
或为击贼笏，逆竖头破裂。
是气所磅礴，凛烈万古存。
当其贯日月，生死安足论。
地维赖以立，天柱赖以尊。
三纲实系命，道义为之根。
嗟予遘阳九，隶也实不力。
楚囚缨其冠，传车送穷北。
鼎镬甘如饴，求之不可得。
阴房阗鬼火，春院闷天黑。

牛骥同一皂，鸡栖凤凰食。
一朝蒙雾露，分作沟中瘠。
如此再寒暑，百沴自辟易。
嗟哉沮洳场，为我安乐国。
岂有他缪巧，阴阳不能贼。
顾此耿耿在，仰视浮云白。
悠悠我心悲，苍天曷有极。
哲人日已远，典刑在夙昔。
风檐展书读，古道照颜色。

《正气歌》小序写得感人至深。他说土牢有水气、土气、日气、火气、米气、人气、秽气等七气，可孟子说"吾善养吾浩然之气"，于是文天祥说："彼气有七，吾气有一，以一敌七，吾何患焉！"要了解文天祥，《正气歌》不可不读。历史上有文才的士子不少，但有文才又有如此气节的人就很珍贵了，尤其持节不惧生死，坚守人生信念，不屈于威逼利诱，古往今来，文天祥堪为表率。有诗句为证：臣心一片磁针石，不指南方不肯休。

# 蒋捷

(约1245—约1310年)

悲欢离合总无情

《一剪梅·舟过吴江》
《虞美人·听雨》
《一剪梅·宿龙游朱氏楼》

宋末"词坛四大家"之一的蒋捷（约1245—约1310年）独往独来，与另外三人周密、王沂孙、张炎未见有任何往来及唱和。这四个人有许多共通的地方：他们都是宋末元初时期的人，且宋时皆已成人（最年轻的张炎，宋亡时也已过而立之年），怀念故国；词的质量上乘，创作雅词，字斟句酌，含蓄深婉。蒋捷与另外三人没有交集，只是自己埋头写词，独来独往。

南宋咸淳十年（1274年），蒋捷中进士，惜生不逢时，两年后临安陷落，再三年后宋朝灭亡，他的进士身份几乎无用，所以连记载都模糊不详。

他是阳羡（今属江苏无锡宜兴）人。据蒋氏宗谱，蒋捷为东汉初年蒋澄之后，蒋氏子孙后来分迁台州（今属浙江）、明州（唐代行政区域，相当于浙江宁波）、阳羡等地。

蒋捷的文字有一种可见的唯美情绪。他着重描绘内心的美丽，即使忧愁在心，也要寻出美丽。一个人的内心所想决定了笔下的文字。宋恭帝德祐二年（1276年）初，元军攻破临安城，蒋捷实在承受不了心中的愤懑，开始流浪，当舟行至吴江县（今江苏苏州吴江）时，他写下了一首《一剪梅·舟过吴江》：

一片春愁待酒浇。
江上舟摇，楼上帘招。
秋娘渡与泰娘桥，
风又飘飘，雨又萧萧。

何日归家洗客袍？
银字笙调，心字香烧。
流光容易把人抛，
红了樱桃，绿了芭蕉。

吴淞江是吴地重要河流，与东江、娄江共称"太湖三江"。吴淞江不长，但水面开阔，是吴地极美的一道风

花鸟册之修篁蕉石（局部） 明 蓝瑛

景。国破家亡之际，在缓缓的江水之上，正值春天，但无春意，"一片春愁待酒浇"。开篇就是态度，清晰明朗，似无去处。

"江上舟摇，楼上帘招。"舟在江上缓慢而行，摇摇晃晃，还可以看见江边酒楼上的招幌，似乎在召唤我去以酒浇愁。

"秋娘渡与泰娘桥，风又飘飘，雨又萧萧。""秋娘渡"，指吴江渡。"秋娘"，唐歌伎名，杜牧有《杜秋娘》诗。"泰娘"，歌伎，刘禹锡有《泰娘歌》。此句有二解，一解为"秋娘渡"与"泰娘桥"，以两歌伎命名的渡口与桥梁；另一解则是音近同"秋娘度"与"泰娘娇"，正好赶上斜风细雨的情景，与作者心境相符。按后一解则情绪复杂。船路过此处，不由想起那些有歌伎相伴的欢乐日子，与眼前的凄风冷雨形成情绪反差，让负面情绪有加倍之感。

我更愿意相信或者说更为喜欢后一种文学表达。白居易诗："曲罢曾教善才服，妆成每被秋娘妒。"周邦彦词："惟有旧家秋娘，声价如故。"吴文英词："谁识秋娘，比行云纤瘦。"周必大词："花如宋玉窥邻女，诗似刘郎问泰娘。"苏东坡诗："唤船渡口迎秋女，驻马桥边问泰娘。"苏东坡的两句诗将两位歌伎同时唤出，而蒋捷只用了一句就将二人同时唤出，并接上风飘雨萧的凄美意境，让人惆怅，又让人怜惜。

下阕开始指向自己："何日归家洗客袍？银字笙调，心字香烧。"这句设计得巧妙，反主为客，作者认为自己漂泊在外，无论走到哪里住下都不是真正的家，所以说自己的衣服为"客袍"。

"银字笙调"，笙管嵌银标识音高，《新唐书·礼乐志》载："银字制笙，以银作字，饰其音节。""心字香烧"，古代燃香品种较多，有炷香、盘香、塔香、印香等，其中印香在宋代流行，用模印一笔篆字，故亦称"篆香"，点燃一头慢慢燃尽。白居易诗："高调管色吹银字，慢拽歌词唱渭城。"和凝词："银字笙寒调正长，水纹簟冷画屏凉。"李清照词："篆香烧尽，日影下帘钩。"杨万里诗："送似龙涎心字香，为君兴云绕明窗。"一个漂泊在外的人，最希望早日回到家中，脱去行装，换上舒适的居家服，然后调弄音乐，焚燃熏香，让自己放松。

"流光容易把人抛"，作者在此顺口讲了一个道理，然后写出市井小景："红了樱桃，绿了芭蕉。"终句最为平白，但最有意境，故这句"红了樱桃，绿了芭蕉"成为名句，脍炙人口。

蒋捷这首词的点睛之笔用在结尾，给出了意料之外的文学意象。红樱桃、绿芭蕉，这种静态的文学意象本来没有那么神奇，可蒋捷的神来之笔在于加上了一个"了"字，让"红""绿"二字改变了词性，由形容词改为动词。由于这一巧妙的改动，静态成为动态，让小令立刻在不经意间生动起来，充分展现了文学的魅力。

蒋捷这类小令写得极具人情味，尤其善用天然的景色或现成的典故，他总有办法将自己融入其中。把自己融入其中必须做到貌似不经意，"貌似"一词很重要。

孤客漫无目的地旅行，不知下一站在哪儿，路过的景色既熟又生，遇到的风雨既喜又厌；不知能在哪儿落脚，吹一支曲子，焚一盘心香，不知忧、喜、愁、爱混杂的感觉。直到看见最为普通的一景，红是红，绿是绿，心里才倏然一动，才知道生命的状态可以死而复生，静而有动，即便红樱桃是"红了樱桃"，绿芭蕉是"绿了芭蕉"。

生活中这种"貌似"的感觉叫作真中有假，假中存真。例如蒋捷的另一首《虞美人·听雨》：

shào nián tīng yǔ gē lóu shàng　　hóng zhú hūn luó zhàng
少 年 听 雨 歌 楼 上 ，红 烛 昏 罗 帐 。
zhuàng nián tīng yǔ kè zhōu zhōng
壮 年 听 雨 客 舟 中 ，
jiāng kuò yún dī　　duàn yàn jiào xī fēng
江 阔 云 低 、断 雁 叫 西 风 。

而今听雨僧庐下，鬓已星星也。
悲欢离合总无情，
一任阶前、点滴到天明。

    这首词充满了忧患意识，很显然作者经历了重大挫折或重大环境改变，由此推断这首词写于宋亡之后。一个人年过五十，心态会发生改变，尤其在古代人相对短寿的时候，杜甫有诗"人生七十古来稀"。现如今平均寿命与古代相比延长了几十岁，可能在今人看来，这句诗感觉并不强烈，但千年之前的人，过五十听这话会有紧迫感，会生出担忧。

    蒋捷亦如此。首句先说少年时期："少年听雨歌楼上，红烛昏罗帐。"话单意厚。年少之时听雨听歌、看红烛都是欢乐，可以昏然睡于罗帐之中。

    接着跳跃至中年："壮年听雨客舟中，江阔云低、断雁叫西风。"人到中年开始有心事，"少年不知愁滋味"，中年之事基本上都是愁事，因为人到中年，喜事一定不大喜，但愁事一定更加愁。这是人生规律，说明人有历练，必经时间。

山水册之一　清　王槩

"为赋新词强说愁"不行,所以作者将中年听雨的情景置于舟上,让其在动态中发生。孤寂中任由思绪流淌,面对落队的大雁,听它凄厉的叫声。

下阕转到现实之中:"而今听雨僧庐下,鬓已星星也。"地点又回到静态,但香艳变成素净,心中杂念全无,诱惑全消,自己两鬓斑白,心态自然平静许多。结尾作者总结:"悲欢离合总无情,一任阶前、点滴到天明。"人生如果有历练,经历过风雨,看见过彩虹,就会对悲与欢、离与合看轻看淡。悲也好,欢也罢,其实都是一种人生必备的情绪,缺少哪一种,人生都不够丰富。明白这点,就会任凭风刮雨下无动于衷,不过常态而已。

写雨的诗词不胜枚举。杜甫诗"随风潜入夜,润物细无声"写雨之神秘;韩愈诗"天街小雨润如酥,草色遥看近却无"写雨之无迹;温庭筠诗"咸阳桥上雨如悬,万点空濛隔钓船"写雨之壮阔;崔道融诗"坐看黑云衔猛雨,喷洒前山此独晴"写雨之无理;王安石词"雨打江南树,一夜花开无数"写雨之霸道;苏轼词"一蓑烟雨任平生"写雨之大度;周邦彦词"桐花半亩,静锁一庭愁雨"写雨之无赖;秦观词"春路雨添花,花动一山春色"写雨之妩媚……

雨态在文人笔下,形形色色,林林总总,但都没有像蒋捷这样，将"听雨"这一古往今来再平常不过的生活场景置于一个人的青年、中年、老年三个时段，雨还是那个雨，但人已不是那个人了。这种物是人非的感受非白发人不能共鸣，非过来人不能理解，这与"为赋新诗强说愁"同为人生节点，却展示了人生的两头。

"人生节点"，是指年轻时，前面还有年幼无知的时光；年老时，后面还有心如止水的日子。"人生两头"，是自以为有能力展示自己才华之时，还有最后尚有心力表达但不求结果之时；余下的人生都是用不上的，能用的就是年轻至年老中间这一阶段。

并不是每个身在其中的人都能清晰认知这一点，人生有价值的时段非常有限，蒋捷的《虞美人·听雨》其实就是在说这个道理，清晰明了。如果还不能十分明白作品的含义，再回过头去，看看"红了樱桃，绿了芭蕉"，实际上说的也是人生阶段的价值，因为他前一句提醒说"流光容易把人抛"，所以才使后一句口碑载道，让他本人获得"樱桃进士"之美称。

看蒋捷的词可以想象他这个人，大概是个眉清目秀、干干净净的人。古人常说"字如其人"，从其字形特征可以判断一个人的大致性格。诗词亦如此，诗词有风格，通过李白、杜甫、白居易的作品可以想见三位大诗人的性情特点；读读苏东坡、李清照、辛弃疾的词作，也可以大致猜想三位词人的精神特质。

蒋捷的作品没有"大江东去"的气魄，没有"醉里挑灯看剑"的豪情，也没有"倚门回首，却把青梅嗅"的情趣。他只单纯追求唯美，暗暗地、淡淡地释放个人情感，将个人情感提炼为普遍情绪，继而达到润物无声的艺术效果。

宋末词人中蒋捷颇具个性，似乎独往独来，未见与同时代词人的唱和之作，也不见其交游宴饮的记载。他的词风也独辟蹊径，兼各家之长，无晦涩之感。他的民族气节藏在骨髓之中，对异族统治仿佛完全一副不屑的神情。其作品的基调异常轻快，还带着某种乐观情绪，甚至还隐藏着一种平民的生活哲学，所有这些构成了蒋捷独立于时代的个人风格，卓然成家。

蒋捷的《一剪梅·宿龙游朱氏楼》是羁旅怀乡之作。这类题材是唐宋诗词的常见题材，大多写个人出门在外时的感受，思乡念亲，而蒋捷这首羁旅词却在此基础上融进了亡国之痛，音调凄冷悲怆：

小巧楼台眼界宽。
朝卷帘看，暮卷帘看。

四万山水图之万竿烟雨　明　文伯仁

故乡一望一心酸。
云又迷漫,水又迷漫。

天不教人客梦安。
昨夜春寒,今夜春寒。
梨花月底两眉攒,
敲遍阑干,拍遍阑干。

"龙游",今浙江衢州下辖县;"朱氏楼",朱姓大户人家的小楼,今不存。作者开篇句格调清新雅致:"小巧楼台眼界宽。"楼台不大但精致,登高远望仍可以打开眼界:"朝卷帘看,暮卷帘看。"显然作者住了不止一天。

下句情绪急转而下:"故乡一望一心酸。"这句与前句情绪并不衔接,虽突兀但合理,"一望一心酸"貌似白话,实则精到,让思乡情绪永远保留,随时随刻提醒读者亡国之痛。紧接着:"云又迷漫,水又迷漫。"云水之间,便是家乡,看不清晰,却思念如缕。

上阕望乡,下阕进入思乡。"天不教人客梦安。"人在旅途,很难睡个踏实觉。为何作者不去描述?显然是望乡心酸所致:"昨夜春寒,今夜春寒。"

倒春寒本是气候现象，入词有清苦难挨之意。王维诗："宿雨乘轻屐，春寒著弊袍。"杜甫诗："深山大泽龙蛇远，春寒野阴风景暮。"苏轼诗："十日春寒不出门，不知江柳已摇村。"秦观词："可堪孤馆闭春寒，杜鹃声里斜阳暮。"

同写春寒，意趣各异。蒋捷的春寒却是昨夜连着今夜，给人以春寒反复纠缠之感，似乎久久难以离去。因为春寒料峭，所以"梨花月底两眉攒"。"月底"，月下。清冷的月色，雪白的梨花。一感觉，一视觉，看谁都皱眉。作者用一个"攒"把皱眉之态写到极致。

最后结尾句写得精彩："敲遍阑干，拍遍阑干。""阑干"，栏杆。清人陈廷焯在《词则·别调集》中评点此词："'敲'与'拍'无甚分别，然其妙正在无甚分别。"细品"敲""拍"二字，我觉得还是区别很大。"敲"为指敲，"拍"为掌拍，此为一；"敲"意在声，"拍"意在气，此为二；"敲"多思考，"拍"多宣泄，此为三。

蒋捷的"敲"与"拍"之间，既有"僧敲月下门"的谨慎，又有"把吴钩看了，栏杆拍遍"的气度，让小词因此隽永凝重。

蒋捷字胜欲，号竹山，他的身世后世知之较少，版本也有不同。后发现《蒋氏家乘》，尊蒋捷为始迁祖，居江苏宜兴。宋亡入元后隐居不仕，今存有《竹山词》二卷。

风竹图 元 顾安

其确切的生卒时间不详，享年有六十、六十五、八十九之说，差距之大，可见资料不完全可靠。蒋捷曾在宜兴、武进、无锡三地四处竹山生活，有记载说，他"手植千竹，取虚心坚节之意，故称'竹山先生'"。

　　虚心，乃竹之本质；坚节，乃竹之状态。历史上文人爱竹者比比皆是，"竹林七贤"、王徽之、苏东坡、文与可，等等，唯蒋捷以"竹山"为号，以竹山居，以"竹山"流芳百世。

仿古山水册之八(局部) 清 恽寿平

# 张炎

（1248—约1320年）

醉中不信有啼鹃

《清平乐·采芳人杳》
《清平乐·候蛩凄断》
《阮郎归·有怀北游》

张炎（1248—约1320年）前半生锦衣玉食，鲜衣怒马。他的六世祖是南宋初年的名将张俊，与刘光世、韩世忠、岳飞并称"中兴四将"。张俊好财有道，又有宋高宗恩宠，所以"占田遍天下，而家积巨万"。

绍兴二十一年（1151年）初冬，张俊设家宴奉侍宋高宗，这次家宴留下了史上规模最大的私人宴席菜单，收录在《武林旧事》中，共计一百八十余道菜，看一眼菜单就知宴会的奢华。

周密在《武林旧事》中还记录了另外一件事，在这次宴会前，张俊为了巴结宋高宗，进奉了十六件汝窑瓷器，这是古代文献记载大名鼎鼎的汝窑瓷器最多的一次，可见张俊家的富裕。张俊的子孙辈皆因祖荫庇佑，非富即贵，至张炎时已有六世，仍家底殷实，衣食无忧。

惜张炎而立之年，江山易帜。张炎祖父张濡驻守浙西独松关（今浙江杭州安吉独松岭上）时，部下袭杀了元使廉希贤，致使元军首领伯颜大怒。次年，元军攻入临安后，张濡被施以磔(zhé)刑，死得极为惨烈。然后将其家产抄没，从此张家没落，贫难自给。张炎只好逃亡求生，一度踏上北去的道路，意图谋生，但南人不适应北候，最终失意南归，又回到临安居住，落拓终老。

张炎的父亲张枢善音律，喜作词，著有《寄闲集》，惜已佚失。张炎自幼就受其父影响，喜词不倦，其作词不是凭一时兴趣，而是句琢字炼，音律协洽。

张炎有一部著作《词源》很重要。这部书分为两卷。上卷是音乐论，论词律尤为详赡；下卷从音谱、拍眼、制曲、句法、字面、虚字、清空、意趣、用事、咏物、节序、赋情、离情等方面详论词的创作。他认为作词有五要素：一择腔，二择律，三填词按谱，四随律押韵，五要立新意。"腔律谱韵意"五条缺一不可。

一个如此钻研作词技法的人作词，显然对词要求甚高，技高于意，遣词用句，流丽清畅。《四库全书总目》卷一九九称张炎的词"苍凉激楚，即景抒情，备写其身世盛衰之感，非徒以翦(jiǎn)红刻翠为工"。例如他的《清平乐·采芳人杳》：

采芳人杳(cǎi fāng rén yǎo)，顿觉游情少(dùn jué yóu qíng shǎo)。

客里看春多草草,总被诗愁分了。

去年燕子天涯,今年燕子谁家?
三月休听夜雨,如今不是催花。

读懂这首词先要知道张炎创作的背景。德祐元年（1275年），元军开始攻打建康（今江苏南京），宋军举城请降。元军继续逼近临安，于常州受阻，元军总指挥伯颜下令攻城，并最终屠城，这是宋元战争中最惨烈的一战。至次年正月，元军兵临临安城下，宋廷求和无果，谢太后带着宋恭帝奉玺书请降。元军占领临安后，并未像常州屠城一样大开杀戒，意在安抚南宋遗民人心，只是对少数个案进行了处理。张炎祖父张濡即遭元军杀害，并被抄没家产。

张濡之子张枢、孙张炎皆受此事牵连，家产皆失，只保住了性命。张炎二十七岁，时值壮年，逃离了家园。几年后，人们淡忘了这段往事，他又回到了久违的家乡，但物是人非，心情复杂，写下了这首词。

开篇寓意深沉："采芳人杳，顿觉游情少。""采芳人"，

春华昼锦图　明　沈周

本指游春女子,这里实际是张炎心中过去美好记忆的总和。"杳",不见踪影;"游情",游览之心情。记忆中临安春天美好的景色都看不见了,自然游览心情也就没有了。

"客里看春多草草,总被诗愁分了。"反主为客,本来是主人,但此刻已是客了,所以草草一看,唯一的感觉是还有点想写诗作词,分担忧愁。上阕张炎直截了当说出了自己内心真实的感受,阴郁滞闷。

下阕张炎借物说事:"去年燕子天涯,今年燕子谁家?"其实这话是作者自问自答,燕子为候鸟,冬去春归,作者认为与自己近同。去年飞走了,不知去了哪里,今年回来不知还有没有家。隐含的意思是自己的家都没了,回来也没有地方落脚。

作者在举目无亲的境地中,写出了终句:"三月休听夜雨,如今不是催花。"此时已经是暮春三月了,晚上下着雨,但作者没有心情。"催花",催花开放,每年春雨催花开。杜甫的《春夜喜雨》有"晓看云湿处,花重锦官城"之句。可张炎心事重重,家破国亡,没有心思借雨赏花了,所以正话反说。

张炎自幼出身高贵,而家族惨遭厄运,直接殃及个人,生活质量大幅降低。即便在这种情况下,他仍以平静的语气,耐心的态度,期望未来的生活。他不去埋怨,没有牢骚，字里行间只有忧愁，没有怨恨。这对于一个士人来说是最难能的，乐天知命，随遇而安，但这态度并不妨碍他将自己的情绪付诸文字，利用诗词寄托情思，达到人生修炼的目的。

与《清平乐·采芳人杳》相对应的是《清平乐·候蛩凄断》，前者写春，后者写秋。这一年张炎已年过半百，宋亡已过去二十多个年头。过去的记忆逐渐模糊，作者完全以技巧写秋：

候蛩凄断，人语西风岸。
月落沙平江似练，望尽芦花无雁。

暗教愁损兰成，可怜夜夜关情。
只有一枝梧叶，不知多少秋声！

起句定下调子，凄、凉、悲："候蛩凄断，人语西风岸。""蛩"，蟋蟀，秋虫；"候"，时节。古人认为一年二十四节气有七十二候。秋分二候"蛰虫坯户"，其声凄悲，断断续续。秋分一至，江岸上秋风起，随后蟋蟀之声凄凄惨惨，人声似乎亦是如此。

园林图 清 吴滔

"月落沙平江似练，望尽芦花无雁。""练"，素白熟绢。月亮渐渐落下去，沙洲滩平，江水如白绢，望着无尽的芦花，竟然看不见一只大雁。上阕作者仿佛只关注自然的秋天景观，借景抒情。

下阕开始叙情："暗教愁损兰成，可怜夜夜关情。""愁损"，愁杀；"兰成"，北周庾信的字；"关情"，牵动情怀。庾信是南北朝时期的文学家，因思乡而作《哀江南赋》。作者借庾信的思乡情绪表达自己的苦衷，如今每夜都像庾信一样思念关心着家乡。

作者随即一声叹息："只有一枝梧叶，不知多少秋声！""梧叶"即梧桐叶，其文学意象是悲情愁思。李白诗云："摧残梧桐叶，萧飒沙棠枝。"温庭筠词："梧桐树，三更雨，不道离情正苦。"苏轼词："夜霜风，先入梧桐。"李清照词："草际鸣蛩，惊落梧桐。"了解梧桐的文化含义，就能更好地了解张炎所表达的心态，懂得他内心所想。

作者通篇旨在表达秋之忧愁。上阕利用秋天最常见的景象加以提炼：断续的蛩声、岸边的西风、寒月的滑落、江水的平静、满目的芦花、不见的大雁……作者自己不说，让景色去说，让读者去感受共鸣。

下阕接续上阕的愁绪，搬出庾信的思乡之赋，抓住愁思而牵动感情,最后以一枝梧桐叶收住了秋声。作者让孤独充分展现,语言干净含蓄,表达清晰收敛,全篇以愁之线拽住,不跑偏,不断线,一直到终点。

张炎寿过古稀。以宋亡为界,后半生长于前半生,他的人生泾渭分明,福祸相倚。从他晚年的号改为"乐笑翁"就可以看出,他心态调整得很好,没有一味地纠结过去的荣华富贵,否则人生就会一直黯淡下去。他有相当数量的词作摆脱了宋亡遗恨的阴影,着眼于技巧,也着眼于人生,如《阮郎归·有怀北游》:

钿车骄马锦相连,香尘逐管弦。
瞥然飞过水秋千。清明寒食天。

花贴贴,柳悬悬。莺房几醉眠。
醉中不信有啼鹃。江南二十年。

这是凭借回忆写的小令,而且时间已过去了二十年。至元二十七年(1290年),张炎应元朝征召,赴大都(今北京)为元廷缮写金字藏经,次年完成后返回临安。因为张炎一生只去过一次北方,印象深刻,故二十年后写下《有怀北游》。

开篇是全景式回忆:"钿车骄马锦相连,香尘逐管弦。""钿车",豪车;"骄马",好马。整个街道上都是宝马香车,走过时掀起土尘,随处可以听见各种音乐的演奏。

"瞥然飞过水秋千。"这句有点幻觉的意味。"水秋千",水上秋千,宋都临安过节时最吸引人的欢庆项目。这句描写大都的旱秋千,与水秋千异曲同工,作者用了"瞥然"一词,就是加强了幻觉感,让事情真实又不真实。"清明寒食天"是在说节日的具体日子,与南方的中秋节形成时间对照。上阕寥寥几笔,就将北方大都清明节热闹祥和景象勾勒出来。

下阕笔锋转到自己身上。"花贴贴,柳悬悬。莺房几醉眠。""贴贴",紧挨貌。花朵簇拥,垂柳高悬,两个相亲相爱的人饮酒欢笑,最终睡去。

前两句比兴,用花朵簇拥形容自己的状态,用柳枝垂丝暗示二人惜别的心情;几次"醉眠"说明二人的情感如胶似漆。紧接着,作者加重了这层意义的表达:"醉中不信有啼鹃。"杜鹃啼血,望君早归,此处又是正话反说,不是不信杜鹃啼血,而是不信二人能够分开。

结尾一句，前述回忆戛然而止："江南二十年。"这么多的海誓山盟已成往事，转眼已分手二十年，人生就是遗憾多于圆满。

这是一首没有哀怨的词，充满了作者对旧景旧情的怀念，二十年过去仍不能相忘，一是大都繁华的景色，二是女子贴心的旧情。有人考证这女子是张炎的旧相好杭州歌妓沈梅娇，来到大都又遇到张炎，我倒不以为然。没有即时通信的古代，旧相好异地巧遇难上加难。

张炎词作存世逾三百首。他早年学习周邦彦，又深受姜夔词风的影响，对词的格律技巧非常重视。宋亡之后，他悲哀苦愁了一段日子，生活困顿，靠朋友接济。待逐渐适应调整后，张炎还是沉溺于词的创作之中，尤其是词的理论研究，多年呕心沥血写成《词源》。此书是研究词的第一部专著，在词学史上地位崇高。

《词源》附有陆文圭跋。陆文圭是宋末元初文学家，雅号"墙东先生"，他对词的解释清晰："词与辞字通用，释文（指《说文解字》的释文）云，意内而言外也。意生言，言生声，声生律，律生调，故曲生焉。花间以前无集谱，秦周以后无雅声，源远而派别也。"

陆文圭说得明白，写词先要有立意，继而有文字，文字有声音，声音有格律，格律生成调，所以曲牌诞生。

晚唐五代的花间派之前没有人专门集谱子，都是自生自灭，实际上自秦汉以后雅正之乐就消亡了，词的这种形式如果追溯源头，就算生出的一个派别吧。《词源》出版后，后世文人珍重有加，褒扬不吝溢美之词，这可能是他生前没有想到的。张炎词美而论精，常被当作宋词收官之人，算是实至名归。

十万图册之万横香雪（局部） 清 任熊

# 后记

词和诗不同,词的历史远不如诗久远,究其原因,乃是西域文化交流使然。异域风情曲调悄然进入中土,盛唐出现词无非是大诗人的怡情小调,按一般说法,李白的《忆秦娥》是唐人创作的第一个词牌。唐代填过词的诗人不算多,白居易、皇甫松、温庭筠、韦庄等人都填过。填词成为风尚还是五代以后,所以词有"诗余"一说,名称中包含不屑。大唐成为历史后,唐诗风光不再,遂给词腾出了空间,让词入北宋后如雨后春笋,在南宋时蔚然成林。

词牌很多,多达两千余个。康熙年间的《钦定词谱》共收录八百二十六个词牌,正体与变体共有两千三百零六个。而诗的体例则很少变化,尤其近体诗,五言律绝、七言律绝,加之排律,不过尔尔,其余可忽略不计。诗的变化多在内容,词的变化则强调形式,选取一个适当的词牌，填上自己要抒发的内容，就可以唱了。唱，是词的本质，而诗只能吟。吟诗唱曲，乃诗与词的本质区别。

词的创作之始，词牌与内容是吻合贴切的，所以一些词牌带有明显的情绪特征，例如《蝶恋花》《忆秦娥》《定风波》等。后来词牌迅速脱离了内容，只成为一个格式限定，不再与内容发生关系。所以同样的词牌写出不同风格的词成为常态，例如苏轼的两首《江城子》，一首豪放，一首婉约，各有千秋。词调的小令、中调、长调，虽说是字数多寡的区别，那只是后人为了便于分类的人为规定，宋人并没有这个意识。自五代起到南宋末，词的总体趋势是越往后越长，越往后越摆脱了诗意。

简言之，早期词近乎诗，晚期词才是词。诗人写词多诗意，词人写词多词意。那何为诗意？何为词意？虚无缥缈、气韵通达为诗意；雕镂琢磨、一波三折为词意。这需要读者在阅读中反复咀嚼去慢慢体会。

词的创作由早期诗人的偶一为之——如李白，到中期诗词并举——如温庭筠，再到晚期的纯粹词人——如吴文英，有一条明显的脉络。晚宋人是看不上唐朝五代人和早宋人写的词的，连柳永、苏轼的词都包括在内，因为这些词诗意太足。正因为晚宋人这个强烈的意识，使得词与诗真正剥离开来，让词不再是"诗余"，而是一个独立存在的文学体裁，自享尊严。

正因为如此，唐诗宋词成为中国文学双璧，各领风骚三百年，让诗以其律动，让词以其铿锵，各唱各的风雅，各抒各的情怀。一般情景，读诗的人比读词的人多很多，词不如诗朗朗上口，律绝都是一韵到底，而词有时需要转韵导致不易背诵。加之词人遣词造句十分讲究，多数词不如诗顺畅。所以，能背诵诗的人比能背诵词的人多得多，如同流行唱法与美声唱法，诗如流行曲，词如美声歌。

本系列书从庚子年正月初五动笔，写了一百一十二天，每天最少十小时，最多十六小时。后修改了一年多。唐诗部分占五分之三，宋词部分占五分之二，写作之苦，如鱼在水，冷暖自知。好在文学曾是我年轻时的专业，驾轻就熟，写作时还有一股久违了的青春冲动的感觉。

愿读者读此书事半功倍，愿文学滋养你，让你有一个美丽人生。

辛丑大雪
（2021年12月7日）

竹院品古图（局部） 明 仇英

## 马未都 作品年表

| | | |
|---|---|---|
| 1988 年 | 《记忆的河》 | 作家出版社 |
| 1997 年 | 《马说陶瓷》 | 中国青年出版社 |
| 1997 年 | 《明清笔筒》 | 中国青年出版社 |
| 2002 年 | 《中国古代门窗》 | 中国建筑工业出版社 |
| 2008 年 | 《马未都说收藏》全五册 | 中华书局 |
| 2008 年 | 《马未都说》全三册 | 人民文学出版社 |
| 2010 年 | 《茶当酒集》 | 文化艺术出版社 |
| 2011 年 | 《瓷之色》 | 紫禁城出版社 |
| 2011—2017 年 | 《醉文明》全十册 | 中信出版社 |
| 2012 年 | 《马未都杂志》全二册 | 中国青年出版社 |
| 2013 年 | 《瓷之纹》全二册 | 故宫出版社 |
| 2016 年 | 《都嘟》全二册 | 新星出版社 |
| 2018 年 | 《景泰蓝前世今生》 | 生活·读书·新知三联书店 |
| 2019 年 | 《观复嘟嘟》全二册 | 人民出版社 |
| 2019 年 | 《小文 65》 | 长江文艺出版社 |
| 2020 年 | 《国宝 100》全四册 | 长江文艺出版社 |
| 2021 年 | 《背影》 | 人民文学出版社 |
| 2023 年 | "马未都讲唐诗宋词"系列 | 浙江文艺出版社 |

# 作家榜®经典名著

★★★★★★★

读经典名著，认准作家榜

作家榜，创立于2006年的知名文化品牌，致力于促进全民阅读，推广全球经典，连续13年发布作家富豪榜系列榜单，引发各大媒体关注华语作家，努力打造"中国文化界奥斯卡"。

旗下图书品牌"作家榜经典名著"系列，精选经典中的经典，凭借好译本、优品质、高颜值的精品经典图书，成为全网常年热销的国民阅读品牌，在新一代读者中享有盛誉。

经典就读作家榜
京东官方旗舰店

经典就读作家榜
天猫官方旗舰店

经典就读作家榜
当当官方旗舰店

经典就读作家榜
拼多多旗舰店

| | |
|---|---|
| 策　划 | 作家榜 |
| 出　品 | |

| | |
|---|---|
| 出 品 人 | 吴怀尧 |
| 总 编 辑 | 周公度 |
| 产品经理 | 张睿汐　朱坤荣　赵如冰 |
| 内容统筹 | 崔雪凝　马丽娟 |
| 美术编辑 | 李柳燕　金雨婷 |
| 封面绘图 | 梁昌正 |
| 封面制作 | 王贝贝 |
| 内文整理 | 刘　瑾　张丽雯　赵梓童　毛嘉琪 |
| | 朱海冬　马丽娟　常　明 |
| 产品监制 | 陈　俊 |
| 特约印制 | 朱　毓 |

| | |
|---|---|
| 版权所有 | 大星文化 |
| 官方电话 | 021-60839180 |

本书古图如涉及使用版权等事宜请致电官方电话

经典就读作家榜
抖音扫码关注我

作家榜官方微博
经典好书免费送

图书在版编目（CIP）数据

马未都讲宋词：全二册 / 马未都著. -- 杭州：浙江文艺出版社，2023.4
ISBN 978-7-5339-6990-5

Ⅰ. ①马… Ⅱ. ①马… Ⅲ. ①宋词—诗歌欣赏 Ⅳ. ①I207.23

中国版本图书馆CIP数据核字（2022）第228688号

责任编辑：金荣良　於国娟　罗　艺
　　　　　陈　园　余文军　汪心怡

# 马未都讲宋词
（全二册）

马未都 著

全案策划
大星（上海）文化传媒有限公司

出版发行
浙江文艺出版社
杭州市体育场路347号　邮编 310006
浙江省新华书店集团有限公司 经销
浙江新华数码印务有限公司 印刷

2023年4月第1版　2023年4月第1次印刷
889毫米×1194毫米　32开本　27印张
印数：1—30000　字数：453千字
书号：ISBN 978-7-5339-6990-5
定价：159.00元

版权所有　侵权必究
（如有印装质量问题影响阅读，请联系021-60839180调换）